A Filha do Fazedor de Reis

OBRAS DA AUTORA PUBLICADAS PELA RECORD

O amante da virgem
O bobo da rainha
A filha do fazedor de reis
A herança de Ana Bolena
A irmã de Ana Bolena
A outra rainha
A princesa leal
A rainha branca
A rainha vermelha
A senhora das águas
Terra virgem

PHILIPPA GREGORY

A Filha do Fazedor de Reis

Tradução de
PATRÍCIA CARDOSO

2ª edição

EDITORA RECORD
RIO DE JANEIRO • SÃO PAULO
2016

CIP-BRASIL. CATALOGAÇÃO NA PUBLICAÇÃO
SINDICATO NACIONAL DOS EDITORES DE LIVROS, RJ

G833f

Gregory, Philippa, 1954-
A filha do fazedor de reis / Philippa Gregory; tradução de Patrícia Cardoso. –
2ª ed. 2ª ed. – Rio de Janeiro: Record, 2016.

Tradução de: The kingmaker's daughter
ISBN 978-85-01-10356-7

1. Ficção inglesa. I. Cardoso, Patrícia. II. Título.

15-20816

CDD: 823
CDU: 821.111-3

Título original: The kingmaker's daughter

Copyright © 2012 by Philippa Gregory
Copyright da tradução © 2015, Editora Record

Publicado mediante acordo com a Touchstone, uma divisão da Simon & Schuster, Inc.

Texto revisado segundo o novo Acordo Ortográfico da Língua Portuguesa.

Todos os direitos reservados. Proibida a reprodução, no todo ou em parte, através de quaisquer meios. Os direitos morais da autora foram assegurados.

Direitos exclusivos de publicação em língua portuguesa somente para o Brasil adquiridos pela
EDITORA RECORD LTDA.
Rua Argentina, 171 – Rio de Janeiro, RJ – 20921-380 – Tel.: (21) 2585-2000, que se reserva a propriedade literária desta tradução.

Impresso no Brasil

ISBN 978-85-01-10356-7

Seja um leitor preferencial Record.
Cadastre-se e receba informações sobre nossos lançamentos e nossas promoções.

Atendimento e venda direta ao leitor:
mdireto@record.com.br ou (21) 2585-2002.

Para Anthony

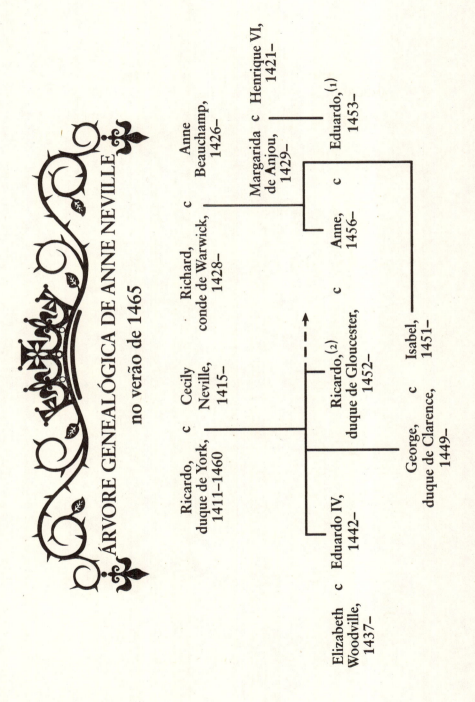

Torre de Londres, maio de 1465

Minha mãe segue na frente, uma lady, grande herdeira por direito próprio e esposa do maior súdito do reino. Isabel vem logo atrás, porque é a mais velha. E então eu: venho por último, sempre por último. Não consigo ver muita coisa ao entrarmos no grande salão da Torre de Londres, e minha mãe conduz minha irmã na direção do trono para fazer uma mesura e se afasta para o lado. Isabel curva-se lentamente, como fomos instruídas, pois um rei é um rei, mesmo que seja um jovem posto no trono por meu pai. Sua esposa será coroada rainha, independentemente do que possamos pensar dela. Então, quando avanço para fazer minha reverência, tenho o primeiro vislumbre da mulher à qual viemos prestar homenagens.

Ela é de tirar o fôlego: a mulher mais bela que já vi em toda minha vida. Imediatamente entendo por que o rei interrompeu a marcha de seu exército quando a viu pela primeira vez e se casou com ela em poucas semanas. O sorriso dela se abre devagar e reluz, como o de um anjo. Já vi estátuas que pareceriam banais ao seu lado, já vi pinturas de madonas cujas feições seriam consideradas grosseiras se comparadas a seu pálido e luminoso encanto. Ergo-me de minha reverência para observá-la, como se fosse um ícone raro, não consigo desviar o olhar. Sob meu exame minucioso sua face se aquece, ela enrubesce, sorri para mim, e não consigo deixar de retribuir o gesto. Diante disso ela ri, como se achasse divertida minha evidente adoração, e então vejo o olhar furioso de minha mãe e ando depressa para o seu lado, onde minha irmã Isabel exibe um semblante fechado.

— Você a encarou como uma boba — sibila ela. — Envergonhando-nos a todos. O que papai diria?

O rei dá um passo à frente e beija minha mãe calorosamente em ambas as faces.

— Alguma notícia do meu caro amigo, seu senhor? — pergunta ele.

— Está realizando um bom trabalho a seu serviço — responde minha mãe prontamente, pois papai não comparecerá ao banquete de hoje nem às demais celebrações. Ele tem uma reunião com o rei da França em pessoa e com o duque de Borgonha, de igual para igual, para estabelecer a paz com esses homens poderosos da cristandade, agora que o rei adormecido foi derrotado e nós somos os novos soberanos da Inglaterra. Meu pai é um grande homem; representa esse novo rei e todo o país.

O rei, o novo rei — nosso rei — faz uma reverência cômica e zombeteira para Isabel e afaga meu rosto. Ele nos conhece desde que éramos muito pequenas, jovens demais para vir a esse tipo de banquete, e ele era um menino sob os cuidados de nosso pai. Enquanto isso, minha mãe olha ao redor como se estivéssemos em casa, no Castelo de Calais, procurando algum defeito nos afazeres dos criados. Sei que ela anseia por ver algo que possa relatar mais tarde ao meu pai como prova de que esta, a mais linda das rainhas, não é adequada para a posição. Pela expressão amarga em seu rosto, imagino que não encontrou nada.

Ninguém gosta dessa rainha, eu não deveria admirá-la. Não deveríamos nos importar com o fato de ela sorrir amistosamente para mim e Isabel, de ela se levantar de seu grandioso assento para vir em direção à minha mãe e apertar sua mão. Estamos todos determinados a não gostar dela. Meu pai tinha planejado um bom casamento para este rei, um ótimo acordo com uma princesa da França. Trabalhou nisso, preparou o terreno, esboçou o contrato de casamento, convenceu pessoas que odeiam os franceses de que a união seria boa para o país, de que protegeria Calais, de que poderia até trazer Bordeaux de volta aos nossos domínios. Mas então Eduardo, o novo rei, o exuberante novo rei cuja beleza faz os corações pararem de bater, nosso querido Eduardo — que meu pai considerava como um irmão mais novo, e nós, um tio ilustre — comunicou, de maneira tão simples como se estivesse ordenando que o jantar fosse servido, que ele já era casado e que nada poderia ser feito a respeito. Já era casado? Sim, e com Ela.

Ele cometeu um grande erro ao agir sem o conselho do meu pai, todos sabem disso. Foi a primeira vez que ele fez isso durante a longa e triunfante campanha que tirou a Casa de York da vergonha, quando eles tiveram de implorar perdão ao rei adormecido e à rainha má, levando-a à vitória e ao trono da Inglaterra. Meu pai esteve ao lado de Eduardo, aconselhando-o e guiando-o, ditando cada movimento seu. Sempre avaliando o que era melhor para ele. O rei, ainda que seja um rei agora, é um jovem que deve tudo a meu pai. Não teria seu trono se meu pai não defendesse sua causa, se não o ensinasse a liderar um exército, se não lutasse na batalha por ele. Meu pai arriscou a própria vida, primeiro pelo pai de Eduardo e então pelo próprio Eduardo, e finalmente quando o rei adormecido e a rainha má fugiram e Eduardo foi coroado rei e tudo deveria ser maravilhoso para sempre, ele estragou tudo e se casou com Ela em segredo.

Ela deve nos conduzir ao jantar, e as damas se posicionam cuidadosamente atrás dela, há uma ordem estabelecida, e é extremamente importante assegurar-se de estar no lugar certo. Tenho quase 9 anos, idade suficiente para entender isso, e aprendi as ordens de precedência desde que eu era muito pequena, nas salas de aula. Como Ela será coroada amanhã, segue primeiro. De agora em diante, ela sempre será a primeira na Inglaterra. Caminhará na frente da minha mãe pelo resto da vida, e essa é outra coisa da qual minha mãe não gosta muito. Em seguida, deveria vir a mãe do rei, mas ela não está aqui. Declarou sua absoluta aversão à bela Elizabeth Woodville e jurou que não testemunhará a coroação de uma plebeia. Todos têm conhecimento dessa rachadura na família real, e as irmãs do rei ocupam seu lugar no cortejo sem a supervisão da mãe. Parecem perdidas sem a linda duquesa Cecily para precedê-las, e o sorriso confiante do rei desaparece por um instante quando vê o local onde ela deveria estar. Não sei como ele ousa enfrentar a duquesa. Ela é tão assustadora quanto a minha mãe, é tia do meu pai, e ninguém desobedece a nenhum dos dois. Só consigo pensar que o rei deve estar muito apaixonado pela nova rainha para desafiar a mãe. Ele deve amá-la muito, muito mesmo.

A mãe da rainha, ao contrário, está aqui; não perderia esse momento de triunfo por nada. Assume sua posição com seu exército de filhos e filhas atrás de si, seu belo marido, Sir Richard Woodville, ao seu lado Ele é o barão Rivers, e todos sussurram a mesma piada: assim como as águas, os Rivers estão em ascensão. De fato, eles são bastante numerosos. Elizabeth é a filha mais velha, e atrás de sua mãe vêm suas sete irmãs e seus cinco irmãos. Observo o belo e jovem John Woodville ao lado de sua nova esposa como um menino que acompanha a avó. Arranjou-se um casamento para ele com a duquesa viúva de Norfolk, minha tia-avó Catherine Neville. É um ultraje, meu pai mesmo disse isso. Minha tia-avó é uma anciã de quase 70 anos, uma ruína de valor inestimável; poucas pessoas chegaram a ver uma mulher viver tanto tempo. E John Woodville é um rapaz de 20 e poucos anos. Minha mãe diz que será assim de agora em diante: quando a filha de uma mulher que é pouco mais do que uma bruxa é posta no trono da Inglaterra, alguns feitos sombrios serão vistos. Se um pelicano for coroado, ele devorará tudo.

Afasto meus olhos do rosto enrugado da minha tia-avó e me concentro em meus próprios afazeres. Minha tarefa é me certificar de que estou posicionada ao lado de Isabel, atrás de minha mãe, e de que não vou pisar na cauda de seu vestido; não posso pisar na cauda de jeito nenhum. Tenho apenas 8 anos e preciso fazer isso corretamente. Isabel, que tem 13, suspira ao me ver olhar para baixo e mexer os pés de forma que eles fiquem sob o rico brocado, para garantir que não há possibilidade de erro. E então Jacquetta, a mãe da rainha, a mãe de um pelicano, dá uma olhada rápida para trás, para além de seus próprios filhos, para ver se estou no lugar certo, se não há erros. Ela olha em volta como se se importasse com o meu bem-estar e, quando me vê atrás de minha mãe, ao lado de Isabel, me dirige um sorriso tão bonito quanto o de sua filha, um sorriso só para mim. Então volta-se para a frente, dá o braço ao seu lindo marido e segue sua filha neste que é o momento de seu triunfo absoluto.

Depois que caminhamos pelo centro do grande salão, passando por centenas de pessoas que, de pé, se alegram com a visão de sua bela e futura rainha, e todos estão sentados, consigo olhar novamente para os adultos na mesa principal. Não sou a única que observa a nova soberana. Ela atrai a atenção de todos. Seus olhos estreitos são do mais lindo tom de cinza e quando sorri seu olhar se volta para baixo, como se estivesse rindo consigo mesma de um segredo deleitável. Eduardo, o rei, posicionou-se ao seu lado e segura sua mão direita, e, quando ele sussurra em seu ouvido, ela se inclina em sua direção, muito próxima, como se estivessem prestes a se beijar. O gesto é bastante chocante e equivocado, mas, ao olhar para a mãe da nova rainha, vejo que ela está sorrindo para a filha, como se estivesse feliz com o fato de eles serem jovens e estarem apaixonados. Ela não parece sentir qualquer vergonha.

Eles são uma família extremamente bela. Ninguém pode negar que são tão lindos quanto se tivessem o mais azul dos sangues nas veias. E são tantos! Seis integrantes da família Rivers e dois filhos do primeiro casamento da nova rainha são crianças e estão sentados a nossa mesa, como se fossem jovens da realeza e tivessem o direito de estar conosco, as filhas de uma condessa. Vejo Isabel dirigir um olhar amargo para as quatro lindas meninas Rivers, da mais nova, Katherine Woodville, que tem apenas 7 anos, até a mais velha em nossa mesa, Martha, de 15. A essas meninas, todas as quatro, terão de ser dados maridos, dotes e fortunas, e não há muitos maridos, dotes e fortunas disponíveis na Inglaterra nestes tempos — não depois de uma guerra entre as casas rivais de Lancaster e York, que já dura dez anos e matou tantos homens. Essas meninas serão comparadas conosco, elas serão nossas rivais. A sensação é de que a corte foi inundada por novos perfis de traços claros, pele tão brilhante quanto uma moeda recém-cunhada, vozes sorridentes e excelentes modos. É como se houvéssemos sido invadidos por uma linda tribo de jovens estrangeiros, como se estátuas tivessem ganhado vida e dançassem entre nós, como se pássaros tivessem descido do céu para cantar ou como se peixes tivessem pulado do mar. Olho para minha mãe e vejo que ela está vermelha de irritação, o rosto tão corado e contrariado quanto o da mulher de um padeiro. Ao seu lado, a rainha brilha como um anjo brincalhão, sua cabeça sempre inclinada na direção do jovem marido, seus lábios levemente separados, como se ela fosse aspirá-lo como ar fresco.

Acho o grande banquete muito animado, porque o irmão do rei, George, senta-se em uma das extremidades de nossa mesa, e seu irmão mais novo, Ricardo, na outra. A mãe da rainha, Jacquetta, sorri calorosamente para a mesa dos jovens, e imagino que ela planejou isso achando que seria divertido para nós, as crianças, estarmos juntas, e que seria uma honra ter George na cabeceira de nossa mesa. Isabel se contorce como uma ovelha tosquiada por ter dois duques reais ao seu lado de uma só vez. Ela não sabe para que lado olhar, tamanha sua ânsia para causar uma boa impressão. E, o que é muito pior, as duas meninas Rivers mais velhas, Martha e Eleanor Woodville, ofuscam-na com facilidade. Elas têm a aparência delicada de sua bela família e são confiantes, seguras e sorridentes. Isabel se empenha ao máximo enquanto eu me encontro em meu estado habitual de ansiedade sob o olhar crítico de minha mãe. Mas as meninas Rivers agem como se estivessem aqui para celebrar um evento feliz, antecipando divertimento, não repreensões. São jovens autoconfiantes e propensas à diversão. É claro que os duques reais vão preferi-las a nós. George nos conhece desde sempre, não somos beldades desconhecidas para ele. Ricardo ainda se encontra sob a tutela de meu pai, como seu protegido; quando estamos na Inglaterra, ele é um entre a meia dúzia de rapazes que vive conosco. Ele nos vê três vezes por dia. É claro que se sentirá compelido a olhar para Martha Woodville, que está toda arrumada e é nova na corte, além de bela como a irmã, a nova rainha. Mas é irritante a forma como ele me ignora completamente.

George tem 15 anos e é tão bonito quanto seu irmão mais velho, o rei, alto e com cabelos claros.

— Essa deve ser a primeira vez que você comparece a um banquete na Torre, não, Anne? — pergunta ele. Sinto-me muito animada e assustada por ele ter prestado atenção em mim, e meu rosto enrubesce, mas respondo "sim" de maneira clara o suficiente.

Ricardo, na outra extremidade da mesa, é um ano mais novo que Isabel, e mais baixo que ela, mas agora que seu irmão é o rei da Inglaterra ele parece muito mais alto e muito mais bonito. Sempre teve o sorriso mais alegre e os olhos mais gentis, mas agora, ao assumir seu melhor comportamento no banquete de coroação de sua cunhada, está formal e calado. Isabel tenta entabular uma conversa com ele, muda o assunto para a equitação e pergunta se ele se lembra de nosso pequeno pônei no Castelo de Middleham. Ela sorri e pergunta: não foi engraçado quando Pepper empinou com ele e caiu? Ricardo, que sempre foi tão irritadiço em relação ao seu orgulho quanto um galo de briga, volta-se para Martha Woodville e diz que não se lembra. Isabel tenta mostrar que somos amigos, melhores amigos, mas na verdade ele é apenas um entre a meia dúzia de escudeiros de papai com quem caçávamos e jantávamos nos velhos tempos, quando vivíamos na Inglaterra e em paz. Isabel quer convencer as jovens Rivers de que somos uma família feliz e de que elas são intrusas indesejadas, mas, na verdade, somos apenas meninas da Casa de Warwick sob os cuidados de nossa mãe, e os meninos York andam a cavalo com nosso pai.

Isabel pode fazer cara feia o quanto quiser, mas não deixarei que me façam sentir desconfortável. Nós temos mais direito de estar sentadas a esta mesa do que qualquer um, muito mais do que as belas meninas Rivers. Somos as herdeiras mais ricas da Inglaterra, e meu pai domina os mares estreitos entre Calais e a costa inglesa. Somos da grande família Neville, guardiões do norte da Inglaterra; temos sangue real em nossas veias. Meu pai tem sido o tutor de Ricardo, além de mentor e conselheiro do próprio rei, e somos tão bons quanto qualquer um no salão, mais ricos do que qualquer um no salão, mais ricos até mesmo que o rei e muito mais bem-nascidas do que a nova rainha. Posso falar de igual para igual com qualquer duque real da Casa de York, pois, sem meu pai, eles teriam perdido a guerra, os Lancaster ainda reinariam, e George, por mais bonito e principesco que seja, seria agora irmão de um ninguém e filho de um traidor.

É um longo banquete, embora o de coroação da rainha vá ser ainda mais demorado. Esta noite eles servem 32 pratos, e a rainha envia algumas travessas especiais para a nossa mesa, para honrar-nos com sua atenção. George se levanta e faz uma reverência a ela em agradecimento, e então serve a todos nós da bandeja de prata. Ele percebe que eu o observo e me dá uma colherada extra de molho com uma piscadela. De vez em quando minha mãe olha de relance para mim, como a luz de um farol percorrendo o mar escuro. Cada vez que sinto seu olhar sobre mim, levanto a cabeça e sorrio para ela. Tenho certeza de que não pode me repreender. Tenho um dos novos garfos em minha mão e um guardanapo em minha manga, como se fosse uma dama francesa, familiarizada com esses novos modos. Diluo vinho no copo à minha direita e como da forma que me ensinam: delicadamente e sem pressa. Se George, um duque real, escolhe dedicar a mim sua atenção, então não vejo por que ele não deveria fazê-lo, nem por que alguém deveria ficar surpreso com isso. Certamente, não é surpreendente para mim.

Na noite anterior à coroação da rainha, compartilho uma cama com Isabel, como fazemos durante o período em que somos convidadas do rei na Torre, como faço em nossa casa em Calais, como fiz todas as noites de minha vida. Sou mandada para o quarto uma hora antes dela, apesar de estar muito agitada para dormir. Faço minhas preces e deito ouvindo a música que flutua vinda do salão lá embaixo. Eles ainda estão dançando;

o rei e sua esposa adoram dançar. Quando Eduardo segura a mão dela, todos percebem que ele se contém para não trazê-la mais para perto de si. A rainha baixa o olhar por um instante, mas, quando volta-o novamente para o rei, ele ainda está contemplando-a com semblante apaixonado, e ela retribui com um sorriso cheio de promessas.

Não posso deixar de imaginar se o velho rei, o rei adormecido, está acordado esta noite, em algum lugar nas terras selvagens do norte da Inglaterra. É horrível pensar que ele, mesmo dormindo profundamente, sabe, em seus sonhos, que o novo rei e a nova rainha estão dançando depois de se coroarem e se colocarem em seu lugar, que amanhã uma nova rainha usará a coroa de sua esposa. Papai diz que eu não tenho nada a temer, que a rainha má fugiu para a França e não conseguirá qualquer ajuda de seus amigos franceses. Ele está se reunindo com o rei da França em pessoa para se assegurar de que ele se tornará nosso aliado e de que a rainha má não vai conseguir nenhum apoio vindo dele. Ela é nossa inimiga, a inimiga da paz na Inglaterra. Papai se certificará de que não haverá lugar para ela na França, assim como não haverá um trono para ela na Inglaterra. Enquanto isso, o rei adormecido, sem sua esposa, sem seu filho, estará bem agasalhado em um pequeno castelo, em algum lugar perto da Escócia, dormindo pelo resto da vida como uma abelha durante todo o inverno. Meu pai diz que ele continuará nesse estado e que ela continuará explodindo de raiva até ambos envelhecerem e morrerem, e que não há nenhuma razão para eu ter medo. Foi meu pai quem bravamente tirou o rei adormecido do trono e colocou a coroa sobre a cabeça do rei Eduardo, então ele deve estar certo. Foi ele quem enfrentou a terrível rainha má, uma loba pior do que os lobos na França, e a derrotou. Mas não gosto de pensar no velho rei Henrique, com o luar brilhando em suas pálpebras fechadas, enquanto os homens que o destituíram estão dançando no que antes era seu grande salão. Não gosto de pensar na rainha má, tão longe na França, jurando que se vingará de nós, amaldiçoando nossa felicidade e dizendo que voltará para este lugar que ela chama de "seu lar".

Quando Isabel finalmente entra no quarto, estou ajoelhada junto à janela estreita contemplando o reflexo do luar no rio, pensando nos sonhos do rei.

— Você deveria estar dormindo — diz ela de forma autoritária.

— Ela não pode vir atrás de nós, pode? — pergunto.

— A rainha má? — Isabel reconhece imediatamente o horror contra Margarida de Anjou, que assombrou nossa infância. — Não. Papai a derrotou de uma vez por todas em Towton. Ela fugiu. Não pode voltar.

— Tem certeza?

Isabel põe seu braço em volta dos meus ombros franzinos.

— Você sabe que eu tenho certeza. Você sabe que está a salvo. O rei louco dorme, e a rainha má foi derrotada. Isso é apenas uma desculpa para você ficar acordada enquanto deveria estar dormindo.

Obediente, eu me viro e sento na cama, puxando os lençóis até o queixo.

— Vou dormir. Não foi maravilhoso? — pergunto a ela.

— Não muito.

— Você não acha que ela é linda?

— Quem? — pergunta Isabel, como se realmente não soubesse, como se não fosse óbvio quem era a mulher mais bonita da Inglaterra essa noite.

— A nova rainha, Elizabeth.

— Bem, não acho que ela tenha jeito de rainha — responde minha irmã, tentando soar como nossa mãe, cheia de desdém. — Não sei como irá se comportar durante a coroação e no torneio de justas; afinal, ela era apenas a esposa de um escudeiro e a filha de um ninguém. Como ela poderia saber se comportar?

— Por quê? Como você se comportaria? — pergunto, tentando prolongar a conversa. Isabel sempre sabe muito mais do que eu; ela é cinco anos mais velha, quase uma mulher, é a favorita de nossos pais, e certamente tem um casamento brilhante pela frente. Enquanto eu sou apenas uma criança. Ela menospreza até a rainha!

— Eu me portaria com muito mais dignidade. Não ficaria cochichando com o rei nem me humilharia, como ela fez. Não enviaria pratos para outras mesas nem acenaria para as pessoas, como ela fez. Não levaria todos os meus irmãos e irmãs para a corte, como ela fez. Seria muito mais reservada e fria. Não sorriria para ninguém, não me curvaria diante de ninguém. Seria uma verdadeira rainha, uma rainha de gelo, sem família ou amigos.

Sinto-me tão atraída por essa imagem que já estou quase fora da cama novamente. Tiro a manta de pele de nosso leito e a estendo para ela.

— Como assim? Como você seria? Mostre-me, Izzy!

Ela arruma a coberta como uma capa ao redor dos ombros, joga a cabeça para trás, empertiga-se em seu um metro e cinquenta e caminha pelo pequeno aposento de cabeça erguida, acenando com um gesto distante para cortesãos imaginários.

— Assim — diz ela. — *Comme ça*, elegante e nada amistoso.

Dou um pulo para fora da cama, pego um xale, jogo-o por cima dos ombros e a imito, copiando seu aceno, parecendo uma rainha tanto quanto Isabel.

— Como vai? — digo para uma cadeira vazia. Faço uma pausa, como se esperasse o pedido de algum favor. — Não, de modo algum. Lamento, não poderei ajudá-lo. Já dei esse posto à minha irmã.

— Ao meu pai, lorde Rivers — acrescenta Izzy.

— Ao meu irmão Anthony. Tão bonito.

— Ao meu irmão John, e dei também uma fortuna para minhas irmãs. Não sobrou nada para o senhor. Tenho uma família grande — diz Isabel, como uma nova rainha em sua fala arrastada e arrogante. — E todos eles precisam ser acomodados. Ricamente acomodados.

— Todos eles — completo. — Dúzias deles. O senhor viu quantos entraram no grande salão atrás de mim? Onde poderei achar títulos e terras para todos eles?

Nós andamos em grandes círculos, passando uma pela outra com uma indiferença magnífica.

— E quem é você? — pergunto friamente.

— Eu sou a rainha da Inglaterra — responde Isabel, mudando a brincadeira sem avisar. — Eu sou a rainha Isabel da Inglaterra e da França, recém-casada com o rei Eduardo. Ele se apaixonou por mim por causa da minha beleza. É louco por mim. Enlouqueceu completamente e esqueceu-se de seus amigos e de seus deveres. Nós nos casamos em segredo, e agora serei coroada rainha.

— Não, não, *eu* era a rainha da Inglaterra — digo, tirando o xale e me virando para ela. — Eu sou a rainha Anne da Inglaterra. O rei Eduardo me escolheu.

— Ele nunca faria isso, você é a mais nova — disse Isabel.

— Ele escolheu! Ele escolheu! — Sinto meu humor mudar e sei que vou estragar nossa brincadeira, mas não posso suportar dar precedência a ela mais uma vez, mesmo quando se trata de uma brincadeira em nosso quarto.

— Nós duas não podemos ser rainhas da Inglaterra ao mesmo tempo — diz ela de maneira bastante razoável. — Você pode ser a rainha da França. A França é simpática o suficiente.

— Inglaterra! Eu sou a rainha da Inglaterra. Eu odeio a França!

— Bom, você não pode ser rainha da Inglaterra. Eu sou a mais velha. Eu escolho primeiro, eu sou a rainha da Inglaterra e Eduardo está apaixonado por mim.

Fico muda de raiva diante do hábito de Isabel de reclamar seu direito sobre tudo, reforçando de repente o fato de ser mais velha e transformando, de súbito, uma brincadeira alegre em animosidade. Bato o pé, meu rosto enrubesce com meu mau humor, e sinto lágrimas quentes em meus olhos.

— Inglaterra! Eu sou a rainha!

— Você sempre estraga tudo porque é um bebezinho.

Ela se volta para a porta quando esta se abre atrás de nós. Margaret entra no quarto e diz:

— É hora de vocês duas estarem dormindo, miladies! O que fizeram com suas mantas?

— Isabel não me deixa... — começo a dizer. — Ela está sendo má...

— Não importa — interrompe Margaret. — Para a cama. Vocês podem dividir o que quer que seja amanhã.

— Ela não quer dividir! — Engulo lágrimas salgadas. — Ela nunca quer. Nós estávamos brincando, mas então...

Isabel dá um breve sorriso, como se minha mágoa fosse cômica, e troca um olhar com Margaret, como se dissesse que o bebê está fazendo birra mais uma vez. Isso é demais para mim. Solto um gemido e me jogo de bruços na cama. Ninguém se importa comigo, ninguém consegue ver que estávamos brincando juntas, como iguais, como irmãs, até que Isabel reivindicou algo que não era seu. Ela deveria saber que tinha de dividir. Não é certo que eu tenha de ceder sempre, que eu seja sempre a última.

— Não é certo! — digo com a voz entrecortada. — Não é justo comigo!

Isabel vira de costas para Margaret, que desamarra o vestido dela e o abaixa para que minha irmã possa despi-lo desdenhosamente, como a rainha que ela fingia ser. Margaret estende o vestido sobre uma cadeira, para ser empoado e escovado no dia seguinte, e Isabel veste a camisola, permitindo, em seguida, que Margaret penteie e trance seus cabelos.

Levanto meu rosto enrubescido do travesseiro para assistir à cena, e Isabel olha de relance para meus grandes olhos trágicos e diz bruscamente:

— Você deveria estar dormindo. Você sempre chora quando está cansada. É uma criancinha. Não deveriam tê-la deixado ir a um jantar. — Ela olha para Margaret, uma mulher de 20 anos. — Diga para ela.

— Durma, Lady Anne — recomenda Margaret delicadamente. — Não há motivo para continuar com isso.

Eu viro de lado e volto meu rosto para a parede.

Margaret não deveria falar comigo assim; ela é dama de companhia de minha mãe e nossa meia-irmã, e deveria me tratar de forma mais amável. Mas ninguém me trata com respeito algum, e minha própria irmã me odeia. Escuto a cama ranger quando Isabel se deita ao meu lado. Ninguém a obriga a dizer suas preces, ainda que ela certamente vá para o inferno.

— Boa noite, durmam bem, Deus as abençoe — diz Margaret. Ela apaga as velas e sai do quarto.

Estamos a sós no quarto à luz da lareira. Sinto Isabel puxar as cobertas para o seu lado e permaneço imóvel.

— Pode chorar a noite toda se quiser, mas eu ainda serei a rainha da Inglaterra e você não — sussurra ela com uma malícia cortante.

— Eu sou uma Neville! — digo em voz alta.

— Margaret é uma Neville — argumenta Isabel. — Mas ilegítima. A filha bastarda do papai. Então ela nos serve como dama de companhia e vai se casar com algum homem respeitável, enquanto eu vou me casar, no mínimo, com um duque rico. Agora que estou pensando nisso, acho que você também deve ser ilegítima, e terá de ser minha dama de companhia.

Sinto um soluço subindo pela garganta, mas cubro a boca com as mãos. Não darei a ela a satisfação de me ouvir chorar. Abafarei meus soluços. Se pudesse parar de respirar, eu o faria, e então escreveriam para meu pai para dar-lhe a notícia de que eu estava fria e morta, e ela se arrependeria por eu ter me sufocado por causa de sua crueldade. Meu pai — que está muito longe esta noite — a culparia pela perda de sua menininha, que ele amava mais do que qualquer outra. Ele deveria me amar mais do que qualquer outra. Eu gostaria que fosse assim.

L'Erber, Londres, julho de 1465

Sei que algo extraordinário irá acontecer, pois meu pai está de volta à Inglaterra e à nossa casa em Londres e reúne sua guarda e seus porta-estandartes no pátio. Seus vassalos trazem os cavalos dos estábulos e se põem em formação. Nossa casa é tão luxuosa quanto qualquer palácio real; meu pai mantém mais de trezentos homens de armas uniformizados, e temos mais empregados sob nosso comando do que qualquer pessoa na Inglaterra, exceto o rei. Muitos dizem que nossos soldados são mais bem-treinados e mais disciplinados do que os do próprio rei; certamente são mais bem alimentados e equipados.

Estou esperando junto à porta que leva ao pátio, pois meu pai sairá por ela e talvez me veja e me conte o que está acontecendo. Isabel está em um cômodo no andar superior, onde ela costuma fazer suas lições, e não vou até lá avisá-la. Ela pode perder toda essa movimentação apenas uma vez. Escuto o som das botas de montaria de meu pai nas escadas de pedra, viro-me e me curvo para que ele me abençoe, mas vejo que, para meu aborrecimento, minha mãe está com ele, suas damas vêm atrás, e, com elas, Isabel. Ela mostra a língua para mim e sorri.

— Aqui está minha garotinha. Está esperando para me ver partir?

Ele delicadamente me dá sua bênção, pousando a mão em minha cabeça, e inclina-se para ver meu rosto. Meu pai está magnífico, alto como sempre; quando eu era pequena, achava que seu peito era feito de metal, pois sempre o via em sua armadura. Agora ele sorri para mim com olhos castanhos reluzentes por baixo de seu elmo brilhante de tão polido, sua barba grossa e castanha cuidadosamente aparada, como em um retrato de um valente soldado, um deus da guerra.

— Sim, senhor — digo. — Partirá novamente?

— Tenho muito trabalho pela frente hoje — diz ele, solene. — Você sabe por quê?

Balanço a cabeça negativamente.

— Quem é nosso maior inimigo? — pergunta ele.

Essa é fácil. Respondo:

— A rainha má.

— Está certa, e eu gostaria de tê-la colocado sob minha vigilância. Mas quem é nosso segundo maior inimigo, e marido dela?

— O rei adormecido.

Ele ri.

— É assim que você os chama? A rainha má e o rei adormecido? Muito bem. Você é uma pequena dama com grande sagacidade.

Lanço um olhar para Isabel para ver o que ela, que sempre me chama de burra, acha disso. Meu pai continua:

— E quem você acha que nos traiu, foi pego, exatamente do jeito que eu disse que seria, e feito prisioneiro em Londres?

— O rei adormecido?

— Exatamente. E cavalgarei com meus homens para levá-lo pelas ruas de Londres até a Torre, onde ele será nosso eterno prisioneiro.

Olho para meu pai enquanto a sombra dele se ergue sobre mim, mas não ouso dizer nada.

— O que foi? — pergunta ele.

— Posso ir também?

Ele ri.

— Você é corajosa como um pequeno escudeiro, deveria ter nascido menino. Não, você não pode vir. Mas, quando eu o tiver cativo na Torre, você poderá olhar pela grade da porta e verá que não há mais razão alguma para temê-lo. Tenho o rei sob minha custódia, e, sem ele, a rainha Margarida nada pode fazer.

— Mas haverá dois reis em Londres. — Isabel se aproxima, tentando demonstrar interesse, com uma expressão inteligente no rosto.

— Não. Apenas um. Somente Eduardo. Apenas o rei que coloquei no trono. É dele o verdadeiro direito, e nós vencemos.

— Como irá trazê-lo a Londres? — pergunta minha mãe. — Muitos vão querer vê-lo passar pelas ruas.

— Amarrado — responde meu pai. — Sentado em seu cavalo, mas com os pés amarrados pelos calcanhares embaixo de sua montaria. Ele cometeu crimes contra o novo rei da Inglaterra e contra mim. Devem vê-lo desse modo, como um criminoso.

Minha mãe respira fundo diante da aspereza da resposta. Isso faz meu pai rir.

— Ele tem dormido sob péssimas condições nas colinas do norte. Não parecerá majestoso. Não tem vivido como um grande senhor, e sim como um fora da lei. Este é o fim de sua vergonha.

— E, ao trazê-lo, todos verão que você é tão imponente quanto um rei — observa minha mãe.

Meu pai ri novamente. Volta-se na direção do pátio, onde seus homens estão tão bem-vestidos e tão bem-armados quanto uma guarda real, e balança a cabeça em aprovação diante do desdobramento de seu estandarte com o urso e o cajado. Ergo os olhos em sua direção, deslumbrada por seu tamanho e por sua aura de poder absoluto.

— Sim, sou eu que vou trazer o rei da Inglaterra para a prisão — reconhece ele.

Então afaga minha bochecha, sorri para minha mãe e caminha para o pátio. Sua montaria, seu cavalo predileto, chamado Meia-noite graças a seus flancos escuros e brilhantes, é contido pelo cavalariço ao lado do banco de montaria. Meu pai se ajeita na sela e vira para trás para olhar seus homens; em seguida, ergue a mão para ordenar o início da marcha. Meia-noite escarva o chão como se estivesse ansioso para partir; meu pai o segura com rédeas curtas e sua outra mão acaricia seu pescoço.

— Bom garoto. É um grande trabalho este que vamos realizar hoje, é o encerramento do que deixamos inacabado em Towton, e aquele foi um grande dia para nós dois, sem dúvida.

Então grita "Marchem!" e lidera seus homens para fora do pátio, passando sob o arco de pedra. Ele ganha as ruas de Londres para cavalgar até Islington e encontrar a guarda que tem, sob sua custódia, o rei adormecido, para que ele nunca mais perturbe o país com seus pesadelos.

Castelo de Barnard, Condado de Durham, outono de 1465

Somos ambas convocadas, Isabel e eu, aos aposentos particulares de meu pai em uma de nossas residências no norte: o Castelo de Barnard. Esse é um dos meus lares prediletos, empoleirado nos penhascos sobre o rio Tees, e da janela de meu quarto posso jogar uma pedra na água espumante bem lá embaixo. É um castelo pequeno e de muralhas altas, cercado por um fosso e outra muralha externa de pedra cinza. Atrás dela, agrupada ao seu redor por motivo de segurança, fica a pequena cidade, onde todos se ajoelham quando passamos. Mamãe diz que os integrantes de nossa família, os Nevilles, são como deuses para as pessoas do norte, que são ligadas a nós por juramentos que remontam ao início dos tempos, quando havia demônios e serpentes marinhas, e um grande monstro, e nós prometemos proteger o povo de tudo isso, assim como dos escoceses.

Meu pai atua como juiz e, enquanto está sentado no grande salão resolvendo disputas e ouvindo petições, eu, Isabel e os pupilos de meu pai, incluindo Ricardo, o irmão do rei, cavalgamos durante a tarde. Vamos caçar faisão e tetraz com nossos falcões nos imensos charcos que se estendem por quilômetros, até a Escócia. Ricardo e os outros meninos têm de se exercitar com seus mestres todas as manhãs, mas têm permissão para ficar conosco depois do jantar. Os rapazes são filhos de nobres, como Francis Lovell; alguns são filhos de grandes homens do norte, felizes em ter um lugar na corte de meu pai; outros são primos e familiares que permanecerão conosco por um ano ou dois para aprender como governar e como liderar. Robert Brackenbury, nosso vizinho, é companheiro constante de Ricardo, como o escudeiro de um cavaleiro. Ricardo é meu favorito, é claro, já que ele agora é irmão do rei da Inglaterra. Não é mais alto que Isabel, mas é furiosamente valente, e eu o admiro em segredo. É magro e tem cabelos escuros, está determinado a se tornar um grande cavaleiro, e conhece todas as histórias de Camelot e de cavalaria. Às vezes ele as lê para mim como se fossem relatos de pessoas de verdade. Nesses momentos, ele me diz em um tom tão sério que não posso duvidar:

— Lady Anne, não há nada mais importante no mundo do que a honra de um cavaleiro. Preferiria morrer a ser desonrado.

Monta seu pônei como se estivesse prestes a realizar um ataque de cavalaria; anseia por ficar tão alto e forte quanto seus dois irmãos mais velhos, por ser o melhor dos pupilos de meu pai. Entendo seu sentimento, pois sei como é vir sempre em último lugar em uma família inclinada à rivalidade. Mas nunca digo que o compreendo — ele tem o impetuoso e irritável orgulho do norte e odiaria que eu me mostrasse solidária, da mesma forma que eu detestaria se ele sentisse pena por eu ser mais nova que Isabel, por ser comum enquanto ela é bela, por ser uma menina quando todos precisavam de um filho e herdeiro. Algumas coisas jamais devem ser ditas: Ricardo e eu sabemos que sonhamos com um grande futuro e também temos consciência de que nunca ninguém deve saber que almejamos a grandeza.

Estamos com os rapazes na sala de aula, ouvindo-os em suas lições de grego, quando Margaret chega com a mensagem de que devemos ir até nosso pai imediatamente. Eu e Isabel ficamos alarmadas. Papai nunca pede para nos ver.

— E eu não? — pergunta Ricardo à Margaret.

— Você não, Vossa Graça — responde ela.

Ele sorri ironicamente para Isabel.

— Só vocês, então — diz ele, presumindo, como nós, que fomos pegas fazendo algo errado. — Talvez sejam açoitadas.

Quando estamos no norte, normalmente ficamos sozinhas; vemos papai e mamãe apenas durante o jantar. Meu pai tem muito que fazer. Até um ano atrás ele tinha que subjugar os últimos castelos do norte que defendiam o rei adormecido. Minha mãe chega a suas propriedades determinada a endireitar tudo que deu errado durante sua ausência. Se meu pai deseja nos ver, é provável que tenhamos problemas, mas não consigo pensar no que fizemos de errado.

Quando entramos, meu pai está sentado diante de sua mesa em seu grande assento, luxuoso como um trono. Seu escriba coloca um papel depois do outro na frente dele e, com uma pena em uma das mãos, meu pai assina cada uma das folhas com um W — de Warwick, o melhor de seus muitos títulos. Outro escriba a seu lado se inclina para a frente com uma vela em uma das mãos e o lacre na outra e pinga cera vermelha numa pequenina poça sobre o documento. Sobre ela meu pai pressiona seu anel de sinete. É como mágica, transformando seus desejos em fatos. Aguardamos junto à porta para que ele note nossa presença e penso como deve ser maravilhoso ser homem, colocar sua inicial em uma ordem e saber que, instantes depois, ela está sendo executada. Eu daria ordens o dia inteiro, simplesmente pelo prazer de fazê-lo.

Ele ergue os olhos e nos vê quando o empregado se afasta com os papéis, então faz um pequeno gesto. Damos alguns passos à frente e fazemos uma reverência, como é nosso dever, enquanto meu pai levanta a mão em uma bênção, empurra sua cadeira e nos chama para seu lado da mesa, para que possamos ficar de frente para ele. Estende o braço na minha direção, chego mais perto, e ele afaga minha cabeça como faz com Meia-noite, seu cavalo. Não é uma sensação particularmente boa, já que a mão dele é pesada e estou usando um toucado com um véu de tela dourado e rígido nos cabelos, o qual meu pai deforma com cada movimento. No entanto, ele não pede que Isabel se aproxime. Ela permanece de pé, bastante constrangida, olhando para nós dois, então me viro e sorrio, pois a mão do nosso pai está pousada sobre mim, e sou eu que estou inclinada sobre o braço de sua cadeira, parecendo confortável e não alarmada com esses sinais de favoritismo.

— Vocês são boas meninas, em dia com seus estudos? — pergunta ele abruptamente.

Ambas indicamos que sim com a cabeça. Inegavelmente somos boas meninas e estudamos toda manhã com nosso próprio mestre, aprendendo lógica às segundas, gramática às terças, retórica às quartas, francês e latim às quintas e música e danças às sextas. Sexta é o melhor dia da semana, é claro. Os meninos têm um mestre de grego e um mestre de armas, a fim de treinarem para as justas e aprenderem a manejar uma espada de folha larga. Ricardo é um bom aluno e se esforça muito em seus treinos. Isabel está muito adiante de mim em seus estudos, e ela só poderá ter aulas com nosso mestre por mais um ano, até que faça 15 anos. Ela diz que a cabeça das mulheres não consegue absorver nada de retórica e que, quando ela se livrar das aulas, ficarei completamente só e não me deixarão sair da sala até que eu chegue ao fim do livro de lições A perspectiva da sala de aula sem ela é tão sombria que me pergunto se eu ousaria mencionar esse fato a meu pai e pedir que seja liberada nesse momento em que sua mão repousa pesadamente em meu ombro e ele se dirige a mim bondosamente. Fito seu rosto sério e penso: é melhor não.

— Chamei vocês para contar-lhes que a rainha pediu que ambas se juntem a seu séquito — diz ele.

Isabel solta um pequeno suspiro de animação, e seu rosto redondo enrubesce como uma framboesa madura.

— Nós? — pergunto, estupefata.

— É uma honra devida a vocês por serem minhas filhas, mas também porque ela presenciou o comportamento de vocês em corte. Ela disse que você, Anne, foi particularmente encantadora durante a coroação.

Ouço a palavra "encantadora", e por um momento não consigo pensar em mais nada. A rainha da Inglaterra, mesmo que seja a rainha Elizabeth — que antes era apenas Elizabeth Woodville, até então pouco mais do que ninguém —, acha que sou encantadora. E ela disse isso ao meu pai. Consigo me sentir flutuando de orgulho, volto-me para meu imponente pai e ofereço a ele aquilo que espero que seja um sorriso encantador.

— Ela acha, corretamente, que vocês seriam um ornamento em seus aposentos.

Fixo-me na palavra "ornamento" e divago sobre o que exatamente a rainha quer dizer. Isso significa que decoraríamos seus cômodos, tornando-os belos como tapeçarias penduradas sobre paredes mal-lavadas? Teríamos que ficar completamente paradas em um mesmo lugar o tempo todo? Sou algum tipo de vaso? Meu pai ri de minha expressão desnorteada e acena com a cabeça para Isabel.

— Diga a sua irmã mais nova o que ela deve fazer.

— A rainha quis dizer que seremos suas damas de companhia — sussurra ela, irritada, para mim.

— Ah.

— O que vocês acham disso? — pergunta meu pai.

Ele consegue perceber o que Isabel está pensando, uma vez que ela parece ofegante de agitação, seus olhos azuis brilhando.

— Eu ficaria encantada — diz ela, atrapalhada com as palavras. — É uma honra. Uma honra que eu não previa... Aceito.

Ele olha para mim.

— E você, pequena? Minha ratinha? Está palpitante como sua irmã? Também está com pressa de servir à nova rainha? Deseja pairar em torno da nova luz?

Algo no modo como ele fala me alerta de que "sim" seria a resposta errada, apesar de me lembrar da rainha como um coroinha deslumbrado se lembra de uma imagem sagrada em um dia de festa. Não consigo pensar em nada tão maravilhoso quanto servir àquela beldade como sua dama de companhia. E ela gosta de mim. A mãe dela sorriu para mim, ela mesma pensou que eu era encantadora. Seria capaz de explodir de orgulho por ela gostar de mim e de alegria por ter me destacado dos outros. Mas sou cautelosa.

— O que o senhor achar melhor, papai. — Fito meus pés e em seguida ergo-me para encontrar seus olhos escuros. — Agora gostamos dela?

Ele dá um sorriso breve.

— Deus nos ajude! Que fofoca você anda ouvindo? Claro que a amamos e a honramos; ela é nossa rainha, a esposa de nosso rei. É a primeira opção dele entre todas as princesas do mundo. Imagine só! De todas as damas bem-nascidas da cristandade com quem ele poderia ter se casado, ele a escolheu. — Há um tom de severidade e escárnio em sua voz. Escuto as palavras de lealdade que ele diz, mas ouço algo por trás delas: uma nota semelhante à de Isabel quando zomba de mim. — É uma tolice infantil perguntar isso. Todos nós juramos ser leais a ela. Você mesma fez esse juramento durante a coroação.

Isabel acena com a cabeça em minha direção, como se confirmasse a reprimenda de meu pai.

— Ela é jovem demais para compreender — garante ela, olhando para ele sobre minha cabeça. — Não entende nada

Meu temperamento reage rápido.

— Entendo que o rei não fez o que meu pai o aconselhou a fazer! Sendo que foi papai quem o pôs no trono! Papai poderia ter morrido lutando pelo rei Eduardo contra a rainha má e o rei adormecido!

Isso o faz rir novamente.

— E isso vindo da boca de uma criança! — Então ele dá de ombros. — Enfim, vocês não irão. Nenhuma de vocês irá à corte para servir esta rainha. Seguirão com sua mãe para o Castelo de Warwick, onde aprenderão com ela tudo sobre a gestão de um castelo. Não acredito que Sua Majestade, a rainha, seja capaz de ensinar-lhes algo que sua mãe não saiba desde a infância. Já éramos parentes da família real quando essa rainha colhia maçãs nos pomares de Groby Hall. Sua mãe é uma Beauchamp, casou-se com um Neville, então duvido que vocês tenham muito que aprender sobre ser uma grande dama da Inglaterra. Certamente não com Elizabeth Woodville como mestra — acrescenta ele em voz baixa.

— Mas papai... — Isabel está tão aflita que não consegue deixar de dizer: — Não devíamos servir a rainha, uma vez que ela nos convocou? Ou eu não deveria ir? Anne é muito jovem, mas eu não devo ir à corte?

Ele observa a filha como se desprezasse o desejo dela de estar no centro de tudo, no séquito da rainha, lindamente vestida, no coração do reino, vendo o rei todos os dias, morando no palácio real, em uma corte recém--chegada ao poder. Os cômodos cheios de música, as paredes repletas de tapeçarias, a corte celebrando seu triunfo.

— Anne pode ser jovem, mas tem uma capacidade de julgamento melhor que a sua — diz ele friamente. — Está me questionando?

Ela afunda em uma reverência e abaixa a cabeça.

— Não, milorde. Jamais. Certamente não.

— Podem ir — ordena meu pai, como se estivesse cansado de nós duas. Apressamo-nos em sair da sala, como ratos que sentiram a respiração de um gato em suas costas peludas. Quando estamos fora de sua câmara de audiências e a porta está fechada atrás de nós, eu faço um gesto com a cabeça para Isabel e digo:

— Viu! Eu tinha razão. Não gostamos da rainha.

Castelo de Warwick, primavera de 1468

Não gostamos da rainha. Nos primeiros anos de seu casamento, ela incita seu marido, o rei, a se voltar contra meu pai, seu amigo mais antigo, seu melhor amigo, o homem que o tornou rei e deu a ele um reino. Tomam o grande selo de estado de meu tio George, e dispensam-no de seu posto de lorde chanceler, mandam meu pai à França como enviado e depois o enganam, realizando pelas costas dele um tratado secreto com a rival Borgonha. Meu pai fica furioso com o rei e culpa a rainha e sua família por aconselhá-lo contra os verdadeiros interesses do reino, mas em favor próprio. Pior de tudo, o rei Eduardo envia sua irmã Margarida para se casar com o duque de Borgonha. Todo o trabalho do meu pai com a poderosa França se arruína com essa repentina amizade com o inimigo. Eduardo fará da França sua inimiga, e todo o empenho do meu pai para torná-los aliados será em vão.

E os casamentos que a rainha forja para levar sua família à grandeza! No momento em que é coroada, ela separa quase todos os jovens abastados e bem-nascidos da Inglaterra para suas centenas de irmãs. O jovem Henry Stafford, duque de Buckingham, que meus pais haviam escolhido para mim, é amarrado em casamento com a irmã da rainha, Katherine — a garotinha que sentou ao nosso lado no jantar de coroação. A criança nascida e criada numa casa de campo em Grafton torna-se duquesa. Apesar de os dois não serem mais velhos do que eu, a rainha os casa mesmo assim e cria-os sob sua tutela, como seus protegidos, guardando a fortuna dos Stafford em seu próprio benefício. Minha mãe diz que os Stafford, que são tão orgulhosos quanto qualquer grande família na Inglaterra, jamais a perdoarão por isso, e nós tampouco. O pequeno Henry aparenta estar tão nauseado quanto se alguém o tivesse envenenado. Ele é descendente dos mais antigos reis da Inglaterra e está casado com a pequena Katherine Woodville, tendo como sogro um homem que nada mais era do que um escudeiro.

A rainha casa seus irmãos com qualquer uma que tenha fortuna ou título. Seu belo irmão Anthony, por exemplo, arranja uma esposa cujo título o torna barão Scales; entretanto, a rainha não propõe nada a nós. É como se tivéssemos deixado de existir para ela no momento em que papai disse que não iríamos à corte. Não faz arranjos de casamento nem para Isabel nem para mim. Minha mãe comenta com meu pai que nunca nos curvaríamos a um dos Rivers — não importa o quanto eles tentem ascender —, mas isso significa que não tenho um casamento em vista, mesmo completando 12 anos em junho, e, o que é ainda pior, que Isabel continuará encalhada no séquito de minha mãe como sua dama de companhia, sem nenhum marido em perspectiva, embora tenha 16 anos. Como minha mãe foi prometida em casamento quando mal acabara de sair do berço e consumou suas bodas com 14 anos, Isabel se sente cada vez mais impaciente, como se estivesse sendo deixada para trás nessa corrida até o altar. Parece que desaparecemos, como meninas sob um feitiço em um conto de fadas, enquanto a rainha Elizabeth casa todas as suas irmãs e primas com todos os jovens nobres da Inglaterra.

— Talvez você se case com um príncipe estrangeiro — digo, tentando consolar Isabel. — Quando voltarmos para casa, em Calais, papai encontrará para você um príncipe da França. Devem estar planejando algo assim para nós.

Estamos nos aposentos femininos no Castelo de Warwick, supostamente desenhando. Isabel tem um belo esboço da paisagem que vê através da janela à sua frente, e eu, um rabisco que deveria ser um ramalhete de prímulas recém-colhidas das margens do rio Avon, ao lado do alaúde de Ricardo.

— Você é tão tola! — exclama Isabel de forma esmagadora. — Que bem um príncipe da França nos faria? Precisamos de uma conexão com o trono da Inglaterra. Há um novo rei no trono, e ele tem uma esposa que não lhe dá nada além de meninas. Precisamos estar na linha de sucessão. Precisamos nos aproximar. Você é estúpida como uma criadora de gansos.

Sequer me ofendo com o insulto.

— Por que precisamos de uma conexão com o trono da Inglaterra?

— Nosso pai não colocou a Casa de York no trono da Inglaterra simplesmente para favorecê-los — explica ela. — Nosso pai pôs os York no trono para que pudesse comandá-los. Papai iria governar a Inglaterra por trás do trono dos York. Eduardo era para ele como um irmão mais novo, papai seria seu mestre. Todos sabem disso.

Eu não. Eu pensava que meu pai havia lutado pelos York porque eles eram os herdeiros por direito, uma vez que a rainha Margarida de Anjou era uma mulher má e o rei havia caído em sono profundo.

— Mas, agora que o rei Eduardo é aconselhado apenas pela esposa e a família dela, precisaremos nos unir a esse círculo familiar para dominá-lo — explica ela. — Nós possivelmente casaremos com os irmãos dele, os duques reais, se mamãe consegui-los para nós.

Eu me sinto corar.

— Quer dizer que eu me casaria com Ricardo? — pergunto.

— Não é possível que você goste dele! — Ela cai na risada. — O cabelo dele é tão escuro, a pele é tão morena, e ele é desajeitado demais...

— Ele é forte. Consegue cavalgar qualquer animal. E ele é corajoso, e...

— Se quer um marido que saiba montar um cavalo, por que não se casa com John, o cavalariço?

— Mas você tem certeza de que eles arranjarão isso? Quando nós nos casaremos?

— Papai está empenhado nisso. — Isabel abaixou o tom de voz até que se transformasse em um sussurro. — Mas Ela certamente tentará impedi-lo. Não quer que os irmãos do rei se casem com uma mulher que não seja de sua família ou de sua afinidade. Ela não nos quer na corte, desmascarando-a, mostrando a todos como uma família inglesa verdadeiramente nobre se comporta. Passa todo o tempo tentando afastar o rei de nosso pai, pois sabe que ele lhe diz a verdade e lhe dá bons conselhos, além de adverti-lo contra ela.

— Papai pediu permissão ao rei? Para que nos casemos?

— Ele fará isso enquanto estiver na corte. Pode estar falando com o rei agora: hoje, neste exato momento. E então nós duas estaremos comprometidas, e com os irmãos do rei da Inglaterra. Seremos duquesas reais. Estaremos hierarquicamente acima da mãe da rainha, Jacquetta, e também da mãe do rei, a duquesa Cecily. Seremos as primeiras-damas do reino, atrás somente da própria rainha.

Arregalo os olhos para ela.

— E quem mais deveríamos ser? — insiste Isabel. — É só levar em consideração quem nosso pai é. É claro que devemos ser as damas mais importantes da Inglaterra.

— E se o rei Eduardo não tiver um filho — digo devagar, pensando alto —, o irmão dele, George será rei quando ele morrer.

Isabel me abraça em meio a sua alegria.

— Sim! Exatamente! George, o duque de Clarence. — Ela ri de felicidade. — Ele será rei da Inglaterra, e eu serei sua rainha.

Faço uma pausa, um tanto espantada com a ideia de minha irmã se tornar rainha.

— Rainha Isabel — digo.

Ela assente com a cabeça.

— Sempre pensei que soava bem.

— Izzy, você será tão importante!

— Eu sei. E você será uma duquesa ao meu lado para sempre. Será a primeira dama de meu séquito. Teremos as melhores roupas!

— Mas, se você viver um longo tempo e tampouco tiver filhos, e George morrer, então Ricardo será o próximo herdeiro e a próxima rainha serei eu: rainha Anne.

O sorriso dela desaparece de imediato.

— Não, isso é altamente improvável — diz.

Meu pai volta da corte com um silêncio pétreo. O jantar é servido no grande salão do Castelo de Warwick, onde centenas de nossos homens sentam-se para comer. O ruído dos pratos e das canecas batendo e o arranhar de facas nas baixelas ressoam no aposento, mas na mesa principal, onde meu pai se senta com o semblante fechado, comemos em silêncio completo. Minha mãe posiciona-se do seu lado direito, com os olhos atentos à mesa das damas de companhia, alerta a qualquer descompostura. Ricardo senta-se à esquerda, atento e quieto. Isabel está ao lado de minha mãe, silenciada pelo medo, e eu venho por último, como de costume. Não sei o que aconteceu. Preciso achar alguém que me conte.

Encontro nossa meia-irmã Margaret. Ela pode ser a bastarda de meu pai, mas ele a reconheceu desde o nascimento. Mamãe pagou por sua educação e a mantém com suas damas de companhia, uma confidente de grande valor. Ela é casada com um dos vassalos de meu pai, Sir Richard Huddlestone, e, mesmo que seja uma mulher adulta de 23 anos que sempre sabe de tudo, ela — diferentemente de todo o resto — me contará.

— Margaret, o que está acontecendo? — pergunto.

— O rei negou o pedido de nosso pai — responde ela, pesarosa, quando a vejo em nosso quarto, observando a serva colocar um braseiro para aquecer nossa cama fria e o camareiro esconder uma espada entre os colchões para nossa segurança. — Que ingratidão a dele. Esqueceu tudo o que deve, esqueceu de onde veio e quem o ajudou a chegar ao poder.

Dizem que o rei falou para o seu pai, na cara dele, que nunca permitiria que os irmãos se casassem com vocês duas.

— Por quê? Papai deve ter ficado furioso.

— Disse que queria outros arranjos para eles, alianças talvez na França ou nos Países Baixos, Flandres novamente, ou nos territórios germânicos. Quem sabe? Quer princesas para eles. Mas a rainha protegerá suas parentes na Borgonha, sem dúvida ela terá algumas sugestões, e seu pai se sentiu insultado.

— Fomos insultados — afirmo. Então fico em dúvida: — Não fomos?

Ela concorda acenando com a cabeça enfaticamente, fazendo um gesto para que os criados saiam do cômodo.

— Fomos. Não encontrarão duas jovens mais belas para os duques reais, nem se forem à própria Jerusalém. O rei, Deus o abençoe, é mal-aconselhado. Mal-aconselhado a procurar outras esposas que não as jovens Neville. Mal-aconselhado a enganar seu pai, que o pôs onde ele está hoje.

— Quem diz a ele que procure em outra parte? — pergunto, mesmo já sabendo a resposta. — Quem o aconselha mal?

Ela vira a cabeça e cospe no fogo

Ela — responde Margaret. Todos sabemos quem "Ela" é

Quando retorno ao salão, vejo Ricardo, o irmão do rei, em conversa íntima com seu mestre, e imagino que ele esteja perguntando por notícias, assim como pedi a Margaret. Ele me dirige um olhar rápido, e tenho certeza de que estão falando sobre mim e que seu mestre está lhe dizendo que não somos prometidos, que a rainha, apesar de ter se casado com o homem de sua escolha, fará casamentos desprovidos de amor para todos nós. Para Ricardo haverá uma princesa ou duquesa estrangeira. Vejo com uma pequena onda de irritação que ele não parece nem um pouco abalado. Seu olhar demonstra que ele não se importaria de não ser obrigado a se casar com uma menina baixa e magra, de cabelos castanhos e pele pálida, que não tem nem altura nem cabelos louros, e sem o menor sinal de seios, magra como uma vareta. Viro a cabeça como se também não me importasse. Não me casaria com ele, mesmo que todos me implorassem. E se repentinamente eu me tornar uma beldade, ele se arrependerá de ter me perdido.

— Ouviu isso? — pergunta ele, caminhando em minha direção com seu sorriso tímido. — Meu irmão, o rei, disse que não nos casaremos. Ele tem outros planos para mim.

— Nunca quis me casar com você — digo, imediatamente ofendida. — Então não pense que eu quis.

— Seu próprio pai fez a proposta — retruca ele.

— Bem, o rei terá alguém em mente para você — digo, contrariada. — Uma das irmãs da rainha, sem dúvida. Ou uma de suas primas, ou talvez uma tia-avó, alguma senhorinha com nariz encurvado e boca sem dentes. Ela casou seu irmãozinho John com minha tia-avó; cuide-se para que ela não o amarre a uma nobre velha e encarquilhada. Chamaram essa união de arranjo diabólico. Provavelmente você terá uma dessas também.

Ele nega com a cabeça

— Meu irmão escolherá uma princesa para mim — diz, confiante. — Ele é um bom irmão e sabe que sou leal a ele de corpo e alma. Além disso, já tenho idade para casar, e você é só uma garotinha.

— Tenho 11 anos — retruco com dignidade. — Mas todos vocês, meninos York, acham-se maravilhosos. Pensam que nasceram adultos e altos como lordes. Melhor se lembrarem de que não teriam chegado a lugar algum sem meu pai.

— Eu me lembro disso sim. — Então ele põe a mão sobre o coração, como se fosse um cavaleiro em um conto de fadas, e se curva para mim, como se eu fosse uma dama já adulta. — E sinto muito que não nos casemos, pequena Anne, tenho certeza de que você daria uma excelente duquesa. Espero que arrume um grande príncipe, ou um rei de algum lugar.

— Muito bem — digo, subitamente constrangida. — Espero que você não fique com uma velhota, então.

Naquela noite, Isabel vem para a cama tremendo de agitação. Ela se ajoelha para rezar, e eu a ouço cochichar:

— Permita que seja assim, Senhor. Ah, Senhor, permita que isso aconteça.

Espero em silêncio enquanto ela tira seu robe e se arrasta para baixo das cobertas, deitando primeiro de um lado, depois de outro, inquieta demais para dormir.

— O que está acontecendo? — pergunto num sussurro.

— Vou me casar com ele.

— Não!

— Sim. Papai me disse. Iremos a Calais, e o duque se juntará a nós em segredo.

— O rei mudou de ideia?

— O rei sequer saberá.

Respiro fundo.

— Você jamais se casará com o irmão do rei sem que ele dê sua permissão.

Ela dá uma risadinha curta e ficamos quietas.

— Terei os melhores vestidos — diz ela. — E peles. E joias.

— E Ricardo virá também? — pergunto com a voz baixíssima. — Porque ele acha que se casará com outra pessoa.

Na escuridão, ela passa o braço pelo meu ombro e me puxa para perto.

— Não. Ele não virá. Encontrarão outra pessoa para você. Mas não Ricardo.

— Não é que eu goste especialmente dele...

— Eu sei. É que você esperava se casar com ele. A culpa é minha, coloquei a ideia na sua cabeça. Não devia ter contado a você.

— E já que você vai se unir a George...

— Eu sei — diz ela gentilmente. — Devíamos nos casar juntas com os irmãos. Mas não a abandonarei. Perguntarei a papai se posso levá-la para viver conosco na corte quando eu me tornar uma duquesa. Você pode ser minha dama de companhia.

— Mas eu preferia ser uma duquesa eu mesma.

— Sim, mas você não pode.

Castelo de Calais, 11 de julho de 1469

Isabel usa um vestido de seda branca reluzente e mangas tecidas com fios de ouro. Eu caminho atrás dela, vestida de branco e prata, segurando seu manto de arminho. Ela usa um toucado alto, ornado com um valioso véu de renda branca que causa a impressão de que ela mede um metro e oitenta, uma deusa, uma giganta. George, o noivo, está vestido de veludo roxo, a cor dos imperadores. Quase todos os membros da corte inglesa estão aqui. Se o rei ainda não sabe do casamento secreto, certamente receberá a notícia ao acordar esta manhã e descobrir que metade de sua corte está ausente. Até mesmo sua mãe, a duquesa Cecily — que, de Sandwich, dispensou o convite para a festa de casamento —, abençoou os planos do filho predileto, George, passando por cima dos planos de seu filho desobediente, Eduardo.

Ricardo foi deixado, juntamente com seu mestre e amigos, no Castelo de Warwick; meu pai não lhe disse aonde íamos, ele jamais soube que estávamos vindo para cá celebrar um grandioso casamento. Eu me pergunto se lamentou ter sido deixado de lado. Torço muito para que pense que perdeu uma grande oportunidade e foi feito de bobo. Isabel pode ser a mais velha das irmãs Neville, e a mais bela; pode ser aquela que todos dizem ser graciosa e bem-educada, mas eu tenho uma herança tão vultosa quanto a dela e posso muito bem me tornar mais bonita. Assim, Ricardo terá perdido uma esposa linda e rica, e uma princesa espanhola maltrapilha não valerá nem metade do tesouro que eu poderia representar. É com certo prazer que penso nele, tomado pelo arrependimento, quando meu corpo se tornar mais curvilíneo e meus cabelos ficarem suaves como os da rainha, e eu tiver um sorriso secreto como o dela. Ele me verá casada com um príncipe riquíssimo, coberta de peles, e saberá que eu estou fora de seu alcance, exatamente como Guinevere.

Este não é simplesmente um casamento; é a celebração do poder de meu pai. Ninguém que visse a corte aqui reunida a convite dele, curvando-se diante dele como se fosse um rei enquanto caminha pelas lindas galerias do Castelo de Calais — a fortaleza que ele havia mantido para a Inglaterra anos a fio —, poderia duvidar de que seu poder é igual ao do rei da Inglaterra, talvez ainda maior. Eduardo prefere ignorar os conselhos de meu pai, mas deve ponderar que muitos consideram o conde de Warwick melhor do que ele; com certeza mais rico e com o maior exército. E aqui está o irmão do rei, proibido de se casar, mas tomando livremente a mão de minha irmã entre as suas, sorrindo com seu charme loiro e natural e firmando um compromisso com ela.

O banquete do casamento avança toda a tarde e noite adentro: os pratos vêm da cozinha um atrás do outro, anunciados pelas trombetas de nossos músicos; carnes e frutas, pães e doces, espessos pudins ingleses e especialidades francesas. Diante disso, o banquete de coroação da rainha parece insignificante. Papai sobrepujou o rei da Inglaterra com uma grandiosa demonstração de seu poder e riqueza. Essa é uma corte rival que ofusca Eduardo e sua esposa plebeia. Meu pai é tão grandioso quanto o abastado duque de Borgonha, mais grandioso que o rei francês. Isabel senta-se com decoro ao centro da mesa principal e indica com a mão, a cada prato que chega, as mesas no salão que devem ser honradas com sua atenção. George, lindo como um príncipe, coloca pequenos pedaços de carne no prato de Isabel, inclina-se para ela, sussurra em seu ouvido e sorri em minha direção, como se eu também estivesse sob sua proteção. Não me contenho e retribuo o sorriso: há algo de impressionante em George vestido com seus trajes de casamento; ele é belo e confiante como um verdadeiro rei.

— Não se preocupe, minha pequena, você também terá um casamento grandioso — sussurra meu pai quando passa por mim, sentada à cabeceira da mesa das damas de companhia.

— Eu pensei...

— Sei o que pensou — diz ele, interrompendo-me. — Mas Ricardo é unha e carne com seu irmão, o rei, e jamais faria algo contra Eduardo. Eu sequer poderia pedir isso a ele. Mas George... — Meu pai olha para trás na direção da mesa principal, onde seu genro se serve de mais uma taça de vinho malvasia. — George se ama antes de qualquer outra pessoa. Ele escolherá o melhor caminho para si mesmo, e tenho grandes planos para ele.

Espero, para o caso de ele dizer algo mais. Mas, em vez disso, meu pai dá um tapinha suavemente em meu ombro.

— Você terá que levar sua irmã até o quarto e aprontá-la. Sua mãe avisará quando.

Ergo o olhar na direção de minha mãe, que observa o salão, avaliando os serviçais, observando os convidados. Ela dirige a mim um aceno de cabeça e eu me levanto; Isabel empalidece subitamente ao se dar conta de que o banquete de casamento chegou ao fim e a noite de núpcias está para começar.

Um cortejo barulhento e alegre leva George até o novo e grande quarto de dormir de minha irmã; o respeito por minha mãe evita que seja uma demonstração muito maliciosa, mas os homens lançam suas palavras de encorajamento, e todos os convidados atiram flores aos pés de Isabel e evocam bênçãos para ela. Minha irmã e o marido são postos na cama por um arcebispo, vinte damas de companhia e cinco cavaleiros, numa nuvem de incenso soprada por meia dúzia de padres e sob os brados estentóreos de meu pai desejando-lhes boa sorte. Minha mãe e eu somos as últimas a deixar o quarto e, quando olho de relance para Izzy, vejo-a sentar-se na cama, muito pálida, como se sentisse medo. George deita-se sobre os travesseiros ao lado dela, nu da cintura para cima, os pelos louros cintilando em seu peito, com um largo sorriso confiante.

Hesito. Esta será a primeira noite, em toda nossa vida, que dormiremos separadas. Não quero dormir sozinha, não creio que consiga dormir sem o calor tranquilizador de minha irmã, e duvido que Izzy queira George, tão barulhento, tão louro, tão bêbado, na sua cama. Ela me olha como se fosse me dizer alguma coisa. Minha mãe, percebendo a ligação entre nós duas, põe a mão em meu ombro e começa a me conduzir para fora do quarto.

— Annie, não vá embora — diz Izzy baixinho. Eu me volto e vejo que ela treme de medo. Estica uma das mãos em minha direção como se fosse me deter ali por apenas mais um instante. — Annie! — sussurra. Não consigo resistir ao sobressalto em sua voz. Viro-me para voltar para ela enquanto minha mãe me segura com firmeza pelo braço e fecha a porta atrás de nós.

Naquela noite durmo sozinha, recusando a companhia de uma das criadas; se não posso ficar com minha irmã, então não quero dormir ao lado de mais ninguém. Deito-me nos frios lençóis; não há ninguém com quem compartilhar, aos sussurros, os acontecimentos do dia, ninguém para provocar, ninguém para me atormentar. Mesmo quando brigávamos como cão e gato, sempre havia o consolo de ter alguém com quem altercar. Assim como as próprias pedras do Castelo de Calais, ela faz parte da minha vida. Nasci e cresci para ser coadjuvante dela: a beldade da família. Sempre segui um passo atrás de minha ambiciosa irmã mais velha, determinada e de fala franca. Agora, subitamente, encontro-me só. Permaneço acordada por um longo tempo, mirando a escuridão, imaginando o que será de minha vida agora que não tenho mais uma irmã mais velha para me dizer o que fazer. Acho que, pela manhã, tudo será completamente diferente.

Castelo de Calais, 12 de julho de 1469

De manhã, a situação é ainda mais diferente do que eu havia sonhado ao longo de minha noite solitária. O lugar inteiro está completamente acordado ao amanhecer. O ruído surdo das rodas das carroças partindo do jardim junto à cozinha até o ancoradouro, os gritos vindos do arsenal e a agitação e a pressa no porto demonstram que, longe de celebrar um casamento, papai se prepara para desbravar o mar.

— São piratas? — pergunto ao meu mestre, tocando sua mão quando ele passa por mim carregando uma escrivaninha em direção aos aposentos de meu pai. — Por favor, senhor, trata-se de um ataque de piratas?

— Não — responde ele, as feições pálidas e amedrontadas. — É pior. Junte-se a sua mãe, Lady Anne. Não posso parar para conversar agora. Preciso me unir a seu pai e receber as ordens dele.

Pior do que os piratas... Isso deve significar que os franceses estão prestes a atacar. Se for assim, então estamos em guerra, e metade da corte inglesa está presa em um castelo sitiado. Essa é a pior coisa que já aconteceu. Sigo apressada para os aposentos de minha mãe, mas encontro tudo quieto, o que não é normal. Minha mãe está sentada ao lado de Isabel, que usa seus trajes novos, mas não há uma conversa animada pela alegria das bodas. Isabel parece furiosa; as outras mulheres, sentadas em círculo, costuram camisas em silêncio, mas parecem envoltas numa espécie de expectativa febril. Faço uma reverência profunda para minha mãe:

— Por favor, milady mãe — digo. — O que está se passando?

— Você pode contar a ela — diz minha mãe ternamente a Isabel, e eu corro para minha irmã e puxo um banco para junto de sua cadeira.

— Você está bem? — murmuro.

— Sim — responde ela. — Não foi tão ruim.

— Machucou?

Ela faz que sim com um aceno da cabeça.

— Horrível. E nojento. Primeiro horrível, depois nojento.

— O que está acontecendo? — pergunto.

— Papai está em guerra contra o rei.

— Não! — Eu falo alto demais, e minha mãe lança um olhar penetrante em minha direção. Tampo minha boca com a mão e sei que, por sobre a palma que me amordaça, meus olhos estão arregalados pelo choque. — Isabel... não!

— Foi tudo planejado — sussurra ela furiosamente. — Desde o começo, e eu fazia parte disso. Ele disse que tinha um plano grandioso. Achei que se referia ao meu casamento. Não sabia que era disso que se tratava.

Volto-me na direção do rosto pétreo de minha mãe, que simplesmente me encara como se minha irmã se casasse com um traidor real todos os dias e minha surpresa fosse uma vulgaridade.

— Nossa mãe sabia disso? — sussurrei. — Quando ela descobriu?

— Ela sempre soube — afirma Isabel com amargura. — Todos sabiam, exceto nós.

Fico em silêncio, aturdida. Olho em volta para as damas de minha mãe, que estão cerzindo camisas para os pobres como se aquele fosse um dia como outro qualquer, como se não estivéssemos prestes a entrar em guerra contra o mesmo rei da Inglaterra que havíamos posto no trono apenas oito anos atrás.

— Ele está guarnecendo a frota. Navegarão em breve.

Chocada, solto um soluço e mordo a palma da mão para me conter.

— Ah, venha comigo, não podemos conversar aqui — diz Isabel, saltando da cadeira e curvando-se numa reverência a nossa mãe. Isabel me arrasta por uma antessala e pela escada de pedra em caracol até os telhados do castelo, de onde podemos contemplar o movimento frenético junto ao ancoradouro, onde os navios são carregados com armamentos e os homens portam suas armaduras e guiam os cavalos a bordo. Vejo Meia-noite, o grandioso cavalo negro de meu pai, com um capuz na cabeça para que suba pela prancha de embarque. Ele segue com grande sobressalto, assustado com o rangido da madeira sob suas ferraduras de metal. Se Meia-noite está aflito, então sei que o perigo espreita.

— Ele vai mesmo fazer isso — digo com incredulidade. — Ele realmente vai içar velas rumo à Inglaterra. Mas, e quanto à mãe do rei? A duquesa Cecily? Ela sabia. Ela nos viu partir de Sandwich. Ela não avisará o filho?

— Ela sabe — responde Isabel com repugnância. — Ela sabe há tempos. Às vezes acho que todo mundo sabe, exceto o rei... e eu e você. A duquesa Cecily odiou a rainha desde o momento em que lhe contaram que Eduardo havia se casado em segredo. Por isso ela está se voltando contra o rei junto a nós. Eles planejaram tudo há meses. Papai vem pagando soldados para se sublevarem contra o rei no norte e nas Midlands. Meu casamento foi o sinal para que se rebelassem. Pense nisso... ele deu a ordem no exato dia em que eu faria meus votos, de modo que todos pudessem agir ao mesmo tempo, na hora certa. Agora estão amotinados, como se fossem os líderes da revolta. Enganaram o rei, levando-o a pensar que se tratava de uma queixa local. Esse mesmo rei agora marcha para o norte a fim de resolver o que acredita ser uma pequena insurreição. Estará longe de Londres quando papai desembarcar. Ele não sabe que meu casamento não foi só um casamento, mas sim uma reunião de tropas. Não sabe que os convidados navegam para marchar contra ele. Papai sinalizou para as tropas com meu véu de noiva.

— O rei? O rei Eduardo? — digo de forma estúpida, como se nosso antigo inimigo, o rei adormecido, Henrique, pudesse ter acordado e se levantado de sua cama na Torre.

— O rei Eduardo, é claro.

— Mas papai o ama.

— Amava — corrige-me Isabel. — George me disse esta manhã. Está tudo mudado. Papai não consegue perdoar o rei por favorecer os Rivers. Não há mais um centavo para ninguém, nem um pedaço de terra; tudo que podia ser tomado, eles tomaram, e todas as decisões na Inglaterra são tomadas em favor deles. Especialmente em favor Dela.

— Ela é a rainha... — arrisco-me a dizer. — Ela é a mais maravilhosa das rainhas...

— Ela não tem direito a tudo.

— Mas desafiar o rei? — Abaixo o tom de voz. — Isso não é traição?

— Nosso pai não desafiará o rei diretamente. Exigirá apenas que ele renuncie a seus maus conselheiros, ou seja, à família dela, aos Rivers. Ele exigirá que Eduardo reintegre aqueles que o guiaram até aqui com sabedoria, ou seja, nós. Obterá de volta para nosso tio George Neville o posto de conselheiro. Obrigará o rei a consultá-lo sobre todos os assuntos, tomará as decisões acerca das alianças estrangeiras novamente. Teremos tudo de volta, estaremos na posição em que sempre estivemos, os conselheiros e governantes por trás do rei. Mas há uma coisa que eu não sei... — A voz dela estremece em meio a essas previsões firmes, como se subitamente tivesse perdido a coragem. — Uma coisa eu realmente não sei... — Ela respira fundo. — Não sei...

Observo quando um grande canhão é erguido por um gancho, oscilante, e baixado dentro de um barco.

— O quê? O que você não sabe? — pergunto.

A expressão de Isabel é de horror, como a que assumira quando a deixamos em seu leito nupcial na noite anterior e ela sussurrou: "Annie, não vá embora."

— E se for um truque? — pergunta ela em voz tão baixa que preciso me aproximar dela para ouvi-la. — E se for um truque, como o que usaram contra o rei adormecido e a rainha má? Você é nova demais para se lembrar, mas o pai do rei Eduardo e o nosso pai nunca desafiaram o rei adormecido. Nunca se rebelaram abertamente contra ele. Sempre diziam apenas que ele deveria ser mais bem aconselhado. E lideraram os exércitos da Inglaterra contra ele, sempre defendendo que ele deveria ser aconselhado. É o que papai sempre diz.

— E quando o venceram em batalha... — digo.

— Então o colocaram na torre e disseram que o manteriam lá para sempre — conclui ela. — Tomaram sua coroa, embora sempre tenham dito que só desejavam ajudá-lo a governar. E se papai e George planejam fazer o mesmo com o rei Eduardo? O mesmo que fizeram com o rei adormecido? E se papai agora for um traidor e mandar o rei para a Torre, junto com Henrique?

Penso na bela rainha, tão confiante e sorridente no banquete de coroação, e a imagino prisioneira na Torre em vez de ser sua soberana e de dançar até o amanhecer.

— Ele não pode fazer isso, eles juraram lealdade — retruco, entorpecida. — Todos nós juramos. Todos reconhecemos que Eduardo era o verdadeiro rei, o rei ungido. Todos beijamos a mão da rainha. Dissemos que o rei Eduardo tinha mais direito ao trono do que o rei adormecido. Que ele era a flor dos Yorks e que todos caminharíamos pelo doce jardim da Inglaterra. E dançamos na coroação; ela estava tão linda, e eles estavam tão felizes! Eduardo é o rei da Inglaterra: não pode haver outro. Ela é a rainha.

Isabel balança a cabeça com impaciência.

— Você acha que tudo é tão simples! Que tudo é assim tão direto? Nós juramos lealdade quando nosso pai pensou que governaria através do rei Eduardo. E se agora ele pensar que governará através de George? Através de George e de mim?

— Ele colocará você no trono da Inglaterra? — pergunto, incrédula. — Você usará a coroa dela? Tomará o lugar dela? Sem esperar que Eduardo morra? Simplesmente tomará tudo?

Ela não parece tão animada quanto em nossas brincadeiras, quando costumávamos fingir que éramos rainhas. Parece consternada. Amedrontada.

— Sim.

Castelo de Calais, verão de 1469

O novo marido de Isabel, George, meu pai e todos os homens que se reuniram na condição de convidados do casamento convertem-se agora em uma força armada, juram lealdade uns aos outros e, prontos para invadir a Inglaterra, se lançam ao mar. Desembarcam em Kent e marcham em direção às Midlands. Homens deixam seus povoados para se juntar a eles, largam suas enxadas nos campos para se reunir ao exército de meu pai. Ele ainda é lembrado pelo povo da Inglaterra como o líder que libertou o país da maldição do rei adormecido, é amado como o capitão que domina os mares estreitos e mantém tanto piratas quanto franceses longe de nossa costa. E todos acreditam nele quando diz que deseja apenas ensinar o jovem rei a governar e libertá-lo do domínio exercido por sua esposa: mais uma rainha de gênio forte, uma rainha má que amaldiçoará a Inglaterra se os homens deixarem o caminho livre para mais uma mulher no poder.

O povo da Inglaterra aprendeu a odiar a rainha má, Margarida de Anjou. À simples menção de outra mulher, uma mulher determinada com uma vontade férrea e que se atreve, em sua posição de esposa do rei, a tentar governar o reino, o povo volta-se contra ela com a fúria do orgulho masculino ferido. Meu tio George, cujo posto de lorde chanceler foi tomado dele pelo rei e por sua esposa, encontra-se com Eduardo na estrada quando o rei cavalga para se juntar a seu exército, captura-o e o coloca sob guarda em nossa casa, o Castelo de Warwick. Papai rapta o pai e o irmão da rainha quando cavalgam juntos a caminho do País de Gales. Envia uma força especial até Grafton, em Northampton, e arranca a mãe da rainha de casa. Os acontecimentos se precipitam sobre o rei, rápidos, um após o outro. Papai caça a família Rivers antes mesmo que percebam que são as presas. Este é o fim do poder do rei, este é o fim de seus maus conselheiros. Definitivamente, é o fim da família Rivers. Papai mantém sob seu poder três dos membros da numerosa família da rainha: sua mãe, seu pai e seu irmão.

É apenas lentamente, com um pavor crescente, que percebemos que tudo isso não é uma mera ameaça por parte de meu pai, algo para dar uma lição aos Rivers. Não se trata de uma família que foi pega como refém de um modo usual: é uma declaração de guerra. Papai acusa o pai da rainha e seu belo irmão John de traição e ordena que sejam executados. Sem amparo legal, sem julgamento adequado, ele ordena que sejam conduzidos de Chepstow para nossa fortaleza, Coventry, e os executa sem dar-lhes oportunidade de apelação, sem chance de perdão, junto às muralhas sólidas e cinzentas. O lindo jovem, casado com uma mulher que tinha idade para ser sua avó, morre antes de sua velha esposa, a cabeça sobre o patíbulo, os dedos do carrasco agarrando seus cachos escuros. Lorde Rivers pousa a cabeça no sangue de seu filho. A rainha, tomada pela dor, aterrorizada com o que pode acontecer, longe do marido, temendo se tornar órfã, encerra-se com as filhas na Torre de Londres e manda chamar sua mãe.

Não consegue encontrá-la. A mãe da rainha, que organizou a mesa para as crianças no jantar da coroação e sorriu para mim, está em poder de meu pai no Castelo de Warwick. Papai cria uma corte para julgá-la e reúne testemunhas contra ela. Uma após as outras, essas testemunhas surgem com relatos de luzes ardendo na despensa dela à noite e de seus sussurros para o rio que corre junto à sua casa, com rumores de que ela conseguia ouvir vozes e de que, quando alguém de sua família estava prestes a morrer, ela era avisada por um canto espectral vindo do céu noturno.

Finalmente revistam sua casa em Grafton e de lá trazem instrumentos de necromancia: duas pequenas figuras de chumbo atadas em união demoníaca por um fio de ouro. Uma claramente representava o rei, e a outra, a filha de Jacquetta, Elizabeth Woodville. O casamento secreto foi realizado por meio de bruxaria, e o rei Eduardo, que agira como louco desde que pousara os olhos pela primeira vez na viúva de Northampton, estava todo esse tempo sob um encantamento. A mãe da rainha é uma feiticeira que realizou a união por magia, e a própria rainha não só é filha dela como também é meio bruxa. Evidentemente, papai obedecerá ao preceito da Bíblia que diz "Não deixarás viver uma feiticeira" e a enviará à morte, realizando tanto a obra de Deus quanto a sua própria.

Ele escreve sobre tudo isso para minha mãe enquanto esperamos em Calais, e ela lê a carta em seu tom de voz comedido para as damas que se sentam à sua volta, deixando as costuras de lado, boquiabertas, chocadas. É claro que eu quero que Meia-noite cavalgue com seu galope ligeiro por todo o reino, mas não consigo me rejubilar com a imagem do jovem John colocando sua bela cabeça no patíbulo. Eu me lembro de como ele parecia um cordeiro indo para o matadouro no banquete de coroação, quando ordenaram que ele ficasse de mãos dadas com sua noiva anciã. Agora, ele de fato é um cordeiro abatido e morreu antes de sua esposa idosa. Meu pai se rebela contra as regras da natureza, bem como as da realeza. A mãe da rainha, Jacquetta, que havia sorrido tão gentilmente para mim na noite do banquete de coroação, tornara-se viúva pelas mãos do carrasco de meu pai. Eu me lembro de vê-la caminhar para o jantar de braço dado com o marido, o orgulho e a alegria de ambos reluzindo como a luz de um candelabro. Meu pai havia matado seu filho, assim como seu marido. A rainha está sem pai; perderá também sua mãe? Será que papai queimará Jacquetta, Lady Rivers?

— Ela é nossa inimiga — diz Isabel de maneira sensata. — Sei que a rainha é linda e que parece muito agradável, mas a família dela tem apenas conselheiros ambiciosos e maus, e papai terá que destruí-los. Eles são nossos inimigos agora. Você deve vê-los como tal.

— Eu os vejo. — No entanto, penso nela com seu vestido branço, seu alto toucado e seu véu de renda, e sei que não acredito realmente nisso.

Durante quase todo o verão, vemo-nos em estado de constante excitação à medida que as mensagens chegam da Inglaterra, relatando que Eduardo, que já fora o rei, vivia como nosso hóspede forçado no Castelo de Warwick, que meu pai governa o reino por seu intermédio e que a reputação dos Rivers está sendo destruída. Ele diz a todos que as provas do julgamento da rainha mostram com clareza que o casamento real foi realizado por meio de feitiçaria, e que o rei estivera sob um encantamento. Meu pai o salvará, o manterá em segurança, matará a bruxa e quebrará o feitiço.

Não é a primeira vez que minha mãe aguarda notícias em Calais; nós também ficamos aqui à espera enquanto meu pai lutava engenhosamente uma batalha após outra para derrotar o rei adormecido. É como se nós estivéssemos reencenando aqueles dias de vitória, como se, mais uma vez, fosse impossível deter meu pai. Agora ele mantém sob seu poder um segundo rei e colocará mais um fantoche no trono. Os serviçais franceses que vêm à cidade de Calais contam que na França meu pai é chamado de "Fazedor de Reis" e que ninguém detém o trono da Inglaterra sem a permissão dele.

— O Fazedor de Reis — murmura minha mãe, saboreando as palavras. Sorri para suas damas, sorri até para mim. — Meu Deus! Que tolices as pessoas falam.

Um navio vindo da Inglaterra nos traz um maço de cartas, e o capitão vem ao castelo para ver minha mãe em particular. Ele conta a ela que, em Londres, corre a notícia de que o rei Eduardo seria um bastardo, não o filho de seu pai, mas sim de um arqueiro. Eduardo nunca foi herdeiro da Casa de York. É um plebeu. Jamais deveria ter subido ao trono.

— As pessoas estão mesmo dizendo que a duquesa Cecily deitou-se com um arqueiro? — pergunto em voz alta enquanto uma das damas cochicha o segredo. A mãe do rei, nossa tia-avó, é uma das mais formidáveis damas do reino, e ninguém, exceto um tolo, acreditaria numa coisa dessas a seu respeito. — A duquesa Cecily? Com um arqueiro?

Em um ágil movimento de raiva, minha mãe investe contra mim e dá um tapa em minhas orelhas, fazendo minha tiara voar pela sala.

— Fora daqui! — grita ela, enfurecida. — E pense bem antes de ousar falar mal de seus entes queridos! Nunca mais fale assim em minha presença.

Eu tenho que correr até o outro lado da sala para pegar minha tiara.

— Milady mãe... — começo a me desculpar.

— Vá para o seu quarto! — ordena ela. — E depois procure o padre para que ele lhe dê uma penitência por fofocar.

Saio correndo, agarrando a tiara com firmeza, e encontro Isabel em nosso quarto.

— O que houve? — pergunta ela ao ver uma marca avermelhada em minha face.

— Mamãe — respondo brevemente.

Isabel mexe na manga de seu vestido e me empresta seu lenço especial de casamento para enxugar minhas lágrimas.

— Aqui está — diz ela carinhosamente. — Por que ela bateu em você? Venha, sente-se aqui que eu escovo seu cabelo.

Sufoco meus soluços e me sento diante do pequeno espelho prateado. Isabel tira os grampos do meu cabelo e os penteia com a escova de marfim que seu marido lhe deu depois da única noite de casados.

— O que aconteceu? — pergunta ela.

— Eu só disse que não conseguia acreditar que o rei Eduardo fosse filho bastardo da duquesa. E mesmo que eu fosse surrada até a morte por dizer isso, ainda não acredito nessa fofoca. Nossa tia-avó? A duquesa Cecily? Quem ousaria dizer uma coisa dessas contra ela? Ela é uma dama tão grandiosa! Quem diria uma coisa dessas contra ela? Essas pessoas não terão suas línguas cortadas? O que você acha?

— Acho que é uma mentira — diz Isabel secamente enquanto faz uma trança em meus cabelos e a prende com grampos no topo de minha cabeça. — E é por isso que você apanhou. Mamãe estava brava com você porque essa é uma mentira que não devemos questionar. Não precisamos repeti-la, mas tampouco podemos desafiá-la. É uma mentira que nossos homens estão espalhando por toda a Londres, e por Calais também, e não podemos contradizê-la.

Eu me sinto confusa.

— Por que nossos homens dizem uma coisa dessas? Por que não podemos proibi-los de espalhar isso, assim como eu estou proibida de mencionar esse assunto? Por que permitiríamos que uma mentira dessas se alastre? Por que alguém diria que a duquesa Cecily traiu seu marido? Que envergonhou a si mesma?

— Pense bem.

Fico sentada contemplando meu próprio reflexo, os cabelos castanhos brilhando com luzes cor de bronze onde está elegantemente trançado por Isabel, meu rosto jovem com o cenho franzido. Isabel espera que eu siga o caminho tortuoso da intriga de meu pai.

— Papai permite que os homens repitam essa mentira? — pergunto.

— Sim.

— Porque, se Eduardo é ilegítimo, então George é o herdeiro de verdade.

— E, portanto, o verdadeiro rei da Inglaterra. Todos os caminhos conduzem George ao trono, comigo a seu lado e nosso pai nos governando para sempre. Podem bem chamá-lo de Fazedor de Reis. Ele pôs Eduardo no trono, agora o retira dele. Em seguida, coloca George. — Pelo reflexo no espelho, a expressão dela é séria.

— Eu pensei que você estaria feliz por ser rainha — digo, hesitante. — Feliz por papai ganhar o trono para você.

— Quando somos pequenas e brincamos de ser rainhas, não temos conhecimento do preço que essas mulheres pagam. Agora sabemos. A rainha anterior a Elizabeth, a rainha má, Margarida de Anjou, está agora de joelhos como uma mendiga implorando pela ajuda do rei da França; seu marido está na Torre, seu filho é um príncipe sem principado. A rainha atual está escondida na Torre, seu pai e seu irmão foram mortos num cadafalso, decapitados como dois criminosos comuns, sua mãe à espera da morte na fogueira por bruxaria.

— Iz, por favor me diga que papai não queimaria Jacquetta Woodville! — sussurro.

— Ele o fará. — O rosto de minha irmã está rígido. — Para que mais prendê-la e julgá-la? Quando eu queria ser rainha, pensei que fosse uma história, como nas lendas, que seriam apenas lindos vestidos e belos cavaleiros. Agora vejo que é algo impiedoso. É um jogo de xadrez, e papai me considera uma de suas peças. Agora ele me usa no tabuleiro, em seguida posso cair, e ele sequer pensará em mim, pois terá outra peça para jogar.

— Você está com medo? — sussurro. — Tem medo de cair?

— Sim.

Inglaterra, outono de 1469

Meu pai tem a Inglaterra sob seu jugo. Vitorioso, ele manda nos buscar para compartilharmos seu triunfo. Minha mãe, Isabel e eu embarcamos em Calais no melhor navio da enorme frota de meu pai e chegamos a Londres na condição privilegiada de mulheres da nova casa real. Elizabeth, a antiga soberana, esconde-se na Torre, meu pai transfere o antigo rei para o nosso castelo em Middleham e o mantém preso lá. Na ausência de qualquer outra corte, repentinamente nos transformamos no centro de Londres, no centro do reino. Minha mãe e a mãe do rei, a duquesa Cecily, são vistas juntas em toda parte, com Isabel seguindo-as de perto — as duas grandes damas do reino e a noiva que será nomeada rainha na próxima reunião do Parlamento.

Este é o nosso momento de triunfo: o Fazedor de Reis depõe o soberano que só lhe causou aborrecimentos para instalar um outro, seu genro, no trono. É meu pai que decide quem governará a Inglaterra. E Isabel espera um filho; também ela está agindo conforme a vontade de meu pai, exercendo o papel de fazedora de reis: ela está gerando um rei da Inglaterra em seu ventre. Mamãe ora todas as manhãs diante de uma imagem de Nossa Senhora para que Isabel tenha um menino, que será o príncipe de Gales, herdeiro do trono. Somos uma família triunfante, abençoada por Deus com a fertilidade. O antigo rei, Eduardo, teve apenas três filhas, não tem nenhum filho e herdeiro, não há um príncipe em seu berçário, ninguém que possa ser obstáculo para que George suba ao trono. Sua deslumbrante rainha, tão saudável e fecunda, só foi capaz de fazer meninas com ele. Mas eis-nos aqui, uma nova família entrando na Inglaterra, uma nova rainha a ser coroada, e ela está grávida. O bebê da noite de núpcias, concebido na única ocasião em que estiveram juntos! Que símbolo da graça divina! Quem duvidaria de que é nosso destino tomar a coroa e de que meu pai verá seu neto nascer como príncipe e viver para ser rei?

Meu pai nos envia para o Castelo de Warwick, e trilhamos as estradas secas com folhas de cores vivas esvoaçando em torno de nós e árvores que parecem tesouros repletos de ouro, bronze e cobre. As estradas estão secas e duras depois do longo verão. Deixamos para trás uma nuvem de poeira. Isabel segue na frente, descansando numa liteira puxada por mulas brancas. Ela não deve morar em Londres, ao lado de seu vitorioso marido. Não importa que agora estejam separados, uma vez que ela já espera um filho. Precisa descansar e preparar-se para a coroação. Meu pai convocará uma reunião do Parlamento em York que proclamará George, duque de Clarence, como rei, e ela será rainha. Haverá uma grande festa de coroação em Londres. Ela tomará o cetro em sua mão e o apoiará sobre seu ventre dilatado — e o vestido de coroação terá que ser solto na frente para enfatizar sua gravidez.

Baús de mercadorias chegam do norte, vindos do guarda-roupa real. No melhor aposento do castelo, Isabel e eu os abrimos como crianças no dia de Ano-Novo, e espalhamos seu conteúdo por todo o quarto, observando os laços de ouro e as pedras encrustadas brilharem à luz do fogo.

— Ele conseguiu — diz Isabel sem fôlego, olhando para as caixas de pele que papai havia lhe enviado. — Tomou as coisas dela. Essas peles são dela. — Ela afunda o rosto nos casacos espessos e solta um som de pavor engasgado. — Cheire isso aqui! Ainda estão com o perfume dela! Ele tomou as peles da rainha, mas tomou também seu perfume. Eu terei que usar o perfume dela! Papai diz que eu devo usar todas as peles, tiradas do guarda-roupa real, para guarnecer meus vestidos. Ele me enviará também as joias, os brocados e os vestidos bordados com fios de ouro para que sejam ajustados para mim. Ele conseguiu.

— E você por um momento duvidou disso? — indago, acariciando a pele de arminho cor de creme com pontos negros que apenas os reis e rainhas têm permissão de usar. Todos os mantos de Isabel serão guarnecidos por ela. — Ele derrotou o rei Henrique e o mantém prisioneiro. Agora derrotou o rei Eduardo e o mantém preso. Às vezes eu o imagino no dorso de seu cavalo, Meia-noite, galopando por todo o país, imbatível.

— Dois reis na prisão e um novo no trono? — indaga Isabel, pondo de lado as peles. — Como é possível? Como o terceiro rei poderá estar mais seguro que os outros dois? E se papai se voltar contra George, como se voltou contra Eduardo? E se os planos dele, mais do que apenas me negligenciar, passarem a me excluir? E se o Fazedor de Reis quiser um novo rei depois de George?

— Ele não fará isso; para ele, agora não há ninguém além de você e George, e você está gerando o príncipe, neto dele — digo com firmeza. — Ele fez tudo isso por você, Isabel. Ele a colocará no trono e a manterá lá. E, então, o próximo rei da Inglaterra será um Neville. Se ele tivesse feito isso por mim, eu estaria muito feliz. Se ele tivesse feito isso por mim, eu seria a menina mais feliz da Inglaterra.

Mas Isabel não está contente. Minha mãe e eu não conseguimos entender por que ela não está exultante. Achamos que a gravidez a deixa exausta, pois ela não caminha lá fora nas reluzentes manhãs frias e não aproveita o ar cortante do outono. Está aflita, enquanto nós e toda a nossa casa estamos triunfantes, desfrutando de nossa ascensão ao poder. Então certa noite, durante o jantar, o mestre das cavalariças de meu pai, o mais confiável homem de sua casa, é anunciado. Ele atravessa toda a extensão do salão, que oscila entre silêncio e cochichos enquanto ele entrega para minha mãe uma carta por sobre a mesa principal. Ela, por sua vez, a toma, surpresa pelo fato de ele ter comparecido ao salão ainda sujo da estrada, mas ciente, por sua expressão grave, de que se trata de notícias urgentes. Ela examina o selo — o brasão de meu pai com o urso e o cajado — e, em seguida, sem dizer uma única palavra, desaparece pela porta dos fundos, que dá para os aposentos particulares de nossa família, deixando-nos em absoluto silêncio.

Eu, Isabel e uma dúzia de damas de companhia continuamos nosso jantar, tentando parecer despreocupadas sob o escrutínio silencioso de todo o salão, mas, na primeira oportunidade, nos retiramos para esperar na câmara de audiências, do lado de fora de nossos aposentos privados, fingindo conversar alegremente umas com as outras, terrivelmente conscientes da porta trancada e do silêncio por trás dela. Se meu pai estivesse morto, minha mãe estaria chorando? Será que ela estava chorando? Na verdade, será que ela é capaz de chorar? Eu jamais tinha visto minha mãe derramar uma lágrima. Acabo me perguntando se ela tem essa capacidade ou se suas feições são rígidas, os olhos eternamente secos.

Se o mestre das cavalariças de meu pai entregou-lhe uma carta nos dizendo que fôssemos a Londres imediatamente para a coroação de Izzy, ela não teria irrompido porta afora com a boa notícia? Será que está chorando de alegria? Alguma vez eu já havia visto minha mãe dançar de júbilo? O sol vermelho poente começa a percorrer com lentidão as paredes cobertas de tapeçarias, iluminando uma cena após a outra, mas ainda não é possível ouvir qualquer som vindo do aposento.

Finalmente, quando começa a escurecer e os criados trazem as velas, a porta se abre e minha mãe sai, com a carta na mão.

— Mande chamar o capitão do castelo e o comandante da guarda pessoal — diz a uma das damas. — Ordene que venham o administrador, o camareiro-mor de lorde Warwick e o mestre das cavalariças.

Milady mãe se senta, com seu nobre toucado, em seu grande assento sob o dossel ornamentado e espera que os homens entrem pela porta dupla, façam uma reverência e permaneçam ali, esperando. Obviamente algo importante aconteceu, mas por sua expressão impassível não se pode dizer se triunfamos ou estamos arruinados.

— Pergunte a ela — sussurra Isabel para mim.

— Não, pergunte você.

Ficamos de pé junto às damas. Nossa mãe permanece sentada como uma rainha. Ela não manda trazer uma cadeira para Isabel, o que é estranho. É como se o bebê subitamente tivesse deixado de ser o mais grandioso de todos, como se Isabel não estivesse ela mesma a um passo de ser rainha. Esperamos que os homens cheguem e se alinhem para receber suas ordens.

— Tenho uma mensagem de meu marido, seu senhor — diz ela com voz alta e clara. — Ele escreve que restaurou o rei da Inglaterra, Eduardo, em seu trono. Fez um acordo com o rei, e, no futuro, Eduardo será guiado pelos verdadeiros lordes do reino; não haverá mais novatos.

Ninguém diz nada. Esses são homens que serviram meu pai anos a fio, na vitória e na derrota nos campos de batalha; não se espera que se agitem e façam comentários diante de notícias terríveis. Mas as damas balançam a cabeça e cochicham. Alguém faz um gesto na direção de Isabel, como se demonstrasse solidariedade ao fato de que ela não será rainha da Inglaterra afinal e de que não precisa mais pensar em si como alguém especial. Minha mãe sequer se volta para nós; seu olhar se fixa nas tapeçarias da parede, e sua voz jamais hesita.

— Iremos a Londres demonstrar nossa amizade e lealdade ao legítimo rei Eduardo e sua família — anuncia ela. — Minha filha, a duquesa, se encontrará com seu marido George, duque de Clarence. Lady Anne irá me acompanhar, é evidente. E milorde nos manda outras boas notícias: nosso sobrinho George se tornará noivo da filha do rei, a princesa Elizabeth de York.

Dirijo um olhar de relance para Isabel. Essas não são boas notícias; é algo absolutamente terrível. Meu pai sacrificou outro de seus peões, exatamente como Isabel temia, e ela está fora do jogo. Ele inserirá seu sobrinho na casa real, como herdeiro, por meio do matrimônio com a pequena princesa Elizabeth. Meu pai terá um Neville no trono, de uma maneira ou de outra: esta é a nova maneira. Isabel é a velha opção, da qual ele abriu mão.

Minha irmã morde o lábio inferior. Estendo meu braço em sua direção e, escondidas pela saia ampla de seu vestido, damo-nos as mãos.

— Um ducado será concedido a meu sobrinho — continua minha mãe com firmeza. — Ele virá a ser duque de Bedford. Essa é uma honra concedida pelo rei num gesto de boa vontade em relação ao nosso sobrinho, herdeiro de meu marido. É uma prova da amizade do soberano por nós e de sua gratidão por termos zelado por ele. Isso é tudo. Deus salve o rei e abençoe a Casa de Warwick.

— Deus salve o rei e abençoe a Casa de Warwick! — repetem todos, como se fosse possível desejar ao mesmo tempo duas coisas tão contraditórias.

Minha mãe se levanta e indica com um gesto de cabeça que eu e Isabel devemos acompanhá-la. Sigo atrás de minha irmã, demonstrando o respeito devido a uma duquesa real — mas não uma rainha. Em um instante, Isabel perdera sua reivindicação ao trono. Quem se importa com uma duquesa real se nosso primo George irá se casar com a herdeira dos York, a filha do rei? Ele será duque, e o rei sinalizou para seu irmão que ele pode facilmente fazer novos duques e incorporá-los à família. Papai tem outros peões para dispor sobre o tabuleiro.

— O que faremos em Londres? — sussurro para Isabel enquanto me inclino para a frente e ajeito seu véu.

— Demonstrar nossa amizade, suponho. Devolver as peles à rainha, colocar o vestido da coroação de volta no guarda-roupa real. Esperar que papai esteja satisfeito em casar nosso primo com um membro da família real e não pegue em armas contra o rei novamente.

— Você não será mais rainha — eu digo, em tom de tristeza. Mas, de forma desprezível, sinto um pequeno lampejo de alegria porque minha irmã não vestirá a pele de arminho, não será a mulher mais grandiosa do reino, a rainha da Inglaterra, e a favorita de meu pai, a filha que preenche suas maiores ambições, o peão que pode fazer o movimento da vitória.

— Não agora, não.

Palácio de Westminster, Londres, Natal de 1469-1470

Mais uma vez eu e Isabel adentramos os aposentos da rainha dominadas pela apreensão. A rainha encontra-se em seu grande assento; Jacquetta, sua mãe, está parada como uma estátua de gelo atrás dela. Isabel segue na dianteira, minha mãe vem logo atrás, na minha frente, e desejei ser pequena o suficiente para me esconder na cauda de seu vestido e passar despercebida. Ninguém me achará encantadora hoje. Isabel, apesar de ser uma mulher casada e cunhada da rainha, mantém a cabeça abaixada, olhos também voltados para o chão, como uma criança envergonhada esperando que este momento acabe.

Minha mãe faz uma reverência, a mais profunda possível para uma rainha da Inglaterra, e se levanta, posicionando-se diante dela, as mãos unidas e tranquilas, como se ela estivesse em seu próprio Castelo de Warwick. A rainha olha para ela de cima a baixo, e seus olhos são tão calorosos quanto uma ardósia cinzenta sob a chuva gelada.

— Ah, condessa de Warwick — diz ela numa voz tão leve e gelada quanto neve flutuando no ar.

— Vossa Graça — responde minha mãe através de dentes cerrados.

A mãe da rainha, com seu belo rosto pálido de tristeza, vestida de branco, a cor da realeza que representa o luto em sua casa, olha para nós três como se fosse nos reduzir a pó ali mesmo. Não ouso fazer nada além de espiá-la rapidamente antes de baixar meus olhos. Ela sorriu para mim no jantar de coroação; agora parece que jamais sorrirá novamente. Eu nunca tinha visto antes a desilusão no rosto de uma mulher; mas agora sei que a vejo na beleza destruída de Jacquetta Woodville. Minha mãe inclina a cabeça.

— Vossa Graça, sinto muito por sua perda — diz ela em voz baixa.

A viúva nada diz, absolutamente nada. Nós três permanecemos diante de seu olhar frio como se estivéssemos congeladas. Penso: bem, ela deve dizer algo, algo como "são os caprichos da guerra" ou "obrigada por suas condolências" ou "ele está com Deus" ou qualquer uma das coisas que viúvas dizem quando perdem seus maridos em batalhas. A Inglaterra está em guerra consigo mesma, de tempos em tempos, pelos últimos 14 anos. Muitas mulheres já se encontraram cientes de que seus maridos eram inimigos. Todos estamos acostumados a forjar novas alianças. Mas parece que Jacquetta, a viúva de Richard Woodville, lorde Rivers, não conhece essas convenções, pois nada diz para nos tranquilizar. Olha para nós como se fôssemos suas inimigas pelo resto da vida, como se estivesse amaldiçoando-nos em silêncio, como se este fosse o início de uma rivalidade que jamais se acabará. Sinto meu corpo começar a estremecer sob o ódio petrificante de seu olhar e engulo em seco, perguntando-me se irei desmaiar.

— Ele era um homem corajoso — continua minha mãe, espontaneamente. Para a expressão de tristeza inflexível de Jacquetta, o comentário parece frívolo.

Finalmente a viúva fala.

— Ele sofreu a morte ignóbil de um traidor, decapitado pelo ferreiro de Coventry, e meu adorado filho John também morreu — responde a mãe da rainha. — Ambos eram inocentes de qualquer crime, em toda sua vida. John tinha apenas 24 anos, era obediente a seu pai e seu rei.

Meu marido estava defendendo o rei coroado e ordenado, e, no entanto, foi acusado de traição e decapitado por seu marido. Não foi uma morte honrada em batalha. Ele já esteve presente em dezenas de campos de batalha e sempre voltou, para casa e para mim, a salvo. Era uma promessa: ele sempre voltaria em segurança da guerra. E ele não a quebrou. Deus o abençoe por não ter quebrado sua promessa. Morreu no cadafalso, não no campo de batalha. Jamais esquecerei isso. Jamais perdoarei isso.

Faz-se um silêncio verdadeiramente terrível. Todos no cômodo se entreolharam ao ouvir a mãe da rainha jurar sua inimizade a nós. Ergo o olhar e percebo que a rainha me observa fixamente, gélida, cheia de ódio. Abaixo o olhar novamente.

— Esses são os caprichos da guerra — defende-se minha mãe, constrangida, como que para nos desculpar.

Então Jacquetta faz algo estranho, uma coisa terrível. Ela junta os lábios e solta um longo e arrepiante sopro. Em algum lugar lá fora, uma veneziana bate, e um repentino ar gelado passa pelo salão. As chamas das velas se agitam em todo o aposento, como se um vento frio quase as apagasse. Abruptamente uma vela no pedestal ao lado de Isabel pisca e se apaga. Ela dá um gritinho de medo. Jacquetta e sua filha, a rainha, olham para nós como se fossem nos espantar com um leve sopro, como poeira.

Minha respeitável mãe se encolhe diante desse inexplicável, extraordinário comportamento. Nunca a vi recusar um desafio antes, mas ela foge deste, abaixando a cabeça e andando até a janela. Ninguém nos cumprimenta, ninguém quebra o silêncio que se segue ao sopro sobrenatural, ninguém sequer sorri. Há pessoas aqui que dançaram no casamento no Castelo de Calais, quando o terrível plano começou a ser executado, mas, ao vê-las agora, tenho a sensação de que parecem estranhas para nós. Permanecemos imóveis, com uma vergonha que nos paralisa, sozinhas, enquanto a rajada de vento diminui vagarosamente e o eco do longo sopro de Jacquetta se silencia.

As portas se abrem, e o rei surge, com meu pai de um lado, George, seu irmão, do outro, e Ricardo, o mais jovem duque de York um pouco atrás, sua cabeça de cabelos escuros altiva e orgulhosa. Ele tem todos os motivos para estar satisfeito consigo mesmo; ele é o irmão que não traiu o rei, o irmão cuja lealdade foi testada e se manteve verdadeira. Ele é o irmão que receberá riquezas, que será favorecido, enquanto caímos em desgraça. Olho na direção dele para ver se nos reconhecerá e sorrirá para mim, mas parece que sou invisível, como somos para o resto da corte. Ricardo é um homem agora, sua infância sob nossa guarda já passou há muito tempo. Ele foi leal ao rei quando nós não fomos.

George lentamente se dirige ao nosso recanto solitário, desviando o olhar como se tivesse vergonha de estar conosco, e papai o segue com passos largos. Sua autoconfiança está inabalada, seu sorriso ainda é ousado, seus olhos castanhos, brilhantes, sua barba espessa cuidadosamente aparada, sua autoridade imaculada pela derrota. Eu e Isabel nos ajoelhamos para receber sua bênção e sentimos sua mão tocar nossas cabeças levemente. Quando nos levantamos, ele está pegando a mão de mamãe, que sorri timidamente para ele, e então todos vamos para o jantar, andando atrás do rei como se ainda fôssemos seus mais caros amigos e aliados dedicados, e não seus traidores derrotados.

Depois do jantar há um baile, e o rei está alegre, belo e animado como sempre, como o ator principal de uma peça que interpreta o papel de rei bondoso e contente. Ele dá tapinhas nas costas de meu pai, põe o braço nos ombros de seu irmão George. Ele, ao menos, fará seu papel, como se nada de mau houvesse acontecido. Meu pai, não menos astuto do que seu antigo aliado, também está tranquilo, lançando olhares pela corte, saudando amigos que sabem que somos traidores e que só estamos aqui pela boa vontade do rei e porque somos donos de metade da Inglaterra. Cínicos, eles sorriem para nós, a boca coberta por uma das mãos; posso ouvir as risadas em suas vozes. Não faço questão de ver os sorrisos ocultos; mantenho meus olhos abaixados. Estou envergonhada, terrivelmente envergonhada do que fizemos.

Falhamos, essa é a pior parte. Aprisionamos o rei, mas não conseguimos segurá-lo. Vencemos uma pequena batalha, mas ninguém nos apoiou. Não foi suficiente para nós o fato de meu pai ter mantido o rei em Warwick, em Middleham; Eduardo simplesmente governava de lá e se comportava como se fosse um convidado de honra, e ia a qualquer parte quando lhe convinha.

— E Isabel deve se juntar à corte da rainha — escuto o rei dizer ruidosamente, e meu pai responde sem sequer respirar:

— Sim, sim, é claro, ela ficará honrada.

Ambas, Isabel e a rainha, ouvem isso, erguem os olhos ao mesmo tempo, e seus olhos se encontram. Isabel parece completamente chocada e temerosa, seus lábios se abrindo como se ela fosse pedir a papai que recusasse. Mas passaram-se os dias em que podíamos alegar sermos bons demais para o serviço real. Isabel terá que viver nos aposentos da rainha, servi-la todos os dias. A rainha vira o rosto com um pequeno gesto de desdém, como se não suportasse nos ver ali, como se fôssemos algo impuro, leprosas. Papai não nos olha de modo algum.

— Fique comigo — sussurra Isabel para mim com urgência. — Você tem que ficar comigo se eu tiver que servi-la. Fique ao meu lado e viva como uma de suas damas, Annie. Juro que não posso ir sozinha.

— Papai não permitiria isso... — respondo depressa. — Não lembra que mamãe recusou nossa ida da última vez? Você terá que ir, pois é cunhada dela, mas eu não posso, mamãe não permitiria, e eu não suportaria...

— E Lady Anne também — diz o rei com tranquilidade.

— É claro — retruca meu pai amigavelmente. — O que Sua Graça, a rainha, desejar.

Palácio de Westminster, Londres, janeiro de 1470

A rainha nunca é rude conosco: mas muito pior do que isso. É como se fôssemos invisíveis para ela. A mãe dela jamais fala conosco, em nenhuma circunstância, e, se passa por nós na galeria ou no salão, dá um passo para trás, contra a parede, como se sequer permitisse que a barra de sua saia nos tocasse. Se outra mulher recuasse dessa forma, eu tomaria como um gesto de deferência, como se abrisse caminho para mim Mas quando a duquesa o faz, com um passo rápido para o lado sem sequer olhar para mim, sinto como se estivesse puxando seu vestido para afastá-lo de uma lama maldita, como se eu tivesse algo em meus sapatos ou em minha anágua que cheirasse mal. Vemos nossa mãe somente na hora do jantar e à noite, quando ela se senta com as damas da rainha, um pequeno círculo silencioso repleto de inimizade ao redor, e elas conversam agradavelmente. No resto do tempo, servimos à rainha; nós a ajudamos a se vestir de manhã, a acompanhamos quando ela vai ao berçário ver suas três garotinhas, ajoelhamos atrás dela na capela, sentamo-nos junto dela durante o desjejum, cavalgamos com ela durante as caçadas. Estamos constantemente em sua presença, e ela nunca, seja por um olhar ou uma palavra, reconhece nossa presença.

As regras de precedência ditam que temos que caminhar imediatamente atrás dela e, no entanto, ela não nos vê e fala por sobre nossas cabeças com as outras damas. Se nós duas ficamos a sós com a rainha, ela se comporta como se estivesse completamente só. Quando seguramos a cauda de seu vestido, ela anda como se não houvesse ninguém atrás dela, e temos que correr para alcançá-la, parecendo tolas. Quando entrega suas luvas para nós, sequer olha para ver se estamos a postos para recolhê-las. Quando deixo alguma cair, ela não se rebaixa a ponto de notar o deslize. É como se preferisse deixar o precioso couro, perfumado e bordado, sobre a lama do que pedir que eu o recolha. Quando tenho que entregar algo a ela, um livro de contos ou uma petição, ela o toma como se tivesse surgido do nada. Se lhe entrego um ramalhete de flores ou um lenço, ela o pega de modo a não tocar meus dedos. Jamais me pede seu livro de orações ou seu rosário, e não ouso oferecê-los. Receio que ela os julgaria corrompidos por minhas malditas mãos.

O mau humor de Isabel é evidente em seu rosto pálido; ela cumpre seus deveres e senta em silêncio, e jamais deixa escapar qualquer comentário quando as damas conversam ao seu redor. Na medida em que a barriga de Isabel cresce, a rainha lhe pede que assuma cada vez menos tarefas, mas não como um gesto de cortesia. Ao virar desdenhosamente a cabeça, sugere que Isabel não está apta a servi-la, que não é boa como dama de companhia, que não serve para nada além de dar cria como uma porca. Isabel senta-se com as mãos recolhidas sobre a barriga, como se para esconder a protuberância, como se estivesse com medo de que a rainha pudesse pôr os olhos no bebê.

Mas ainda assim não consigo vê-la como minha inimiga, pois não consigo deixar de pensar que ela está do lado certo e nós, do errado, e que seu visível desprezo por mim e minha irmã foi conquistado por meu pai. Não consigo ficar brava, estou envergonhada demais. Quando a vejo sorrindo para suas filhas ou rindo com seu marido, lembro-me da primeira vez que a vi, quando a julgava a mulher mais linda do mundo. Ela ainda é a mulher mais bonita do mundo, mas já não sou uma garotinha impressionável; sou a filha de seu inimigo, o assassino de seu pai e seu irmão. E sinto muito, profundamente, por tudo que aconteceu, mas não posso dizer-lhe isso, e ela deixa claro que não ouviria nada do que tenho a falar.

Depois de um mês, não consigo comer meu jantar à mesa das damas. Há um nó em minha garganta. Não consigo dormir à noite; estou sempre com frio, como se pudesse ouvir em meu quarto nos aposentos reais o assobio de uma corrente gélida. Minhas mãos tremem quando tenho que entregar algo à rainha, e é impossível costurar; o linho é coberto com pingos de sangue onde espetei meus dedos. Pergunto à milady mãe se posso ir a Warwick ou mesmo retornar a Calais; digo a ela que me sinto doente, que viver na corte entre nossos inimigos está me fazendo mal.

— Não reclame comigo — diz ela, brevemente. — Tenho que sentar ao lado da mãe dela ao jantar e fico arrepiada até a alma com o gelo daquela bruxa. Seu pai arriscou tudo e perdeu. Não conseguiu manter o rei prisioneiro, os lordes não o apoiaram e, sem eles, nada pôde ser feito. Temos sorte de que o rei não mandou executá-lo. Em lugar disso, ocupamos uma bela posição na corte: sua irmã está casada com o irmão do rei, e seu primo George foi prometido à filha do rei. Estamos próximos do trono e podemos nos aproximar dele ainda mais. Sirva à rainha e seja grata por seu pai não estar morto, como o dela. Sirva à rainha e fique feliz porque seu pai procurará um bom casamento para você e ela vai aprová-lo.

— Não consigo — retruco, sem forças. — Realmente, milady mãe, não consigo. Não é que eu não queira, tampouco posso desobedecer a você ou a meu pai. Simplesmente não consigo. Meus joelhos se enfraquecem quando caminho atrás dela. Não consigo comer enquanto ela me olha.

A expressão dela é tão gentil quanto a de uma pedra.

— Você vem de uma família grandiosa. Seu pai arriscou muito pelo bem de sua família e pelo bem de sua irmã. Isabel tem sorte de ele ter acreditado que ela valia o esforço. Podemos estar em uma posição um tanto desconfortável agora, mas isso mudará. Mostre a seu pai que, no seu caso, valerá a pena nos esforçarmos. Terá que estar à altura de sua vocação, Anne, não há razão para ficar fraca e doente agora. Você nasceu para ser uma grande mulher; seja-a. — Ela percebe que estou pálida e trêmula. — Ora essa, vamos, alegre-se — diz ela com impaciência. — Iremos ao Castelo de Warwick para o resguardo de sua irmã. Lá será mais fácil para nós, e poderemos ficar longe da corte por pelo menos quatro meses. Não há prazer nisso para nenhuma de nós, Anne. É tão ruim para mim quanto para você. Irei nos manter em Warwick o máximo que puder.

Castelo de Warwick, março de 1470

Pensei que ficaria mais feliz a cada quilômetro longe da corte; mas, poucas semanas depois de termos chegado ao castelo, meu pai nos envia seu criado para dizer que deseja ver as filhas em seus aposentos. Entramos em seu aposento particular, Isabel se apoiando pesadamente em meu braço e segurando a barriga como se desejasse lembrar a todos, mesmo por um momento, que ela ainda carrega o filho do herdeiro do rei da Inglaterra e que ele nascerá no próximo mês.

Papai está sentado em sua cadeira com o brasão dos Warwick, com o urso e o cajado, esculpido em ouro reluzente na altura de sua nuca. Ele ergue o olhar quando entramos e aponta sua pena de escrever para mim.

— Ah, não preciso de você.

— Como, papai?

— Fique ali atrás.

Isabel solta minha mão e consegue manter a postura perfeitamente ereta sozinha, e então assumo meu lugar no fundo do cômodo, ponho minhas mãos para trás e acaricio o forro de linho dos painéis da parede com os dedos, esperando até que eu seja solicitada a falar.

— Vou lhe contar um segredo, Isabel — diz papai. — Seu marido, o duque, e eu viajaremos para apoiar o rei Eduardo em sua marcha contra uma rebelião em Lincolnshire. Vamos com ele para demonstrar nossa lealdade.

Isabel murmura uma resposta. Não a escuto, mas é claro que não importa o que ela diz, ou o que eu penso; isso é o que os homens planejaram fazer, e acontecerá independentemente de qual seja nossa opinião.

— Quando o rei alinhar seus homens no campo de batalha, nós nos voltaremos contra ele — prossegue meu pai sem rodeios. — Se ele nos posicionar na parte de trás da formação, atacaremos da retaguarda, se me colocar em uma ala e George na outra, iremos um ao encontro do outro e o esmagaremos entre nós. Nossas forças são numericamente superiores às dele, e dessa vez não faremos prisioneiros. Não serei misericordioso nem tentarei chegar a um acordo. O rei não sobreviverá. Acabaremos com esse assunto no campo de batalha. Eduardo será um homem morto. Irei matá-lo com minha própria espada, irei matá-lo com minhas próprias mãos se for preciso.

Fecho meus olhos. Isso é a pior coisa. Ouço o suspiro abafado de Isabel:

— Papai!

— Ele não é um rei para a Inglaterra, é um rei para a família Rivers — continua ele. — É uma marionete nas mãos da mulher. Não arriscamos nossas vidas e fortunas para colocar os Rivers no poder e os filhos deles no trono. Não coloquei minha vida e minha fortuna a serviço dele para ver aquela mulher exibi-las pela Inglaterra como uma meretriz vestida em veludos emprestados com pele de arminho costurada na gola.

Meu pai arrasta a cadeira quando se levanta, empurra-a e contorna a mesa na direção de Isabel. Ignorando sua barriga, ela ajoelha diante dele.

— Faço isso por você — diz ele em voz baixa. — Eu a tornarei rainha da Inglaterra, e, se essa criança que você está gerando for um menino, será um príncipe real e, depois, rei.

— Rezarei pelo senhor — sussurra Isabel, quase inaudível. — E por meu esposo.

— Você levará meu nome e meu sangue ao trono da Inglaterra — diz papai com satisfação. — Eduardo tornou-se um tolo preguiçoso. Confia em nós, e nós o trairemos, e por isso ele morrerá numa batalha como o próprio pai, que também era um tolo. Filha, levante-se. — Ele põe sua mão sob o cotovelo dela e a ergue sem delicadeza. Volta-se para mim. — Proteja sua irmã — pede ele com um sorriso. — O futuro de nossa família está no ventre dela. Ela pode estar carregando o próximo rei da Inglaterra. — Ele beija Isabel nas maçãs do rosto. — Da próxima vez que nos virmos, você será a rainha e eu me ajoelharei diante de você. — Ele ri. — Pense nisso! Eu me ajoelharei diante de você, Isabel.

Todos os integrantes de nossa casa vão a nossa capela e rezam para que meu pai seja vitorioso. Todos pensam que ele está lutando pelo rei contra os rebeldes e rezam sem compreender o real perigo em que se encontra, o grande risco que corre ao desafiar o rei da Inglaterra em seu próprio território. Mas meu pai preparou o terreno; Lincolnshire está cheio de rebeldes, e um de nossos parentes incitou a população da região, reclamando do governo mal-orientado e de seus falsos conselheiros. George tem um exército que lhe jurou fidelidade, independentemente do lado em que esteja, e os homens de meu pai o seguiriam a qualquer parte. Mas ainda assim os destinos da guerra são inconstantes, e Eduardo é um estrategista formidável. Rezamos todos os dias pelo sucesso de meu pai e aguardamos notícias.

Isabel e eu estamos sentadas em seus aposentos, Isabel descansando em sua cama e reclamando de uma dor na barriga.

— É uma dor que aperta. Quase como se eu tivesse comido demais.

— Talvez você tenha comido demais — respondo sem pena.

Ela faz cara feia.

— Estou quase com oito meses — diz ela, melancólica. — Se papai não estivesse marchando para longe, eu deveria entrar em resguardo exatamente nessa semana. Pensei que você seria mais gentil comigo, sua própria irmã.

Cerro os dentes.

— Sim, sinto muito. Devo chamar as damas, devo dizer à mamãe?

— Não — responde ela. — Provavelmente comi demais. Não há espaço em minha barriga, e toda vez que ele se mexe ou vira não consigo respirar. — Ela move a cabeça. — O que foi esse barulho?

Vou à janela. Vejo uma tropa vindo da estrada em direção ao castelo, fora de formação, tropeçando como uma multidão cansada. À frente deles estão os cavaleiros montados, vagarosos e exaustos. Reconheço o cavalo de guerra de meu pai, Meia-noite, com a cabeça abaixada e um ferimento sangrento e profundo em seu ombro.

— É papai, voltando para casa — digo.

Isabel se levanta de sua cama em um instante, corremos pelas escadas de pedra até o grande salão e escancaramos a porta, enquanto os servos do castelo se precipitam para o pátio externo para saudar o exército que retorna.

Em seu cavalo cansado, meu pai se aproxima à frente de sua tropa, e assim que estão seguros dentro dos muros do castelo, a ponte levadiça range, as grades do portão são erguidas, e meu pai e seu genro, o belo duque, desmontam de seus cavalos. Isabel imediatamente se apoia em meu braço e põe a mão na barriga, tornando-se um retrato da maternidade, mas não estou pensando em nossa aparência: olho apenas o rosto dos homens. Percebo que não são vitoriosos. Minha mãe se aproxima de nós por trás; quase escuto sua exclamação silenciosa e sei que ela também viu exaustão e derrota nesse exército. Meu pai parece austero, e George está lívido de infelicidade. Minha mãe empertiga-se ao se preparar para as consequências e cumprimenta papai brevemente com um beijo em cada face. Isabel saúda o marido da mesma forma. Tudo o que posso fazer é uma reverência a ambos e, então, todos entramos no grande salão e o conde de Warwick sobe no estrado.

As damas de companhia estão enfileiradas e se curvam quando meu pai entra. Os integrantes mais antigos do séquito nos seguem para ouvir as notícias. Atrás deles vêm os servos, a guarnição do castelo e aqueles da tropa que decidiram ouvi-lo em vez de ir descansar. Ele fala com clareza para que todos possam escutá-lo.

— Fomos ao encontro de meus parentes, lorde Richard e Sir Robert Welles, para apoiá-los — começa ele. — Eles pensam, assim como eu, que o rei está sob o controle da rainha e de sua família, que renegou seus acordos comigo e que não é um rei digno da Inglaterra.

Há um burburinho de aprovação; todos se ressentem do poder e do sucesso da família Rivers. George sobe no estrado para ficar ao lado de meu pai e nos lembrar de que ele é uma alternativa a esse rei infiel.

— Lorde Richard Welles está morto — prossegue meu pai, desolado. — Esse falso rei tirou-o do santuário... — Após uma pausa, ele repete o terrível crime cometido contra as leis de Deus e dos homens. — ... Tirou-o do santuário e o ameaçou de morte. Enquanto o filho de lorde Richard, Sir Robert, se vestia para o combate, antes mesmo de a luta começar, o falso rei matou lorde Welles, matou-o sem julgamento, no campo de batalha.

George assente com a expressão séria. Quebrar as leis de um santuário é minar a segurança e o poder da Igreja, desafiar o próprio Deus. Um homem que põe sua mão no altar de uma igreja tem que saber que está seguro ali. Até mesmo Deus coloca um criminoso sob sua proteção. Se o rei não reconhece o poder de um santuário, então está se colocando acima de Deus. É um herege, um blasfemo. Um rei desses pode ter certeza de que Deus irá derrubá-lo.

— Fomos derrotados — conclui meu pai solenemente. — O exército agrupado por Welles se dissolveu com o ataque de Eduardo. Retiramo-nos.

Senti a mão fria de Isabel junto da minha.

— Perdemos? — pergunta ela, descrente. — Perdemos?

— Iremos recuar para Calais e nos reagruparemos lá. Isso é um contratempo, mas não uma derrota. Descansaremos hoje, e amanhã empacotaremos tudo e marcharemos. Mas não tenham qualquer dúvida: isso agora é uma guerra entre mim e o pretenso rei Eduardo. O rei por direito é George da casa de York, e o veremos no trono da Inglaterra.

— George! — gritam os homens, levantando seus punhos no ar.

— Deus salve o rei George! — incita meu pai.

— Rei George! — repetem todos. Na verdade, eles jurariam fidelidade a qualquer um que meu pai ordenasse.

— *A Warwick!* — Meu pai dá seu grito de batalha, e todos urram em uníssono depois dele:

— *A* Warwick!

Dartmouth, Devon, abril de 1470

Viajamos na marcha estável das mulas que puxam a liteira de Isabel. Papai mantém batedores atrás de nossa retaguarda, e eles informam que Eduardo não está nos perseguindo para que deixemos o reino. Meu pai diz que ele é um tolo preguiçoso e que retornou ao leito quente da rainha em Londres. Seguimos tranquilamente até Dartmouth, onde o navio de nossa frota está à espera. Isabel e eu permanecemos de pé no cais enquanto as carroças e os cavalos são embarcados. O mar está calmo como um lago, o dia está quente para um mês de abril, com gaivotas brancas fazendo círculos no ar e gritando; há um cheiro agradável de cais, um odor penetrante de sal, de algas marinhas secando nas redes, de alcatrão. Quase poderia ser um dia de verão em que papai havia planejado uma viagem agradável para nós.

Meia-noite, o cavalo negro de batalha de meu pai, é um dos últimos a serem levados à prancha de embarque. Colocam um saco em sua cabeça para que ele não veja a prancha elevada nem a água sob ela. Mas ele tem consciência de que o colocam a bordo de um navio. Ele já navegou diversas vezes, invadiu a Inglaterra em duas ocasiões. É um veterano das muitas batalhas de meu pai, mas agora se comporta como um potro nervoso, empinando de maneira que os homens têm de se manter afastados de seus cascos agitados até o prenderem a uma corda e o levarem a bordo sem que ele consiga resistir.

— Estou com medo — diz Isabel. — Não quero navegar.

— Izzy, o mar está calmo como uma lagoa. Nós praticamente poderíamos nadar até nossa casa.

— Meia-noite sabe que há algo errado.

— Não, ele não sabe. Ele sempre é desobediente. E, de toda forma, agora está a bordo, em seu estábulo, comendo feno. Venha, Izzy, não podemos atrasar o navio.

Ainda assim, não avançamos. Ela me puxa de lado enquanto as damas, e também minha mãe, embarcam. Eles içam as velas, gritam ordens e respostas. A porta da cabine real permanece aberta para nos receber. George passa por nós, indiferente aos temores de Izzy; papai está dando as últimas ordens a alguém no cais, e os marinheiros começam a soltar as amarras dos grandes anéis de ferro do ancoradouro.

— A hora do parto está próxima demais para que eu possa navegar.

— Você vai ficar bem — asseguro. — Pode se deitar no beliche do navio da mesma forma que se deita em sua cama em casa.

Ainda assim ela hesita.

— E se ela estiver soprando um vento?

— O quê?

— A rainha e sua mãe, a bruxa. As bruxas são capazes de soprar ventos, não são? E se ela estiver fazendo isso e a tempestade estiver lá fora, só esperando por nós?

— Ela não é capaz de fazer uma coisa dessas, Iz. Ela é só uma mulher normal.

— Ela consegue, você sabe que ela consegue. Ela jamais nos perdoará pela morte do pai e do irmão. A mãe dela nos disse isso.

— É evidente que estão bravas conosco, mas a rainha não é capaz de fazer isso, ela não é uma bruxa.

Papai aparece repentinamente ao nosso lado.

— Embarquem — ordena ele.

— Izzy está com medo.

Meu pai olha para a filha mais velha, a escolhida e, embora ela tenha as mãos sobre a barriga volumosa e seu rosto esteja pálido, ele lhe dirige seus duros olhos castanhos como se ela nada representasse além de um obstáculo entre ele e seu novo plano. Então ele lança um olhar em direção à terra, como se pudesse avistar a gigantesca onda de estandartes do exército do rei avançando na estrada que leva ao cais.

— Embarquem. — Isso é tudo o que ele diz. Segue pela prancha sem olhar para trás e dá a ordem de erguê-la enquanto nós corremos atrás dele.

Eles soltam as últimas amarras; os rebocadores se aproximam e jogam as cordas para dentro do navio para nos levar até o mar. Os remadores inclinam-se para a frente e puxam enquanto um menino toca um tambor com uma batida uniforme para mantê-los no ritmo certo. Eles conduzem o navio para longe do cais de pedras e para fora do rio. As velas agitam-se e começam a se inflar, e o navio balança com o movimento das ondas. Papai é adorado em Devon, assim como em todos os portos da Inglaterra, pela proteção que dá aos mares estreitos, e há muitas pessoas acenando, mandando beijos para ele e gritando palavras de apoio. George imediatamente se posta ao lado dele no convés da popa, levantando a mão num gesto típico dos reis, e meu pai ordena que Izzy fique ao lado dele, colocando a mão sobre o ombro do marido e virando-se de forma que todos possam ver sua grande barriga de grávida. Mamãe e eu permanecemos na proa. Papai não me chama para ficar a seu lado, ele não precisa de mim ali. É Isabel que está destinada a ser rainha da Inglaterra e que agora se encaminha para o exílio, mas certa de voltar em triunfo. É Isabel que carrega em seu ventre a criança que todos esperam ser o menino que ocupará o trono da Inglaterra.

Alcançamos o mar aberto, e os marujos jogam as cordas para dentro dos rebocadores, liberando as velas. Uma leve brisa surge e as infla, a madeira estala na medida em que o vento conduz o navio, e nós começamos a cortar as águas azuis, águas que cantam na proa da embarcação. Izzy e eu sempre adoramos navegar, e ela se esquece do medo ao se juntar a mim na parte lateral do navio, olhando por cima da amurada à procura de golfinhos na água clara. No horizonte há uma linha de nuvens semelhante a um cordão de pérolas leitosas.

No início da noite, a embarcação entra no porto de Southampton, onde o restante da frota de papai está ancorado, aguardando a ordem de se juntar a nós. Papai envia um pequeno barco a remo para dizer-lhes que venham, e nós esperamos à deriva nas correntes em redemoinho do Solent, voltados para a terra, imaginando ver, a qualquer momento, uma floresta de velas, nossa riqueza e orgulho e a fonte de poder de meu pai — o comando dos mares. Mas apenas dois barcos aparecem. Eles se aproximam de nós, e papai se curva sobre a amurada lateral do nosso navio para ouvir que éramos esperados, que o filho dos Rivers, Anthony Woodville, com a amaldiçoada capacidade de sua família para a previdência, cavalgou como um louco com suas tropas para chegar ali antes de nós e subjugou a tripulação, prendendo uns, matando outros; de toda forma, agora ele tinha entre suas garras de rapina todos os nossos navios, inclusive nossa novíssima capitânia, o *Trinity*. Anthony Woodville tem sob seu comando a frota de meu pai. Os Rivers tomaram nossos navios da mesma forma que tomaram nosso rei, da mesma forma que tomarão tudo o que possuímos.

— Vá lá para baixo! — grita meu pai furiosamente para mim. — Diga a sua mãe que estaremos em Calais pela manhã e que eu voltarei para reaver o *Trinity* e todos os meus navios. Anthony Woodville vai se arrepender de tê-los roubado de mim.

Navegaremos durante toda a noite e toda a madrugada, correndo a favor do vento pelos mares estreitos até nosso porto em Calais. Papai conhece bem essas águas, e sua tripulação navegou e lutou sobre cada polegada dessas profundezas. O navio entrou em serviço há pouco tempo, projetado para ser uma embarcação de guerra, mas com aposentos dignos de um rei. Viajamos em direção ao leste, a favor do vento, e o céu está claro. Isabel ficará na cabine real do convés principal, eu ficarei com ela. Mamãe e papai permanecerão na grande cabine sob o convés da popa.

George ficará no aposento do primeiro oficial. Num instante, o jantar será servido, e em seguida jogaremos cartas à luz das velas que bruxuleiam com os movimentos vindos do balanço da embarcação. Depois iremos para a cama e eu dormirei, embalada pelo subir e descer das ondas, pelo som dos estalos da madeira, sentindo o cheiro do sal marinho. Dou-me conta de que estou livre: meu tempo de serviço à rainha está encerrado. Jamais verei Elizabeth Woodville novamente. Nunca mais a servirei. Ela jamais me perdoará, nunca mais ouvirá meu nome; mas, da mesma forma, eu nunca terei que suportar seu desprezo silencioso.

— O vento está ficando mais forte — observa Izzy enquanto damos uma volta em torno do convés principal antes do jantar.

Levanto a cabeça. O estandarte no topo do mastro se agita, e as gaivotas que acompanhavam o navio deram meia-volta, afastando-se para retornar à Inglaterra. As pequenas nuvens peroladas enfileiradas na linha do horizonte se avolumam, e agora estão cinzentas e espessas como plumagem.

— Não é nada — digo. — Venha, Iz, podemos ir para a cabine. Nunca ficamos na melhor cabine antes.

Seguimos até a porta que se abre para o convés principal e, assim que ela põe a mão na maçaneta, a embarcação faz um movimento brusco e ela cambaleia, caindo de encontro à porta. Ela cede repentinamente, fazendo com que Isabel desabe dentro da cabine. Ela vai de encontro à cama, e eu tento me equilibrar atrás dela para segurá-la.

— Você está bem?

Um novo movimento nos lança, cambaleantes, para o outro lado do pequeno aposento, e Izzy cai sobre mim, jogando-me contra a parede.

— Vá para a cama — digo.

O chão se eleva novamente enquanto lutamos para chegar à cama, e Isabel se agarra à cabeceira. Eu permaneço a seu lado. Tento rir do mareio súbito que nos faz cambalear como bobas, mas Iz está chorando.

— É uma tempestade, uma tempestade exatamente como eu disse! — Os olhos dela estão arregalados na escuridão repentina da cabine.

— Não pode ser, são só algumas ondas grandes. — Olho através da janela. As nuvens, que eram tão leves e claras no horizonte, tornaram-se sombrias e formam tiras negras e amarelas sobre o sol que começa a se avermelhar e escurecer, embora ainda seja fim de tarde.

— Só está ficando nublado. — Tento parecer alegre, embora nunca tenha visto um céu como este em minha vida. — Quer deitar para descansar? Acho que é melhor.

Eu a ajudo a se deitar na cama oscilante, mas o súbito mergulho do barco numa depressão entre ondas e o impacto na água jogam-me de joelhos no chão.

— Venha aqui para a cama comigo — insiste Izzy. — Venha comigo. Está esfriando, sinto muito frio.

Tiro meus sapatos e, então, hesito. Permaneço onde estou, e a sensação é de que tudo está em suspenso. De repente, tudo fica imóvel, como se o mundo tivesse parado, como se o céu aguardasse silenciosamente. O navio está quieto, sereno sobre o mar oleoso, e o vento que nos impulsionava na direção de casa, em ritmo estável para o leste, suspira como se estivesse exausto e cessa. Na calmaria, ouvimos as velas se agitarem, para logo em seguida permanecerem paradas. De uma forma agourenta, tudo está terrivelmente quieto.

Olho pela janela. O mar está plano, como se fosse um pântano e o navio chafurdasse no lodo. Não há sequer uma brisa. As nuvens pressionam o mastro da embarcação, pressionam o mar para baixo. Nada se move, as gaivotas se foram, alguém sentado no alto do mastro principal diz "Jesus amado, salvai-nos" e começa a descer as cordas para o convés. Sua voz ecoa de forma estranha, como se estivéssemos presos sob uma redoma de vidro.

— Jesus amado, salvai-nos — repito.

— Abaixem as velas! — brada o capitão, quebrando o silêncio. — Rizem as velas! — diz ele logo em seguida, e escutamos os pés descalços dos integrantes da tripulação golpeando o convés para prender as velas. O mar está vítreo, refletindo o céu, e sob meu olhar ele se converte de azul-escuro em preto e começa a oscilar.

— Ela está tomando fôlego — diz Izzy. Sua face demonstra horror, seus olhos negros contrastando com sua palidez mortal.

— O quê?

— Ela está tomando fôlego.

— Ah! Não... — insisto, tentando parecer confiante ao mesmo tempo que a imobilidade do ar e a premonição de Isabel me aterrorizam. — Não é nada, somente uma calmaria.

— Ela está tomando fôlego e logo soprará novamente — diz Izzy. Ela se afasta de mim e deita de costas, a enorme barriga redonda e cheia. Suas mãos agarram ambos os lados da cama de madeira lindamente entalhada, e ela estica as pernas para apoiar os pés na moldura da cama, como se estivesse se preparando para enfrentar o perigo. — Só mais um instante e ela assoprará.

Tento parecer confiante ao dizer:

— Não, não, Izzy... — Então o som estridente do vento tira meu fôlego. Uivando como um assobio, como uma banshee, ele se derrama do céu enegrecido, o navio se inclina, e o mar sob nós subitamente nos arremessa para cima, lançando-nos em direção às nuvens divididas por terríveis relâmpagos amarelos.

— Feche a porta! Tranque-a lá fora! — grita Izzy quando o barco balança e a porta dupla da cabine se abre num só golpe. Vou até ela e fico paralisada com a surpresa. Diante da cabine está a proa do navio e, um pouco além, deveriam estar as ondas do mar. Contudo, nada vejo à minha frente que não a proa subindo cada vez mais, como se o navio estivesse de pé sobre a própria popa e a proa se erguesse em direção ao céu. Logo percebo o porquê. Além da proa há uma onda poderosa elevando-se, alta como a muralha de um castelo, e nosso navio, pequenino, tenta escalá--la. Num instante, o topo da onda, branco glacial contra o céu negro, irá se virar e despencar sobre nós como uma estrondosa tempestade de granizo, fazendo com que, em um segundo, o convés fique branco como um campo nevado, aguilhoando meu rosto e meus braços nus e estalando sob meus pés descalços como vidro partido.

— Feche a porta! — grita Izzy novamente, e eu me arremesso contra ela no mesmo instante em que as ondas quebram sobre nós. Uma muralha de água rebenta no convés, e o navio chacoalha e balança.

Outra onda se forma sobre nós; as portas se escancaram e deixam entrar um volume de água na altura da cintura. A porta está batendo, Isabel está gritando, e o navio está chacoalhando, lutando contra o peso extra da água que entrou. Os marinheiros brigam para manter o controle das velas, agarrados aos mastros como fantoches, pensando em nada exceto suas frágeis vidas. Quando o navio se estabiliza, o capitão grita ordens e procura manter a proa reta diante do mar que se eleva. O vento se volta contra nós, varrendo as ondas inimigas que vêm em nossa direção como uma sucessão de negras montanhas de vidro.

O navio se inclina, e a porta se escancara novamente; papai entra junto com uma cascata de água, seu manto de viagem pingando, os ombros brancos de granizo. Bate a porta atrás de si e se firma, apoiando-se nos batentes.

— Tudo bem? — pergunta ele, com os olhos em Isabel.

Isabel segura a barriga.

— Estou com dor, estou com dor! — grita ela. — Papai! Leve-nos até o porto!

Ele olha para mim. Dou de ombros.

— Ela sempre está com dores — digo rapidamente. — O navio?

— Estamos seguindo rápido na direção do litoral francês. Logo estaremos ao abrigo da costa. Ajude-a. Mantenha-a aquecida. As lamparinas estão todas apagadas agora, mas assim que forem acesas novamente eu mandarei a vocês cerveja condimentada.

O navio faz um movimento brusco, e nós dois somos jogados para o lado oposto da cabine. Do beliche, Isabel grita:

— Papai!

Esforçamo-nos para ficar em pé, agarrando-nos às paredes da cabine, arrastando-nos na direção do beliche. À medida que avanço, pisco os olhos, pensando que as luzes dos relâmpagos que vêm lá de fora podem ter me deixado cega, uma vez que os lençóis de Izzy parecem pretos. Esfrego os olhos com as mãos molhadas, sentindo o gosto do sal nos nós dos dedos e nas bochechas. Então percebo que os lençóis não estão pretos, que minha visão não foi ofuscada pelos relâmpagos. Os lençóis estão vermelhos. A bolsa se rompeu.

— O bebê! — Ela soluça.

— Vou buscar sua mãe — diz meu pai precipitadamente e mergulha porta afora, fechando-a atrás de si. Ele desaparece imediatamente em meio ao granizo. Num lampejo, o relâmpago mostra a muralha de granizo que se choca contra nós e, em seguida, a escuridão novamente. O vazio negro é pior.

Agarro as mãos de Isabel.

— Estou com dor — lamenta ela penosamente. — Annie, estou com dor. Estou mesmo com dor. — Seu rosto se contorce de repente e ela se agarra a mim, gemendo. — Eu não estou fingindo. Annie, não estou tentando parecer importante. Estou mesmo com dor, com uma dor terrível. Annie, estou com dor.

— Acho que o bebê está vindo.

— Ainda não! Ainda não! É cedo demais. É cedo demais. Não pode vir agora. Não em um navio!

Olho para a porta em desespero. Será que minha mãe virá? Será que Margaret não nos desapontará, que as damas virão? Não é possível que eu e Isabel estejamos sozinhas numa tempestade enquanto ela dá à luz sem ninguém para nos ajudar.

— Eu tenho uma cinta — diz ela, aflita. — Uma cinta benzida para ajudar no parto.

Os baús com nossas coisas foram todos colocados no compartimento de carga. Não há nada para Isabel na cabine além de uma pequena caixa com uma muda de roupas brancas.

— Uma imagem e algumas relíquias de peregrinos — prossegue ela. — Na minha caixa entalhada. Pegue-os para mim. Eles me protegerão...

Um novo acesso de dor se abate sobre ela, que grita e aperta minhas mãos. A porta atrás de mim se escancara, e um jato de água e um golpe de granizo entram junto com minha mãe.

— Milady mãe! Milady mãe!

— Estou vendo — diz minha mãe friamente. — Vá até a cozinha do navio e diga-lhes que precisam manter um fogo aceso, que nós precisamos de água quente e de cerveja condimentada. Diga-lhes que é uma ordem minha. E peça a eles alguma coisa que ela possa morder, uma colher de pau se nada mais houver. E diga às minhas damas que tragam todas as roupas de cama que tivermos.

Uma grande onda arremessa o navio para cima e nos faz cambalear de um lado para outro da cabine. Minha mãe agarra a beirada da cama.

— Vá — ordena ela. — E arranje um homem que a mantenha no navio. Não vá ser jogada para fora do navio.

Diante desse aviso, me vejo incapaz de abrir a porta para a tempestade e o mar tormentoso.

— Vá — ordena minha mãe de novo, com firmeza.

Impotente, concordo e saio da cabine. O convés tem água na altura dos joelhos; assim que uma onda se vai, outra se abate sobre nós, a proa se eleva e em seguida cai no mar novamente, estremecendo. Com certeza o navio não suportará ser esmurrado dessa forma por muito tempo; essa tempestade precisa passar. Uma figura encoberta pela água passa por mim cambaleando. Agarro seu braço:

— Leve-me à cabine das damas de companhia e depois à cozinha. — Minha voz soa como um guincho, competindo com o som estridente do vento.

— Deus nos ajude, Deus nos ajude, estamos perdidos! — Ele se livra de mim.

— Leve-me até a cabine das damas de companhia e depois à cozinha! — grito para ele. — Eu ordeno que o faça. Minha mãe ordena.

— Esse é um vento de bruxa — retruca ele horrorizado. — Surgiu assim que as mulheres embarcaram. Mulheres a bordo, e uma delas morrendo, trazem o vento de bruxa. — Ele se livra de mim, e um súbito movimento do navio me joga contra a amurada. Eu me agarro a ela enquanto uma poderosa muralha de água surge pela popa e recai sobre nós. A força da água levanta meus pés do chão, e apenas minhas mãos presas à amurada e meu vestido preso numa trava de ferro me salvam. A água, no entanto, leva o homem. Vejo a face branca no mar esverdeado quando a onda o lança por sobre a amurada e ele cai, girando, mãos e pernas balançando, a boca branca abrindo e fechando como a de um peixe. Ele fica fora do alcance da visão e o navio estremece sob as marteladas do mar.

— Homem ao mar! — grito. Minha voz é uma pequena flauta contra os tambores pesados da tormenta. Olho em volta. Os membros da tripulação estão presos em seus postos; ninguém o ajudará. A água retorna ao mar até ficar na altura do meu joelho. Agarro-me à amurada e olho para o lado, mas o homem já se perdeu na escuridão das águas negras. O mar o engoliu sem deixar vestígios. O navio balança no intervalo entre as ondas, mas já há outra se agigantando em nossa direção. Um súbito clarão do relâmpago me mostra a porta da cozinha do navio e eu rasgo o vestido para me libertar da trava de ferro que me salvou e arremeter em sua direção.

O fogo havia sido apagado, o cômodo está cheio de fumaça e vapor, as frigideiras vão de encontro umas às outras, penduradas em seus ganchos como se corressem numa direção para despistar e depois tomassem outra. O cozinheiro está agarrado à sua mesa.

— Você precisa acender o fogo — digo tossindo. — E providenciar cerveja condimentada e água quente.

Ele ri na minha cara.

— Estamos indo a pique! — diz ele, aparentemente enlouquecido. — Nós estamos indo a pique e você aparece aqui querendo cerveja condimentada!

— Minha irmã está em trabalho de parto! Precisamos de água quente!

— Para fazer o que com ela? — indaga ele, como se estivéssemos num jogo de perguntas e respostas. — Para salvá-la, de forma que possa dar à luz um bebê para ser comido pelos peixes? Porque sem sombra de dúvida o bebê vai se afogar, e ela com ele, e todos nós com os dois.

— Eu ordeno que me ajude! — digo, com os dentes cerrados. — Eu, Anne Neville, a filha do Fazedor de Reis, ordeno!

— Ah! Ela vai ter que se virar sem isso — retruca ele, como se perdesse todo o interesse. Enquanto fala, o barco dá uma guinada violenta e a porta se abre. Uma onda desce pelas escadas e se choca contra o fogão.

— Dê-me algum tecido — insisto. — Trapos, qualquer coisa. E uma colher de pau que ela possa morder.

Tentando manter o equilíbrio, o homem se abaixa e tira debaixo da mesa uma cesta de tecidos limpos. — Espere. — De outra caixa ele pega uma colher de pau, e de um armário faz aparecer uma garrafa de vidro escuro. — Conhaque. Pode dar isso a ela. Tome um pouco também, linda moça, para que você se afogue feliz.

Tomo a cesta nos braços e começo a subir os degraus. Um movimento do navio me joga para a frente, e me vejo em meio à tempestade, com os braços ocupados, avançando em direção à cabine antes que outra onda se quebre sobre o convés.

Dentro da cabine, minha mãe está inclinada sobre Isabel, que geme. Cambaleio para dentro da cabine e bato a porta atrás de mim. Minha mãe se levanta.

— O fogo da cozinha está apagado? — pergunta ela.

Aceno com a cabeça. O navio se ergue e chacoalha, e nós cambaleamos com seu movimento.

— Sente-se — diz ela. — Isso vai demorar muito. Será uma noite longa e difícil.

Durante toda a noite, meu único pensamento é de que, se formos capazes de atravessar esses mares, se conseguirmos sobreviver a isso, no fim da viagem encontraremos os muros do porto de Calais e, por trás dele, abrigo. Lá está o conhecido cais onde as pessoas procurarão por nós, esperando ansiosamente com bebidas quentes e roupas secas e, quando desembarcarmos, elas nos pegarão e nos levarão correndo ao castelo. Isabel será posta na cama, as parteiras virão, ela poderá atar seu cinto abençoado em torno do ventre e prender suas relíquias no vestido.

Então ela terá um resguardo adequado, trancada em seus aposentos, e eu com ela. Ela dará à luz com meia dúzia de parteiras à disposição, e médicos a postos, e tudo estará preparado para o bebê: o trocador, o berço, a ama de leite, um padre para abençoá-lo no instante de seu nascimento e incensar o quarto.

Durmo sentada na cadeira; Isabel cochila e minha mãe permanece deitada a seu lado. De vez em quando Isabel grita, e minha mãe se levanta e apalpa seu ventre, que se eleva quadrado como uma caixa; minha irmã grita que não consegue suportar a dor, e minha mãe agarra seus punhos fechados, dizendo que tudo vai passar. Então ela se acalma e se deita, choramingando. A tormenta diminui, mas tudo continua ribombando em volta, relâmpagos no horizonte, trovões no mar, as nuvens tão baixas que não conseguiríamos avistar a terra firme mesmo que ouvíssemos as ondas se chocando contra os rochedos franceses.

A manhã chega, mas o céu mal se ilumina, as ondas chegam redondas e regulares, lançando o navio em uma direção e outra. A tripulação, segurando-se em cordas, segue até a proa; uma vela foi rasgada, e eles a cortam, enrolando-a e jogando-a ao ar, como lixo. O cozinheiro agora mantém o fogo da cozinha ativo, e todos têm um gole de grogue quente para beber, e ele manda cerveja condimentada para Isabel e todas nós. As três damas de minha mãe, juntamente com minha meia-irmã Margaret, vêm à cabine trazendo uma muda de roupa limpa para minha irmã e levam embora o lençol manchado. Isabel dorme até que a dor a acorda; ela está tão exausta que agora apenas as contrações mais torturantes são capazes de acordá-la. Está ficando delirante de cansaço e de dor. Quando ponho a mão em sua testa, percebo que está ardendo, com o rosto ainda pálido, mas com um ponto vermelho e quente em cada bochecha.

— O que há com ela? — pergunto a Margaret.

Ela permanece em silêncio, apenas balançando a cabeça.

— Ela está doente? — pergunto à minha mãe.

— O bebê está preso dentro dela. Assim que chegarmos a terra uma parteira terá que virá-lo.

Fico boquiaberta diante dela. Não tenho ideia do que está falando.

— Isso é ruim? Virar um bebê? Isso é ruim? Parece ruim.

— Sim — diz ela sem qualquer disfarce. — É ruim. Já vi isso ser feito e é uma dor além de qualquer outra. Vá e pergunte a seu pai quanto tempo falta para chegarmos a Calais.

Esgueiro-me para fora da cabine novamente. Chove agora, uma chuva forte e estável vinda de um céu escuro, e o mar corre velozmente sob o navio, empurrando-nos na direção de Calais, embora o vento sopre em sentido contrário. Meu pai está no convés ao lado do timoneiro e, ao lado deste, o capitão.

— Milady mãe pergunta quando chegaremos a Calais — digo.

Ele olha para baixo, em minha direção, e noto que fica chocado com minha aparência. Estou sem meu toucado, com os cabelos desgrenhados, meu vestido rasgado e manchado de sangue, ensopada e descalça. Há também uma espécie de desespero selvagem em mim: passei a noite em claro, preocupada com a ideia de que minha irmã pudesse morrer. Eu não tinha sido capaz de fazer nada para ajudá-la além de avançar em meio à água até a cozinha para levar-lhe uma colher de pau para morder em sua agonia.

— Em uma ou duas horas — responde ele. — Não falta muito. Como está Isabel?

— Ela precisa de uma parteira.

— Em uma ou duas horas ela a terá. — Ele sorri de forma afetuosa. — Pode dizer a ela, em meu nome. Ela tem minha palavra. Isabel jantará em casa, em nosso castelo. Terá seu resguardo com os melhores médicos da França.

Aquelas palavras me animaram, e sorri de volta para ele.

— Arrume-se de maneira apropriada — diz ele rispidamente. — Você é a irmã da rainha da Inglaterra. Calce os sapatos, troque esse vestido.

Eu faço uma mesura e sigo de volta para a cabine.

Esperamos. São duas longas horas. Não tenho outra muda de roupa; sacudo meu vestido, endireito os cabelos e coloco meu toucado. Isabel geme na cama, dorme e acorda cheia de dor; então ouço o grito que vem da gávea:

— Terra à vista! A estibordo! Calais!

Pulo de minha cadeira e olho pela janela. Vejo o contorno familiar das altas muralhas da cidade, o teto abobadado de Staple Hall e a torre da catedral e, um pouco mais além, o castelo no topo do monte, as ameias e nossas janelas com luzes brilhando. Protejo meus olhos da chuva que cai, mas consigo ver a janela do meu quarto e as velas acesas para mim, os postigos abertos num sinal de boas-vindas. Posso ver minha casa. Sei que estaremos seguros. Chegamos em casa. O alívio é extraordinário, sinto meus ombros leves como se fossem libertados do peso do pavor. Estamos em casa, e Isabel está salva.

Ouço um ruído triturante e um rangido metálico terrível. Olho para os muros do castelo, onde dúzias de homens trabalham num guindaste cujas polias estalam e rangem. Diante de nós, à entrada do porto, vejo uma corrente que surge do fundo do mar, arrastando consigo algas da mais profunda das profundezas, e se eleva lentamente para bloquear nossa passagem.

— Rápido! — grito, como se pudéssemos inflar as velas e passar por sobre a corrente antes que ela estivesse alta demais. Mas não precisamos correr para vencer a barreira; assim que nos reconhecerem eles afrouxarão a corrente, assim que virem o estandarte com o cajado de Warwick eles nos darão passagem. Meu pai é o mais amado dos capitães que Calais já teve. É a sua cidade, não de um York ou de um Lancaster; Calais é fiel somente a ele. Este é o lar da minha infância. Ergo os olhos para o castelo e, bem abaixo da janela do meu quarto, vejo que os nichos para as armas estão guarnecidos de soldados, e os canhões foram trazidos para fora, um após o outro, como se o castelo estivesse preparado para atacar.

É um engano, digo a mim mesma. Eles devem ter nos confundido com um navio do rei Eduardo. Mas então ergo ainda mais o olhar. Sobre as ameias, não é a bandeira de papai que tremula, com o cajado, mas a rosa branca e o estandarte real ao vento. Calais manteve-se fiel ao rei e à Casa de York, ainda que nós tenhamos mudado de lado. Papai declarou que Calais era de York, e ela permaneceu leal a York. Calais não muda com as marés. É leal assim como nós fomos leais antes; mas agora nos tornamos o inimigo.

Bem a tempo, o timoneiro avista o perigo da corrente que se eleva e grita uma ordem de comando. O capitão pula lá para baixo, junto aos marujos. Papai se lança ao timão, girando-o junto com o timoneiro para desviar o navio da cilada mortal provocada pela corrente tesa. As velas vibram perigosamente quando ficamos de lado para o vento, e o mar nos empurra transversalmente, dando a impressão de que vai virar nosso barco.

— Gire mais, gire mais, encurte as velas! — grita papai e, rangendo, o navio dá a volta. Uma explosão repugnante vem do castelo, e uma bala de canhão cai no mar próximo à proa. Eles nos têm ao alcance. Eles nos têm em seu campo de visão. Irão nos afundar se não formos embora.

Não consigo acreditar que nosso lar se voltou contra nós, mas papai continua manobrando o navio e imediatamente nos põe fora de alcance, sem hesitação. Então ele baixa as velas e lança as âncoras. Nunca o vi tão irritado. Ele envia um oficial num pequeno bote com uma mensagem para sua própria guarnição, requisitando a entrada dos homens sob seu comando. Temos que aguardar. O mar se agita, e o vento nos impele de forma que a corrente da âncora fica tensionada. O navio puxa-a com irritação, inclina-se e gira. Deixo a cabine e vou para a lateral da embarcação para olhar de novo o meu lar. Não posso crer que as portas foram fechadas para nós, que não vou subir a escadaria de pedras e pedir um banho quente e roupas limpas. Agora vejo um pequeno bote saindo do porto. Escuto seu baque quando se posiciona ao nosso lado e os gritos dos marinheiros lançando cordas. São içados alguns barris de vinho, alguns biscoitos e um pouco de queijo para Isabel. E isso é tudo. Não trazem nenhuma mensagem; não há nada a dizer. Eles dão meia-volta e retornam a Calais. Nossa entrada foi barrada em nosso próprio lar, e mandaram vinho para Isabel por misericórdia.

— Anne! — chama minha mãe, gritando ao vento. — Venha até aqui.

Cambaleio de volta à cabine ouvindo a corrente da âncora ranger em protesto e, em seguida, o ruído de quando ela sobe a bordo. Estamos livres. O navio geme mais uma vez, entregue novamente à clemência dos mares, golpeado pelas ondas, empurrado pelo vento. Não sei que curso papai seguirá. Não sei para onde podemos ir agora que fomos banidos de nossa própria casa. Não podemos voltar à Inglaterra, somos traidores para o rei. Calais não nos receberá. Para onde poderemos ir? Há algum lugar em que estaremos seguros?

Dentro da cabine, Isabel está erguida na cama, apoiada nas mãos e nos joelhos, sofrendo como um animal moribundo. Ela me olha através dos cabelos emaranhados, e seu rosto está pálido, seus olhos, vermelhos. Mal a reconheço; ela parece um bicho, tão feio quanto torturado. Minha mãe ergue o vestido de Isabel, e a roupa de baixo está ensopada de sangue. Dou uma espiada e olho para o outro lado.

— Você tem que colocar as mãos dentro dela e virar o bebê — diz minha mãe. — Minhas mãos são grandes demais, não consigo.

Olho para ela com um horror absoluto.

— O quê?

— Não temos parteira, temos que virar o bebê nós mesmas — explica minha mãe, impaciente. — Ela é tão pequena que minhas mãos acabam sendo grandes demais. Você terá que fazer isso.

Olho para minhas mãos finas, meus dedos longos.

— Não sei o que fazer — digo.

— Eu instruo você.

— Não consigo.

— Você tem que conseguir.

— Mamãe, eu sou uma moça, uma menina... Eu nem deveria estar aqui...

Sou interrompida por um grito de Isabel, que deixa a cabeça tombar na cama.

— Annie, pelo amor de Deus, me ajude. Tire-o! Tire-o de dentro de mim!

Minha mãe me toma pelas mãos e me arrasta para o pé da cama. Margaret levanta as roupas de baixo de Isabel; o traseiro dela está horrivelmente coberto de sangue.

— Ponha suas mãos lá dentro — orienta minha mãe. — Empurre com força. O que você está sentindo?

Isabel grita de dor quando introduzo a mão em sua carne flexível e deslizo-a para dentro. Nojo; nojo é tudo o que sinto naquela carne quente, além de horror. Depois, algo repulsivo, semelhante a uma perna.

O corpo de Isabel se contrai em minhas mãos, esmagando meus dedos.

— Não faça isso! Você está me machucando!

Ela ofega como uma vaca moribunda.

— Não consigo evitar. Annie, tire-o daí.

A perna dá um chute quando a toco.

— Está aqui. Acho que é uma perna, ou um braço.

— Consegue achar o outro?

Consinto com a cabeça.

— Então puxe-o da melhor forma possível — ordena minha mãe. Vejo sua consternação. — Temos que tirá-lo daí. Puxe delicadamente.

Começo a puxar. Isabel grita. Mordo os lábios. Esse é um trabalho nojento, apavorante, e Isabel me enoja e me horroriza por estar desse jeito, como uma lebre gorda, dando à luz como uma prostituta, forçando-me a fazer uma coisa dessas. Provavelmente meu rosto está contraído, minha cabeça virada para o lado como se não quisesse ver nada. Permaneço o mais longe possível da cama da minha irmã, esse monstro, tocando-a sem misericórdia, segurando firme essa perna dentro dela, como fui instruída a fazer, apesar da aversão que sinto.

— Consegue pôr a outra mão lá dentro?

Olho para minha mãe como se ela estivesse louca. Isso não é possível.

— Veja se é capaz de colocar sua outra mão lá dentro e segurar o bebê.

Eu havia me esquecido de que havia um bebê; sinto-me chocada com o mau cheiro e com a sensação do pequeno membro escorregadio em minhas mãos. Delicadamente tento introduzir minha outra mão. Algo cede horrivelmente, e posso sentir, com as pontas dos dedos, o que pode ser um braço, um ombro.

— Um braço? — digo. Estou rangendo os dentes para não vomitar.

— Empurre-o, tateie até embaixo, ache a outra perna. — Minha mãe aperta as mãos, desesperada para que aquilo chegue ao fim, batendo de leve nas costas de Isabel como se ela fosse um cachorro doente.

— Achei a outra perna.

— Quando eu mandar, você terá que puxar as duas pernas — diz minha mãe, que dá a volta e toma a cabeça de Isabel nas mãos para dizer:

— Quando sentir a dor chegando, você tem que empurrar. Empurre com força.

— Não consigo. — Isabel soluça. — Não consigo, mamãe. Não consigo.

— Você tem que empurrar. Você precisa fazer isso. Diga-me assim que a dor chegar.

Faz-se uma pausa e, em seguida, os gemidos de Isabel tornam-se mais fortes e ela grita:

— Agora! É agora!

— Empurre! — diz minha mãe. As damas seguram seus punhos fechados e levantam seus braços como se a estivessem rasgando ao meio. Margaret desliza a colher de pau na boca de Isabel, que uiva e a morde.

— Você puxa o bebê — grita minha mãe para mim. — Agora. Firme. Puxe.

Eu puxo, e tenho a sensação horrível de que algo estala e cede em minhas mãos.

— Não! Está quebrado, está quebrado!

— Puxe. Puxe mesmo assim!

Eu puxo, liberando uma golfada de sangue, um fedor de líquidos, e duas perninhas que pendem de dentro de Isabel, que grita e arqueja.

— Mais uma vez — orienta minha mãe. Ela parece estranhamente triunfante, mas eu estou completamente aterrorizada. — Estamos quase lá, mais uma vez, Isabel. Assim que a dor vier.

Isabel geme e se ergue.

— Puxe, Anne! — Pego as perninhas magras e escorregadias e puxo mais uma vez, até que chega o momento em que tudo permanece imóvel e um ombro sai, depois o outro, e Isabel guincha quando a cabeça vem. Vejo claramente sua carne rasgar, como se ela fosse um brocado carmim e azul, sangue vermelho e veias azuis que se rasgam quando a cabeça finalmente sai e, logo em seguida, o cordão umbilical. Deixo o bebê cair na cama, viro a cabeça e caio no chão, enjoada.

O navio se ergue, todas cambaleamos com o movimento, e mamãe vem engatinhando até a cama, onde delicadamente pega o bebê, enrolando-o no lençol branco. Estou tremendo, esfregando as mãos cheias de sangue, limpando o vômito de minha boca, mas esperando as palavras que nos dirão que um milagre aconteceu. Estou à espera do primeiro choro miraculoso.

Faz-se silêncio.

Isabel está gemendo baixinho. Vejo que ela está sangrando, mas ninguém estanca o sangramento. Minha mãe enrolou calorosamente o bebê. Uma das mulheres ergue o olhar, sorrindo, o rosto banhado em lágrimas. Todas estamos à espera de um choro, à espera do sorriso de minha mãe.

Sua expressão é exausta e sombria.

— É um menino — diz ela com rispidez: a única coisa que todos queremos ouvir. Mas estranhamente não há alegria em sua voz, e sua boca está rígida.

— Um menino? — repito, cheia de esperança.

— Sim, é um menino. Mas é um menino morto. O bebê está morto.

Rio Sena, França, maio de 1470

Os marinheiros recolhem as velas para serem consertadas e esfregam o chão da cabine real, cujas tábuas estão manchadas com o sangue de Izzy e meu vômito. Dizem que foi um milagre não termos nos afogado na tempestade, falam do terror que sentiram quando a corrente se ergueu na entrada do porto de Calais. Comentam que apenas o peso do meu pai no timão tornou possível ao piloto dar meia-volta. Que jamais querem fazer novamente uma viagem como esta, mas, se fosse necessário, só a fariam com meu pai no timão. Que ele os salvou. Mas nunca mais navegarão com mulheres a bordo. Balançam a cabeça com veemência. Nunca mais navegarão com mulheres que estão sendo perseguidas por um vento de bruxa. Estão exultantes por terem sobrevivido. Todos pensam que o navio foi amaldiçoado com uma mulher em trabalho de parto e um bebê morto a bordo. Acreditam que foi perseguido por um vento de bruxa soprado pela rainha para nos conduzir ao Inferno. Em todos os lugares a que vou a bordo, há um silêncio absoluto. Acham que o vento estava nos caçando, que ainda nos perseguirá. Culpam-nos por tudo.

Os baús são içados e finalmente podemos nos lavar e trocar de roupa. Isabel ainda sangra, mas se levanta e se veste, embora o vestido fique estranho nela. Sua barriga orgulhosa se foi; ela parece apenas gorda e doente. Sua imagem consagrada e as relíquias dos peregrinos estão expostas com suas joias. Ela as coloca na caixa que fica ao pé de nossa cama sem nada dizer. Há um estranhamento silencioso entre nós duas. Algo terrível aconteceu, tão terrível que não sabemos nem como tocar no assunto. Ela me dá nojo, desperta nojo em si mesma, e nada dizemos sobre isso. Mamãe leva o bebê morto numa caixa e alguém o abençoa e o joga no mar, imagino. Ninguém nos conta nada, e não perguntamos. Sei que foi meu puxão inexperiente que tirou a perna dele do lugar; mas não sei se o matei. Não sei se Izzy pensa que sim ou se mamãe tem certeza disso. Ninguém me diz nada, nem sim nem não, e jamais falarei sobre isso novamente. O nojo e o horror permanecem em minhas entranhas como um enjoo.

Isabel deveria permanecer de resguardo até a hora de ir à igreja pela primeira vez, deveríamos ficar trancadas com ela em seus aposentos por seis semanas e depois ser purificadas. Mas não há tradições para quando se dá à luz um menino morto sob um vento de bruxaria no mar; nada parece ser como deveria. George vem vê-la quando a cabine está limpa e a cama com lençóis trocados. Ela está descansando quando ele entra e se inclina para beijar a testa pálida da esposa. Sorri para mim.

— Sinto muito por sua perda — diz.

Ela mal olha para ele.

— Nossa perda — corrige-o. — Era um menino.

O belo rosto dele está impassível. Imagino que mamãe já tenha lhe contado.

— Haverá outros. — Soa mais como ameaça do que consolo. Ele vai até a porta como se mal pudesse esperar para sair dali. Pergunto-me se estamos fedendo, se ele é capaz de sentir o cheiro da morte e do medo em nós.

— Se não tivéssemos praticamente naufragado no mar, acho que o bebê teria vivido — diz ela com súbita crueldade. — Se eu estivesse no

Castelo de Warwick, teria parteiras para me ajudar. Poderia usar minha cinta abençoada, e o padre teria orado por mim. Se você não tivesse se rebelado com papai contra o rei e não tivesse sido derrotado, eu teria tido meu bebê em casa e ele estaria vivo a essa altura. — Isabel para. O belo rosto de George está impassível. — É culpa sua.

— Ouvi dizer que a rainha Elizabeth está grávida novamente — observa ele, como se fosse uma resposta a sua acusação. — Tomara Deus que ela tenha mais uma menina, ou um natimorto também. Precisamos ter um filho antes dela. Esse é apenas um revés, não é o fim. — Ele procura sorrir animadamente para ela. — Não é o fim — repete George e sai.

Isabel apenas olha para mim, inexpressiva.

— É o fim para o meu bebê — observa ela. — Com certeza, é o fim dele.

Ninguém, exceto meu pai, sabe o que está acontecendo, e embora pareçamos desabrigados e derrotados, expulsos para a foz do Sena, ele parece estranhamente animado. Sua frota de navios de guerra escapa de Southampton e se junta a nós, de forma que ele tem guerreiros e o grande navio *Trinity* sob seu comando de novo. Ele escreve com frequência e envia mensagens para o rei Luís da França; mas não nos diz o que está planejando. Encomenda roupas novas para si mesmo e as manda cortar ao estilo francês, um barrete de veludo sobre os espessos cabelos castanhos. Mudamo-nos para Valognes, de forma que a frota possa se preparar para uma invasão da Inglaterra em Barfleur. Isabel faz sua mudança em silêncio. A ela e a George são dados lindos aposentos no piso superior do solar, mas ela o evita. Passa a maior parte do dia comigo na sala de estar de mamãe, onde abrimos as janelas para arejar o cômodo, fechamos as venezianas para bloquear o sol e ficamos sentadas o dia inteiro na claridade cálida. Está muito quente, e Isabel se ressente do calor. Reclama de uma constante dor de cabeça e de cansaço, mesmo pela manhã, ao acordar. Certa vez ela comenta que não vê propósito em nada e, quando pergunto o que quer dizer com isso, ela apenas balança a cabeça e seus olhos se enchem de lágrimas. Recostamo-nos no assento de pedras da janela do grande salão e observamos o rio e os campos verdejantes mais além. Nenhuma de nós vê propósito em coisa alguma. Nunca dizemos nada sobre o bebê que foi levado por nossa mãe numa caixinha e lançado ao mar. Nunca mencionamos a tempestade, ou o vento, ou o mar. Nunca falamos muito. Sentamo-nos em silêncio a maior parte do tempo, e não é necessário falar.

— Gostaria de voltar a Calais — diz Isabel repentinamente numa manhã quente e silenciosa. Compreendo que ela quer dizer que deseja que nada disso jamais houvesse acontecido; nem a rebelião contra o rei adormecido e a rainha má, nem a vitória de nosso pai, nem a rebelião contra o rei Eduardo e, sobretudo, nem o casamento com George. Isso é desejar que nenhum evento de nossa infância tivesse ocorrido. É desejar que não houvesse existido qualquer tentativa de grandeza.

O que mais meu pai poderia ter feito? É evidente, ele tinha que lutar contra o rei adormecido e a rainha má. Ele sabia que eles haviam tomado atitudes equivocadas, que precisavam ser arrancados do trono. Depois, quando foram derrotados e destronados, papai não pôde suportar o casal que ocupou seu lugar. Ele não conseguiria viver num país governado pela família Rivers; precisava levantar seu estandarte contra o rei Eduardo. Ele está empenhado em ver o reino sob o governo de um bom rei, aconselhado por nós; George deveria ser esse rei. Compreendo que meu pai não pode deixar de se esforçar para que isso aconteça. Como sua filha, sei que minha vida será moldada por essa incessante luta para nos conduzir até onde deveríamos estar: o primeiro escalão por trás do trono. Isabel deveria se dar conta disso. Nós somos filhas do Fazedor de Reis; governar a Inglaterra é nossa herança.

— Se papai não tivesse se voltado contra o rei, eu teria tido meu bebê em casa — continua ela, cheia de ressentimento. — Se não tivéssemos içado velas naquele dia, com aquele vento, eu agora teria um bebê nos braços. Em vez desse nada. Nada tenho, e mal me importo com isso.

— Você terá outro bebê — digo, repetindo o que mamãe me disse. Isabel precisa ser lembrada de que terá outro filho; ela não pode se entregar ao desespero.

— Não tenho nada — repete ela simplesmente.

Mal nos movemos ao som das pancadas na porta dupla, que é aberta por um dos guardas e por onde entra uma mulher silenciosamente. Isabel levanta a cabeça.

— Sinto muito, milady mãe está lá fora — diz ela. — Não podemos atender a pedidos.

— Onde está a condessa? — pergunta a mulher.

— Com meu pai — responde Isabel. — Quem é você?

— E onde está seu pai?

Não sabemos onde ele está, mas não vamos admitir isso.

— Ele está fora. Quem é você?

A mulher abaixa o capuz. Chocada, reconheço uma das damas de companhia de York: Lady Sutcliffe. Ponho-me de pé rapidamente e me coloco à frente de Isabel como que para protegê-la.

— O que faz aqui? O que você quer? Veio a mando da rainha? — Sinto uma pontada de terror súbito ao pensar que ela veio para nos matar e olho para suas mãos enfiadas no manto como se ocultasse uma faca.

Ela sorri.

— Vim para vê-la, Lady Isabel. E à senhora também, Lady Anne. E para falar com seu marido, George, o duque.

— Com que propósito? — pergunta Isabel de maneira rude.

— Sabe o que seu pai planeja para as senhoras agora?

— O quê?

A mulher olha em minha direção, como se me considerasse jovem demais para estar presente.

— Talvez Lady Anne devesse ir para o quarto enquanto eu falo com a senhora.

Isabel agarra a minha mão.

— Anne ficará comigo. E a senhora sequer deveria estar aqui.

— Fiz todo esse percurso desde Londres para alertá-las como uma amiga. Para alertar a ambas. Nem mesmo o rei sabe que eu estou aqui. Sua sogra, a duquesa Cecily, enviou-me para falar com as senhoras para o seu próprio bem. A senhora sabe o quanto ela se preocupa com a senhora e com seu marido George, o filho favorito. Ela me mandou dizer que seu pai está agora tramando com o inimigo da Inglaterra: Luís de França. — Ela ignora nossas expressões chocadas. — Pior ainda: está selando uma aliança com Margarida de Anjou. Planeja declarar guerra contra Eduardo, o rei legítimo, colocando o rei Henrique de volta no trono.

Balanço a cabeça, recusando imediatamente essa ideia.

— Ele jamais faria isso — digo. As vitórias de papai contra a rainha má Margarida de Anjou e o rei adormecido Henrique VI foram as histórias que embalaram minha infância. O ódio e a hostilidade de meu pai por eles foram minhas cantigas de ninar. Ele lutou uma batalha após a outra para arrancá-los do trono e substituí-los pela Casa de York. Jamais, de forma alguma, faria uma aliança com eles. Seu próprio pai morrera combatendo-os, e Margarida de Anjou espetou as cabeças de meu avô e de meu tio nos muros de York como se fossem traidores. Jamais lhe perdoaremos. Jamais lhe perdoaremos por isso, mesmo que venhamos a perdoar-lhe por todo tipo de corrupção e maldade. Papai jamais faria uma aliança com ela depois daquilo. Ela foi o pesadelo de minha infância. É nossa inimiga até a morte. — Ele nunca faria uma aliança com ela.

— Ah, sim, ele faria. — Ela se volta para Isabel. — Vim por amizade alertar seu marido George, duque de Clarence. E para tranquilizá-lo. Ele pode voltar para a Inglaterra; seu irmão, o rei, o receberá. A mãe dele acertou tudo e quer dar as boas-vindas à senhora também. Vocês dois são amados pela Casa de York, agora e para sempre. George é o próximo na linha de sucessão da Inglaterra, ainda é o herdeiro. Se o rei e a rainha não tiverem um filho homem, então a senhora um dia poderá ser rainha.

Mas... pense nisso: se o seu pai colocar o velho rei de volta no trono, a senhora nada será, e tudo o que sofreu será em vão.

— Não podemos nos juntar aos Lancaster — digo quase para mim mesma. — Papai não pode estar pensando nisso.

— Não — concorda ela brevemente. — A senhora não pode. A ideia é ridícula. Nós sabemos disso; todos sabem disso, exceto seu pai. É por isso que vim alertá-las. Vim procurar pela senhora, não por ele, e a senhora deve consultar seu marido e definir quais são seus interesses. A duquesa Cecily, sua sogra, quer que saiba que deve ir para casa e que ela será como uma mãe para a senhora, mesmo que seu pai seja um inimigo da Casa de York e de toda a Inglaterra. Ela pede que vá para casa, e ela providenciará para que seja tratada de forma correta. Ela ficou assustada, como todos ficamos, ao saber da provação pela qual passou no mar. Ficamos chocados com o fato de seu pai tê-la conduzido para tão grande perigo. A duquesa está inconsolável com seu sofrimento e sente grande pesar pela perda do neto. Esse bebê seria seu primeiro neto do sexo masculino. Ela foi para o quarto e rezou a noite inteira pela pequena alma dele. A senhora deve ir e deixar que tomemos conta da senhora.

Lágrimas brotam dos olhos de Isabel quando ela pensa na duquesa Cecily rezando pela alma do bebê.

— Quero ir para casa — sussurra Isabel.

— Não podemos — digo de imediato. — Temos que ficar com papai.

— Por favor, diga a Sua Graça que agradeço a ela — gagueja Isabel. — Fico contente com suas preces. Mas, é claro, eu não sei o que... terei de fazer quando meu pa.. Devo fazer o que meu marido me ordenar.

— Tememos que esteja sofrendo — replica a mulher carinhosamente. — Sofrendo e sozinha.

Isabel pisca para que as lágrimas que lhe vêm tão rapidamente nos últimos dias escorram.

— É evidente que sinto minha perda — afirma ela com dignidade. — Mas tenho o consolo de minha irmã.

Lady Sutcliffe faz uma reverência.

— Devo ir ter com seu marido para alertá-lo sobre os planos de seu pai. O duque precisa se salvar e salvá-la da rainha Margarida da Casa de Lancaster. Não mencione minha visita a seu pai. Ele ficaria bravo ao saber que a senhora me recebeu e que agora sabe que ele é desleal.

Estou prestes a declarar aos gritos que meu pai não é desleal, que ele jamais poderia ser desleal, e que nós nunca guardaríamos segredos dele. Mas então me dou conta de que não sei onde ele está agora com suas novas roupas francesas — nem o que está fazendo.

Angers, França, julho de 1470

Papai ordena que nos juntemos a ele em Angers e envia um belo guarda fardado para a longa jornada. Não envia explicações sobre por que temos que viajar nem onde ficaremos; então, quando chegamos, depois de cinco longos dias nas estradas empoeiradas, ficamos surpresas com o fato de ele estar esperando para nos encontrar fora da cidade, belo, orgulhoso e alto, montado em Meia-noite, com um guarda a seu lado. Ele nos escolta através dos portões da cidade e pelas ruas, onde as pessoas tiram seus chapéus conforme passamos. Entramos no pátio da grande mansão que ele requisitou para si, localizada na ampla praça principal. Isabel está pálida de cansaço, mas, mesmo assim, ele não lhe dá permissão para ir para o quarto. Em vez disso, diz que devemos seguir direto para o jantar.

Minha mãe espera por nós no grande salão diante de uma mesa quadrada repleta de comida; parece um banquete. Recebe a mim e a Isabel com um beijo e sua bênção, e então olha para meu pai. Ele indica um assento de um lado da mesa para Isabel, enquanto George entra e toma seu lugar ao lado da esposa com uma saudação murmurada. Abaixamos nossas cabeças com decoro, e então papai sorri para nós e pede que comecemos a comer. Não agradece a Isabel por ter feito a longa viagem, nem louva a coragem dela para seu marido.

A mim, ele elogia por minha aparência, diz que estou florescendo na França — como as experiências que levam minha irmã à exaustão podem me deixar tão bonita? Ele serve o melhor vinho em meu copo, coloca-me entre minha mãe e ele mesmo. Corta fatias de carne para mim, as quais o servo coloca à minha frente, servindo-me antes de Isabel, antes de minha mãe. Olho para a comida em meu prato e não ouso experimentá-la. Por que o melhor pedaço de carne é servido para mim antes de qualquer um? Qual é o significado disso? De repente passo a ocupar o primeiro lugar, mesmo tendo passado a vida toda seguindo Isabel e minha mãe em todos os cômodos em que entramos.

— Senhor meu pai?

Ele sorri e, ante o calor que irradia de seu rosto, percebo que retribuo o sorriso.

— Ah, você é minha menina esperta — diz ele, ternamente. — Sempre foi minha filha mais inteligente. Está se perguntando que planos tenho para você.

Não ouso olhar para Isabel, que deve tê-lo ouvido me chamar de "filha mais inteligente". Não ouso olhar para George. Nunca ouso olhar para minha mãe. Sei que George encontrou-se com Lady Sutcliffe em segredo e suponho que ele tema que meu pai tenha conhecimento disso. Meu súbito favorecimento pode ser um aviso, um alerta para George de que ele não pode nos enganar. Vejo que as mãos de Isabel estão tremendo, e ela as coloca sob a mesa, fora do meu campo de visão.

— Arranjei um casamento para você — afirma meu pai em voz baixa.

— O quê?

Essa é a última coisa que eu esperava. Estou tão chocada que me volto para minha mãe. Ela olha para mim, perfeitamente serena; está claro que já sabe de tudo.

— Um grande casamento — continua ele. Posso perceber a animação sob o tom controlado de sua voz. — O maior casamento que poderia ser arranjado para você. O único possível nesse momento. Posso desafiá-la a adivinhar com quem?

Diante do meu silêncio estupefato, ele ri alegremente, ri para nossos rostos emudecidos.

— Adivinhe! — instiga ele.

Olho para Isabel. Apenas por um momento penso que talvez iremos para o nosso lar, que nos reconciliaremos com a Casa de York e me casarei com Ricardo. Então vejo a expressão amuada de George e tenho certeza de que não pode ser isso.

— Papai, não consigo adivinhar.

— Minha filha, você se casará com o príncipe Eduardo de Lancaster e será a próxima rainha da Inglaterra.

Há um ruído quando George deixa sua faca cair no chão. Ele e Isabel estão paralisados, como se submetidos a um encanto, encarando meu pai. Percebo que George esperava desesperadamente que Lady Sutcliffe estivesse espalhando falsos rumores. Mas ela dissera somente parte da verdade, e a história completa é pior do que qualquer um de nós pudesse ter imaginado.

— O filho da rainha má? — pergunto de forma infantil. De repente, todas as antigas histórias e todos os medos retornam. Cresci pensando que Margarida de Anjou era praticamente uma fera, uma loba que cavalgava liderando homens selvagens, destruindo tudo em seu caminho com a força de sua terrível ambição, carregando consigo um rei que dormia enquanto tudo acontecia, enquanto ela destruía a Inglaterra, assassinava meu avô e meu tio, tentava matar meu pai na cozinha com um espeto de assar ou na corte com uma espada; uma mulher que só foi derrotada por ele e por Eduardo, o nosso Eduardo, quando lutaram em meio à neve na mais terrível batalha que a Inglaterra já viu. Então, como uma nevasca, ela mesma foi soprada para o gélido Norte, junto com o vento e a neve suja de sangue. Capturaram seu marido e o deixaram dormir na Torre, onde ele não pudesse fazer mal a ninguém; mas ela e seu menino de gelo, que inexplicavelmente fora concebido por uma mãe loba e um pai adormecido, jamais foram vistos novamente

— Príncipe Eduardo de Lancaster, o filho da rainha Margarida de Anjou. Eles vivem na França agora e são sustentados pelo pai dela, Renato de Anjou, rei da Hungria, de Maiorca, da Sardenha e de Jerusalém. Ela é parente do rei Luís da França. — Meu pai cuidadosamente ignora minha expressão de surpresa. — Ele nos ajudará a organizar uma invasão à Inglaterra. Derrotaremos a Casa de York, libertaremos o rei Henrique da Torre e você será coroada princesa de Gales. Nós governaremos a Inglaterra até que o rei morra, que os santos o guardem! E então aconselharei você e o príncipe Eduardo de Lancaster, que serão reis. Seu filho, meu neto, será o próximo rei da Inglaterra e, talvez, de Jerusalém também. Pense nisso.

George engasga como se estivesse se afogando em seu vinho. Todos nos voltamos para ele, que tosse e se agita, mas não consegue recuperar o fôlego. Meu pai espera até que o ataque diminua, assistindo-o sem compaixão.

— Isso é um revés para você, George — concorda meu pai, sendo razoável. — Mas você será herdeiro do trono depois do príncipe Eduardo, e será cunhado do rei. Estará tão próximo do trono quanto sempre esteve, e os Rivers terão sido derrotados. Sua influência será clara e sua recompensa, grande. — Meu pai acena com a cabeça para ele gentilmente. Sequer olha para Isabel, que ia se tornar rainha, mas que agora dará precedência a mim. — George, eu cuidarei pessoalmente para que você mantenha seu título e suas terras. Não está nem um pouco pior do que estava antes

— Eu estou pior — comenta Isabel, com voz baixa. — Perdi meu bebê por nada

Ninguém responde. É como se ela tivesse se tornado tão desimportante que ninguém precisasse responder.

— E se o rei ainda estiver dormindo? — pergunto. — Digo, quando o senhor chegar a Londres? E se não conseguir acordá-lo?

Meu pai dá de ombros.

— Não importa. Quer ele esteja dormindo, quer esteja acordado, darei as ordens em seu nome até que o príncipe Eduardo e — ele sorri para mim — a princesa Anne subam a seus tronos e se tornem rei Eduardo e rainha Anne da Inglaterra.

— A Casa de Lancaster restaurada! — George fica de pé num salto, vinho malvasia manchando sua boca, a face ruborizada de raiva, as mãos trêmulas. Isabel, conciliadora, estende a mão e a coloca sobre o punho fechado do marido. — Passamos por tudo isso para restaurar a Casa de Lancaster? Encaramos tantos perigos em terra e mar para colocar os Lancaster de volta no trono? Traí meu irmão e desertei a Casa de York para pôr um Lancaster no poder?

— A Casa de Lancaster tem uma reivindicação justa — diz meu pai, jogando fora a aliança com York, a qual sua família moldou e defendeu por duas gerações. — A pretensão de seu irmão é de fato pobre se ele for, como você sugere, um bastardo.

— Eu o chamei de bastardo para me tornar o próximo herdeiro — grita George. — Estávamos lutando para *me* colocar no trono. Desacreditamos Eduardo para provar *meu* direito. Nunca desacreditamos minha casa, nunca difamamos York! Nunca dissemos que alguém além de mim deveria ser rei!

— Isso não era possível. — O tom de voz de meu pai demonstra um leve arrependimento, como se falasse de uma batalha há muito perdida num país distante, e não na Inglaterra, na primavera anterior. — Tentamos duas vezes, George, você sabe. Eduardo era forte demais para nós, havia muitas pessoas ao lado dele. Mas com a rainha Margarida em nossa aliança ela sublevará metade da Inglaterra, e todos os antigos lordes Lancaster, a pequena nobreza que nunca gostou de seu irmão, irão se juntar a nós. Margarida sempre teve força no Norte e nas Midlands. Jasper Tudor colocará o País de Gales a seu dispor. Eduardo nunca será capaz de derrotar uma aliança entre mim, você e Margarida de Anjou.

É muito estranho para mim escutar esse nome não mais como uma maldição, e sim citado como uma aliada... Eu tinha pesadelos com essa mulher; no entanto, agora se supõe que ela seja nossa amiga de confiança.

— Agora você, Anne, deve ir com sua mãe e encontrar as costureiras — instrui meu pai. — Isabel, você pode ir também, todas devem ter novos vestidos para o noivado de Anne.

— Meu noivado?

Ele sorri, como se pensasse que está me dando uma grande alegria.

— Noivado agora, e o casamento assim que tivermos a permissão do papa.

— Ficarei noiva agora mesmo?

— Depois de amanhã.

Catedral de Angers, 25 de julho de 1470

Há duas figuras silenciosas no altar principal da catedral, de mãos dadas, trocando promessas de fidelidade. Uma luz vinda da grande janela atrás delas ilumina seus rostos sérios. Inclinam-se uma para a outra como se estivessem jurando amor e lealdade eterna. Abraçam-se, como se para ter certeza das intenções uma da outra. Um observador poderia pensar, diante da intensidade de seus olhares e da proximidade de seus corpos, que este é um caso de amor.

São os grandes inimigos, meu pai e Margarida de Anjou, lado a lado. Esta é a grande união; o filho dela e eu iremos meramente encenar a promessa de nossos pais. Primeiro, ela põe a mão sobre um fragmento da Cruz Verdadeira — a cruz trazida até aqui do reino de Jerusalém —, e mesmo da parte de trás da catedral consigo ouvir sua voz recitando um voto de lealdade a meu pai. Então é a vez dele. Meu pai põe sua mão sobre a cruz e ela a ajusta, certificando-se de que toda a palma e os dedos dele estejam na madeira sagrada, como se, mesmo agora, no próprio ato de jurarem aliança, ela não confiasse nele. Ele recita seu voto, então viram um para o outro e trocam um beijo de reconciliação. São aliados, serão até a morte, fizeram um juramento sagrado, nada pode separá-los.

— Não consigo — sussurro para Isabel. — Não posso me casar com o filho dela, não posso ser uma filha para a rainha má, para o rei adormecido. E se o filho dela for tão louco quanto todos dizem? E se ele me matar, ordenar que eu seja decapitada como fez com os dois lordes York que guardavam seu pai? Dizem que ele é um monstro, que tem sangue nas mãos desde a infância. Que mata homens por esporte. E se eles cortarem minha cabeça como fizeram com nosso avô?

— Shhh — diz ela, segurando minhas mãos frias nas dela e esfregando-as delicadamente. — Você está falando como uma criança. Tem que ser corajosa. Será uma princesa.

— Não posso pertencer à Casa de Lancaster!

— Pode. Você precisa.

— Uma vez você me disse que tinha medo de que nosso pai a usasse como um peão.

— Disse? — pergunta ela, dando de ombros.

— De que ele a usasse como um peão e talvez a deixasse cair.

— Se você vai ser a rainha da Inglaterra, ele não a deixará cair — observa Isabel, astuta. — Ele a amará e servirá todos os dias. Você sempre foi a preferida dele, deveria ficar feliz de agora ser o centro de sua ambição.

— Izzy — digo com timidez —, você foi o centro da ambição dele, e ele quase a afogou no mar.

Seu rosto está quase esverdeado na penumbra da igreja.

— Eu sei — confirma ela friamente.

Hesito diante disso; nossa mãe chega e diz, apressada:

— Devo apresentá-la a Sua Graça, a rainha.

Sigo-a pela longa nave da catedral, os deslumbrantes vitrais criando um tapete colorido sob meus pés, como se eu caminhasse sobre o sol esplendoroso. Percebo que é a segunda vez que minha mãe me apresenta a uma rainha da Inglaterra. Da primeira, vi a mulher mais bela que já conheci. Desta vez, a mais feroz. A rainha me vê chegar, vira em nossa direção e espera, com a paciência de um assassino, até que eu alcance os degraus do altar. Minha mãe se ajoelha em uma profunda reverência, e eu me inclino também. Quando levanto, vejo uma mulher baixa e roliça, vestida de forma magnífica em brocado dourado, um alto toucado em sua cabeça, drapeado em renda também dourada, além de um cinto de ouro amarrado em torno de seus amplos quadris.

Seu rosto é redondo e severo, sua boca em formato de coração não sorri.

— Você é Lady Anne — diz ela em francês.

Assinto com um gesto de cabeça.

— Sim, Vossa Graça.

— Você vai se casar com meu filho e se tornará minha filha.

Concordo de novo. Está claro que essa afirmação não leva em conta a minha felicidade. Quando olho para ela mais uma vez, seu rosto está reluzente de triunfo, como o ouro.

— Lady Anne, você agora é apenas uma jovem, é ninguém; mas eu a tornarei rainha da Inglaterra, você se sentará em meu trono e usará minha coroa.

— Lady Anne foi preparada para tal posição — assegura minha mãe.

A rainha a ignora. Caminha para a frente e toma minhas duas mãos entre as suas, como se eu estivesse jurando lealdade a ela.

— Vou ensiná-la a ser uma rainha. — Seu tom de voz é baixo. — Vou ensiná-la o que sei sobre coragem e liderança. Meu filho será rei, mas você ficará ao lado dele, pronta para defender o trono com a própria vida. Você será uma rainha como eu fui, capaz de comandar, de governar, de tecer alianças e mantê-las. Eu era apenas uma menina, não muito mais velha do que você, quando fui à Inglaterra pela primeira vez e aprendi rapidamente que para segurar o trono você deve ser fiel a seu marido e lutar pela coroa dele dia e noite, Anne. Dia e noite. Vou forjá-la como uma espada, da mesma forma que eu fui forjada como uma lâmina. Vou ensiná-la a ser um punhal nas entranhas da traição.

Penso nos horrores que esta rainha desencadeou no país, junto com seus favoritos e sua ambição. Penso em meu pai jurando que o rei havia caído em um sono mortal, pois não conseguia suportar a vida ao lado dela. Penso nos anos em que meu pai governou a Inglaterra e essa mulher devastou a Escócia, organizando um exército que veio em direção ao sul como um bando de salteadores seminus, roubando, estuprando e matando aonde quer que fossem, até o país todo jurar que não toleraria mais esta rainha e até os cidadãos de Londres fecharem seus portões para ela e implorarem a sua melhor amiga, Jacquetta Woodville, que a aconselhasse a levar o exército para o norte, de volta ao lar.

Alguns desses pensamentos ficam evidentes em meu rosto, pois ela dá um sorriso breve:

— É fácil ser cheia de escrúpulos quando se é uma menina. É fácil ter princípios quando não se tem nada. Mas, quando você for uma mulher e tiver um filho destinado ao trono, depois de anos de espera, quando for uma rainha e quiser manter sua coroa, estará preparada para fazer qualquer coisa. Estará preparada para matar até mesmo inocentes se for preciso. E, quando esse dia chegar, ficará feliz por eu ter ensinado a você tudo o que sei. — Ela sorri para mim. — Quando você for capaz de fazer tudo, tudo mesmo, para ficar com seu trono e manter sua coroa e a de seu marido, então saberá que aprendeu comigo. E será de fato minha filha.

Ela me repele, me aterroriza completamente. Não ouso dizer nada.

A rainha volta-se para o altar principal. Vejo uma figura frágil de pé ao lado de meu pai: o príncipe Eduardo. Há um bispo diante dele com o missal aberto na página da missa de casamento.

— Venha — diz a rainha má. — Esse é seu primeiro passo, eu a guiarei em todos os outros. — Ela toma minha mão e me leva em direção ao filho.

Tenho 14 anos, sou filha de um traidor em exílio com a cabeça a prêmio. Estou prestes a ficar noiva de um menino quase três anos mais velho do que eu, o filho da mulher mais assustadora que a Inglaterra já conheceu, e através desse casamento meu pai a trará de volta ao reino como o lobo com o qual a comparam. E desse momento em diante terei que chamar esse monstro de mãe.

Olho para Isabel, que parece estar muito distante. Ela tenta sorrir para mim em sinal de encorajamento, mas seu rosto está cansado e pálido na escuridão da catedral. Lembro-me do que ela me disse na noite de seu casamento: "Não vá." Sem fazer qualquer som, articulo com a boca as mesmas palavras para ela, então me viro e caminho em direção a meu pai para fazer o que ele quer.

Amboise, França, inverno de 1470

Não consigo acreditar na vida que está se desdobrando diante de mim. Na fria e prematura luz das manhãs de inverno, acordo ao lado de Isabel e tenho que permanecer deitada, olhando em volta para as paredes de pedra do quarto e as tapeçarias de cores opacas, para lembrar-me de onde estou, de quão longe viemos e de meu deslumbrante e incrível futuro. Então repito para mim mesma: sou Anne de Warwick; ainda sou a mesma. Estou prometida ao príncipe Eduardo de Lancaster, sou princesa de Gales enquanto o velho rei viver e, com a morte dele, serei rainha Anne da Inglaterra.

— Você está resmungando de novo — reclama Isabel, mal-humorada. — Resmungando como uma velha louca. Cale-se, você soa ridícula.

Comprimo meus lábios para me silenciar. Este se tornou meu ritual, tão regular quanto as primas. Não posso começar o dia sem avaliar as mudanças em minha vida. Se eu não recitar minhas expectativas, minhas esperanças inacreditáveis, não conseguirei acreditar que cheguei até aqui. Primeiro abro meus olhos e vejo novamente que estou em um dos melhores quartos do belo Castelo de Amboise. Neste castelo de contos de fadas, somos os convidados do homem que uma vez fora nosso maior inimigo: Luís, rei da França, agora nosso melhor amigo. Estou noiva do filho da rainha má e do rei adormecido, mas agora devo sempre me lembrar de chamá-la de milady mãe e a ele de meu nobre pai: rei Henrique. Isabel não será rainha, George não será rei. Ela será a minha principal dama de companhia, e eu serei rainha. O mais extraordinário de tudo: papai já tomou a Inglaterra de assalto, marchou até Londres, libertou o rei adormecido da Torre, levou-o diante do povo e o proclamou em voz alta como rei da Inglaterra, restaurando-o ao seu povo, ao trono. O povo recebeu-o bem. Inacreditavelmente, na França, aprendemos a celebrar o triunfo dos Lancaster, a dizer "nossa casa" quando nos referimos à rosa vermelha, a renunciar ao que fomos leais durante toda a vida.

A rainha Elizabeth, aterrorizada com a inimizade de meu pai, fugiu para o santuário e está escondida com sua mãe e suas filhas, grávida de outra criança, abandonada por seu marido. Agora não importa se ela tiver um menino, uma menina ou o aborto que George desejava para ela — seu filho jamais se sentará no trono da Inglaterra, pois a Casa de York foi totalmente derrubada. Ela está escondida, e seu marido, o belo e outrora poderoso rei Eduardo, nosso amigo, nosso antigo herói, fugiu da Inglaterra como um covarde, acompanhado somente por seu leal irmão Ricardo e meia dúzia de homens. Em algum lugar de Flandres, eles esperam pacientemente e temem pelo futuro. Meu pai começará uma guerra contra eles no ano que vem. Irá caçá-los e matá-los como os bandidos que agora são.

A rainha, que era tão graciosa em seu triunfo, que era ferrenha em sua antipatia, está de volta aonde começou, uma viúva sem dinheiro e sem perspectivas. Eu deveria estar feliz, esta é minha vingança pelos milhares de sinais de desprezo que ela mandou a Isabel e a mim, mas não consigo deixar de pensar nela e de me perguntar como ela sobreviverá a um parto nos aposentos escuros do santuário sob a Abadia de Westminster. Será que algum dia ela sairá de lá?

Papai ganhou a Inglaterra, retornou à sua irresistível forma vencedora. George permaneceu fielmente a seu lado ao longo da campanha, apesar das ofertas de traição feitas pela Casa de York, e ele fez tudo o que disse que faria. Irei me juntar a ele assim que eu e o príncipe Eduardo nos casarmos; estamos somente esperando pela liberação do papa para confirmarmos nosso noivado. Como marido e mulher, nos encontraremos com meu pai na Inglaterra e seremos proclamados príncipe e princesa de Gales. Estarei ao lado da rainha Margarida de Anjou, minha mentora e guia. As peles de arminho do guarda-roupa da rainha Elizabeth serão enviadas para nós novamente, só que dessa vez elas serão costuradas em meus vestidos.

— Cale-se! — ordena Isabel. — Você está resmungando de novo!

— Não consigo acreditar. Não consigo entender — digo a ela. — Preciso ficar repetindo isso para que eu mesma acredite.

— Bem, em pouco tempo, você poderá resmungar para seu marido e ver se ele gosta de acordar com uma louca sussurrando no ouvido dele — comenta ela de forma brutal. — E eu poderei dormir durante as manhãs.

Isso me cala, como ela sabe que aconteceria. Vejo meu noivo todos os dias, quando ele vem se sentar com sua mãe durante a tarde, e então todos vamos jantar à noite. Ele toma a mão da mãe e caminho atrás deles. Ela tem a precedência por ser a rainha, e sou apenas uma futura princesa. Ele é três anos mais velho do que eu, então talvez seja por isso que se comporte como se mal se importasse com a minha presença. Ele deve pensar em meu pai com o mesmo terror e ódio com os quais fomos ensinadas a pensar em sua mãe; talvez seja por isso que ele é tão frio comigo. Talvez seja por isso que sinto que somos estranhos, quase inimigos.

Ele tem o cabelo claro de sua mãe; claríssimo, quase como cobre. Tem o mesmo rosto redondo e a pequena boca agressiva dela. É ágil e forte, foi criado para cavalgar e lutar; sei que tem coragem, pois dizem que é muito bom nas justas. Esteve em campos de batalha desde a infância, e por isso talvez tenha se tornado insensível. Não é possível esperar que sinta afeição por uma menina, a filha de seu antigo inimigo. Há uma história sobre ele: quando tinha apenas 7 anos, exigiu que os cavaleiros de York que protegiam seu pai fossem decapitados, apesar de terem mantido o rei em segurança durante a batalha. Ninguém me diz que isso é mentira.

Mas talvez isso seja minha culpa — nunca perguntei a ninguém na corte de sua mãe se um menino tão jovem faria uma coisa dessas, se, de fato, isso aconteceu em algum momento, se ele displicentemente deu essa ordem mortal. Não ouso perguntar à rainha Margarida se é verdade que pediu ao filho de 7 anos que escolhesse qual morte dois homens honrados deveriam ter. Na verdade, nunca pergunto nada a ela.

A expressão dele é sempre cautelosa, os olhos velados pelos cílios, e ele raramente me encara, sempre desvia o olhar. Quando alguém lhe dirige a palavra, ele olha para baixo como se não confiasse em si mesmo a ponto de fitar seu interlocutor. Somente com a mãe ele se sente à vontade, só ela consegue fazê-lo rir. É como se não confiasse em ninguém além dela.

— Ele passou a vida inteira sabendo que há pessoas que lhe negaram o trono, algumas até negaram que fosse filho de seu pai — pondera Isabel. — Todas diziam que ele era filho do duque de Somerset, o favorito.

— Foi nosso avô quem espalhou isso — lembro. — Para desonrar a rainha. Ela mesma me contou. Disse que foi a razão pela qual colocou a cabeça dele em uma lança nas muralhas de York. Que ser rainha é encarar uma vida de difamações constantes e que não há ninguém para defendê-la além de si mesma. Ela diz...

— "Ela diz! Ela diz!" Ninguém além dela tem algo a dizer? Você fala dela o tempo todo, mas costumava ter pesadelos com ela quando era menina — recorda Isabel. — Costumava acordar gritando que a loba estava chegando, que ela estava escondida no baú ao pé de sua cama. Você me pedia que eu a abraçasse com força para que ela não pudesse pegá-la. Engraçado que agora você preste atenção em tudo que ela diz, que esteja noiva do filho dela, esquecendo-se completamente de mim.

— Não acho que ele queira se casar comigo, de modo algum — digo desesperadamente.

Ela dá de ombros. Nada interessa a Isabel nos últimos tempos.

— Ele provavelmente não quer. Fará apenas o que lhe é ordenado, como todos nós. Talvez as coisas acabem sendo melhores para vocês dois do que para o restante de nós.

Às vezes ele me observa quando danço com as damas, mas não me admira, não há nada caloroso em seu olhar. Ele me observa como se quisesse me julgar, me entender. Olha para mim como se eu fosse um quebra-cabeça. As damas de companhia da rainha dizem que sou bonita: uma rainha em miniatura. Elogiam os cachos naturais de meu cabelo castanho-avermelhado, o azul de meus olhos, minha aparência jovem e a cor rosada de minha pele, mas ele nunca diz algo que me leve a crer que me admira.

Às vezes, vem cavalgar conosco. Nessas ocasiões, segue ao meu lado, em silêncio. Anda bem a cavalo, tão bem quanto Ricardo. Eu o acho bonito. Tento sorrir, começar uma conversa. Eu deveria estar feliz por meu pai ter escolhido um marido com idade tão próxima da minha e tão belo e principesco sobre um cavalo. E que será o rei da Inglaterra; mas sua frieza é bastante impenetrável.

Nós nos falamos todos os dias, mas nunca dizemos muito. Estamos sempre sob vigilância de sua mãe e, se digo a ele qualquer coisa que ela não possa ouvir, ela pergunta em voz alta: "Sobre o que está sussurrando, Lady Anne?" e tenho que dizer algo que soa completamente ridículo, como "Estava perguntando a Sua Alteza se há peixes no fosso" ou "Estava contando a Sua Alteza que gosto de marmelos assados".

Quando digo algo assim, ela sorri para ele, como se fosse incrível o fato de ele ter que suportar uma idiota pelo resto da vida. O rosto dela fica vermelho de satisfação, e algumas vezes ele dá um breve sorriso. Ela sempre olha para o filho como uma loba — como a chamam — olha para seu filhote, com um sentimento de propriedade feroz. Ele é tudo para ela; ela faria qualquer coisa por ele. Ela me comprou para ele; através de mim ela comprou o único comandante que conseguiria derrotar o rei Eduardo de York: seu antigo guardião, o homem que o ensinara a lutar. O príncipe Eduardo, o filhote de lobo, deve se casar com essa menina tediosamente mortal para que eles possam voltar ao trono. Os dois me suportam, pois sou o preço exigido pelos serviços do grande general, meu pai, e ela dedica a vida para me tornar uma esposa digna de seu filho, uma rainha digna da Inglaterra.

Ela me conta sobre as batalhas que lutou pelo trono de seu marido, a herança de seu filho. Conta-me que aprendeu a suportar o sofrimento, a ter alegria com a morte de seus inimigos. Ensina-me que, para ser uma rainha, deve-se ver qualquer obstáculo à frente como sua vítima. Algumas vezes o destino determinará que apenas uma pessoa poderá sobreviver, você ou o inimigo, ou talvez seu filho ou o de seu inimigo. Quando for necessário escolher, obviamente deve-se optar pela própria vida, o próprio futuro, o próprio filho, independentemente do preço a ser pago.

Há momentos em que ela olha para mim com um sorriso e diz:

— Anne de Warwick, pequena Anne de Warwick! Quem um dia imaginaria que você seria minha nora e seu pai meu aliado?

Isso se aproxima tanto de meus próprios resmungos perplexos que uma vez respondo:

— Não é extraordinário? Depois de tudo que se passou?

Mas os olhos azuis dela reluzem diante de minha impertinência e ela diz imediatamente:

— Você não sabe nada do que se passou; você era uma criança protegida por um traidor enquanto eu lutava por minha vida, tentando manter o trono apesar das traições. Vi a roda da fortuna subir e descer, fui reduzida a pó por ela; você não viu nada e não entende nada.

Abaixo a cabeça sob o impacto de seu tom de voz áspero, e Isabel, que se senta a meu lado, inclina-se levemente para a frente, para que eu possa me apoiar em seu ombro e me sentir menos envergonhada por ter sido repreendida diante de todas as damas, inclusive minha mãe.

Em outros momentos ela me convoca a seus aposentos particulares e me ensina coisas que acha que eu deveria saber. Uma vez vou até lá, e há um mapa do reino aberto sobre a mesa.

— Essa... — diz ela, acariciando-o com sua mão. — Essa é uma coisa de fato preciosa.

Olho para ele. Meu pai tem mapas em sua biblioteca no Castelo de Warwick, um deles do reino da Inglaterra; mas é menor do que este e só mostra o interior, os arredores de nossa casa. Esse é um mapa do litoral sul da Inglaterra, que fica de frente para a França. Os portos do sul são cuidadosamente desenhados, embora a oeste e ao norte os desenhos se tornem vagos. Em volta dos portos está indicado se há boa terra de cultivo para alimentar tropas ou abastecer uma frota; na entrada dos portos mostra-se o leito do rio ou os bancos de areia.

— Sir Richard Woodville, lorde Rivers, meu amigo, fez esse mapa — afirma ela, indicando a assinatura com o dedo. — Ele pesquisou os portos do sul quando temíamos a invasão de seu pai, para me manter em segurança. Jacquetta Woodville era minha melhor amiga e dama de companhia, e o marido dela era meu grande defensor.

Inclino a cabeça, envergonhada; é sempre assim. Meu pai era seu maior inimigo, tudo que ela me conta são histórias de guerra contra ele.

— Lorde Rivers era um grande amigo naquela época, e Jacquetta, sua esposa, era como uma irmã para mim. — A rainha parece saudosa por um momento, e não ouso dizer coisa alguma. Como todos os outros, Jacquetta mudou de lado depois da derrota de Margarida de Anjou e prosperou com isso. Agora ela é a mãe da rainha, sua neta, uma princesa, e ela até tem um neto príncipe; sua filha, Elizabeth, deu à luz um menino no santuário e chamou-o Eduardo, como o pai, o rei exilado. Jacquetta e Margarida de Anjou se separaram quando meu pai ganhou a batalha final em Towton. Os Rivers se renderam no campo de batalha, mudaram de lado e se juntaram aos York. Então Eduardo escolheu a filha viúva da família como noiva. Esse foi o momento em que agiu sem seguir os conselhos de meu pai, o primeiro erro que cometeu; o primeiro passo em direção à derrota.

— Eu perdoarei a Jacquetta — promete a rainha. — Quando entrarmos em Londres, irei vê-la novamente e lhe perdoarei. Eu a terei ao meu lado novamente e a confortarei pela terrível perda de seu marido. — Ela olha com ressentimento para mim. — Morto por seu pai. E ele a acusou de feitiçaria.

— Ele a libertou. — Engulo em seco.

— Bem, esperemos que ela esteja grata por isso — diz ela com sarcasmo. — Uma das melhores mulheres do reino e a mais querida amiga que tive, e seu pai a chama de bruxa? — Balança a cabeça. — É difícil de acreditar.

Não digo nada. Também acho difícil de acreditar.

— Conhece o símbolo da roda da fortuna? — pergunta ela abruptamente.

Sinalizo que não com a cabeça.

— A própria Jacquetta o mostrou para mim. Disse que eu saberia o que é a vida quando me erguesse até o topo e depois descesse até o fundo. Agora subirei novamente. — Ela estende o dedo indicador e desenha um círculo no ar. — Nós subimos e descemos. Meu conselho para você é que se resguarde ao subir e destrua seus inimigos ao descer.

Finalmente, depois de muitas petições, recebemos a dispensa do papa para que Eduardo e eu, mesmo que sejamos parentes distantes, possamos nos casar. Há uma cerimônia discreta e poucas comemorações, e somos postos na cama por minha mãe e pela mãe dele. Tenho tanto medo de minha sogra, a rainha, que entro no quarto sem protestos, sem realmente pensar no príncipe ou no que virá à noite. Sento-me na cama e espero por ele. Mal o vejo quando ele entra; observo apenas o rosto ávido de sua mãe tomando o manto de seus ombros e sussurrando-lhe "boa noite" ao sair do quarto. Isso me faz estremecer, o modo como ela olha para ele, como se desejasse ficar e assistir.

Depois de todos terem saído, tudo fica em silêncio. Lembro-me de Isabel dizendo que foi horrível. Espero que ele me diga o que fazer. Ele não diz nada. Sobe na cama; o grosso colchão de penas afunda do seu lado, e as cordas da cama rangem sob seu peso. Ainda assim, ele nada diz

— Não sei o que fazer — digo, desajeitada. — Sinto muito. Ninguém me contou. Perguntei a Isabel, mas ela não disse nada. E eu não poderia perguntar a minha mãe...

Ele suspira, como se esse fosse mais um fardo imposto por essa aliança essencial entre nossos pais.

— Você não vai fazer nada. Só vai ficar deitada aí.

— Mas eu...

— Deite-se e não diga nada — repete ele em voz alta. — A melhor coisa que pode fazer por mim, nesse momento, é não dizer nada. Principalmente não me lembre de quem você é, não suporto sequer pensar nisso... — Então ele se ergue na cama e tomba sobre meu corpo com todo seu peso, lançando-se dentro de mim como se estivesse me perfurando com uma espada.

Paris, Natal de 1470

O rei da França, Luís, está tão encantado com nosso casamento que pede que venhamos a Paris antes da época de Natal e celebremos com ele. Dou início às danças, sento-me à direita dele no banquete. Sou o centro das atenções: a filha do Fazedor de Reis que será a rainha da Inglaterra.

Isabel segue atrás de mim. Toda vez que entramos em um cômodo ela me acompanha e, algumas vezes, inclina-se e liberta a cauda de meu vestido quando ele fica preso em alguma porta ou passa por cima de algumas ervas aromáticas. Ela me serve sem um sorriso; seu ressentimento e sua inveja são óbvios para todos. A rainha Margarida, milady mãe, ri da expressão amuada de Isabel, dá tapinhas na minha mão e diz:

— Agora você vê. Se uma mulher atinge a grandeza, torna-se inimiga de todas as outras; se luta para manter sua posição, então todos, homens e mulheres, simplesmente a odeiam. No rosto esverdeado de sua irmã você pode ver seu triunfo.

Olho de esguelha para a palidez zangada de Isabel

— Ela não está esverdeada.

— Está verde de inveja. — A rainha ri. — Mas não importa. Você se livrará dela amanhã.

— Amanhã? — pergunto. Viro-me para Isabel, que se senta ao meu lado no assento próximo à janela. — Você partirá amanhã?

Ela parece tão surpresa quanto eu.

— Não que eu saiba.

— Ah, sim — confirma a rainha com voz suave. — Irá para Londres para se juntar ao marido. Seguiremos quase imediatamente, com o exército.

— Minha mãe não me disse nada — retruca Isabel, desafiando a rainha. — Não estou pronta para partir.

— Pode fazer as malas esta noite — afirma a rainha simplesmente. — Pois você irá amanhã.

— Com licença — diz minha irmã com voz fraca e se levanta, fazendo uma grande reverência à rainha e uma rápida mesura para mim. Eu retribuo o gesto e corro atrás dela. Ela atravessa correndo a galeria até meus aposentos, mas eu a alcanço em uma das belas sacadas envidraçadas.

— Iz!

— Não vou aguentar mais uma tempestade no mar. — Isabel me ataca. — Prefiro me matar no cais a navegar novamente.

Apesar de minha certeza, ponho minha mão sobre a barriga, como se temesse estar grávida e meu bebê também fosse colocado em uma caixa e jogado nas águas escuras e movediças, assim como fizeram com o filhinho de Isabel.

— Não seja ridícula — zomba Isabel. — Você não está grávida e não está prestes a dar à luz. Eu jamais deveria ter subido a bordo. Deveria ter recusado. Você deveria ter me ajudado. Minha vida foi arruinada naquele momento... e você deixou que isso acontecesse.

Balanço a cabeça.

— Iz, como eu poderia ter dito não ao nosso pai? Como qualquer uma de nós poderia?

— E agora? Agora tenho que ir à Inglaterra para me juntar a ele e a George e simplesmente deixá-la aqui? Com ela?

— O que podemos fazer? — pergunto. — O que podemos dizer?

— Nada — responde Isabel furiosamente. Ela se vira e vai em outra direção.

— Aonde você vai? — grito atrás dela.

— Ordenar que façam minhas malas — diz ela por cima do ombro. — Por mim podem colocar nelas uma mortalha. Não me importo de me afogar dessa vez.

O rei Luís providenciou um navio mercante, pequeno e gracioso para que Isabel vá para a Inglaterra com algumas damas para lhe fazer companhia. Minha mãe, a rainha Margarida e eu estamos no cais para vê-la partir.

— Juro, não consigo. Não consigo ir sozinha — alega Isabel.

— Seu pai precisa que você fique com seu marido — lembra minha mãe. — Ele disse que você deve ir imediatamente.

— Pensei que deveria partir com Annie. Ou então ficar com ela e mostrar-lhe como se comportar. Sou sua dama de companhia, ela precisa de mim.

— Preciso — eu confirmo.

— A rainha Margarida é responsável por Anne agora, e ela mantém a rainha fiel ao nosso acordo. Faz isso só por estar aqui, casada com o príncipe Eduardo. Não precisa fazer nada além disso. Não precisa de conselhos, somente de obedecer à rainha. Mas você tem que ir para cumprir sua tarefa com George. Você deve mantê-lo fiel à nossa causa e longe da família dele. Deve interceptar todas as mensagens que forem destinadas a ele, certificar-se de que ele é fiel a seu pai. Lembre-o de que tem um compromisso com seu pai e com você. Nós a seguiremos dentro de poucos dias, e seu pai é vitorioso na Inglaterra.

Isabel estende o braço e segura minha mão.

— Ah, vá logo — diz minha mãe, irritada. — Pare de se apegar a sua irmã. Você estará em Londres com seu pai, contente na corte, enquanto estaremos presas com o exército em Dorset, seguindo vagarosamente para a capital. Você estará no Palácio de Westminster escolhendo vestidos do guarda-roupa real enquanto nós nos arrastaremos pela Estrada de Fosse.

As arcas com as roupas e as malas com outros pertences são embarcadas.

— Não vá — digo em um sussurro urgente. — Não me abandone com a rainha má e o filho dela.

— Como posso dizer não? — pergunta Isabel. — Não a deixe brava, não o irrite, só faça o que eles mandam. Vejo você em Londres. Ficaremos juntas então. — Ela consegue dar um sorriso. — Pense, Annie, você será princesa de Gales.

O sorriso dela morre, e olhamos desoladamente uma para a outra.

— Tenho que ir — diz ela. Minha mãe acena impacientemente e, com nossa meia-irmã Margaret e duas outras damas de companhia, Isabel anda pelo cais até o pequeno navio. Olha para trás no momento em que sobe a prancha e levanta a mão para mim. Acho que ninguém além de mim se importa com o fato de que ela ficará nauseada no mar.

Harfleur, França, março de 1471

O vento nos retém no porto, apesar de termos dito que partiríamos há mais de duas semanas. Minha sogra, rainha Margarida, está desesperadamente impaciente, e a cada amanhecer ela vai para o cais discutir com os comandantes de sua frota. Eles asseguram-na de que, da mesma forma que estamos presos no porto por ventos que sopram com tal força que não conseguimos lançar nossos navios ao mar, a frota invasora do rei Eduardo também está sendo retida no litoral de Flandres contra os muros de seus portos, e o vento a mantém ali inutilmente, como nós.

Aparentemente ele não perdeu tempo em exílio. Enquanto meu pai tomou a Inglaterra sob seu comando, libertou o rei Henrique da Torre e o coroou novamente, restaurou os lordes de Lancaster à glória e anunciou o casamento entre mim e o príncipe Eduardo, o aniquilado rei Eduardo implorou por dinheiro, organizou uma frota, recrutou um exército em farrapos e agora espera por bons ventos, assim como nós, para voltar à Inglaterra. Desde que sua esposa Elizabeth deu à luz um menino dentro do santuário, seus amigos e partidários tomam isso como um sinal do destino e pedem que ele ponha fim à paz estabelecida por meu pai. Então agora devemos chegar à Inglaterra antes de Eduardo de York, para que possamos apoiar meu pai contra a invasão comandada por ele. Temos que chegar à Inglaterra antes que ele, seu leal irmão Ricardo, seus amigos e sua frota desembarquem. É uma questão de necessidade, não de escolha; isso tem de ser feito. No entanto, o vento sopra constante e fortemente contra nós. Por 16 dias ele nos mantém aqui, à beira do cais, enquanto a rainha esbraveja com seus capitães e, lívida, se apoia nos punhos fechados de seu filho, olhando para mim como se eu fosse um fardo pesado a ser despachado pelo mar tempestuoso.

Margarida de Anjou arrepende-se por ter esperado por nosso casamento na França. Ela está pensando que deveríamos ter marchado de uma vez e invadido a Inglaterra ao lado de meu vitorioso pai. Se tivéssemos partido naquele momento, estaríamos em Londres agora, recebendo juras de fidelidade. Mas ela não confiou em meu pai e não confiou em mim. Atrasou a viagem para me ver casada com seu filho; precisou ver meu pai prender-me a ela como um broche em seu chapéu, sem chance de escapar. Somente nosso casamento e minha noite de bodas asseguraram-na de que nem ele nem ela poderiam jogar sujo. E, secretamente, ela queria o atraso. Queria ver se meu pai conseguiria subjugar a Inglaterra antes de desperdiçar seu precioso filho comigo. Agora, porque ela se atrasou para ver meu pai vencer, porque precisou esperar para me obter, está presa no lado errado dos mares estreitos, e um vento inexplicável sopra contra ela todos os dias.

Harfleur, França, 12 de abril de 1471

— Navegaremos amanhã ao nascer do sol — diz a rainha, enquanto passa por minha mãe e por mim, paradas no cais e observando o mar como de costume, como fazemos todos os dias. Isso é o que todos nós temos feito nas últimas duas semanas: olhamos para o horizonte e esperamos que o vento diminua e que os mares se aquietem. — Dizem que o vento cessará do dia para a noite. Mesmo que não pare, temos que partir amanhã. Não podemos nos atrasar.

Espero que meu marido diga a ela que não podemos correr o risco de enfrentar uma tempestade, mas ele tem os olhos duros e a boca séria de sua mãe. Tenho a impressão de que ele prefere se afogar a ficar ali por mais um instante.

— E então estaremos esperando por ele quando aportar — diz. — Quando o falso rei Eduardo der um passo para fora de seu navio, nós o mataremos, e ele tombará de cara nas pedras. Veremos sua cabeça numa lança na Ponte de Londres.

— Não podemos navegar contra o vento — sugiro.

Seus olhos estão vazios.

— Navegaremos.

Pela manhã o vento parou, mas as ondas ainda estão cobertas de espuma branca, e fora da área do porto podemos ver que o mar está cinzento e agitado, como que pronto para uma tempestade. Tenho um pressentimento, mas não posso dizer nada a ninguém, e, de qualquer modo, ninguém se importa com o que sinto.

— Quando veremos meu pai? — pergunto à mamãe. Apenas a vitória dele do outro lado destes mares gera em mim a ousadia para viajar. Desejo tanto estar com ele, quero que saiba que fiz minha parte nesse grande empreendimento, que me casei e me deitei com o príncipe que ele encontrou para mim, que não me acovardei diante do altar nem da cama. Meu marido jamais fala comigo e cumpre seus deveres como se eu fosse uma égua que deve procriar. Mas eu fiz tudo que meu pai pediu, e quando chamo a rainha má de "milady mãe" e me ajoelho, para pedir sua bênção, vou além do que me foi solicitado. Estou pronta para assumir o trono que ele conquistou para mim. Sou sua filha, sou sua herdeira, cruzarei o temível mar e não falharei diante dele. Eu me tornarei uma rainha como Margarida de Anjou, com a determinação de um lobo. — Ele nos encontrará quando aportarmos?

— Iremos encontrá-lo em Londres — responde minha mãe. — Ele organizou uma entrada oficial na cidade para nós. Jogarão flores e ramos verdes sobre você, haverá poetas para lhe cantar louvores, seu pai trará o rei para saudá-la nos degraus do Palácio de Westminster. Haverá desfiles e cortejos para celebrar sua chegada, vinho jorrará das fontes. Não se preocupe, ele tem tudo planejado para você. Esse é o apogeu das ambições de seu pai. Ele conquistou o que desejava havia anos. Conquistou para si mesmo aquilo pelo qual lutou e que antes tinha dado a outros. Quando você tiver um filho, seu pai terá posto um menino Warwick, um Neville, no trono da Inglaterra. Ele é de fato o Fazedor de Reis, e você será a mãe de um rei.

— Meu filho, o neto de meu pai, será rei da Inglaterra — repito. Ainda não consigo acreditar.

— Guy de Warwick. — Minha mãe cita o grande fundador de nossa casa. — Irá chamá-lo Guy Richard de Warwick, e ele será príncipe Guy de Warwick e Lancaster.

O apito agudo do contramestre nos avisa que devemos partir. Minha mãe faz um gesto com a cabeça para suas damas.

— Subam a bordo — ordena ela. — Vamos nesse navio. — Vira-se para mim: — Você viajará com a rainha.

— A senhora não virá comigo? — Fico imediatamente assustada. — Certamente virá comigo, milady mãe.

Ela ri:

— Acho que você pode navegar pelos mares estreitos sozinha com ela. Ela passa todo o seu tempo dizendo-lhe como ser uma rainha. Você passa todo o tempo ouvindo-a. Vocês duas mal sentirão minha falta.

— Eu... — Não posso dizer a minha mãe que sem ela e sem Isabel sinto-me abandonada. Ser princesa de Gales não é uma compensação, ser treinada por uma mulher dotada de uma ambição louca não substitui os cuidados de minha mãe. Tenho somente 14 anos, receio o mar convulso, temo meu marido e sua mãe feroz. — Certamente você viajará comigo, milady mãe.

— Vá de uma vez — insiste ela —, vá com a rainha e sente-se aos pés dela como seu cão, como você sempre faz. — Minha mãe sobe pela prancha de seu navio e não olha para trás, como se já tivesse parcialmente me esquecido. Está com pressa para juntar-se ao marido, ansiosa para voltar à nossa casa em Londres; quer vê-lo na posição para a qual ele foi destinado, do lado direito do trono da Inglaterra. Procuro ao redor por meu marido, que está de braços dados com a mãe. Os dois riem. Ele acena para que eu entre em nosso navio, então seguro a corda e subo pela prancha, sentindo meus sapatos escorregarem sobre a madeira úmida. O navio é pequeno e mal-equipado, não é uma das grandes capitânias de meu pai. Foi fornecido pelo rei Luís para sua parente Margarida, e ele o equipou para transportar soldados e cavalos, não para nosso conforto. Eu e as damas da rainha entramos na cabine principal e sentamos desajeitadamente em banquinhos no espaço lotado, deixando a melhor cadeira vaga para a rainha. Sentamos em silêncio. Consigo sentir o cheiro do meu medo em meu vestido elegante.

Escutamos os gritos dos marinheiros enquanto desatam as cordas, e então a porta da cabine se abre com um golpe e a rainha entra, sua face iluminada de agitação.

— Estamos viajando — anuncia. — Chegaremos antes de Eduardo. — Ela ri, tensa. — Devemos chegar antes de Eduardo e sublevaremos nossas tropas para enfrentá-lo. Ele se apressará para pegar este vento, assim como nós, mas temos que ultrapassá-lo. É uma corrida agora, temos que chegar antes dele.

Abadia de Cerne, Weymouth, 15 de abril de 1471

A rainha se senta como uma soberana no grande salão da Abadia de Cerne, com o filho a seu lado como se fosse seu guarda particular, a mão no ombro da mãe, o rosto bonito com expressão séria. Sento-me ao lado dela numa cadeira mais baixa — na verdade, um banco — como se fosse um pequeno mascote, para lembrar a todos que o nome e a fortuna Warwick estão ligados a este empreendimento. Aguardamos os lordes Lancaster nos darem as boas-vindas ao reino, e, sentados dessa forma, apresentamos a eles um retrato de união. Está faltando apenas a minha mãe, pois o navio dela e alguns outros de nossa frota aportaram mais acima da costa, em Southampton. Ela viajará para se juntar a nós agora.

As portas duplas no fim do salão se abrem, e os irmãos da Casa de Beaufort entram juntos. A rainha se levanta e oferece primeiro suas mãos, em seguida o rosto para Edmund, duque de Somerset, o filho do homem que dizem ter sido o único amor de Margarida, e então saúda seu irmão: John, marquês de Dorset. John Courtenay, conde de Devon, ajoelha-se diante dela. Estes são os homens leais, seus favoritos quando era rainha, que se mantiveram fiéis a ela em seu exílio e que se uniram contra meu pai em seu nome.

Eu esperava que entrassem bradando seus cumprimentos, cheios de animação, mas parecem austeros; seu séquito e os outros lordes atrás deles tampouco estão radiantes. Olho de uma face sombria a outra e já sei que algo deu errado. Olho de relance para a rainha e vejo que seu rosto perdeu a cor rosada. O entusiasmo da saudação está se esvanecendo, deixando-a pálida e sem expressão. Ela também sabe que algo não vai bem, mesmo cumprimentando um homem após o outro, sempre pelo nome, e muitas vezes perguntando por amigos e familiares. Com muita frequência eles balançam a cabeça, como se não suportassem dizer que um deles está morto. Começo a me perguntar se essas são novas mortes, se houve algum tipo de ataque em Londres, uma emboscada na estrada. Parecem homens com novos medos, com pesar recente. O que aconteceu enquanto esperávamos no cais na França? Que desastre ocorreu enquanto estávamos no mar?

Ela muda de ideia e decide saber o pior. Volta para o trono, girando a cauda de seu vestido, e se senta. Apoia as mãos no colo e cerra os dentes. Veio a reunir sua coragem.

— Conte-nos — ordena ela, breve. Com um gesto, indica seu filho e até mesmo a mim. — Conte-nos.

— O reivindicante York, Eduardo, o impostor, chegou ao Norte há um mês — diz Edmund Beaufort abruptamente.

— Há um mês? Não é possível. O mar deveria tê-lo retido no porto...

— Navegou em meio à tempestade e passou por tudo, menos naufrágio. Perdeu sua frota no mar, mas encontraram-se novamente e marcharam por York e então Londres. Como sempre, ele tem a sorte de uma bruxa; sua frota se dispersou e reuniu-se outra vez.

O filho da rainha olha para ela como se o tivesse desapontado. Ela diz novamente:

— O mar certamente deveria tê-lo retido no porto, como fez conosco.

— Não, não o reteve.

Ela faz um pequeno gesto com a mão, como se para afastar as más notícias.

— E lorde Warwick?

— Manteve-se fiel à senhora. Reuniu seu exército e marchou contra Eduardo. Mas foi traído.

— Quem? — A palavra solitária é como o silvo de um gato.

Somerset lança um rápido olhar de esguelha para mim.

— George, duque de Clarence, mudou de lado e juntou-se a seu irmão. O filho mais jovem, Ricardo, os reuniu. Estavam, todos os três, reconciliados. Eram os três filhos de York juntos novamente, e o exército e a riqueza de George foram postos a favor de Eduardo. Todos os simpatizantes de George estavam ao lado dele, os York juntos novamente.

Ela dirige um olhar flamejante para mim, como se eu fosse a culpada.

— Sua irmã Isabel! Nós a mandamos na frente para mantê-lo fiel! Ela estava lá para manter a palavra dele!

— Vossa Majestade... — Dou de ombros. O que ela poderia ter feito? O que ela poderia ter aconselhado George a fazer, uma vez que ele decidiu mudar de ideia?

— Eles se encontraram perto da aldeia de Barnet, na grande estrada para o norte.

Esperamos. Há algo de terrível no lento desenrolar dessa história. Aperto minhas mãos em meu colo para não gritar.

— Mas quem venceu?

— Havia uma névoa, como uma nuvem baixa, que ficou por ali durante toda a noite, e disseram que era a bruma de uma bruxa. Todas as noites ela se adensava e escurecia, não era possível ver um palmo na frente do rosto. Um exército não conseguia ver o outro. Não conseguíamos vê-los de jeito algum.

Esperamos, assim como eles esperaram.

— No entanto, eles podiam nos ver. Ao nascer do sol, quando nos atacaram saindo da névoa, estavam muito mais próximos do que pensávamos, praticamente em cima de nós. Cavalgaram pelo nevoeiro a noite toda, aproximaram-se até ficarem ao alcance de uma pedra. Sabiam nossa posição quando estávamos feito cegos. Lançamos tiros de canhão por sobre suas cabeças a noite toda. Aparamos o ataque, enfrentamos o adversário, e então, durante todo o dia, as linhas de batalha se alteraram. Enquanto resistíamos às forças de Eduardo, o conde de Oxford, nosso fiel aliado, combatia-os pelo meio, e então retornou à batalha em meio à névoa, e nossos homens acharam que ele havia se tornado traidor e estava vindo ao nosso encontro. Alguns pensaram que eram reforços de Eduardo que investiam contra eles novamente pela retaguarda, já que ele costuma ter uma reserva... De qualquer modo, eles romperam a linha e fugiram.

— Fugiram? — Ela repete a palavra, como se não a compreendesse. — Fugiram?

— Muitos de nossos homens foram mortos, milhares. Mas o restante fugiu de volta para Londres. Eduardo venceu.

— Eduardo venceu?

Ele apoia um joelho no chão.

— Vossa Majestade, sinto muito lhe dizer que nesta primeira batalha ele foi vitorioso. Derrotou seu comandante, o conde de Warwick; mas estou confiante de que podemos derrotá-lo agora. Reunimos nosso exército novamente, eles estão a caminho.

Aguardo. Espero que ela pergunte onde meu pai está, quando ele chegará com os homens de seu exército que conseguiram escapar.

Ela se volta para mim.

— Então Isabel não fez nada por nós, mesmo tendo sido enviada antes para estar com o marido. Não manteve George em nossa aliança. — O tom de voz dela era de ódio. — Irei me lembrar disso. É melhor que você se lembre disso também. Ela foi incapaz de mantê-lo fiel a você, a mim, a seu pai. Ela é uma filha má e uma esposa má, uma irmã terrível. Creio que se arrependerá disso. Irei me certificar de que ela se arrependa do dia em que seu marido nos traiu.

— E meu pai? — sussurro. — Meu pai virá agora?

Vejo o duque de Somerset estremecer e olhar para a rainha, pedindo permissão para falar.

— E meu pai? — pergunto mais alto. — O que houve com ele?

— Ele morreu em batalha — responde o duque em voz baixa. — Sinto muito, milady.

— Morreu? — indaga a rainha sem rodeios. — Warwick está morto?

— Sim.

Ela começa a sorrir, como se fosse engraçado.

— Morto por Eduardo?

Ele se curva, assentindo.

Margarida de Anjou não consegue evitar. Solta uma risada estrondosa, batendo com uma das mãos na boca para tentar se calar, mas incapaz de parar de rir. — Quem teria imaginado? — diz ela, ofegante. — Quem teria em algum momento imaginado uma coisa dessas? Meu Deus! A roda da fortuna! Warwick morto por seu amado protegido! Warwick investe contra seus próprios pupilos e eles o matam. E Eduardo, com os dois irmãos a seu lado novamente, depois de tudo o que fizemos e juramos... — Vagarosamente, ela arrefece. — E meu marido, o rei? — Ela passa para a próxima questão, como se não houvesse mais nada a ser dito sobre a morte de meu pai.

— Como ele morreu? — pergunto, mas ninguém me responde.

— O rei? — repete ela, impaciente.

— Está em segurança em Londres, de volta à Torre. Capturaram-no depois da batalha, tomaram-no como prisioneiro.

— Ele estava bem? — pergunta ela.

Somerset parece desconfortável.

— Cantando — diz brevemente. — Em sua tenda.

A esposa do rei louco e seu filho trocam um rápido olhar.

— Meu pai morreu em batalha? — pergunto.

— Os irmãos York voltaram a Londres vitoriosos, mas irão descansar, se armar e vir até aqui — alerta Beaufort. — Eles receberão a notícia de que a senhora aportou, assim como nós a recebemos. Marcharão atrás de nós o mais rápido que puderem.

Ela balança a cabeça.

— Ah, por Deus! Se nós tivéssemos vindo mais cedo!

— George, duque de Clarence, pode bem ter se provado desleal. O conde de Warwick pode ter morrido — diz o duque com firmeza. — Mas, na atual situação, sua vinda nos traz um exército descansado, recém-chegado, e pessoas que estão se reunindo para apoiá-la, como se adotassem uma nova causa. Eduardo marchou e lutou, e agora está marchando novamente. Ele tirou proveito de todo seu crédito, reuniu-se com todos os seus amigos, não há mais ninguém para recrutar e eles lutaram uma batalha difícil, sofreram perdas e estão cansados. Foi uma batalha árdua e uma longa marcha. Tudo está a nosso favor.

— Ele virá para cá?

Todos assentem; não resta dúvida de que a Casa de York voltará à mesa para um último lançar dos dados.

— Atrás de nós?

— Sim, Majestade. Temos de sair daqui.

Por um momento ela inspira, e então faz um pequeno gesto com a mão, desenhando um círculo no ar.

— A roda da fortuna — diz ela, num tom quase sonhador. — Exatamente como Jacquetta previu. Agora o genro dela está vindo me atacar após ter matado meu aliado; a filha dela e o meu filho são rivais pelo trono, e nós estamos muito distantes. Suponho que somos inimigas.

— Meu pai... — digo.

— Levaram o corpo dele para Londres, Vossa Alteza — explica o duque, em tom baixo, para mim. — Eduardo apreendeu o corpo, e também o de seu tio, lorde Montagu. Sinto muito, Vossa Alteza. Eduardo mostrará os corpos ao povo de Londres, para que todos saibam que seu pai está morto e sua causa, perdida.

Fecho meus olhos. Penso na cabeça de meu avô na lança nas muralhas de York, posta lá por esta rainha. Agora o cadáver de meu pai será mostrado ao povo de Londres pelo menino que o amava como a um irmão.

— Quero minha mãe. — Pigarreio e repito: — Quero minha mãe.

A rainha mal me escuta.

— O que você aconselha? — pergunta ela a Edmund Beaufort.

Viro-me para meu marido, o jovem príncipe.

— Quero estar com minha mãe. Tenho que contar a ela. Tenho que contar a ela sobre a morte de seu marido. Devo ir até ela. Devo encontrá-la.

Ele está ouvindo o duque; mal olha para mim.

— Temos que marchar para o norte e para o oeste, a fim de nos encontrarmos com Jasper Tudor em Gales — responde o duque à rainha. — Temos que partir agora mesmo, estar à frente de Eduardo. Tão logo nos juntemos aos exércitos de Tudor em Gales, poderemos retornar à Inglaterra fortalecidos e atacar Eduardo no local que escolhermos. Mas precisamos recrutar mais homens.

— Devemos partir agora?

— Tão logo a senhora esteja pronta para viajar. Precisamos começar a marcha. Eduardo sempre viaja em um ritmo muito veloz, então precisamos permanecer à frente dele. Precisamos chegar a Gales antes que ele possa nos interceptar.

Vejo a rainha mudar imediatamente de uma mulher que recebe um alerta a comandante da marcha. Ela já cavalgou diante de um exército antes, já levou soldados para a batalha. Responde ao chamado para a ação, é bastante destemida.

— Estamos prontos! Ordene aos homens. Eles desembarcaram, comeram e beberam, e estão prontos para marchar. Diga a eles para se organizarem.

— Preciso ver minha mãe — repito. — Vossa Majestade, preciso ver minha mãe, é provável que ela sequer saiba da morte do marido. E preciso estar com ela. — Minha voz está trêmula como a de uma criança. — Tenho que ir até milady mãe! Meu pai está morto, tenho que ir ao encontro dela.

Finalmente ela me escuta. Olha para Edmund Beaufort.

— E o que houve com Sua Graça, a condessa de Warwick?

Um dos homens do duque entra e sussurra para ele, que se volta para mim.

— Sua mãe está ciente da morte de seu pai. O navio dela aportou mais ao sul na costa, e os homens que estavam a bordo estão juntando-se a nós agora. Dizem que ouviram a notícia da batalha em Southampton. Ela foi avisada.

Levanto-me.

— Tenho que vê-la. Com licença.

— Ela não veio com os homens.

A rainha Margarida estala a língua com irritação.

— Ah, mas pelo amor de Deus! Onde ela está?

O mensageiro fala com o duque novamente.

— Ela se retirou para a Abadia de Beaulieu. Mandou dizer que não viajará com vocês. Que buscou refúgio em um santuário.

— Minha mãe? — Não consigo compreender o que estão dizendo. — Abadia de Beaulieu? — Meu olhar vai do duque para a rainha e então para meu jovem esposo. — O que devo fazer? Podem levar-me à Abadia de Beaulieu?

O príncipe Eduardo balança a cabeça negativamente.

— Não posso levá-la. Não há tempo.

— Sua mãe a abandonou — diz a rainha simplesmente. — Você não entende? Ela está se escondendo, temendo por sua vida. Claramente acredita que Eduardo vencerá e que seremos derrotados e não quer estar do nosso lado. Você terá que vir conosco.

— Eu não...

Ela grita comigo, sua face lívida de fúria.

— Entenda uma coisa, garota! Seu pai foi derrotado, o exército dele foi totalmente destruído. Ele está morto. Sua irmã não consegue manter o marido ao nosso lado. Sua mãe escondeu-se numa abadia. Sua influência não vale nada, seu nome, quase nada. Sua família não a apoia. Uni meu filho em casamento a você pensando que seu pai derrotaria Eduardo, mas foi Eduardo quem o derrotou. Pensei que seu pai fosse o homem que destruiria a Casa de York... O Fazedor de Reis, como o chamam! No entanto, o protegido dele se provou um homem melhor. As promessas de seu pai são vazias, seu pai está morto. Sua irmã é uma traidora, e sua mãe se enfiou no santuário em busca de segurança enquanto lutamos por nossas vidas. Não preciso de você, você não pode fazer nada por mim. Eu particularmente não a quero. Se deseja ir à Abadia de Beaulieu, pode ir. Você não significa nada para mim. Vá à Abadia de Beaulieu e espere até ser presa como traidora. Até que o exército de Eduardo entre lá e a estupre junto com o restante das freiras. Ou venha conosco com a chance da vitória.

Estou tremendo diante de sua súbita ira.

— Você pode decidir — diz o filho dela, indiferente, como se eu não fosse sua esposa, a mulher destinada a estar com ele. — Podemos enviar alguns homens para viajar com você e, mais tarde, anular nosso casamento. O que você quer?

Penso em meu pai, morrendo para me colocar no trono, lutando contra um exército que saiu das brumas. Penso em sua ambição constante e ardente de que uma menina Neville devesse ocupar o trono da Inglaterra, de que devíamos gerar um rei. Ele fez isso por mim. Morreu por mim. Posso fazer isso por ele.

— Eu virei — decido. — Virei com vocês.

Lançamo-nos em uma marcha punitiva, homens reunindo-se sob nossos estandartes toda vez que paramos. A rainha é amada nos condados do oeste, e seus amigos e aliados há muito prometeram que ela desembarcaria em suas praias e lideraria um exército contra a Casa de York. Vamos para o norte e o oeste. A cidade de Bristol nos apoia com recursos e artilharia, e os cidadãos se apinham nas ruas estreitas, com seus chapéus cheios de moedas de ouro para nós. Atrás de nosso exército, Eduardo tem que recrutar soldados enquanto marcha, em uma terra que não tem amor pela Casa de York. Ouvimos que ele tem dificuldades para prosseguir e que lhe falta o apoio de que precisa; seu exército está cansado, e todo dia a distância entre nós se amplia. Nossos espiões nos dizem que ele está ficando para trás, atrasado pela necessidade de recrutar mais homens, incapaz de nos alcançar. Margarida ri e desce de sua sela ao fim do dia como uma menina. Desço cansada, com dores em todas as partes do corpo, meus joelhos e nádegas vermelhos e doloridos.

Descansamos por apenas algumas horas. Durmo deitada no chão, envolta em minha capa de montaria, e sonho que meu pai vem até mim, passando com cuidado pela guarda adormecida, e diz que posso voltar para casa, em Calais, que a rainha má e o rei adormecido foram derrotados e que posso ficar em segurança em casa mais uma vez, atrás das altas muralhas do castelo, guardada pelos mares. Acordo sorrindo e olho em volta, procurando-o. Chove um pouco e estou gelada, meu vestido está úmido. Tenho que me levantar e montar numa sela molhada, sobre um cavalo molhado, e prosseguir sem nada para comer. Não ousamos esperar e acender fogueiras para o desjejum.

Marchamos sobre o amplo vale do Severn e, enquanto o sol se levanta, o trajeto torna-se quente e cansativo; não há árvores nem sombras. Os vastos campos verdejantes parecem se estender para sempre, e não há estradas, só trilhas de lama seca, e por isso os cavaleiros acabam levantando uma nuvem de poeira que sufoca todos os que vêm atrás deles. Os cavalos abaixam suas cabeças e seguem pelos sulcos secos e pedras. Quando chegamos a um córrego, os homens saltam rapidamente e ficam de bruços para tentar beber antes que os cavalos entrem e sujem o rio. Quando meu guarda me traz um copo de água, ela parece suja, e à tarde as moscas sobrevoam meu rosto e meus olhos. Meu cavalo balança a cabeça o tempo todo para se desviar dos insetos, e eu coço o rosto e esfrego meu nariz, sentindo-me vermelha, suada e tão cansada que queria poder desistir, como alguns dos homens fazem, indo para a beira da estrada e deixando a marcha passar por eles, sem se importar.

— Atravessaremos o rio em Gloucester — anuncia a rainha. — Então Eduardo ficará para trás, não ousará nos atacar em Gales. Uma vez atravessado o rio, estaremos seguros. — Ela dá uma risadinha animada. —

Uma vez atravessado o rio, estaremos a meio caminho da vitória. Jasper Tudor reunirá seus homens para mim, entraremos na Inglaterra como uma espada na garganta do reino. — Ela está jubilosa, olha alegremente para mim. — Isso é ser uma rainha militante. Lembre-se desta marcha. Às vezes, você tem que lutar pelo que é seu por direito. Precisa estar preparada para lutar, para fazer qualquer coisa.

— Estou tão cansada — digo.

Ela ri.

— Lembre-se dessa sensação. Se ganharmos, você nunca mais terá que marchar. Deixe o cansaço, deixe a dor entrar em sua alma. Jure para si mesma que jamais lutará por seu trono outra vez. Você vencerá de uma vez por todas.

Nós nos aproximamos da cidade de Gloucester pelo sul e, ainda à distância, podemos ver os grandes portões serem fechados para nós. Lembro-me de meu pai me contando que, um dia, Londres trancou seus portões para esta rainha e implorou a ela que fosse embora com seu exército selvagem de homens do norte. O próprio prefeito atravessa a muralha pelo portão sul e grita seu pedido de desculpas, mas ele tem uma ordem de Eduardo, a quem chama de rei Eduardo, e não desobedecerá a ela. Mesmo enquanto marcha, mesmo enquanto recruta, mesmo enquanto nos persegue, sedento sob o sol quente, Eduardo pensou em enviar mensageiros à nossa frente, contornando-nos para chegar a Gloucester e manter a cidade fiel a ele. Perversamente, quero sorrir. Foi meu pai quem o ensinou a pensar à frente, a ver um exército no campo como um jogo de xadrez. Ele teria dito a Eduardo que não somente assegurasse sua travessia do rio, mas também bloqueasse o inimigo.

O duque avança para discutir a questão, mas o canhão da cidade aponta para ele, junto com o prefeito que somente repete que recebe ordens do rei. A ponte sobre o grande rio Severn estende-se a partir do portão oeste de saída da cidade; não há outra maneira de chegar até ela que não seja entrando em Gloucester. Não há outro modo de atravessar o Severn. Precisamos adentrar os muros da cidade para chegar até a ponte. O duque oferece dinheiro, favores, a gratidão da mulher que foi rainha e que o será novamente. Podemos ver o prefeito balançar a cabeça. A cidade controla a travessia do rio e, se eles não nos deixarem entrar, não poderemos atravessar o Severn aqui. Claramente, não nos deixarão entrar. A rainha morde o lábio inferior.

— Prosseguiremos. — Isso é tudo o que ela diz, e cavalgamos adiante.

Começo a contar as passadas de meu cavalo. Inclino-me para a frente na sela, tentando diminuir a dor em minhas coxas e nádegas. Acondiciono minhas mãos na crina do cavalo e cerro meus dentes. Diante de mim, vejo a rainha cavalgando de costas eretas, indômita. Entro em um torpor de cansaço à medida que anoitece e, quando as estrelas nascem e o ritmo de meu cavalo se torna cada vez mais lento, ouço-a dizer: — Tewkesbury. Atravessaremos o rio aqui. Há um vau.

O cavalo para, e me alongo na sela, inclinando-me sobre o pescoço do animal. Estou tão exausta que não sou capaz de me importar com onde estamos. Escuto um mensageiro vir e falar urgentemente com a rainha, com o duque de Somerset e com o príncipe. Ele diz que Eduardo está logo atrás de nós, bem perto, mais perto do que um mortal conseguiria ter marchado. Ele é rápido como o diabo, e está em nossos calcanhares.

Levanto minha cabeça.

— Como ele pode ter vindo tão rápido? — pergunto. Ninguém me responde.

Não conseguimos descansar, não há tempo para descanso. Mas não conseguimos atravessar o rio na escuridão. É necessário ir de banco de areia em banco de areia, permanecer cuidadosamente na parte rasa. Não podemos entrar nas águas frias e profundas sem iluminação. Não podemos escapar de Eduardo. Ele nos alcançou do lado errado do rio, e teremos que lutar contra ele aqui, amanhã, assim que houver luz. Devemos nos lembrar de que ele pode entrar em formação com seu exército num instante, prepará-lo no escuro, conquistar na bruma, na neve. Tem uma esposa que é capaz de convocar uma ventania em seu auxílio e expirar névoa, uma esposa cujo ódio gélido pode fazer nevar. Temos que entrar em formação de batalha agora, temos que nos preparar para um confronto ao amanhecer. Não importa o quanto estejam cansados e sedentos e famintos, os homens devem se preparar para lutar. O duque cavalga e começa a ordenar os lugares onde as tropas devem ficar. A maior parte deles está tão cansada que joga seus fardos no chão e dorme onde é ordenada a permanecer, sob o abrigo das ruínas do antigo castelo.

— Por aqui — diz a rainha, e um batedor pega seu cavalo e nos leva para a base de uma colina um pouco distante da cidade, para um pequeno convento onde poderemos dormir esta noite. Cavalgamos até o pátio do estábulo, e alguém finalmente me ajuda a descer de meu cavalo; quando minhas pernas se dobram sob meu peso, o esmoler guia-me para a casa de hóspedes e para o paraíso de uma pequena cama, arrumada com grossos lençóis limpos.

Tewkesbury, Gloucestershire, 4 de maio de 1471

Assim que a primeira luz da manhã surge, informações chegam até nós praticamente a cada hora, mas é difícil saber o que está acontecendo a apenas algumas milhas de distância. A rainha anda de um lado para o outro no pequeno salão do convento onde instalamos nosso quartel-general. Dizem que o exército de Eduardo combate na subida da colina contra nossas forças bem-posicionadas por trás das muralhas parcialmente arruinadas do velho Castelo de Tewkesbury. Em seguida sabemos que os exércitos York estão avançando, Ricardo, duque de Gloucester em um flanco, Eduardo no centro, lutando lado a lado com seu irmão George, e seu grande amigo William Hastings conduzindo a retaguarda, protegendo-os de qualquer emboscada.

Eu me pergunto se Isabel veio com o marido e está por perto, aguardando notícias, assim como eu. Será que ela está pensando em mim? Quase posso senti-la a meu lado, tão ansiosa quanto eu. Olho pela janela do convento, quase como se esperasse vê-la cavalgando pela estrada em minha direção. Parece impossível estarmos perto uma da outra e não estarmos juntas. A rainha me olha friamente quando ouvimos que George está bem no centro do exército que avança contra nós.

— Traidor — pragueja ela em voz baixa. Eu não retruco. Para mim não faz sentido que minha irmã seja agora a esposa de um traidor, que ela seja minha inimiga, que seu marido tente matar o meu, que ela tenha abandonado a causa pela qual meu pai deu a própria vida. Nada disso faz qualquer sentido para mim. Não consigo acreditar que meu pai esteja morto, não consigo crer que minha mãe me abandonou, que minha irmã seja casada com um traidor e que ela própria tenha se convertido em traidora. E, acima de tudo, não consigo acreditar que estou sozinha, sem Izzy, embora ela esteja a apenas alguns quilômetros de distância.

Então os mensageiros não conseguem mais chegar até nós, e ninguém vem nos contar o que está ocorrendo. Saímos para a pequena horta de ervas medicinais do convento, de onde podemos ouvir o estrondo terrível do canhão, mas não há como saber se são nossos atiradores mirando na rosa branca, destroçando-a, ou se Eduardo foi capaz de trazer sua artilharia, mesmo em marcha forçada, mesmo em grande velocidade, e são eles que atiram em nós montanha acima.

— O duque é um soldado experiente — diz a rainha. — Ele saberá o que fazer.

Nenhum de nós observa que meu pai era um soldado muito mais experiente, vencedor de quase todas as suas batalhas, mas seu pupilo Eduardo o derrotou. Subitamente ouvimos um ruído de cavalo a galope, e um cavaleiro com as cores de Beaufort se aproxima do pátio junto aos estábulos. Corremos para abrir o portão. Ele sequer desmonta, sequer entra no pátio; o cavalo se vira e recua na estrada, ensopado de suor e respirando com dificuldade.

— Meu senhor disse que eu deveria avisar-lhes caso julgasse que a batalha estivesse perdida. Então eu vim. As senhoras devem fugir.

Margarida corre em sua direção, e teria agarrado as rédeas do cavalo se ele não baixasse a mão que trazia o chicote, impedindo-a de tocá-lo.

— Não ficarei. Prometi a ele que as alertaria e o fiz. Vou-me embora.
— O duque?
— Fugiu!

O choque a faz guinchar.

— O duque de Somerset!

— Ele mesmo. Fugiu como um cervo.

— Onde está Eduardo?

— Vindo para cá! — É tudo que ele grita, dando meia-volta com o cavalo e galopando pela estrada, faíscas saindo das ferraduras.

— Temos que ir — diz Margarida insipidamente.

Estou desorientada diante da derrota repentina.

— A senhora tem certeza? Não deveríamos esperar pelo príncipe Eduardo? E se esse homem estiver enganado?

— Ah, sim. — O tom de voz dela era amargo. — Tenho certeza. Essa não é a primeira vez que eu fujo de um campo de batalha, e talvez não seja a última. Ordene que tragam nossos cavalos. Vou buscar meus pertences.

Ela arremete em direção à casa e eu corro para os estábulos, sacudo o velho cavalariço e ordeno que traga meu cavalo e o da rainha imediatamente.

— Qual é o problema? — O velho sorriso sem dentes estilhaça seu rosto enrugado em mil fragmentos. — A batalha está quente demais para a senhora, pequena dama? Quer ir embora agora? Pensei que estivesse esperando para cavalgar em triunfo.

— Tire os cavalos — é tudo o que digo.

Bato na porta do depósito de feno para chamar os dois homens que deveriam nos proteger e ordeno que se aprontem para partir imediatamente. Corro para dentro a fim de pegar minha capa e minhas luvas de montaria. Pulo sobre o assoalho de madeira enquanto enfio os pés em minhas botas de equitação. Em seguida, ando com dificuldade até o pátio, uma luva calçada, a outra ainda entre os dedos, mas, assim que chego ao pátio e grito para que tragam meu cavalo até o banco de montaria, há um estrondo de cascos do lado de fora; o portão que dá para a estrada é repentinamente tomado por cinquenta cavalos e consigo divisar, em meio a todos eles, os cabelos negros e encaracolados de Ricardo, duque de Gloucester, meu amigo de infância, o protegido de meu pai e irmão de Eduardo de York. A seu lado, reconheço-o de imediato, está Robert Brackenbury, seu amigo de infância, ainda leal. Nossos dois homens baixam suas lanças e despem seus casacos como se estivessem felizes por se livrarem da insígnia da rosa vermelha e do cisne, emblema do meu marido, o príncipe Eduardo.

Ricardo conduz seu grande cavalo cinzento diretamente até mim; permaneço de pé, como uma mártir, sobre o banco de montaria, como se eu pudesse montar atrás dele e cavalgar em sua garupa. Seu rosto jovem está austero.

— Lady Anne — diz ele.

— Princesa — digo debilmente. — Princesa Anne.

Ele tira seu chapéu diante de mim.

— Princesa viúva — corrige-me.

Por um momento o que ele diz não faz sentido para mim. Então perco o equilíbrio, e ele estende uma das mãos para eu me apoiar e não cair.

— Meu marido está morto?

Ele assente com um gesto de cabeça.

Procuro ao redor pela mãe dele. A rainha ainda está no interior do convento. Não sabe de nada. O horror dos acontecimentos está muito além de mim. Acho que ela morrerá ao ouvir essa notícia. Não sei como contarei a ela.

— Pelas mãos de quem?

— Morreu em batalha. Como um soldado: honrosamente. Agora eu a levarei para um lugar seguro, seguindo as ordens de meu irmão, o rei Eduardo.

Aproximo-me de seu cavalo, coloco minha mão suplicante sobre a crina e olho nos bondosos olhos castanhos de seu dono.

— Ricardo, pelo amor de Deus, pelo amor de meu pai por você, permita que eu vá ter com minha mãe. Acho que ela está numa abadia em algum lugar chamado Beaulieu. E meu pai está morto. Deixe-me ir ter com minha mãe. Aqui está meu cavalo, deixe-me montar e ir.

Seu rosto jovem está inflexível; é como se fôssemos estranhos, como se ele nunca tivesse me visto na vida.

— Sinto muito, princesa viúva. Minhas ordens são claras. Mantê-las, a senhora e Sua Alteza Margarida de Anjou, sob minha proteção.

— E quanto a meu marido?

— Ele será sepultado aqui. Com as centenas, milhares de outros homens.

Ele vira o rosto, como se temesse enfrentar meus olhos, e confirma minhas suspeitas. Era isso que ele costumava fazer quando era pego em alguma trapaça na sala de aula.

— Ricardo! — acuso-o.

— Ele morreu em batalha — insiste ele.

— Você o matou? Ou Eduardo? Ou George?

Os rapazes York estão unidos mais uma vez.

— Ele morreu em batalha — repete Ricardo. — Morreu como um soldado. A mãe dele pode se sentir orgulhosa de sua coragem. A senhora também. E agora devo pedir que monte seu cavalo e venha comigo.

A porta do convento se abre, ele levanta os olhos e a vê; Margarida de Anjou desce lentamente os degraus sob a luz do sol. Traz o manto de viagem nos braços e uma pequena sacola nas costas; eles nos pegaram por instantes, por pouco não conseguimos fugir. Ela vê os cinquenta cavaleiros; seu olhar percorre desde o rosto rígido de Ricardo até o meu, chocado, e ela percebe de imediato que notícias ele traz. Sua mão avança até o batente da porta em busca de apoio, e ela o segura na altura em que costumava segurar a pequena mão de seu filho quando era a rainha da Inglaterra, e ele, seu precioso garotinho.

— Meu filho, Sua Alteza, o príncipe de Gales? — indaga ela, apegando-se agora ao título, uma vez que jamais poderá abraçar o jovem novamente.

— Lamento informá-la de que Eduardo de Westminster faleceu em batalha — diz Ricardo. — Meu irmão, o rei da Inglaterra, venceu. Seus oficiais, senhora, estão mortos, rendidos ou foragidos. Estou aqui para levá-las a Londres.

Eu desço do banco de montaria e sigo na direção dela, de braços estendidos para abraçá-la; mas ela nem me vê. Seus olhos azul-pálidos parecem feitos de pedra.

— Recuso-me a ir com você, este solo é consagrado, eu estou em santuário. Sou princesa da França e rainha da Inglaterra, você não pode pôr as mãos em mim. Sou sagrada. A princesa viúva está sob minha guarda. Ficaremos aqui até que Eduardo venha me persuadir, e não falarei com ninguém a não ser ele.

Ricardo tem 18 anos, o filho mais novo de um duque. Ela, por nascimento, é uma princesa que lutou metade da vida como rainha. Ela o encara, e ele baixa o olhar. Ela vira as costas para ele e estala os dedos para mim, indicando que devo segui-la para o interior do convento. Eu obedeço, sentindo os olhos dele nas minhas costas, perguntando-me se conseguiremos escapar após esta aposta magnífica no prestígio contra o poder.

— Vossa Alteza, a senhora montará seu cavalo e seguirá conosco até Londres, ou eu a levarei amarrada e amordaçada numa liteira — diz ele em voz baixa.

Ela se volta para ele.

— Eu alego o refúgio em santuário! Você me ouviu! Aqui estou segura!

O rosto dele está rígido.

— Nós iremos arrancá-las do santuário da Abadia de Tewkesbury e cortaremos suas gargantas no cemitério — ameaça ele, sem levantar a voz, sem qualquer traço de vergonha em seu tom. — Não reconhecemos o direito de santuário para os traidores. Mudamos as regras. A senhora deveria agradecer a Deus que Eduardo queira exibi-la em Londres como parte de seu triunfo; se não fosse por isso, estaria na lama com os demais, a cabeça rachada por um machado.

Em um segundo ela muda de tática, desce os degraus e se posta ao lado de Ricardo, a mão nas rédeas do cavalo dele. As feições que lhe dirige são calorosas e acolhedoras.

— Você é jovem — diz ela com gentileza. — É um bom soldado, um bom general. Não será nada enquanto Eduardo viver, será sempre o irmão mais novo, atrás de Eduardo, atrás de George. Venha comigo e o nomearei meu herdeiro, tire-nos daqui e você desposará Sua Alteza Anne, a princesa viúva, eu o nomearei príncipe de Gales, meu herdeiro, e você poderá tê-la. Devolva-me o trono e eu lhe entregarei a fortuna dos Neville e farei de você o próximo rei depois de meu marido.

Ele ri alto, e sua risada calorosa e genuína é o único ruído positivo no pátio do estábulo no dia de hoje. Ricardo balança a cabeça de cabelos encaracolados, achando graça na insistência dela, em sua recusa a desistir.

— Vossa Alteza, eu sou um garoto de York. Meu lema é *loyauté me lie*. Sou fiel a meu irmão como a mim mesmo. Não há nada no mundo que eu ame mais do que a honra. Como poderia colocar uma loba como a senhora no trono da Inglaterra?

Ela fica imóvel por um instante. Na orgulhosa voz jovem de Ricardo ela escuta sua derrota. Agora, sabe que foi vencida. Solta a mão das rédeas, vira-se. Eu a vejo levar a mão ao coração e sei que pensa no filho que adorava, cuja herança ela acabara de lançar ao chão por uma desesperada cartada final.

Ricardo olha para mim, por cima da cabeça dela.

— E a princesa viúva e eu faremos nossos próprios planos — diz ele surpreendentemente.

Ela demora horas para reunir seus pertences. Sei que esteve ajoelhada diante do crucifixo em um pranto mudo pelo filho; ela implora às freiras que rezem uma missa por ele, que cuidem de seu corpo se puderem e o banhem, vistam e o enterrem com as honras de um príncipe. Manda que eu solicite o corpo dele a Ricardo, mas ele diz que o príncipe será enterrado na Abadia de Tewkesbury depois que os soldados tiverem esfregado o sangue dos degraus da capela-mor e a igreja tiver sido reconsagrada. Os York sujaram um lugar sagrado com o sangue dos mártires lancastrianos, e meu jovem marido jazerá sob essas pedras maculadas.

Estranhamente, esta é uma das igrejas de minha família, doada para os Neville há gerações, o local de descanso de nossa família. Então, se isso ocorrer, meu jovem esposo repousará junto a meus antepassados, num lugar de honra abaixo dos degraus da capela-mor, e sua lápide brilhará à luz do sol, que atravessará os vitrais

A rainha revira o convento de cabeça para baixo até encontrarmos dois de seus vestidos brancos — a cor do luto real na França. Ela usa um véu imaculado e um toucado que drena toda a cor de seu rosto, de maneira que se parece exatamente com uma rainha de gelo, como a chamavam antigamente. Três vezes Ricardo manda que batam a sua porta para pedir que venha imediatamente, e três vezes ela se recusa, dizendo que está se preparando para a jornada. Enfim, ela não tem mais como adiar a partida.

— Siga-me — diz ela. — Nós montaremos, mas se eles quiserem nos atar a seus cavalos, nós recusaremos. Faça tudo o que eu fizer, obedeça-me em tudo. E não fale nada, a não ser com minha autorização.

— Eu perguntei a ele se poderia ir encontrar com minha mãe.

Ela se volta para mim com uma expressão pétrea.

— Não seja tola. Meu filho está morto, a viúva dele também terá de pagar o preço. Ele está morto, e você, desonrada.

— A senhora poderia pedir a ele em meu nome que liberte minha mãe

— Por que eu faria algo por você? Meu filho morreu, meu exército foi derrotado, perdi a luta da minha vida. É melhor para mim levá-la para Londres ao meu lado. É mais provável que Eduardo nos perdoe juntas, como duas viúvas.

Eu a sigo até o pátio do estábulo. Não sou capaz de contradizer sua lógica fria e não tenho qualquer outro lugar aonde ir. A guarda está a postos, e Ricardo está montado em seu cavalo cinzento ao lado. Tem o rosto vermelho e as mãos tremendo de raiva pela demora, o punho cerrado no cabo da espada

Ela olha para ele com indiferença, como se ele fosse um pajem sujo de lama cujo estado de espírito não lhe despertasse o menor interesse.

— Estou pronta agora. Você pode ir à frente para indicar o caminho; a princesa viúva cavalgará a meu lado. Sua guarda virá atrás de nós. Não serei cercada pela multidão.

Ele dá um breve aceno de cabeça. Margarida sobe em seu cavalo, e meu animal é trazido para junto do banco de montaria. Eu monto, e uma das freiras mais velhas endireita meu vestido branco de forma que caia pelas laterais do cavalo, cobrindo minhas botas. Ela eleva os olhos em minha direção.

— Boa sorte, princesa — deseja ela. — Vá com Deus, e que sua jornada termine em segurança. Deus a abençoe, pobrezinha, pouco mais que uma criança num mundo difícil.

Sua gentileza é tão repentina e inesperada que lágrimas inundam meus olhos, e eu tenho que piscar para que elas caiam e eu possa enxergar novamente.

— Marchem! — ordena Ricardo de Gloucester com uma voz cortante. Os guardas avançam e se posicionam em volta da rainha e, quando ela está prestes a protestar, Robert Brackenbury inclina-se, tira as rédeas de sua mão e conduz seu cavalo. Partem estrepitosamente por sob a arcada. Seguro minhas rédeas e fustigo meu cavalo para me juntar a ela, mas Ricardo dá meia-volta em seu grande cavalo de batalha, interpondo-o entre o grupo que cerca a rainha e a mim, inclina-se e pousa sua mão enluvada em minhas rédeas.

— O que foi?

— Você não vai com ela.

Ela vira o corpo e olha para trás. A guarda fez um círculo ao seu redor e eu não consigo ouvir sua voz, mas percebo que ela me chama. Puxo minhas rédeas das mãos de Ricardo:

— Deixe-me. Não seja estúpido, eu tenho que ir com ela. Ela me deu ordens.

— Não, você não vai. Você não está detida, embora ela esteja. Você não vai à Torre de Londres, embora ela vá. Seu marido morreu; você não pertence mais à Casa de Lancaster. Você é uma Neville novamente. Está em seu poder escolher.

— Anne! — escuto-a gritar para mim. — Venha já!

Eu aceno para ela, apontando para Ricardo e para minhas rédeas. Margarida tenta parar seu cavalo, mas a guarda aperta o círculo em torno dela, forçando-a a seguir em frente. Uma nuvem de poeira ergue-se dos cascos dos cavalos à medida que a conduzem adiante, para longe de mim, como um bando de cisnes pela estrada de Londres.

— Eu preciso ir, sou a nora dela — digo com ansiedade. — Jurei lealdade, sigo as ordens dela.

— Ela está indo para a Torre a fim de se juntar a seu marido adormecido. A vida dela acabou, sua causa está perdida, seu filho e herdeiro está morto.

Balanço a cabeça. Muita coisa aconteceu, rápido demais.

— Como ele morreu?

— Isso não tem importância. O que importa é o que vai acontecer com você agora.

Olho para ele; estou simplesmente privada de qualquer vontade.

— Ricardo, estou perdida.

Ele sequer responde. Já tinha visto tantos horrores ao longo do dia que minhas lágrimas de nada contam.

— Você está dizendo que eu não posso ir com a rainha?

— Não, não pode.

— Posso ir encontrar com minha mãe?

— Não. E, de qualquer maneira, ela também será julgada por traição.

— Posso ficar aqui?

— Não.

— Então, o que eu posso fazer?

Ele sorri, como se afinal eu houvesse compreendido que tenho de consultá-lo, que não sou livre. Sou um peão sob a posse de outro jogador. Um novo jogo havia começado, e ele estava prestes a fazer a próxima jogada.

— Vou levá-la até sua irmã, Isabel.

Worcester, maio de 1471

É claro, Isabel agora é a vitoriosa. Ela pertence à Casa de York, esposa fiel do mais belo irmão York. Isabel é a esposa do vencedor em Barnet, em Tewkesbury. O marido dela é o próximo na linha de sucessão ao trono, depois do bebê de Eduardo; ela está a apenas dois passos da grandeza. Se Eduardo morrer ao rechaçar seus últimos inimigos, se o filho dele morrer — e neste momento a rainha e o berçário real encontram-se sitiados na Torre por tropas leais a Lancaster —, então George será rei da Inglaterra e Isabel cumprirá a ambição de meu pai e seu próprio destino. Então, suponho, ele não terá morrido em vão. Teria uma filha no trono. Não seria eu, seria Isabel. Mas ele não se importaria com isso. Nunca se importou com qual de nós poderia ascender ao trono, desde que fosse uma menina da Casa de Warwick.

Isabel me recebe em seus aposentos particulares com três damas de companhia. Não conheço nenhuma delas. É como encontrar um estranho em circunstâncias embaraçosas. Dou um passo à frente e faço uma mesura; ela inclina a cabeça.

— Iz.

A grandeza a fez ensurdecer. Ela simplesmente olha para mim.

— Iz — repito com mais ansiedade.

— Como você pôde fazer isso? — indaga ela. — Como pôde vir com ela e nos invadir dessa maneira? Como pôde, Anne? Você estava condenada a fracassar e encarar a desgraça ou a morte.

Por um momento, fico horrorizada e encaro-a como se ela estivesse falando flamengo. Então olho para as ávidas damas sentadas ao seu redor e compreendo que estamos ali conversando para deleitar a Casa de York, que somos uma representação do remorso e da lealdade. Ela faz o papel da Lealdade; eu devo interpretar o Remorso.

— Minha irmã, eu não tive escolha — digo em voz baixa. — Meu pai ordenou que eu me casasse com o filho de Margarida de Anjou, e ela mandou que eu fosse com eles. Você bem se lembra de que eu não quis esse casamento, foi ordem de meu pai. Assim que aportamos na Inglaterra, pedi imediatamente para me juntar à minha mãe. Tenho testemunhas disso.

Pensei que a menção à nossa mãe, sofrendo em seu abrigo no santuário, fosse suavizar Isabel, mas isso se revelou a coisa errada a dizer. Seu rosto tornou-se sombrio imediatamente:

— Nossa mãe será denunciada por traição. Perderá suas propriedades e sua fortuna. Ela sabia do complô contra o rei Eduardo e nada fez para alertá-lo. Ela é uma traidora.

Se minha mãe perder suas propriedades, então Isabel e eu perderemos nossa herança. Todas as posses de meu pai perderam-se no campo de batalha. Tudo o que nos restou é a fortuna que permaneceu no nome de minha mãe. Isabel não pode querer jogar isso fora, essa atitude a tornaria uma pobretona. Lanço um olhar apreensivo em sua direção.

— Minha mãe não foi culpada de nada além de obedecer ao marido.

Izzy me repreende com o olhar.

— Nosso pai traiu seu rei e amigo. Nossa mãe é culpada junto com ele. Nós nos submeteremos à misericórdia e à sabedoria de Eduardo. Deus salve o rei!

— Deus salve o rei! — repito.

Isabel faz um sinal para que as mulheres nos deixem e me pede que sente a seu lado. Afundo num banquinho e espero que ela me diga o que fazer, o que significa tudo isso. Estou tão abatida e tão arrasada pela derrota que desejo colocar a cabeça em seu colo, como antes, e deixar que ela me embale até que eu adormeça.

— Iz — digo miseravelmente. — Estou tão cansada. O que temos que fazer agora?

— Não podemos fazer nada pela mamãe. Ela permanecerá na abadia pelo resto da vida, agora que foi trancafiada lá.

— Trancafiada?

— Não seja burra. Não quero dizer que ela foi presa. Quero dizer que ela escolheu viver lá e reivindicou o direito a se abrigar em um santuário. Ela não pode simplesmente sair, agora que a luta acabou, e levar a vida normalmente.

— E quanto a nós?

— George é um irmão querido, um irmão da Casa de York. Ele estava do lado certo nas duas últimas batalhas. Eu ficarei bem.

— E quanto a mim?

— Você viverá conosco. Discretamente, a princípio, até que a confusão com o príncipe de Lancaster e os conflitos estejam terminados. Você será minha dama de companhia.

Noto que minha posição foi tão rebaixada que me sinto aliviada por estar a serviço de minha irmã e por ela pertencer à Casa de York.

— Ah, então agora eu tenho que servi-la — digo.

— Sim. — Sua resposta é sucinta. — É claro.

— Eles contaram a você como foi a batalha em Barnet? Quando papai foi morto?

Ela dá de ombros.

— Na verdade, não. Eu não perguntei. Ele morreu, não é? Que importância isso tem agora?

— Como?

Ela olha para mim e seu rosto se suaviza, como se por baixo desta jovem endurecida pela guerra estivesse a irmã que ainda me ama.

— Você sabe o que ele fez?

Balanço a cabeça negativamente.

— Dizem que ele queria que os soldados soubessem que ele não fugiria cavalgando do campo de batalha, abandonando-os. Os soldados, os homens comuns, sabem que os cavalariços mantêm os cavalos de seus senhores atrás das linhas de batalha e, se estão perdendo, os lordes podem mandar vir os animais e fugir. Todos sabem disso. Eles deixam a infantaria ser morta e fogem cavalgando.

Assinto.

— Papai disse que enfrentaria a morte com eles. Que podiam ter certeza de que ele correria os mesmos riscos. Mandou vir seu lindo cavalo de guerra...

— Não o Meia-noite?

— Sim, o Meia-noite, que era tão lindo e corajoso, que ele tanto amava, que o levou tantas vezes a tantas batalhas. E, diante de todos os homens, os plebeus, que jamais poderiam fugir se fossem derrotados, ele levantou sua grande espada de batalha e a cravou no coração leal de Meia-noite. O cavalo caiu sobre os joelhos, e papai segurou a cabeça dele enquanto morria. Meia-noite morreu com sua grande cabeça negra nos braços de papai. Ele acariciava seu focinho quando ele cerrou os olhos negros.

Estou horrorizada.

— Ele fez isso?

— Ele amava Meia-noite. Fez isso para mostrar aos soldados que aquela era uma batalha mortal para todos eles. Pousou a cabeça do cavalo no solo, levantou-se e disse aos homens: "Agora sou como vocês, um soldado a pé. Não posso fugir a galope como um falso senhor. Estou aqui para combater até a morte."

— E depois?

— Depois ele combateu até a morte. — As lágrimas correm pelo rosto de Isabel, e ela não as seca. — Os soldados sabiam que ele combateria até a morte. Ele não queria que ninguém fugisse. Queria que esta fosse sua última batalha. Que fosse a última batalha nas guerras entre primos pelo trono da Inglaterra.

Escondi o rosto entre as mãos.

— Iz... desde aquele dia terrível no mar, nada mais deu certo para nós.

Ela não me toca, não coloca os braços em volta dos meus ombros nem procura meus dedos banhados de lágrimas.

— Acabou. — Ela tira um lenço da manga e seca os olhos, dobra-o e o guarda de volta. Ela se resigna com a dor, com nossa derrota. — Acabou. Lutamos contra a Casa de York, e eles sempre vencem. Têm Eduardo à sua frente e a feitiçaria por trás: são imbatíveis. Eu pertenço à Casa de York agora e os verei governar a Inglaterra para sempre. Você, a meu serviço, também será fiel a eles.

Mantenho as mãos tapando a boca e dirijo meu sussurro apavorado apenas a seus ouvidos.

— Você tem certeza de que eles venceram com ajuda de feitiçaria?

— Aquele vento que quase me afogou e que matou meu bebê foi soprado por uma bruxa. — O tom de voz de Isabel é tão baixo que eu tenho que me inclinar sobre seu rosto para ouvir suas palavras. — O mesmo vento enfureceu a primavera e nos manteve presos ao porto, mas impulsionou Eduardo rumo à Inglaterra. Na batalha em Barnet, os exércitos de Eduardo foram ocultados por um nevoeiro que apenas os encobriu, à medida que avançavam. O exército de papai estava postado em um terreno elevado, no qual ele tinha ampla visão, mas a mágica Dela escondeu as tropas dos York. Não é possível derrotar Eduardo enquanto ele a tiver a seu lado.

Eu hesito.

— Nosso pai morreu combatendo-os. Sacrificou Meia-noite ao lutar contra eles.

— Não posso pensar nele agora — retruca ela. — Preciso esquecê-lo.

— Eu não — digo, quase para mim mesma. — Eu jamais o esquecerei. Nem a ele, nem a Meia-noite.

Ela dá de ombros, como se aquilo não importasse muito, levanta-se e alisa o vestido sobre os quadris esbeltos, endireitando seu cinto dourado.

— Você tem que se apresentar ao rei — diz ela.

— Eu tenho? — Fico apavorada de imediato.

— Sim. Devo levá-la. Não fale nada de errado. Não cometa nenhuma estupidez. — Ela me examina com um olhar duro e crítico. — Não chore. Não retruque. Tente agir como uma princesa, embora não seja uma.

Antes que eu possa dizer mais uma palavra, ela convoca novamente suas damas e deixa seus aposentos. Eu a sigo, e as três damas de companhia vêm atrás de mim. Presto toda a atenção para não pisar em seu vestido enquanto ela segue em frente, castelo adentro, até os aposentos do rei. Seu séquito desliza escada abaixo, atravessa com ímpeto a aglomeração perfumada do grande salão. Eu o sigo, como um gato segue o novelo de lã: cegamente, como uma idiota.

Somos esperadas. As portas se abrem, e Eduardo está lá, alto, sério e belo, sentado atrás de uma mesa cheia de papéis. Não parece um homem que acabou de lutar uma batalha sangrenta, que matou seu tutor e em seguida liderou uma marcha forçada para outro combate mortal. Parece cheio de vida, descansado. Quando a porta se abre, ele ergue o olhar até nós e nos dá um sorriso benevolente, como se ainda fôssemos todos amigos, como se ainda fôssemos as filhas de seu maior amigo e mentor. Como se o adorássemos como o mais glamoroso irmão mais velho que uma jovem pudesse ter.

— Ah, Lady Anne — cumprimenta-me e se levanta de seu assento, contorna a mesa e me dá a mão. Faço uma reverência profunda, e ele me levanta e beija meu rosto, primeiro uma face, depois a outra.

— Minha irmã suplica seu perdão — diz Isabel, com a voz sinceramente trêmula. — Ela é apenas uma menina, nem tem 15 anos, Vossa Graça, e foi obediente à minha mãe, que não tinha bom juízo, e ao pai, que o traiu. Mas eu a manterei sob meus cuidados e ela será fiel ao senhor e aos seus.

Ele olha para mim. É belo como um cavaleiro dos livros de histórias.

— Você sabe que Margarida de Anjou foi derrotada e jamais me atacará novamente?

Assinto com um gesto de cabeça.

— E que sua causa não tinha qualquer mérito?

Posso sentir que Isabel se retrai de medo sem sequer olhar para ela.

— Sei disso agora — respondo cuidadosamente.

Ele dá um breve sorriso.

— Está bom o bastante para mim — diz ele com naturalidade. — Você jura me aceitar como seu rei e senhor soberano e apoiar o direito de herança de meu filho e herdeiro, o príncipe Eduardo?

Fecho meus olhos brevemente à menção do nome de meu marido, da posição que ele ocupava.

— Sim. — Não sei mais o que dizer.

— Jure lealdade — ordena ele em voz baixa.

Isabel me dá um leve empurrão nos ombros, e eu caio de joelhos diante de Eduardo, que já foi como um irmão para mim, depois um rei, depois um inimigo. Observo-o, esperando que ele indique com um gesto que eu beije suas botas. Penso o quão baixo eu terei que ir. Uno minhas mãos, como em uma prece, e Eduardo coloca-as entre as suas. Suas mãos são quentes.

— Eu a desculpo e concedo-lhe o perdão — anuncia ele alegremente. — Você viverá com sua irmã, e nós cuidaremos de seu casamento quando seu ano de luto tiver passado.

— Minha mãe... — eu começo.

Isabel faz um pequeno movimento como se fosse me interromper. Mas Eduardo levanta a mão exigindo silêncio, as feições severas.

— Sua mãe traiu sua posição e a obediência a seu rei — declara ele. — É como se ela estivesse morta para mim.

— E para mim também — concorda Isabel precipitadamente, desleal.

Torre de Londres, 21 de maio de 1471

Trata-se de outra representação, encenada pela Casa de York para o benefício dos cidadãos de Londres. A rainha da Inglaterra, Elizabeth Woodville, permanece de pé sobre um estrado de madeira construído diante da porta da Torre Branca, as três filhas a seu lado, seu filho bebê vestido com uma túnica de tecido dourado, amorosamente embalado nos braços de sua avó, a bruxa Jacquetta. Isabel está ao lado da rainha, e eu, ao lado de Isabel. O irmão da rainha, Anthony Woodville, que herdou o título de seu pai e agora é lorde Rivers, que resgatou a irmã quando estava sitiada na Torre e derrotou os remanescentes das forças de Lancaster, encontra-se à frente de sua guarda pessoal, em formação ao pé dos degraus. Os guardas da rainha estão do outro lado. Atrás das balaustradas em azul e púrpura, as cores dos York, o povo de Londres espera pelo espetáculo como se tivesse vindo para assistir a uma justa e estivesse animado e impaciente para que a competição começasse.

Os grandes portões na muralha da torre rangem ao abrir; a ponte levadiça se abaixa sobre o fosso com um baque profundo. Eduardo surge, vestido gloriosamente com uma armadura esmaltada, um ornamento circular dourado no elmo. Monta um lindo cavalo de guerra castanho, à frente de seus lordes, um irmão de cada lado, sua guarda um pouco mais atrás. As trombetas soam, os estandartes dos York tremulam ao vento que sopra do rio, mostrando a rosa branca bordada e sua insígnia do sol em esplendor: os três sóis juntos, que representam os três irmãos York unidos. Atrás dos vitoriosos York vem uma liteira suspensa por um tecido prateado, conduzida por mulas brancas, as cortinas bem abertas, de modo que todos possam ver o interior. Sentada ali dentro está a antiga rainha, minha sogra, Margarida de Anjou, com um vestido branco, o rosto completamente desprovido de qualquer emoção.

Olho para meus pés, para os estandartes tremulantes com o sol em esplendor, para qualquer lugar, exceto para ela, com medo de encontrar seus olhos vazios, furiosos. Eduardo apeia, entrega seu cavalo de guerra ao escudeiro e sobe os degraus da Torre. Elizabeth, a rainha, vai em sua direção, e ele toma suas duas mãos e beija sua boca sorridente. Jacquetta avança, e há um grande clamor de aplausos quando o rei pega seu filhinho e herdeiro, vira-o para a multidão e o apresenta. Este será Eduardo, príncipe de Gales, o próximo rei da Inglaterra, um bebê que tomou o lugar do príncipe Lancaster morto, o qual nem sua mãe nem eu vimos ser sepultado. Este bebê será rei, sua esposa será rainha. Não eu, não Isabel.

— Sorria — sugere Isabel, e sorrio prontamente, unindo as mãos como se eu também estivesse aplaudindo o triunfo dos York, tão emocionada que mal pudesse falar.

Eduardo entrega o bebê para a esposa e desce os degraus até onde a liteira foi deixada. Vejo a mais velha das princesas, a pequena Elizabeth, com apenas 5 anos, aproximar-se da mãe e agarrar a barra de seu vestido em busca de segurança. A rainha pousa uma das mãos no ombro da filha em um gesto carinhoso. A menininha fora assombrada desde o berço com histórias de Margarida de Anjou, assim como eu; e agora a mulher que tanto temermos está aprisionada e subjugada. Eduardo, o vitorioso, toma-a pela mão para ajudá-la a sair da liteira e a conduz pelos amplos degraus de madeira na direção do estrado. No topo, ele a força a se virar, como se ela fosse um animal capturado, trazido para se juntar à coleção de bestas selvagens da Torre. Margarida de Anjou encara a multidão, que urra em triunfo ao ver a loba finalmente dominada.

Suas feições estão absolutamente impassíveis quando ela olha por sobre suas cabeças para o céu azul de maio, como se não fosse capaz de ouvi-los, como se nada do que pudessem gritar fizesse qualquer diferença para ela. Diante deles, ela é, em cada milímetro, uma rainha. Não consigo deixar de admirá-la. Ela me ensinou que lutar pelo trono pode custar-lhe tudo, pode custar tudo a seu inimigo. Mas vale a pena. Mesmo agora, eu imagino que ela só lamente ter perdido; jamais lamentará ter lutado. Margarida sorri levemente para sua derrota. Sua mão, a qual Eduardo segura firme, não treme, nem mesmo o véu que pende de seu alto toucado tremula com o vento. Ela é uma rainha de gelo esculpido.

Ele a mantém ali para se assegurar de que todos saibam que ela é sua prisioneira, de que todos os meninos naquela multidão sejam erguidos por seus pais para que vejam que a Casa de Lancaster foi reduzida a isso: uma mulher impotente nos degraus da Torre e um rei adormecido, escondido, em seus aposentos como um velho morcego. A seguir, Eduardo abaixa a cabeça levemente e, de forma cavalheiresca, indica a Margarida de Anjou a porta de entrada para a Torre Branca, mostrando com gestos que ela deve entrar para se juntar a seu marido na prisão.

Ela dá um passo na direção da porta e então para. Olha para todos nós e, em seguida, como que inspirada, caminha lentamente, passando por nós, fitando cada um. Observa com atenção a rainha, suas filhas e damas, como se não passássemos de uma guarda de honra. É um magnífico insulto, prolongado por longos instantes, vindo de uma mulher derrotada a seus vencedores. A pequena princesa Elizabeth se encolhe atrás das saias da mãe para esconder o rosto do olhar inabalável da prisioneira de rosto pálido. Margarida olha para mim e para Isabel e dá um leve aceno de cabeça, como se compreendesse que agora eu seria uma peça movida num novo jogo, por um novo jogador. Semicerra os olhos diante do pensamento de que fui comprada e vendida mais uma vez. Quase sorri ao se dar conta de que sua derrota me fez perder meu valor; sou mercadoria avariada, destruída. Ela não consegue esconder o prazer que esse pensamento lhe dá.

Então, lenta e terrivelmente, ela volta seu olhar para Jacquetta, a mãe da rainha, a bruxa cujo vento destruiu nossas esperanças ao nos manter no porto por todos aqueles longos dias, a feiticeira cujas brumas ocultaram o exército York em Barnet, a mulher sábia que tinha feito o parto do neto quando a filha buscou refúgio em um santuário e de lá saiu para a vitória.

Retenho a respiração, esforçando-me para ouvir o que Margarida dirá à mais querida amiga que já teve, aquela que a abandonara na batalha de Towton e que nunca mais a vira até aquele instante, o momento de sua derrota absoluta; aquela cuja filha desposara o inimigo e mudara de lado, e que agora era sua inimiga e testemunha de sua vergonha.

As duas mulheres olham uma para a outra, e no rosto delas há um lampejo das jovens que foram. Um pequeno sorriso aquece as feições de Margarida, e os olhos de Jacquetta estão cheios de amor. É como se o tempo não fosse mais do que as brumas de Barnet ou a neve de Towton. Os anos passaram, e era difícil acreditar até que tenham existido. Margarida estende a mão, não para tocar a amiga, mas sim para fazer um gesto, um gesto secreto que elas compartilhavam, e, enquanto assistimos a tudo, Jacquetta repete o movimento. Olhos fixos uma na outra, ambas levantam o dedo indicador e traçam um círculo no ar — é tudo o que fazem. Então sorriem uma para a outra, como se a vida fosse uma piada, uma anedota sem sentido da qual uma mulher sábia pudesse rir; então, sem uma palavra, Margarida segue silenciosamente para a escuridão da Torre.

— O que foi aquilo? — indaga Isabel.

— O sinal da roda da fortuna — sussurro. — A roda da fortuna que colocou Margarida de Anjou no trono da Inglaterra, herdeira dos reinos da Europa, e em seguida a lançou para baixo, até chegar aqui. Jacquetta a advertira disso há muito tempo. Elas sabiam. As duas sabiam há muito tempo que a fortuna nos lança para cima, para a grandeza, e depois para baixo, para o desastre. Tudo o que temos a fazer é suportar.

Naquela noite, os irmãos York, trabalhando em conjunto como se fossem um único assassino nas sombras, vão ao quarto do rei adormecido e pressionam um travesseiro contra o seu rosto, pondo fim à linhagem da Casa de Lancaster e trazendo para dentro de seu lar a morte traiçoeira que praticavam no campo de batalha. Com sua esposa e seu filho inocente dormindo sob o mesmo teto, Eduardo tramou a morte de um rei em um aposento próximo. Nenhum de nós soube o que ele tinha feito até a manhã em que acordamos com o anúncio de que o pobre rei Henrique falecera — de desgosto, segundo Eduardo.

Não preciso ser vidente para prever que ninguém que se encontra sob a custódia do rei dormirá em segurança depois dessa noite. Esta é a nova natureza da guerra pela coroa da Inglaterra. É uma batalha de morte, como meu pai bem sabia quando Meia-noite caiu de joelhos e pousou sua cabeça negra no campo de Barnet. A Casa de York é implacável e letal, não respeita nada nem ninguém; e Isabel e eu agimos bem ao nos lembrarmos disso.

L'Erber, Londres, outono de 1471

Sirvo como dama de companhia de minha irmã na casa que pertenceu ao meu pai e que agora foi herdada, assim como toda sua fortuna, por meu cunhado George. Nesse serviço, me são concedidas todas as honras, graças ao meu parentesco com ela. Ainda não se espera que eu sirva a rainha da Inglaterra, uma vez que ainda estou de luto, mas, depois que esse outono sombrio, o Natal e a primavera passarem, terei de ir até à corte, servir tanto à rainha quanto a minha irmã, e o rei arranjará meu casamento. O título de meu falecido marido foi concedido ao filho que a rainha teve quando escondida em santuário. Ele é Eduardo, príncipe de Gales, exatamente como meu Eduardo, príncipe de Gales. Perdi meu marido e meu nome.

Lembro que eu era apenas uma menina quando meu pai nos contou que a rainha solicitara que Isabel e eu fôssemos suas damas de companhia e que ele recusaria o pedido porque éramos boas demais para a corte; dentro de mim, me agarro a esse orgulho, como um carvão em brasa numa panela aquecida.

Tenho pouco do que me orgulhar. Sinto que estou indo ao fundo do poço e não disponho de qualquer protetor. Não tenho fortuna, nem influência, nem um nome grandioso. Meu pai morreu como traidor, minha mãe está encarcerada. Nenhum homem vai me querer para prolongar sua linhagem. Ninguém pode ter certeza de que eu seria capaz de dar-lhe filhos homens, pois minha mãe teve apenas duas meninas e eu não concebi durante meu breve casamento com o príncipe. Assim que tiver terminado o período de luto, penso que o rei Eduardo concederá minha mão em casamento, junto com uma pequena parte das terras de meu pai, a um cavaleiro de baixa estação em recompensa por alguma façanha vergonhosa no campo de batalha, e eu serei mandada ao campo para criar galinhas, cuidar de ovelhas e gerar filhos, se for capaz de fazê-lo.

Sei bem que meu pai não teria desejado nada disso para mim. Ele e minha mãe juntaram uma fortuna para nós, suas amadas filhas. Isabel e eu éramos as mais ricas herdeiras na Inglaterra, e agora eu nada possuo. A fortuna de meu pai será dada a George, e a fortuna de minha mãe nos será tomada sem uma única palavra de protesto. Isabel permite que minha mãe seja chamada de traidora e que sua fortuna seja confiscada, de forma que estamos ambas pobres.

Por fim, pergunto a ela o porquê.

Ela ri na minha cara. Está de pé diante de uma grande tapeçaria presa a um tear, entrelaçando os últimos fios de ouro, e suas damas admiram o desenho. Isabel brinca de trançar fios de ouro caríssimos com sua lançadeira; mais tarde os tecelões virão finalizar o trabalho e cortar os fios. Agora, na condição de duquesa da famosa Casa de York, ela se transformou numa profunda conhecedora do assunto.

— É óbvio — diz ela. — Óbvio.

— Não para mim — retruco com firmeza. — Não é nada óbvio para mim.

Cuidadosamente Isabel passa a lançadeira pela peça, e uma dama carda a tapeçaria para ela. Todas recuam um passo e admiram o resultado. Trinco os dentes de irritação.

— Não é óbvio para mim o motivo de você ter deixado minha mãe na Abadia de Beaulieu e ter permitido que o rei se apoderasse de sua fortuna. Por que não pede que a divida entre nós duas, caso tenha que ser confiscada? Por que não faz uma petição ao rei para que nos devolva pelo menos uma parte das terras de nosso pai? Como é possível que não fiquemos nem mesmo com o Castelo de Warwick, nosso lar? Os Neville moram lá desde o início dos tempos. Por que está deixando que tudo vá para George? Se você não fizer uma petição ao rei, eu mesma a farei. Não podemos ser deixadas sem nada.

Ela entrega a lançadeira e o fio para uma de suas damas e me pega pelo braço, afastando-me dali, para que ninguém ouça suas palavras, ditas em voz baixa.

— Você não fará petição nenhuma para o rei, tudo já está arranjado. Mamãe continua escrevendo para ele e para todas as damas da casa real, mas isso não faz qualquer diferença. Tudo já foi arranjado.

— O que foi arranjado?

Ela hesita.

— A fortuna de papai vai para o rei, uma vez que ele foi considerado traidor.

Abro minha boca para protestar:

— Ele não foi desonrado...

Ela belisca meu braço.

— Mas teria sido. Morreu como traidor, não faz a menor diferença. O rei legou tudo a George. E a fortuna de mamãe foi confiscada.

— Por quê? Ela não foi julgada por traição. Ela sequer foi acusada.

— A fortuna dela será legada a sua herdeira. A mim.

Eu levo um instante para compreender.

— Mas e quanto a mim? Eu sou tão herdeira quanto você. Temos que dividir tudo.

— Eu lhe darei um dote quando se casar, tirado da minha fortuna.

Eu fito Isabel, que desvia seu olhar da janela para me encarar outra vez, nervosamente.

— Você precisa se lembrar de que foi a esposa de um pretendente ao trono. Você provavelmente será punida.

— Mas é você quem está me punindo!

Ela balança a cabeça em negação.

— É a Casa de York. Eu não passo de uma duquesa dessa Casa. — Seu sorrisinho furtivo me faz lembrar que ela está do lado vencedor, enquanto eu me casei com os perdedores.

— Você não pode ficar com tudo e me deixar sem nada!

Ela dá de ombros. Claramente, ela pode sim.

Afasto-me dela.

— Isabel, se você fizer isso eu não a considerarei mais minha irmã!

Ela toma meu braço novamente.

— Pois eu a considerarei e me certificarei de que fará um casamento maravilhoso.

— Eu não quero um casamento maravilhoso; eu quero a herança que é minha por direito. Quero a fortuna que minha mãe pretendia destinar a mim.

— Se não quiser se casar, então há uma outra maneira... — Ela hesita. Eu espero. — George diz que pode conseguir uma permissão para que você entre num convento. Você pode se juntar a nossa mãe, se desejar, na Abadia de Beaulieu.

Eu a encaro.

— Você vai deixar nossa mãe aprisionada por toda a vida e agora quer me trancafiar junto com ela também?

— George diz...

— Não quero saber o que George diz. Ele diz qualquer coisa que o rei manda, e o rei diz qualquer coisa que Elizabeth Woodville manda! A Casa de York é nossa inimiga e você se aliou a eles, é tão má quanto qualquer um deles!

Num átimo ela me puxa para bem perto de si e coloca a mão bem firme sobre a minha boca.

— Cale-se! Não fale assim deles! Nunca!

Sem pensar, eu mordo sua mão; ela dá um urro de dor e se afasta para me estapear com força no rosto. Grito com o golpe e a empurro. Ela vai de encontro à parede e nos encaramos. Subitamente tomo consciência do silêncio chocado que domina o aposento e do olhar deleitado da plateia composta pelas damas. Isabel olha para mim com o rosto vermelho de fúria. Sinto minha irritação se esvair. Como um cordeirinho, pego o toucado de cabeça de minha irmã do chão e o ofereço a ela. Isabel alisa o vestido e pega o adereço. Ela não me encara de forma alguma.

— Vá para o seu quarto — sibila ela.

— Iz...

— Vá para o seu quarto e reze para que Nossa Senhora a guie. Acho que você enlouqueceu; está mordendo como um cão raivoso. Você não tem condições de permanecer em minha companhia, não serve para estar na companhia de outras damas. É uma criança burra, uma criança má, não pode ficar em minha companhia.

Vou para o meu quarto, mas não rezo. Pego minhas roupas e coloco-as numa trouxa. Dirijo-me ao meu baú e conto meu dinheiro. Vou fugir de Isabel e de seu marido estúpido, e nenhum deles nunca mais me dirá o que devo ou não fazer. Arrumo tudo numa agitação febril. Fui uma princesa, fui nora da rainha loba. Permitirei que minha irmã me torne uma garota pobre, que depende dela e do marido para ter um dote e do novo marido para ter um teto? Eu sou uma Neville da Casa de Warwick — vou me transformar em nada?

Tenho uma trouxa na mão e minha capa de viagem sobre os ombros. Vou pé ante pé até a porta e escuto. No grande salão, há o alvoroço de sempre enquanto o cômodo é preparado para o jantar. Posso ouvir o rapaz responsável pelo fogo trazendo a lenha e retirando as cinzas, o ruído produzido pela batida dos cavaletes no chão e pelas tábuas das mesas sendo posicionadas sobre eles e o rangido dos pés de madeira no assoalho quando os bancos das laterais do salão são arrastados. Posso me esgueirar entre todos eles e sair antes que alguém perceba que fui embora.

Por um momento permaneço na soleira da porta, o coração sobressaltado, pronta para correr. E então paro. Não vou a lugar algum. A resolução e a agitação escapam de mim. Fecho a porta e volto para o meu quarto. Sento-me na beirada da cama. Não tenho para onde ir. Se eu for atrás de minha mãe, a jornada será longa; eu atravessaria metade da Inglaterra sem saber o caminho e sem nenhuma guarda para, no final, encontrar um convento e a certeza do aprisionamento. O rei Eduardo, com seu belo sorriso e sua facilidade em perdoar, simplesmente me trancafiaria lá com ela, considerando tudo um pequeno problema bem-resolvido. Se eu for ao Castelo de Warwick, posso ser saudada com amor e lealdade pelos velhos servos de meu pai, mas, pelo que sei, George já colocou um arrendatário no lugar, o qual simplesmente me manterá sob custódia e me devolverá a Isabel e George ou, pior, pressionará um travesseiro sobre meu rosto enquanto durmo.

Eu me dou conta de que, embora não esteja encarcerada como minha sogra, Margarida de Anjou, na Torre, nem como minha mãe na Abadia de Beaulieu, não sou livre. Sem dinheiro para contratar guardas e sem um nome grandioso para exigir respeito, não posso enfrentar o mundo. Se eu quiser ir embora, preciso encontrar alguém que me dê guardas e lute por meus recursos. Preciso de um aliado, alguém com dinheiro e um séquito de soldados.

Largo minha trouxa, sento-me de pernas cruzadas sobre a cama e afundo o queixo nas mãos. Odeio Isabel por permitir essa situação — por ser conivente com isso. Ela me trouxe ao fundo do poço; é pior do que a derrota em Tewkesbury. Lá, tratava-se de uma batalha em campo aberto, e eu estava entre os muitos derrotados. Aqui estou sozinha. É minha própria irmã contra mim, e somente eu estou sofrendo. Isabel permitiu que me reduzissem a nada, e jamais a perdoarei.

Palácio de Westminster, Londres, Natal de 1471

Isabel e George comparecem ao triunfal banquete de Natal do rei e de sua rainha, reinstalados em seu lindo palácio, que se encontram à vontade em meio a amigos e aliados, uma representação da beleza, da honra, da graça real. A Inglaterra nunca viu nada como aquilo. Os cidadãos de Londres são incapazes de falar de outra coisa senão da elegância e da extravagância desta corte restaurada. O rei gasta sua fortuna recém-obtida em lindas roupas para a rainha e suas belas princesas; cada novo modismo vindo da Borgonha adorna a família real, desde as pontas dos sapatos viradas para cima até as suntuosas cores de seus mantos. Elizabeth, a rainha, é um fulgor de pedras preciosas a cada grande banquete, servido sempre em baixelas de ouro. Cada dia assiste a uma nova celebração de seu poder. Há música e danças, justas e competições de remo no rio gelado. Existem bailes de máscaras e outros divertimentos.

O irmão da rainha, Anthony Woodville, lorde Rivers, reúne um grupo de estudiosos, no qual teólogos da Bíblia discutem com tradutores de textos árabes. O rei vem disfarçado até os aposentos das damas e, em meio a muita gritaria e temor fingido, ataca-as como se fosse um pirata e rouba as joias de seus braços e pescoços, repondo-as com presentes ainda mais elegantes. A rainha, com o filho nos braços, a mãe a seu lado e as filhas em seu séquito, ri com alívio a cada dia do banquete de Natal.

Não que eu veja essas coisas. Sirvo a Isabel e George e vivo no tortuoso Palácio de Westminster, mas não sou admitida no jantar, nem como a filha de um homem que já foi importante no reino, nem como princesa viúva. Sou mantida fora das vistas, como a viúva de um pretendente fracassado, a filha de um traidor. Meus aposentos dão para o rio, são próximos aos jardins, e na hora das refeições os alimentos são trazidos até mim. Vou à capela real duas vezes ao dia e me sento atrás de Isabel, com a cabeça penitentemente baixa, mas não falo com a rainha nem com o rei. Quando passam por mim, faço uma reverência, e nenhum deles sequer me vê.

Minha mãe permanece encarcerada na Abadia de Beaulieu. Não há mais qualquer ilusão de que ela vive em santuário, de que buscou uma vida de retiro. Está absolutamente claro para todos que é mantida como prisioneira e que o rei jamais a libertará. Minha sogra vive na Torre, nos aposentos que pertenceram a seu marido. Dizem que ela reza por ele todos os dias, e pela alma do filho constantemente. Sei o quanto ela sente falta dele, e eu nem mesmo o amava. E eu — a última mulher que permaneceu de pé depois da tentativa de depor Eduardo do trono — sou mantida neste mundo crepuscular por minha própria irmã. Sou sua prisioneira e sua protegida. A história que todos contam é que George e Isabel estão cuidando de mim, que me resgataram do campo de batalha, servem como meus tutores, e que vivo com minha família em paz e de maneira confortável. Eles me ajudam a me recuperar dos horrores da batalha, da provação de meu casamento forçado e de minha viuvez. A verdade, todos secretamente sabem, é que eles são meus carcereiros, como os guardas da Torre que mantêm minha sogra prisioneira e os irmãos leigos em Beaulieu que guardam minha mãe. Nós somos mulheres aprisionadas, não temos amigos, dinheiro ou esperança. Minha mãe me escreve e pede que eu fale com minha irmã, com George, com o próprio rei. Respondo brevemente a ela que ninguém jamais fala comigo, exceto para me dar ordens, e que ela precisará se libertar sozinha, que jamais deveria ter se trancafiado ali.

Mas eu tenho 15 anos — não consigo deixar de ter esperança. Em algumas tardes, deito-me na cama e sonho que o príncipe meu marido não foi morto, e sim que escapou da batalha, que virá atrás de mim agora mesmo. Que ele subirá até minha janela e rirá da minha expressão estupefata. Dirá que tem um plano maravilhoso e um exército lá fora para derrubar Eduardo, e que eu serei rainha da Inglaterra, como meu pai desejava. Às vezes, imagino que a morte dele foi relatada por engano, que papai ainda vive e que os dois estão reunindo um exército em nossas terras ao norte e virão me resgatar, meu pai montado em Meia-noite, os olhos brilhando sob o elmo.

Às vezes finjo que nada aconteceu e, quando acordo de manhã, mantenho os olhos fechados para não ver o quarto pequeno e a dama de companhia que dorme na cama comigo. Finjo que Iz e eu estamos em Calais e que logo papai virá nos dizer que derrotou a rainha má e o rei adormecido, que vamos com ele para a Inglaterra, onde seremos as mais grandiosas damas do reino e nos casaremos com os duques de York.

Sou uma menina, não consigo deixar de ter esperanças. Meu coração se eleva quando o fogo estala na lareira. Abro os postigos e vejo as nuvens leitosas do começo da manhã, sorvo o ar e me pergunto se vai nevar. Não posso acreditar que minha vida acabou, que fiz minha grande aposta e perdi. Minha mãe pode estar de joelhos em Beaulieu, minha sogra pode rezar pela alma de seu filho, mas eu só tenho 15 anos e não posso deixar de pensar todos os dias que "talvez hoje alguma coisa mude". Talvez hoje eu tenha uma oportunidade. Com certeza não posso ser mantida aqui, sem um nome, sem fortuna, para sempre.

Estou voltando da capela com as damas de Isabel quando me dou conta de que deixei meu rosário no chão onde estive ajoelhada. Digo algo breve a minhas companheiras e volto. É um erro; o rei está saindo da capela de braços dados com seu grande amigo, William Hastings, seu irmão Ricardo a segui-los, um grande séquito de amigos e aduladores atrás deles.

Faço como me foi ordenado: dou um passo para trás, me abaixo em uma reverência, baixo o olhar. Faço de tudo para mostrar minha penitência, para mostrar que não mereço andar pelos mesmos lugares que o rei, que caminha com toda pompa somente porque matou meu pai e meu marido no campo de batalha e meu sogro de forma traiçoeira. Ele passa por mim com um sorriso agradável:

— Bom dia, Lady Anne.

— Princesa viúva — digo para as pedras sob meus joelhos, mas me asseguro de que ninguém possa me ouvir.

Permaneço de cabeça baixa enquanto os muito pares de botas lindamente trabalhadas passam com lentidão, e só então me levanto. Ricardo, o irmão de 19 anos do rei, não se foi. Está inclinado contra o batente de pedra de uma das portas sorrindo para mim, como se finalmente se lembrasse de que tínhamos sido amigos, de que ele foi pupilo de meu pai e de que toda noite ele se punha de joelhos para receber um beijo de minha mãe, como se fosse seu filho.

— Anne — diz ele simplesmente.

— Ricardo — respondo. Como ele não se referiu a mim por um título, também não lhe atribuí nenhum, embora ele seja o duque de Gloucester, um duque real, e eu seja uma menina sem nome.

— Serei rápido — continua ele, olhando para o corredor por onde seu irmão e seus amigos seguem mais adiante, conversando sobre caçadas e sobre um novo cachorro que alguém trouxe de Hainault. — Se você estiver feliz vivendo com sua irmã, com sua herança roubada e sua mãe aprisionada, então eu não direi nem mais uma palavra.

— Eu não estou feliz — digo rapidamente.

— Se você os enxerga como seus carcereiros, eu poderia resgatá-la deles.

— Eu os vejo como meus carcereiros e meus inimigos e odeio a ambos.

— Você odeia sua irmã?

— Eu a odeio ainda mais do que a ele.

Ele faz um aceno de cabeça, como se isso não fosse chocante, mas razoável.

— Você sequer consegue sair de seus aposentos?

— Caminho pelo jardim interno durante a tarde quase todos os dias.

— Sozinha?

— Não tenho amigos.

— Venha até o teixo esta tarde, após o banquete. Estarei esperando.

Sem mais palavras, ele dá meia-volta e corre atrás do séquito do irmão.

À tarde, minha irmã e todas as suas damas se preparam para um baile de máscaras e vão experimentar os figurinos nas salas destinadas ao guarda-roupa. Não tenho nenhum papel a desempenhar, nenhum figurino a experimentar. Todas se esquecem de mim em meio à excitação dos vestidos, e aproveito minha chance, escapando por uma escada de pedra que leva diretamente ao jardim, e de lá até o teixo.

Vejo a silhueta dele, esbelta, sentada num banco, o cão de caça ao seu lado. O cachorro vira a cabeça e aguça as orelhas ao som de meus sapatos no cascalho.

— Alguém sabe que você está aqui?

Sinto meu coração disparar diante disso, uma pergunta que só um conspirador faria

— Não.

Ele sorri.

— Quanto tempo você tem?

— Talvez uma hora.

Ele me leva até a sombra da árvore, onde está frio e escuro, mas os espessos arbustos verdes impedem que sejamos vistos. Para que alguém nos visse, seria preciso chegar à parte do jardim com árvores dispostas em um círculo e espiar. Estamos escondidos, como se dentro de uma pequena sala verde. Eu me envolvo em minha capa, sento-me no banco de pedra e elevo meu olhar para ele, cheia de esperança.

Ele ri de minha expressão agitada.

— Preciso saber o que você quer antes que eu possa sugerir alguma coisa.

— E por que, em primeiro lugar, você me sugeriria alguma coisa?

Ele dá de ombros.

— Seu pai era um bom homem, foi um bom tutor para mim quando eu o servi. Lembro-me de você em minha infância com afeição. Fui feliz em sua casa.

— E por isso você me salvaria?

— Acho que você deveria ser livre para fazer suas próprias escolhas.

Olho para ele com ceticismo. Deve pensar que sou uma tola. Ele não se importava com minha liberdade quando conduziu meu cavalo até Worcester e me entregou a George e Isabel.

— Então por que não permitiu que eu fosse ao encontro de minha mãe quando foi atrás de Margarida de Anjou?

— Eu não sabia que eles a manteriam como uma prisioneira. Imaginei que a estava conduzindo para sua família, em segurança.

— É por causa do dinheiro. Enquanto eles me tiverem sob seu poder, Isabel poderá reivindicar toda a herança de minha mãe.

— E, enquanto sua irmã não protestar, eles poderão manter sua mãe prisioneira por toda a vida. George ficará com todas as terras de seu pai e, se Isabel herdar as terras da mãe, a grande herança será unificada novamente, mas legada a apenas uma das meninas Warwick: Isabel. E a riqueza dela está sob o domínio de George.

— Sequer tenho permissão para falar ao rei, como posso defender minha causa?

— Eu poderia ser seu defensor — sugere Ricardo devagar. — Se você quiser que eu a defenda. Eu poderia falar com ele em seu nome.

— E por que você faria uma coisa dessas?

Ele sorri para mim. Seus olhos escuros apresentam um mundo inteiro de promessas.

— O que você acha? — pergunta ele em voz baixa.

"O que você acha?" A pergunta me assombra como uma canção de amor quando saio apressada do frio jardim e me dirijo aos aposentos de Isabel. Minhas mãos estão congelando e meu nariz está vermelho do frio, mas ninguém nota quando deixo minha capa escorregar e me sento junto ao fogo. Finjo que escuto a conversa sobre os vestidos para o baile de máscaras, mas tudo que eu ouço em minha mente é a pergunta: "O que você acha?"

É hora de me aprontar para o jantar. Tenho que esperar até que as criadas terminem de apertar o vestido de Isabel. Tenho que lhe entregar o pequeno frasco de perfume, abrir sua caixa de joias. Pela primeira vez a sirvo sem ressentimento; mal percebo quando ela pede um colar de pérolas e então muda de ideia, e em seguida muda de ideia de novo. Simplesmente pego os objetos na caixa e os coloco de volta outra vez. Não me importa se ela vai usar pérolas que seu marido roubou de outra pessoa. Ela nada roubará de mim, nunca mais, porque agora tenho alguém do meu lado.

Agora tenho alguém do meu lado, e ele é irmão do rei, assim como George. Ele pertence à Casa de York; meu pai o amava e o instruiu como a um filho. Na atual circunstância, ele vem depois de George na linha de sucessão; contudo, é mais amado, mais constante e mais leal que o irmão. Se for preciso escolher um dos meninos York, escolha George pela aparência, Eduardo pelo charme, e Ricardo pela lealdade.

"O que você acha?" Quando fez a pergunta, ele me dirigiu um sorriso impróprio, seus olhos escuros estavam brilhantes; ele quase piscou para mim, como se aquilo fosse uma brincadeira só nossa, como se fosse um segredo encantador. Pensei que estivesse sendo esperta e cautelosa ao perguntar por que ele me ajudaria — e então ele me olhou como se eu soubesse a resposta. E havia qualquer coisa naquela pergunta, na luminosidade de seu sorriso, que me deu vontade de rir. Até mesmo agora, enquanto minha irmã estende a mão até o espelho de prata e acena para que eu prenda as pérolas em torno de seu pescoço, sinto-me corar.

— Qual é o seu problema? — pergunta Isabel friamente, seus olhos encontrando os meus no reflexo do espelho prateado.

Fico séria de imediato.

— Nada.

Ela se levanta da penteadeira e segue até a porta. As damas se reúnem em torno de Isabel e a porta se abre; George e seu séquito aguardam para se juntar a ela. Esse é o meu sinal para ir para o meu quarto. O que todos sabem é que estou em luto tão profundo que não sou capaz de me apresentar em público. Apenas George, Isabel e eu sabemos que foram eles que criaram essa regra: não permitem que eu veja nem fale com ninguém, como um falcão engaiolado, um pássaro que deveria estar voando livremente. Apenas nós sabemos disso — mas Ricardo também sabe. Ele adivinhou tudo, porque me conhece, conhece Isabel. Ele era como um filho para meu pai, compreende a Casa de Warwick. E se importou o suficiente para pensar em mim, para se perguntar o que tenho passado a serviço de Isabel, para ver, através da fachada protetora, a verdade: que sou prisioneira deles.

Faço uma mesura para George e mantenho meus olhos baixos para que ele não possa ver que estou sorrindo. Em minha cabeça, ouço mais uma vez minha pergunta: "Por que você faria uma coisa dessas?" e a resposta dele: "O que você acha?"

Quando ouço uma batida na porta de meus aposentos particulares, eu mesma a abro, esperando que seja um dos rapazes da criadagem com os pratos do meu jantar, mas a antecâmara está vazia, exceto pela presença de Ricardo, ali de pé, magnificamente vestido com gibão e calças de veludo vermelho, a capa guarnecida de peles jogada sobre os ombros como se não valesse nada.

Eu me sobressalto.

— Você?

— Pensei em vir vê-la enquanto servem o jantar — diz ele, entrando em meus aposentos e sentando-se na cadeira de Isabel sob o baldaquino junto à lareira.

— Os criados chegarão com meu jantar a qualquer momento — alerto-o.

Ele faz um gesto de pouco caso com a mão.

— Você pensou sobre a nossa conversa?

Em todos os momentos daquela tarde.

— Sim.

— Gostaria que eu fosse o seu paladino nessa causa? — Mais uma vez ele sorri para mim, como se propusesse o mais delicioso dos jogos, como se pedir para conspirar contra meu tutor e minha irmã fosse um convite para dançar.

— O que faríamos? — Tento ficar séria, mas sorrio em resposta.

— Ah! — sussurra ele. — Precisaríamos nos encontrar frequentemente, tenho certeza.

— Precisaríamos?

— Pelo menos uma vez por dia. Para uma conspiração apropriada, eu deveria vê-la uma vez por dia, provavelmente duas. Talvez eu tenha que vê-la o tempo todo.

— E o que faríamos?

Com a ponta da bota, ele puxa um banquinho na direção da cadeira e indica que devo me sentar perto dele. Obedeço: ele comanda meus movimentos como se domesticasse um falcão. Inclina-se em minha direção, como se fosse cochichar, o hálito quente em meu pescoço nu.

— Nós conversaríamos, Lady Anne, o que mais poderíamos fazer?

Se eu virasse minha cabeça só um pouquinho, seus lábios tocariam meu rosto. Permaneço sentada, imóvel, e não voltarei o rosto em sua direção de jeito nenhum.

— O que você gostaria de fazer? — indaga ele.

Penso: eu gostaria de fazer o que estamos fazendo agora, o dia todo, essa brincadeira maravilhosa. Quem me dera que ele olhasse o dia todo para mim, quem me dera saber que ele finalmente havia deixado de ser um conhecido de infância, uma pessoa indiferente, para se tornar alguém que me corteja.

— Mas como isso restauraria minha fortuna?

— Ah, sim! A fortuna. Por um momento me esqueci completamente dela. Bem, primeiro preciso conversar com você para ter certeza de que sei exatamente o que quer. Você precisa me dar ordens. Eu serei seu cavaleiro, seu servo. Não é isso que as meninas querem? Como os das histórias?

Seus lábios tocam meus cabelos. Posso sentir seu calor.

— Meninas podem ser muito tolas — digo, tentando agir como uma adulta.

— Não é nada tolo querer ter um homem devotado a seu serviço — observa ele. — Se eu fosse capaz de encontrar uma dama que me desse esse benefício, uma dama por mim escolhida, eu me devotaria à sua segurança e felicidade. — Ele recua um pouco para estudar minha expressão.

Não consigo parar de olhar para seus olhos escuros. Sinto o rubor em minhas faces, mas não consigo tirar meus olhos dele.

— E então falarei com meu irmão em seu nome — prossegue ele. — Você não pode ser mantida assim contra sua vontade, a situação de sua mãe não pode ficar como está contra sua vontade.

— O rei o ouviria?

— É claro. Sem dúvida. Permaneci ao lado dele desde que tive força suficiente para levantar uma espada em combate. Sou seu irmão fiel. Ele me ama. Eu o amo. Nós somos irmãos de armas, assim como somos irmãos de sangue.

Há uma batida na porta, e Ricardo esgueira-se até se postar atrás dela. Assim, quando o criado que me serve entra em meu quarto, com um segundo atrás dele, carregando meia dúzia de pratos e uma jarra de cerveja, nenhum dos dois o vê. Fazem um alvoroço na mesa, dispondo os pratos e a cerveja, e então esperam para me servir.

— Vocês podem ir — digo. — Fechem a porta ao saírem.

Eles se curvam e deixam o quarto. Ricardo sai das sombras e puxa um banquinho para junto da mesa.

— Permite-me?

Partilhamos a mais deliciosa das refeições, só nós dois. Ele divide comigo a caneca de cerveja, come do meu prato. Os jantares que suportei na solidão, comendo apenas por sentir fome, sem nenhum prazer, são esquecidos. Ele pega do prato pequenos pedaços de guisado de carne e os oferece a mim, e passa o pão no molho. Elogia a carne de veado e insiste que eu coma um pouco, divide os doces comigo. Não há qualquer constrangimento entre nós; poderíamos ser crianças novamente, envoltas nessa redoma de risadas constantes e algo além — desejo.

— É melhor eu ir — afirma Ricardo. — O jantar se encerrará no salão e eles vão procurar por mim.

— Vão achar que eu fiquei gulosa — comento, olhando os pratos vazios sobre a mesa.

Ele se levanta e eu também fico de pé, subitamente sem jeito. Quero perguntar quando nos veremos novamente, como nos encontraremos. Mas sinto que não posso perguntar isso.

— Vejo você amanhã — diz ele com naturalidade. — Vai à missa bem cedo?

— Sim.

— Fique para trás depois que Isabel sair e irei ao seu encontro.

Estou sem fôlego.

— Está bem.

Sua mão está na porta, prestes a partir. Ponho a minha na manga de seu gibão, não consigo resistir a tocá-lo. Ele se vira com um ligeiro sorriso e se curva gentilmente para beijar minha mão, que descansa em seu braço. É só isso, é só isso. Aquele único toque — não um beijo na boca, não uma carícia — aquele único toque de seus lábios faz meus dedos queimarem. E então Ricardo se esgueira para fora do quarto.

Usando meu vestido de viúva azul-escuro, sigo Isabel até a capela e olho na direção em que o rei e seus irmãos costumam sentar para assistir à missa. A tribuna real está vazia, não há ninguém lá. Sinto o enjoo provocado pela pontada de decepção e penso que Ricardo fracassou comigo. Ele disse que estaria aqui esta manhã e não está. Ajoelho-me atrás de Isabel e tento me concentrar na celebração, mas as palavras em latim me escapam e eu as ouço como se não fizessem sentido, um matraquear de sons que dizem: "Vejo você amanhã. Vai à missa bem cedo?"

Quando a missa acaba e Isabel se levanta, não me levanto com ela, mas baixo a cabeça, como se rezasse. Ela olha para mim com impaciência e me deixa sozinha. Suas damas a seguem, vindas da capela, e eu ouço a porta se fechar atrás delas. O padre arruma as coisas atrás do painel do altar, de costas para mim, e permaneço ajoelhada devotamente, as mãos juntas e os olhos fechados, de forma que não vejo Ricardo se esgueirar até o banco e se ajoelhar ao meu lado. De forma tentadora, permito-me senti-lo antes de abrir os olhos para vê-lo — o leve odor de sabão em sua pele e o cheiro de limpeza do couro novo de suas botas, o ruído de quando ele se ajoelha, o cheiro de lavanda quando ele esmaga uma flor sob o joelho e, por fim, o calor de sua mão sobre meus dedos unidos.

Abro os olhos lentamente, como se acordasse, e ele está sorrindo para mim.

— Pelo que você está rezando?

Por este momento, penso. Por você. Por resgate.

— Por nada, na verdade.

— Então eu lhe direi que deve orar por sua liberdade e pela de sua mãe. Posso falar com Eduardo em seu nome?

— Você pediria que minha mãe fosse libertada?

— Eu poderia fazer isso. Você quer que eu peça?

— É claro. Mas você acha que ela poderia ir para o Castelo de Warwick? O que há para ela lá? Ou ela poderia ir para uma de nossas outras residências? Você acha que ela ficaria em Beaulieu mesmo se fosse livre para sair?

— Se ela decidisse permanecer na abadia, em honroso retiro, poderia manter a fortuna e você continuaria sem ter nada, e ainda teria que viver com sua irmã. Se Eduardo perdoar-lhe e libertá-la, ela será uma dama de grande riqueza, mas nunca será bem-vinda na corte: uma reclusa riquíssima. Você teria que viver com sua mãe, e nada seria seu até a morte dela.

O padre limpa o cálice e o põe cuidadosamente num estojo; vira as páginas da Bíblia e coloca entre elas um marcador de seda; faz uma mesura reverente diante da cruz e sai pela porta.

— Iz ficará furiosa comigo se não conseguir a fortuna de minha mãe.

— E o que você faria se ficasse sem nada? — pergunta ele.

— Eu poderia viver com minha mãe.

— Você de fato quer viver em reclusão? E não teria dote. Somente o que ela escolhesse lhe dar, caso você quisesse se casar no futuro. — Ele para, como se a ideia acabasse de lhe ocorrer. — Você quer se casar?

Olho diretamente para ele.

— Não vejo ninguém. Eles não permitem que eu tenha qualquer companhia. Sou uma viúva no primeiro ano de luto. Como eu me casaria, uma vez que não me encontro com ninguém?

Seus olhos estão em minha boca.

— Você está se encontrando comigo.

Eu vejo seu sorriso.

— Estou — sussurro. — Mas não estamos nos cortejando ou pensando em casamento.

A porta do fundo da capela se abre e alguém entra para rezar.

— Talvez você precise tanto de sua parte da fortuna quanto de sua liberdade — fala Ricardo, bem baixinho, em meu ouvido. — Talvez sua mãe possa ficar onde está e sua fortuna possa ser repartida igualmente entre você e sua irmã. Então você seria livre para viver a sua vida e fazer sua própria escolha.

— Eu não poderia viver sozinha — eu objeto. — Não me permitiriam, tenho apenas 15 anos.

Novamente ele sorri para mim e se mexe um pouco, de forma que seu ombro encosta no meu. Tenho vontade de me inclinar sobre ele, quero seu braço em volta de mim.

— Se você estivesse de posse de sua fortuna, poderia se casar com qualquer homem de sua escolha. Daria a seu marido propriedades e grande riqueza. Qualquer homem na Inglaterra ficaria feliz em se casar com você. A maioria deles estaria desesperada para desposá-la. — Ricardo faz uma pausa para que eu pense no assunto. Mas logo se vira para mim, seus olhos castanhos sinceros. — Você precisa estar certa disso, Lady Anne. Se eu conseguir colocar sua fortuna em suas mãos, qualquer um na Inglaterra ficará feliz em desposá-la. Seu marido se tornaria um dos maiores proprietários de terras do reino por meio de sua riqueza e estaria ligado a uma importante família inglesa. Você poderia optar pelo melhor deles.

Aguardo.

— Mas um bom homem não se casaria com você por sua fortuna, e você não deveria escolher um marido dessa maneira.

— Não?

— Um bom homem se casaria com você por amor — diz ele simplesmente.

O banquete de Natal chega ao fim, e o duque de Clarence, meu cunhado George, promove a mais carinhosa das despedidas para seu irmão, o rei, e especialmente para o irmão mais novo, Ricardo. Iz dá um beijo na rainha, dá um beijo no rei, dá um beijo em Ricardo, dá beijos em qualquer um que pareça importante e que possa aceitar seu cumprimento. Ela observa o marido ao fazer tudo isso; o olhar dele é uma ordem para ela. Entendo seu comportamento como o de um bom cão de caça que sequer necessita de um assobio; precisa apenas do aceno de cabeça do dono e o movimento abrupto de sua mão. George a treinou bem. Ela aprendeu a ser tão dedicada a ele quanto era dedicada a meu pai: ele é seu senhor. Ela se sentiu tão aterrorizada pelo poder da Casa de York — no campo de batalha, no mar, no mundo dos mistérios ocultos — que se agarrou a ele como a uma tábua de salvação. Ao nos deixar na França para se unir ao marido, ela escolheu segui-lo por onde quer que ele fosse, em vez de lutar para mantê-lo leal a nós.

As damas montam seus cavalos, eu entre elas. O rei Eduardo ergue sua mão para mim. Ele não se esquece de quem eu fui, embora sua corte esteja empenhada num grande esforço para apagar o fato de que algum dia houve um rei e uma rainha antes destes, de que houve um príncipe Eduardo antes do bebê que a rainha leva consigo para toda parte, de que houve uma invasão, uma marcha e uma batalha. Elizabeth, a rainha, olha para mim de igual para igual com seus lindos olhos cinzentos como gelo escuro. Ela não se esquece de que meu pai matou seu pai, que meu pai matou seu irmão. Essas são dívidas de sangue que terão que ser pagas um dia.

Subo em meu cavalo, ajeito meu vestido e seguro as rédeas. Ocupo-me com meu chicote e aliso a crina de meu cavalo. Obrigo-me a adiar o momento em que meus olhos procurarão Ricardo.

Ele está ao lado do irmão. Está sempre ao lado do irmão — aprendi que entre eles há um amor e uma fidelidade que nada jamais mudará. Assim que percebe meu olhar, ele sorri radiante para mim, seu rosto resplandecendo de afeto. Qualquer um que olhe para Ricardo pode perceber que ele está sendo indiscreto. Ele põe a mão no coração, como se me jurasse fidelidade. Olho para os lados e, graças a Deus, ninguém está vendo, estão todos montando em seus cavalos. George, o duque, está gritando para a guarda. Despreocupadamente, Ricardo permanece ali, a mão no coração, fitando-me fixamente, como se quisesse que o mundo soubesse que ele me ama.

Ele me ama.

Balanço a cabeça como se o reprovasse e baixo o olhar, mirando minhas mãos nas rédeas. Ergo os olhos novamente, e ele ainda me observa, a mão ainda no coração. Sei que eu deveria desviar o olhar, sei que deveria fingir que não sinto nada além de desdém — é assim que as damas se comportam nos poemas dos trovadores. Mas sou uma menina e me sinto sozinha, e aquele é um lindo jovem que me perguntou como poderia me servir e que agora permanece diante de mim com a mão no coração e os olhos sorrindo para mim.

Um dos guardas tropeça ao montar e seu cavalo se assusta, atingindo o cavaleiro ao lado. Todos olham naquela direção, e o rei coloca o braço em torno da esposa. Tiro minha luva e, num gesto suave, jogo-a na direção de Ricardo. Ele a pega no ar e a enfia no gibão. Ninguém vê. Ninguém sabe. O guarda acalma o cavalo, monta-o, acena um pedido de desculpas a seu capitão e a família real se vira e acena para nós.

Ricardo me olha, abotoando o gibão, e sorri para mim com afeto e confiança. Ele tem minha luva, minha permissão. Dei a ele uma garantia de que tenho plena consciência do que estou fazendo. Porque não quero mais ser o peão de alguém. O próximo movimento será meu. Escolherei minha liberdade e meu marido.

L'Erber, Londres, fevereiro de 1472

George, o duque, e Isabel, sua duquesa, vivem suntuosamente em Londres, onde sua casa é grande como um palácio, com centenas de criados e homens da guarda pessoal de George a seu serviço. Ele se orgulha de sua generosidade e imita a regra de meu pai segundo a qual qualquer um que bater à porta da cozinha na hora da refeição poderá espetar sua adaga em fatias de carne. Há um fluxo constante de pessoas que vêm solicitar favores, de arrendatários que precisam de ajuda. A porta da sala de audiências de George está sempre aberta, uma vez que ele não se nega a receber ninguém, nem mesmo o mais pobre arrendatário de suas terras. Todos devem saber que, se forem fiéis a George, podem ter certeza de que, em troca, ele será um bom senhor. Assim, dezenas de pessoas, centenas, que de outra forma seriam indiferentes, pensam nele como um bom homem a quem servir, um verdadeiro aliado, um amigo que gostariam de ter — assim, o poder e a influência de George crescem a cada dia, como a cheia de um rio.

Isabel se apresenta como uma grande dama; ela vai em procissão até a capela, dando esmolas aos pobres, intercedendo pela compaixão de George sempre que pode ser vista fazendo o bem. Eu sigo atrás dela, um dos muitos objetos de sua caridade ostentosa, e de tempos em tempos alguém observa como minha irmã e meu cunhado são bons comigo, pois me aceitaram quando eu estava em desgraça, mantendo-me em sua casa sem que eu tenha um tostão sequer.

Espero até poder falar diretamente com George, uma vez que Isabel se transformou em nada além de sua porta-voz. Certa tarde, estou passando pelo pátio do estábulo quando ele chega e desmonta de seu cavalo. Por um momento, não há uma grande multidão ao seu redor.

— Irmão, posso falar contigo?

Ele tem um sobressalto, pois estou parada no vão de uma porta, à sombra, e ele pensou que estivesse sozinho.

— Ahn? Irmã, é claro, é claro. É sempre um prazer vê-la. — Ele sorri para mim, seu lindo sorriso confiante, e passa a mão pelos grossos cabelos loiros num gesto calculado. — Em que posso servi-la?

— É sobre minha herança — respondo de forma atrevida. — Penso que minha mãe permanecerá na abadia e me pergunto o que acontecerá com as terras e a fortuna dela.

Ele ergue o olhar para as janelas da casa, como se desejasse que Isabel nos visse no estábulo ali embaixo e descesse correndo.

— Sua mãe optou por se refugiar em um santuário. E seu pai é um traidor. Suas terras estão confiscadas pela coroa.

— As terras *dele* teriam sido confiscadas, caso fosse condenado como traidor — corrijo-o. — Mas ele não foi condenado. E suas terras não foram confiscadas de forma plenamente legal, eu acho. Creio que o rei simplesmente as entregou a você, não? A posse das terras de meu pai lhe foi dada como um presente do rei, sem embasamento legal.

Ele pisca. Não sabe que eu tinha conhecimento disso. Mais uma vez olha em volta; os cavalariços vêm pegar as rédeas de seu cavalo, seu chicote e suas luvas, mas não há ninguém para me interromper.

— E, de qualquer forma, as terras de minha mãe ainda estão em poder dela. Ela não foi declarada traidora.

— Não.

— Entendo que você propõe tirar as terras dela e entregá-las a Isabel e a mim.

— São negócios — começa a dizer. — Não é necessário...

— Então, quando estarei de posse da minha parte das terras?

Ele sorri para mim, segura minha mão, leva-a a seu braço e me conduz do pátio do estábulo até a casa, passando por uma porta em arco.

— Ora, você não deveria estar se aborrecendo com isso — observa ele, dando tapinhas leves em minha mão. — Eu sou seu irmão e seu tutor e tomarei conta de tudo em seu nome.

— Eu sou viúva. Não tenho um tutor. Tenho o direito de tomar posse de minhas terras como tal.

— Viúva de um traidor — corrige-me ele com delicadeza, como se lamentasse ter que dizer isso. — Derrotado.

— O príncipe, sendo um príncipe, jamais poderia ser um traidor em seu próprio país — corrijo-o. — E eu, embora casada com ele, não fui acusada de traição. Assim, tenho direito a minhas terras.

Andamos juntos até o grande salão e, para alívio de George, Isabel está ali com suas damas. Ela nos vê juntos e vem em nossa direção.

— O que é isso?

— Lady Anne encontrou-me no estábulo. Temo que esteja sofrendo por coisas que não deveriam preocupá-la.

— Vá para o seu quarto — ordena Isabel abruptamente para mim.

— Não até eu saber quando receberei minha herança — insisto. Permaneço imóvel. Evidentemente não haverá uma mesura graciosa e uma retirada.

Isabel olha para o marido, sem saber o que fazer para que eu saia dali. Ela tem medo de que eu comece a me alterar de novo, pois dificilmente poderia pedir aos homens que estão ali a seu serviço que me levem embora.

— Ah, minha jovem... — O tom de voz de George é gentil. — Deixe tudo comigo, como eu lhe disse.

— Quando? Quando receberei minha herança? — pergunto em um tom de voz deliberadamente alto. As pessoas estão olhando, as muitas centenas de pessoas que fazem parte da corte de George e Isabel podem me ouvir.

— Diga a ela — sussurra Isabel. — Ela vai fazer um escândalo se você não contar. Por toda a vida ela foi o centro das atenções, vai se enfurecer...

— Eu sou seu tutor — diz ele com tranquilidade. — Nomeado pelo rei. Sabia disso? Você é uma viúva, mas também é uma criança, precisa ter alguém que lhe dê abrigo e que cuide de você.

— Eu sei que é isso que dizem por aí, mas...

— Sua fortuna está sob meu controle — interrompe ele. — As propriedades de sua mãe serão transferidas para você e para Isabel. Eu administrarei os bens de vocês duas até que você esteja casada, e então transferirei sua parte para o seu marido.

— E se eu não me casar?

— Então seu lar será aqui, conosco.

— E você ficará de posse de minhas terras para sempre?

A sutil centelha de culpa que passa por seu rosto bonito me diz que esse é o plano.

— Então certamente você nunca consentirá que eu me case? — pergunto com perspicácia, mas ele simplesmente se curva para mim com grande respeito, manda um beijo para a esposa e sai do salão. As pessoas tiram os chapéus à medida que ele passa, as mulheres fazem reverências; ele é o mais lindo e amado senhor. Está totalmente surdo quando repito, alto:

— Eu não... Eu não..

Isabel está gélida.

— Que esta seja a última coisa que ouvimos sobre esse assunto — diz ela. — Ou eu mandarei trancarem-na no quarto.

— Você não tem direitos sobre mim, Isabel!

— Eu sou a esposa do seu tutor. E nós a trancaremos em seu quarto, caso eu diga a ele que você está nos caluniando. Você foi derrotada em Tewkesbury, Anne. Você estava do lado errado, e seu marido morreu. Você precisará se acostumar a ser derrotada.

Sempre há gente indo e vindo pelo grande salão de L'Erber. O duque ordena que os portões fiquem abertos durante o dia e que haja braseiros acesos diante das portas durante a noite. Vou até o salão e procuro por alguém, qualquer pessoa — não um mendigo ou um ladrão, mas alguém que pudesse levar um recado em troca de uma moeda. Há dúzias de homens que fazem o trabalho do dia, levando o esterco para fora dos estábulos ou carregando as cinzas, trazendo pequenas coisas do mercado para vendê-las às moças responsáveis por cuidar das roupas. Chamo um deles com um movimento do dedo, um menino de cabelos louros claríssimos vestindo um gibão de couro, e espero que ele se aproxime de mim e faça uma reverência.

— Conhece o Palácio de Westminster?

— Claro que conheço.

— Pegue isso e entregue a alguém a serviço do duque de Gloucester. Diga que deve ser entregue ao duque. É capaz de se lembrar disso?

— Claro que sim.

— Não entregue a mais ninguém e não fale a ninguém sobre isso.

Dou-lhe um pedaço de papel. Dentro escrevi:

Gostaria de vê-lo. A.

— Se você entregar isso ao duque pessoalmente, ele lhe dará uma segunda moeda. — Entrego-lhe a primeira. Ele a pega, morde-a para se certificar de que é verdadeira e faz uma mesura.

— É uma carta de amor? — pergunta ele, atrevido.

— É um segredo. Você receberá uma moeda dele se guardá-lo.

Então tenho que esperar.

Isabel se esforça para ser gentil comigo. Permite que eu jante no salão com as damas e faz com que eu me sente à sua direita. Ela me chama de "irmã" e um dia me leva ao quarto de vestir e diz que posso escolher uma de suas roupas. Está cansada de me ver de azul o tempo todo.

Põe o braço em torno de meus ombros.

— E você virá à corte conosco. Quando seu ano de luto tiver terminado. E nesse verão poderemos viajar com a corte; talvez ir a Warwick.

Seria maravilhoso estar em casa de novo, não acha? Você gostaria de fazer isso? Poderíamos ir até Middleham e ao Castelo de Barnard. Você vai gostar de visitar nossos antigos lares.

Nada digo.

— Somos irmãs — continua ela. — Não me esqueço disso. Anne, não seja tão dura comigo, não seja tão dura consigo mesma. Nós perdemos muita coisa, mas ainda somos irmãs. Vamos ser amigas de novo. Quero viver com você como uma irmã.

Não sei como Ricardo virá até mim, mas confio que virá. Com o passar dos dias, começo a pensar no que farei se ele não vier. Acho que estou sem saída.

Nos dias escuros e frios de fevereiro, dificilmente deixo a casa. George vai quase todos os dias ao Palácio de Westminster ou à cidade. Às vezes, os homens que vêm vê-lo entram por uma porta lateral e vão diretamente aos seus aposentos, como se fossem encontrá-lo secretamente. Publicamente, ele mantém a grande ilusão de ser tão grandioso quanto o rei. Pergunto-me se planeja criar uma corte que rivalize com a do irmão, se tem a esperança de acumular tantas terras e tantos aliados que lhe permitam se firmar como um príncipe na Inglaterra. Isabel está sempre a seu lado, maravilhosamente vestida, graciosa como uma rainha. Ela o acompanha a Westminster sempre que há banquetes ou festas, ou quando é convidada para jantar com a rainha e suas damas. Mas não sou convidada nem tenho permissão para ir.

Um dia eles são convocados para um banquete real especial. Isabel veste-se em um fulgor de esmeraldas, com um cinto de ouro ornado com essas pedras, um vestido verde e um véu verde. Eu a ajudo a se vestir, passando as fitas verdes com pontas de ouro pelos orifícios de suas mangas, e sei que meu rosto parece amuado em seu espelho iluminado por velas. Todas as damas estão alvoroçadas com a visita ao Palácio de Westminster, apenas eu serei deixada sozinha em L'Erber.

Olho pela janela do meu quarto enquanto montam em seus cavalos no pátio, diante das grandes portas do castelo. Isabel vai num cavalo branco com uma nova sela de couro verde com aplicações de veludo da mesma cor. A seu lado, George está com a cabeça descoberta, os cabelos louros brilhando à luz do sol, dourados como uma coroa. Ele sorri e acena para as pessoas que se aglomeram nos dois lados do portão para nos saudar. É como um cortejo real, e Isabel, no meio dele, é exatamente como a rainha que meu pai prometeu que ela seria. Afasto-me da janela estreita para os aposentos desertos. Um criado vem atrás de mim com um cesto de madeira.

— Posso alimentar o fogo, Lady Anne?

— Deixe como está — digo por sobre os ombros. Eles atravessam o portão e seguem em trote cadenciado por Elbow Lane, o sol de inverno reluzindo nos estandartes de George. Ele assente de um lado a outro da multidão, levantando a mão enluvada em resposta às saudações.

— Mas o fogo está morrendo — insiste o homem. — Colocarei um pouco de lenha para a senhora.

— Apenas deixe como está — digo, impaciente. Viro-me de costas para a janela e pela primeira vez o vejo. Ele havia tirado o chapéu e abandonado o manto de fustão que escondia seu rico gibão e sua bela camisa, sua calça de montaria e as macias botas de couro. Ricardo ri de minha surpresa.

Corro para ele, sem pensar no que estou fazendo. Corro na direção do primeiro rosto amigo que vejo desde o Natal e, em um instante, estou em seus braços e ele está me segurando com firmeza, beijando o meu rosto, meus olhos fechados, minha boca sorridente; beijando-me até que eu fique sem fôlego e precise me afastar dele.

— Ricardo! Ah, Ricardo!

— Vim para levá-la.

— Para me levar?

— Para resgatá-la. Eles a manterão cada dia mais enclausurada até obterem toda a fortuna de sua mãe, e depois a colocarão num convento.

— Eu sabia! Ele diz que é meu tutor e que me dará minha parte da fortuna quando eu me casar; mas não acredito nele.

— Eles jamais permitirão que se case. Eduardo a colocou sob os cuidados deles, George e Isabel a manterão presa para sempre. Você terá que fugir se quiser escapar disso.

— Eu vou — digo, subitamente decidida. — Estou pronta para ir.

Ele hesita, como se duvidasse de mim.

— Simples assim?

— Eu não sou a garotinha que você conheceu. Eu cresci. Margarida de Anjou me ensinou a não hesitar; ela disse que haveria tempos em que eu teria que decidir o que é melhor para mim e tomar meu rumo sem medo, sem levar os outros em conta. Perdi meu pai, portanto ninguém pode mandar em mim. Eu com certeza não obedecerei a Isabel e George.

— Muito bem. Eu a levarei ao santuário. É a única coisa que podemos fazer.

— Estarei segura lá? — Entro em meu pequeno quarto, bem ao lado da antecâmara, e ele me segue sem qualquer acanhamento, permanecendo junto à porta enquanto abro meu baú e pego minha caixa de joias.

— Eles não invadirão um santuário em Londres. Consegui um lugar para você em Saint Martin Le Grand. Eles a manterão em segurança lá. — Ele toma a caixa de minhas mãos. — Algo mais?

— Meu manto de inverno. Vou calçar minhas botas de montaria.

Sento-me na cama e chuto os sapatos para longe. Ele se ajoelha diante de mim e pega as botas de montaria, mantendo uma delas aberta para que eu coloque meu pé descalço. Eu hesito; é um gesto muito íntimo entre dois jovens. Seu olhar sorridente voltado para mim diz que ele entende minha hesitação, mas a está ignorando. Estico o pé e ele segura a bota; deslizo o pé para dentro dela, e Ricardo a puxa até minha panturrilha. Pega os suaves cadarços de couro e fecha a bota, primeiro em meu tornozelo, depois em minha panturrilha, e em seguida logo abaixo de meu joelho. Posso sentir o calor de sua mão sobre o couro macio. Imagino os meus dedos do pé se curvando com o prazer de seu toque.

— Anne, você se casará comigo? — pergunta ele simplesmente, ajoelhado diante de mim.

— Casar-me com você?

Ele assente.

— Eu a levarei ao santuário e então encontrarei um padre. Podemos nos casar em segredo. Eu cuidarei de você e a protegerei. Você será minha esposa, e Eduardo a receberá como cunhada. Ele vai garantir a sua parte na herança de sua mãe quando você estiver sob minha proteção. Ele não recusará minha esposa.

Ricardo segura o outro par para mim, sem sequer esperar pela minha resposta. Eu estico o pé e o deslizo para dentro da bota. Mais uma vez ele delicadamente ata os laços no tornozelo, na panturrilha e no joelho. Há algo de muito sensual neste cuidadoso atar de laços que percorre um caminho lento até a parte de cima da minha perna. Fecho os olhos, desejando com ardor a sensação de seus dedos roçando levemente a parte interna de minhas coxas. Nesse momento, ele pega a barra de minha saia e a puxa até os tornozelos, como se defendesse meu recato, como se eu pudesse confiar nele. Põe as mãos sobre a cama, uma de cada lado, e sinto o olhar dele sobre mim, os olhos cheios de desejo.

— Diga sim — sussurra ele. — Case-se comigo.

Hesito. Abro os olhos.

— Você terá toda minha fortuna — observo. — Quando eu me casar, tudo o que tenho se tornará seu. Assim como George possui tudo o que pertence a Isabel.

— É por isso que você pode confiar em mim quando digo que vou recuperá-la para você. Meus interesses serão os mesmos que os seus; pode ter a certeza de que cuidarei de você como se fosse de mim mesmo. Você será minha. E você vai descobrir que eu sei cuidar do que é meu.

— Você vai ser fiel a mim?

— Lealdade é o meu lema. Quando dou minha palavra, pode confiar em mim.

Hesito por um instante.

— Ah, Ricardo! Desde que meu pai se voltou contra seu irmão, nada deu certo para mim. Desde a morte dele, não tenho um dia sem tristeza.

Ele aperta as minhas mãos calorosamente.

— Eu sei. Não posso trazer seu pai de volta, mas posso conduzi-la de novo ao mundo dele: à corte, aos palácios, à linha de sucessão do trono, onde ele queria que você estivesse. Posso conseguir suas terras de volta, você poderá ser a detentora das terras de seus arrendatários, poderá cumprir os planos de seu pai.

Balanço a cabeça, sorrindo, embora meus olhos estejam cheios de lágrimas.

— Jamais seremos capazes de fazer isso. Ele tinha planos realmente grandiosos. Ele me prometeu que eu seria a rainha da Inglaterra.

— Quem sabe? Se alguma coisa acontecesse a Eduardo e a seu filho, e a George, que Deus não permita, eu seria rei.

— Não é provável. — A ambição de meu pai instiga-me como um sussurro no ouvido.

— Não. Não é provável. No entanto, mais do que todas as outras pessoas, você e eu sabemos que não é possível prever o futuro; nenhum de nós sabe o que vai acontecer. Mas pense no que você pode ser agora. Posso torná-la uma duquesa real. Você pode me tornar um homem rico. Posso igualá-la a sua irmã e defendê-la de seu cunhado. Serei um marido de verdade para você. E, acho que você sabe disso, não sabe? Eu amo você, Anne.

Senti como se estivesse vivendo em um mundo sem amor por muito tempo. A última expressão amorosa que vi foi a de meu pai ao velejar para a Inglaterra.

— Você me ama? De verdade?

— Amo. — Ele se levanta e me traz para perto de si, para que eu fique ao seu lado. Meu queixo bate em seu ombro, somos ambos elegantes, esguios, cheios de vida: formamos um belo casal. Volto meu rosto para seu gibão.

— Você se casará comigo? — sussurra ele.
— Sim.

Meus pertences estão em uma trouxa, e ele traz consigo um manto de ajudante de cozinha, com um capuz que posso puxar para a frente e esconder o rosto.

Protesto quando ele me envolve com o manto.
— Fede a gordura!

Ele ri.
— Melhor assim. Estamos saindo daqui como um criado e uma ajudante de cozinha, e ninguém duvidará de nós.

Os grandes portões estão abertos, as pessoas vêm e vão como sempre, e nós nos esgueiramos para fora junto com algumas moças responsáveis por tirar o leite, que conduzem suas vacas diante de si. Ninguém nos vê e ninguém notará que eu parti. Os serviçais presumirão que fui à corte com minha irmã e as damas e, somente quando ela chegar em casa, dentro de alguns dias, eles se darão conta da minha fuga. Rio alto diante desse pensamento, e Ricardo, segurando minha mão à medida que atravessamos as ruas movimentadas, volta-se para mim e também ri de repente, como se embarcássemos numa aventura, como se fôssemos crianças gargalhando enquanto fogem.

Está escurecendo quando chegamos ao colégio, que fica à sombra da Catedral de São Paulo, cuja porta lateral está aberta para a capela-mor. Há muita gente forçando passagem para entrar e sair. Um mercado funciona lá dentro, com tendas para que as pessoas vendam todos os tipos de mercadorias; há também câmbio de moedas, e, pelos cantos, são feitas algumas negociações secretas. As pessoas estão encapuzadas para se proteger da bruma gelada que vem do rio, e todas ficam de cabeça baixa, procurando umas pelas outras.

Hesito; não parece seguro. Ricardo baixa o olhar em minha direção.

— Tenho um quarto preparado para você, não ficará com as pessoas comuns — explica ele de maneira reconfortante. — Eles concedem abrigo para todo tipo de pessoa aqui: criminosos, mendigos, falsários, ladrões comuns. Mas você estará em segurança. O colégio tem orgulho de sua autoridade enquanto refúgio; ele jamais abre mão de quem quer que esteja requisitando a segurança da igreja. Mesmo que George descubra onde você está e exija que eles a entreguem, não o deixarão levá-la. Esse colégio tem a grande reputação de ser inexpugnável. — Ele sorri. — Eles desafiariam até mesmo meu irmão, o rei, se fosse necessário.

Ele abriga minha mão fria sob seu braço e me conduz pela porta. O sino badala o toque de recolher na torre acima de nós. Um dos monges avança, reconhece Ricardo e, sem uma palavra, nos guia até o refúgio da abadia.

Eu aperto ainda mais a mão de Ricardo.

— Você estará em segurança aqui — repete ele.

O monge para de um dos lados da porta, e Ricardo me conduz até um cômodo pequeno, feito uma cela. Além desse há outro aposento, ainda menor, como uma alcova, e uma cama estreita com um crucifixo pendurado na parede da cabeceira. Uma moça levanta-se de um banquinho ao lado da lareira e me faz uma reverência.

— Eu sou Megan — diz ela com palavras quase incompreensíveis, dado seu forte sotaque do norte. — Meu senhor pediu que eu me certificasse de que a senhora se sentisse confortável aqui.

— Megan ficará com você e, se houver qualquer problema, mandará me chamar ou virá até mim pessoalmente — explica Ricardo. Suas mãos estão no laço de meu manto, sob meu queixo. Quando ele o tira de meus ombros, seus dedos tocam meu queixo em uma carícia suave. — Você estará em segurança aqui e eu virei amanhã.

— Sentirão minha falta quando voltarem para L'Erber — aviso a ele.

Ele sorri com ar genuinamente divertido.

— Vão ficar loucos como cães raivosos. Mas não há nada que possam fazer; o pássaro fugiu e logo encontrará um novo ninho.

Ricardo curva sua cabeça de cabelos negros e me beija suavemente na boca. A seu toque, anseio por mais; quero que ele me beije como fez quando corri até ele, quando ele veio até mim disfarçado, como um cavaleiro iria até a dama raptada em uma história. Ao pensar nisso tudo como um resgate, respiro fundo e me aproximo dele. Seus braços me envolvem, e ele me abraça por um instante.

— Eu virei amanhã ao meio-dia — promete ele, e então sai do quarto e me deixa ali para minha primeira noite em liberdade. Olho através da pequena janela em arco para as ruas movimentadas lá fora, escurecidas pela sombra da Catedral de São Paulo. Estou livre, mas não posso deixar as instalações da igreja e não devo falar com ninguém. Megan é minha criada, mas também está aqui para me vigiar. Estou livre, mas detida em santuário, exatamente como minha mãe. Se Ricardo não viesse amanhã, eu seria uma prisioneira, exatamente como a rainha Margarida na Torre, exatamente como minha mãe em Beaulieu.

Saint Martin, Londres, fevereiro de 1472

Ele vem, conforme prometido, seu rosto jovem com uma expressão austera. Beija minha mão, mas não me toma nos braços, embora eu fique a seu lado e anseie por seu toque. Dói como uma fome. Eu não fazia ideia de que essa era a sensação despertada pelo desejo.

— Qual é o problema? — Ouço minha voz, o tom de lamento.

Ele me dá um sorriso doce e reconfortante e se senta à pequena mesa ao lado da janela, indicando que eu ocupe a cadeira do lado oposto.

— Problemas — define ele brevemente. — George descobriu que você fugiu, falou com meu irmão a seu respeito e exige sua volta. Como uma concessão, ele diz que eu posso me casar com você, mas não poderemos ter sua herança.

Suspiro.

— Ele já sabe que eu fugi? O que Isabel diz? E o rei?

— Eduardo será justo conosco. Mas ele precisa manter a amizade de George, precisa mantê-lo próximo. George tem poder e aliados demais para que alguém se arrisque a ser seu inimigo. Ele realmente está ficando poderoso. Pode até estar, nesse momento, tramando um novo golpe pelo trono com seus parentes, os Neville. Com certeza muitos de seus amigos entram e saem de L'Erber. Eduardo não confia nele, mas tem que demonstrar que o favorece para mantê-lo na corte.

Por um só momento temo que Ricardo desistirá de mim.

— O que faremos? O que podemos fazer?

Ele toma minha mão e a beija.

— Você vai permanecer aqui, em segurança, como precisa estar, e não se preocupe. Eu oferecerei meu cargo de lorde camarista da Inglaterra a George.

— Lorde camarista?

Ele faz uma careta.

— Eu sei, é um preço alto para mim. Eu tinha orgulho de sustentar esse cargo, é o mais alto posto da Inglaterra e o mais lucrativo, mas tudo isso vale mais para mim. — Corrige-se. — *Você* vale mais para mim. — Faz uma pausa. — Você vale mais do que qualquer coisa. E temos outra dificuldade. Sua mãe está escrevendo para todo mundo, dizendo que está aprisionada de forma injusta e que suas terras estão sendo roubadas dela. Exige ser libertada. Parece ruim. Eduardo prometeu ser um rei justo. Não pode ser visto como um rei que rouba uma viúva refugiada em um santuário.

Olho para esse jovem que prometeu me salvar e que agora se vê contra os dois homens mais poderosos do reino, seus próprios irmãos. Seu apoio à minha causa vai lhe custar caro.

— Eu não vou voltar — retruco. — Faço tudo o que você quiser; mas não volto para George e Isabel. Não posso. Fujo sozinha se for necessário, mas não volto para aquela prisão.

Ele se apressa em balançar a cabeça.

— Não, isso não vai acontecer — reafirma ele. — Nós deveríamos ter nos casado imediatamente. Pelo menos assim ninguém poderia levá-la de volta. Se tivéssemos nos casado, eles não poderiam fazer nada contra você, e eu poderia lutar por sua herança na condição de seu marido.

— Vamos precisar de uma dispensa do papa — lembro a ele. — Meu pai precisou enviar duas requisições no caso de Isabel e George, e eles têm o mesmo tipo de parentesco que nós temos. Mas agora, com o casamento deles, temos ligações ainda mais estreitas. Somos cunhados deles, além de primos entre nós.

Ele franze o cenho, batendo na mesa com os dedos.

— Eu sei, eu sei. Tenho pensado nisso, e mandarei um enviado a Roma. Mas levará meses. — Ele olha para mim como se avaliasse minha resolução. — Você vai esperar por mim? Vai esperar aqui, onde está em segurança, mas confinada, até termos notícias do Santo Padre e recebermos nossa dispensa?

— Eu esperarei por você — prometo a ele. Falo como uma jovem apaixonada pela primeira vez, mas no fundo tenho a consciência de que não há nenhum outro lugar aonde ir e de que ninguém mais tem poder e riqueza suficientes para me proteger de George e Isabel.

Saint Martin, Londres, abril de 1472

Tenho que esperar no santuário e, à medida que as manhãs se tornam mais claras e mais quentes, fico mais impaciente para estar livre. Participo dos serviços religiosos em Saint Martin e, pelas manhãs, leio na biblioteca. Ricardo emprestou-me seu alaúde e, durante a tarde, eu toco ou costuro. Sinto-me como uma prisioneira, sinto-me terrivelmente entediada e ansiosa ao mesmo tempo. Sou completamente dependente de Ricardo para minha segurança, para visitas e até mesmo para meu sustento. Sou como uma menina sob um feitiço num castelo encantado, e ele é como o cavaleiro que vem me salvar. Agora acho que esta é a mais desconfortável das posições — estou absolutamente impotente e sequer tenho a possibilidade de reclamar.

Ele me visita todos os dias, às vezes trazendo mudas de árvores com folhas se abrindo ou um punhado de lírios para me mostrar a chegada da primavera, a estação do galanteio, a estação em que serei noiva novamente. Ele me envia uma costureira para fazer uma roupa nova para o dia do meu casamento, e passo uma manhã inteira fazendo ajustes em um vestido de veludo ouro-pálido com uma anágua de seda amarela. A camareira vem também e faz para mim um toucado de cabeça bem alto com um véu de renda dourada. Observo meu reflexo no espelho da costureira e vejo uma jovem alta e esguia com um rosto sério e olhos azul-escuros. Sorrio, mas nunca parecerei feliz como a rainha, jamais terei a amabilidade natural de sua mãe Jacquetta, e de todas as mulheres daquela família. Elas não foram criadas na guerra como eu, sempre tiveram confiança em seu poder — enquanto eu sempre tive medo desse poder, medo delas. A camareira reúne meus fios castanho-avermelhados no topo de minha cabeça.

— A senhora será uma linda noiva — assegura-me ela.

Certa manhã, Ricardo chega com o rosto sério.

— Fui ver Eduardo para falar com ele de nossos planos de casamento para quando a dispensa papal chegar, mas aparentemente o bebê da rainha vai nascer antes do previsto. Não consegui vê-lo; ele foi a Windsor para estar com ela.

Imediatamente, meus pensamentos voltam-se para a provação de Isabel ao dar à luz: um pesadelo provocado pelo vento de bruxa soprado pela rainha que fez o navio ser jogado de um lado para o outro, como folha na correnteza de um rio, e resultou na perda do bebê, um menino, o neto de meu pai. Não tenho a menor simpatia pela rainha, mas não posso demonstrar isso a Ricardo, que é tão fiel ao irmão e tão carinhoso com a mulher e o filho dele.

— Ah, sinto muito — lamento sem sinceridade. — Mas ela já não conta com a mãe junto dela?

— A duquesa viúva está doente. Dizem que é o coração. — Ele olha para mim sem graça. — Dizem que ela está com o coração partido.

Ele não precisa dizer mais nada. Jacquetta está com o coração partido desde que meu pai executou seu marido e seu amado filho. Mas ela já teve tempo para se recuperar dessas mortes; mais de dois anos se passaram. Meu marido morreu nessas guerras, e meu pai também — quem teve consideração por minha tristeza?

— Eu sinto muito — digo.

— São os caprichos da guerra. — Ricardo repete a frase usual de consolo. — Mas isso significa que eu não pude ver Eduardo antes que ele partisse. Agora ele estará concentrado na rainha e no novo bebê.

— O que faremos? — Mais uma vez, parece que não posso fazer nada sem o conhecimento e o consentimento da rainha, e é bem improvável que ela abençoe meu casamento com seu cunhado quando todos creem que sua mãe esteja morrendo de desgosto por causa de meu pai. — Ricardo, não posso esperar até que a rainha aconselhe o rei em nosso favor. Não creio que ela perdoará a meu pai.

Ele bate a mão na mesa, num gesto de súbita decisão.

— Eu sei! Sei o que vamos fazer. Vamos nos casar agora e depois contamos a eles e conseguimos a dispensa papal.

Respiro fundo.

— Podemos fazer uma coisa dessas?

— Por que não?

— Porque o casamento não será legítimo...

— Ele será legítimo aos olhos de Deus e, quando a dispensa do papa chegar, será legal aos olhos dos homens também.

— Mas meu pai...

— Se seu pai a tivesse casado com o príncipe Eduardo sem esperar pela dispensa, vocês poderiam ter seguido todos juntos e ele teria vencido em Barnet.

O arrependimento me atinge como um golpe de espada.

— Mesmo?

Ele assente.

— Você sabe que sim. A dispensa veio de qualquer forma, não chegou mais rápido por vocês terem ficado na França à espera do documento. Mas se você, Margarida de Anjou e o príncipe tivessem embarcado com seu pai, ele teria tido um exército completo em Barnet. Teria nos derrotado com as forças dos Lancaster sob seu comando. Esperar pela dispensa foi um grande erro. A demora é sempre fatal. Nós nos casaremos; a dispensa chegará depois e fará nosso casamento ser reconhecido perante a lei. De qualquer maneira, ele será legal perante Deus se pronunciarmos nossos votos diante de um padre.

Hesito.

— Você quer mesmo se casar comigo? — Ele olha para mim com um sorriso de quem sabe a resposta. Está plenamente consciente de que eu quero me casar com ele e de que meu coração se acelera quando sua mão toca a minha, como ele faz agora. Quando se inclina para a frente, como faz agora. Quando seu rosto vem em minha direção para me beijar.

— Eu quero. — É verdade, estou desesperada para me casar com ele e para deixar essa vida dentro do santuário. Além disso, não há nada mais que eu possa fazer.

Saint Martin, Londres, maio de 1472

Pela segunda vez na vida eu sou a noiva, e avanço pelo corredor rumo ao altar, com um belo e jovem marido à minha espera nos degraus da capela-mor. Não consigo deixar de pensar no príncipe Eduardo me aguardando ali, sem saber que nossa aliança o conduziria à morte, que estaríamos casados e deitaríamos na mesma cama por apenas vinte semanas antes de ele ter que defender sua pretensão ao trono, uma jornada da qual jamais retornaria.

Digo a mim mesma que agora é diferente — desta vez estou me casando por vontade própria, não me encontro sob o domínio de uma sogra assustadora, não estou obedecendo a meu pai sem pensar. Desta vez, sou eu quem faço meu destino — pela primeira vez na vida pude tomar as rédeas dos acontecimentos. Tenho 15 anos, casei e enviuvei, fui nora de uma rainha da Inglaterra e tutelada por um duque real. Fui um peão que passou na mão de jogador após jogador; mas agora estou tomando minha decisão e jogando com minhas próprias cartas.

Ricardo aguarda nos degraus da capela-mor; seu parente, e também meu, o arcebispo Bourchier, está postado diante dele, com seu missal aberto na página dos serviços matrimoniais. Olho para a igreja ao redor. Está vazia como o funeral de um pobre. Quem poderia imaginar que se tratava do casamento de uma princesa viúva com um duque real? Sem minha irmã — ela agora é minha inimiga. Sem minha mãe — ela continua aprisionada. Sem meu pai — jamais o verei novamente. Ele morreu tentando me colocar no trono da Inglaterra, mas agora as esperanças dele e as minhas estão acabadas. Sinto-me muito sozinha quando avanço pelo corredor, meus sapatos de couro chocando-se contra as lápides sob meus pés, como se para me lembrar de que ali, jazendo em trevas infinitas, estão todas as outras pessoas que pensaram que poderiam jogar com as próprias cartas.

Não temos para onde ir. Eis a grande ironia da situação. Sou a maior herdeira da Inglaterra, com um espólio — se conseguirmos obtê-lo de volta — de centenas de casas e inúmeros castelos, e eu o passei às mãos de meu marido, um jovem rico, com fontes de renda provenientes de muitos dos maiores condados da Inglaterra. Ainda assim, não temos para onde ir. Ele não pode me levar para sua residência em Londres, o Castelo de Baynard, pois a mãe dele, a formidável duquesa Cecily, mora lá, e ela já me assustava o suficiente quando era apenas a sogra impassível de minha irmã. Agora, como minha própria sogra, ela me aterrorizará. Não ouso encará-la de forma alguma depois de me casar secretamente com um de seus filhos contra a vontade dos outros dois.

Obviamente, não podemos ir para a casa de George e Isabel, que estarão fora de si de tanta raiva quando souberem dos acontecimentos do dia de hoje, e me recuso terminantemente a voltar para o abrigo de Saint Martin, para meu quarto de serviçal de cozinha. Por fim, Thomas Bourchier, nosso parente, o arcebispo, convida-nos a permanecer em seu palácio pelo tempo que desejarmos. Isso o liga ainda mais claramente a este casamento clandestino, mas Ricardo me diz em segredo que o arcebispo jamais abriria o missal diante de nós se não tivesse a permissão de Eduardo para fazê-lo. Quase nada acontece agora na Inglaterra sem o conhecimento do rei York e o consentimento de sua rainha. Então, apesar de eu ter imaginado que éramos amantes insubordinados, que estavam agindo em segredo, casando por amor e passando a lua de mel escondidos, não era bem assim. Nunca tinha sido assim. Eu pensei que estava planejando minha vida sem o conhecimento dos outros; mas sei que o rei e minha inimiga, sua rainha de olhos cinzentos, sabiam de tudo, o tempo todo.

Palácio Lambeth, Londres, verão de 1472

Este é o nosso verão, este é o nosso momento. Todas as manhãs desperto com o feixe dourado de luz do sol que atravessa a janela da sacada voltada para o rio e com o cálido corpo de Ricardo em minha cama, dormindo como um bebê. Os lençóis estão em desalinho porque fizemos amor, a colcha lindamente bordada encontra-se amontoada metade sobre a cama, metade no chão, e o fogo na lareira converteu-se em cinzas, uma vez que ele não permite que ninguém entre em nosso quarto até que seja chamado: este é o meu verão.

Agora compreendo a lealdade canina de Isabel a George. Agora compreendo a paixão que une o rei e a rainha. Agora compreendo até mesmo o motivo de Jacquetta, a mãe da rainha, estar morrendo de desgosto por causa do homem com quem se casou por amor. Aprendi que amar um homem que compartilha dos meus interesses, cuja paixão me é concedida livre e abertamente e cujo corpo jovem enrijecido pelas batalhas deita-se ao meu lado por prazer, é algo que mudará radicalmente minha vida. Já fui casada antes; mas nunca tinha me sentido tocada, desorientada e adorada antes. Eu fui esposa, mas não amante. Com Ricardo converti-me em ambas, em conselheira e amiga, parceira em tudo, irmã de armas, companheira de viagem. Com Ricardo me transformei em mulher, não mais uma menina; eu me transformei em esposa.

— E a dispensa? — pergunto a ele preguiçosamente uma manhã, enquanto me beija com delicadeza, contado cada um dos beijos com a ambição de chegar a quinhentos.

— Você me interrompeu — reclama ele. — Qual dispensa?

— Para nosso casamento. Do papa.

— Ah! Essa... está a caminho. Essas coisas podem levar meses, você sabe disso. Eu fiz a requisição por escrito, eles responderão. Direi a você quando a resposta chegar. Onde eu estava mesmo?

— Trezentos e dois — digo prestativamente.

Suavemente, sua boca desce até minhas costelas.

— Trezentos e três.

Passamos todas as noites juntos. Quando Ricardo precisa visitar a corte, que está em sua viagem de verão em Kent, ele sai ao amanhecer com um grupo de amigos — Brackenbury, Lovell, Tyrrell e meia dúzia de outros — e volta ao anoitecer, de forma a poder encontrar-se com o rei, voltar para casa e ficar comigo. Jura que jamais nos afastaremos um do outro, nem mesmo por uma noite. Aguardo-o no grande quarto de hóspedes do Palácio Lambeth com um jantar pronto à sua espera, e ele entra, cheio de poeira da estrada, e come e fala e bebe, tudo ao mesmo tempo. Ele me conta que o bebê da rainha morreu, que ela está silenciosa e tristonha. Dizem que Jacquetta, a mãe dela, faleceu exatamente na mesma tarde; algumas pessoas teriam ouvido um lamento próximo às torres do castelo. Ele faz o sinal da cruz ao relatar aquele rumor e ri de si mesmo por ser um tolo supersticioso. Sob a mesa, fecho os punhos como um sinal contra a bruxaria.

—- Lady Rivers era uma mulher notável — admite ele. — Quando a conheci, e eu era apenas um menino, pensei que ela era a mais aterrorizante e a mais linda mulher que eu já tinha visto. Quando me tornei seu parente, quando Elizabeth casou-se com Eduardo, passei a amá-la e admirá-la. Sempre foi tão amorosa com os filhos. E não só com eles, mas com todas as crianças da casa real. E sempre tão leal a Eduardo; ela teria feito qualquer coisa por ele.

— No fim das contas, ela era minha inimiga — digo brevemente. — Mas me lembro de que, quando eu a conheci, ela era maravilhosa. E a filha dela também, a rainha.

— Você teria pena da rainha agora. Está completamente desolada sem a mãe e perdida sem o bebê.

— Sim, mas ela tem outros quatro filhos — comento de forma insensível. — E um deles é um menino.

— Nós, Yorks, gostamos de ter famílias grandes — diz ele, sorrindo para mim.

— E?

— E eu pensei que nós podíamos ir para a cama e ver se conseguimos fazer um marquesinho.

Sinto-me enrubescer e admito meu desejo com um sorriso.

— Talvez — respondo. Ele sabe que eu quero dizer "sim".

Castelo de Windsor, setembro de 1472

Mais uma vez encontro-me prestes a me apresentar ao rei e à rainha da Inglaterra, mais uma vez encontro-me temerosa e agitada. Mas agora não há ninguém que me preceda, ninguém para me repreender. Não preciso me preocupar em não pisar na cauda do vestido de minha mãe, pois ela ainda está detida em Beaulieu e, mesmo que estivesse livre, não caminharia à minha frente. Encontro-me em uma posição mais elevada que a dela. Sou uma duquesa real. São pouquíssimas as mulheres cujas caudas dos vestidos me precederão.

Não preciso me preocupar com as palavras duras de Isabel, pois agora assumimos a mesma posição. Também sou uma duquesa real da Casa de York. Fomos forçadas a dividir nossa herança, nossos maridos agora beneficiam-se de partes iguais de nossa riqueza. Cada uma de nós ficou com um dos rapazes da Casa de York — ela casou com George, o belo irmão mais velho, mas eu tenho Ricardo, o leal e amado irmão mais novo. Ele está ao meu lado, dando-me um sorriso carinhoso. Sabe que estou nervosa, mas determinada a entrar na corte fazendo com que todos me reconheçam pelo que sou agora: uma duquesa real de York e uma das maiores damas do reino.

Estou usando um vestido vermelho-escuro. Subornei uma das damas responsáveis pelo guarda-roupa para saber o que Isabel usará esta noite e fui informada de que minha irmã encomendou um vestido violeta pálido para ser usado com suas ametistas. Minha escolha fará com que a cor selecionada por ela pareça insignificante. Trago rubis no pescoço e nas orelhas, e minha pele leitosa contrasta com o tom escuro do vestido e o brilho de fogo das pedras. Uso um véu escarlate, acompanhado de um toucado tão alto que se ergue, como o pináculo de uma catedral, acima de mim e de meu marido. A bainha de meu vestido é bordada com seda vermelho-escura, e as mangas são ousadamente curtas, de modo a mostrarem meus pulsos. Sei que estou linda. Tenho 16 anos, e minha pele é como a pétala de uma rosa. A própria rainha da Inglaterra, a adorada esposa de Eduardo, parecerá velha e cansada ao meu lado. Encontro-me no auge da minha beleza e no momento de meu maior triunfo.

As grandes portas diante de nós se abrem; Ricardo toma a minha mão e olha de soslaio para mim:

— Em frente, marchando! — Ele diz isso como se estivéssemos sendo convocados em um campo de batalha, e adentramos o esplendor de luz e calor da câmara de audiências da rainha no Castelo de Windsor.

Como sempre acontece quando a rainha Elizabeth está presente, os aposentos resplandecem com a luz brilhante dos melhores candelabros, e as damas vestem-se de maneira esplendorosa. Ela está jogando bocha e, pelas risadas e pelos aplausos que ouvimos quando entramos, imagino que esteja ganhando. Bem ao fim da sala há músicos, e as damas distraem-se em uma dança na qual formam um círculo com as mãos dadas e, em seguida, enfileiram-se, olhando ao redor e sorrindo para seus cortesãos favoritos, os quais, ociosos, permanecem junto às paredes, analisando-as como cães de alta estirpe prestes a lançarem-se à caça. O rei está sentado no meio da sala conversando com Louis de Gruthuyse, seu único amigo da época em que meu pai afastou-o do trono da Inglaterra e parecia obter certeza da vitória. Louis era amigo de Eduardo e o levou à sua corte em Flandres, protegendo-o e auxiliando-o a recrutar homens, conseguir navios e arrecadar fundos para retornar à Inglaterra como uma tempestade. Louis foi nomeado conde de Winchester, e haverá um período de festividades para recepcioná-lo em seu novo posto. O rei paga as dívidas dele e sempre recompensa seus favoritos. Para minha sorte, ele às vezes se esquece de seus inimigos.

O rei Eduardo ergue o olhar quando entramos, dirigindo-o ao amado irmão e sua bela nova esposa, exclama com deleite e se adianta para nos saudar. Ele é sempre informal e agradável com os que ama e com os que o divertem. Toma minha mão e beija minha boca, como se tivesse esquecido que na última vez em que nos vimos eu me encontrava numa situação de tamanha desgraça que era proibida de lhe dirigir a palavra, reverenciando-o em silêncio quando ele passava.

— Olhe quem está aqui! — diz ele alegremente para a rainha. Ela vem até nós para receber nossas reverências, permite que Ricardo beije-a nas faces e vira-se para mim. Ela e o rei claramente decidiram que eu devo ser cumprimentada como uma integrante da família, uma irmã. Apenas um pequeno toque de malícia em seus olhos cinza me mostra que ela se diverte em me ver aqui, no maior banquete do ano para recepcionar o aliado de seu marido, erguendo-me depois de ter descido tanto.

— Ah, Lady Anne — diz ela friamente. — Desejo-lhe felicidades. Que surpresa. Que triunfo do amor verdadeiro!

Ela se vira e gesticula para as damas atrás de si enquanto Isabel avança com seriedade e arrogância. Não consigo deixar de recuar em busca do reconfortante apoio do ombro de Ricardo, meu marido, que se encontra ao meu lado enquanto minha irmã, pálida e desdenhosa, atira-nos a cortesia mais superficial.

— E aqui estão vocês, as filhas de Warwick, ambas duquesas reais e minhas irmãs — continua a rainha, a voz transparecendo a alegria de uma risada. — Quem poderia imaginar isso? Seu pai, mesmo do túmulo, conseguiu casá-las com os primeiros genros que ele escolheu. Como devem estar contentes.

Seu irmão Anthony olha para a rainha como se estivessem caçoando de nós.

— Claramente, um alegre reencontro das irmãs Neville — observa ele.

Isabel se adianta como se fosse me abraçar, mas me segura perto de si de maneira a poder sussurrar ferozmente em meu ouvido:

— Você envergonhou a si mesma e me deixou constrangida. Sequer sabíamos onde estava. Fugindo como uma vadia, uma empregadinha da cozinha! Não posso imaginar o que nosso pai teria dito!

Desvencilho-me dela e a encaro.

— Você me manteve como sua prisioneira e roubou minha herança — retruco com violência. — O que ele teria pensado disso? O que pensou que eu faria? Abaixaria a cabeça e adoraria George exatamente como você faz? Ou desejou que eu morresse, como deseja que nossa própria mãe morra?

Num gesto rápido ela ergue a mão e então, instantaneamente, abaixa-a de novo, mas fica evidente a todos que deseja me esbofetear. A rainha ri alto, Isabel vira-se de costas para mim, e Ricardo se encolhe, faz uma reverência à rainha e me puxa para longe.

Do outro lado da sala alguém conta a George que houve uma discussão, e ele vem rapidamente para ficar ao lado de Isabel, fitando-nos, a mim e a Ricardo, com expressão zangada. Por um instante somos inimigas declaradas e encaramo-nos através do grande salão, Isabel ao lado de seu marido, eu ao lado do meu. Nenhuma de nós está disposta a retroceder. Então Ricardo toca meu braço e seguimos para sermos apresentados ao novo conde. Cumprimento-o com alegria, conversamos por um instante e tudo se acalma. Viro-me, não consigo deixar de olhar para trás, como se esperasse que ela me chamasse para perto de si, como se esperasse que fizéssemos as pazes. Ela ri e conversa com uma das damas da rainha.

— Iz... — digo baixinho. Mas ela não me escuta, e apenas quando Ricardo me conduz para fora eu creio ouvir, como um leve sussurro, seu chamado:

— Annie.

Este não é o último evento familiar ao qual compareço nesta temporada de outono, pois preciso me encontrar com a formidável mãe de Ricardo, a duquesa Cecily. Vamos até sua casa em Fotheringhay, cavalgando pela grande estrada para o norte sob um céu claro e ensolarado. Sua situação é praticamente a de exilada; o ódio de sua nora, a rainha, teve como efeito seu não comparecimento à maioria das festividades mais importantes da corte e, quando ela se uniu a George contra o rei para a rebelião, a duquesa perdeu os resquícios do amor que fora capaz de obter de seu filho Eduardo. Todos eles mantêm as aparências o quanto podem; ela ainda tem uma casa em Londres e visita a corte de tempos em tempos, mas a influência da rainha é clara. A duquesa Cecily não é bem-vinda; Fotheringhay está parcialmente restaurada; foi equipada e oferecida a ela como seu lar. Sigo contente, cavalgando ao lado de Ricardo, até que ele diz, com um olhar de esguelha para mim:

— Você sabe que vamos por Barnet? A batalha foi travada ao longo da estrada.

Claro que eu sabia disso; mas não havia pensado que nós cavalgaríamos justamente pela estrada onde meu pai tinha morrido, onde Ricardo, lutando com seu irmão colina acima e contra todas as probabilidades, conseguiu sair do nevoeiro, surpreender as forças de meu pai e matá-lo. Este é o campo de batalha em que Meia-noite cumpriu sua última grande tarefa para seu senhor, abaixando sua cabeça negra e recebendo aquela espada cravada em seu coração para mostrar aos homens que não haveria retirada, que não haveria fuga nem rendição.

— Nós vamos contornar a estrada — diz Ricardo ao ver minha expressão.

Ele dá ordens à sua guarda e os homens abrem um portão para nós, de modo que deixamos a estrada para contornar o campo de batalha, cavalgando pelas pastagens e pelo restolho da colheita de aveia. Retomamos em seguida a estrada na parte norte da vila. Encolho-me a cada passada de meu cavalo, imaginando que ele pisa em ossos, e penso em minha traição, cavalgando ao lado de meu marido, o inimigo que matou meu pai.

— Há ali uma capelinha — conta Ricardo. — Não nos esquecemos dessa batalha. Ele não foi esquecido. Eu e Eduardo mandamos rezar missas por sua alma.

— Vocês fazem isso? Eu não sabia. — Mal posso falar; sinto-me dilacerada pela culpa de ter sido ligada pelo casamento a uma família que meu pai considerou como sua inimiga.

— Você sabe, eu também o amava — confessa Ricardo em voz baixa. — Ele me educou da mesma forma que educou todos os seus pupilos, como se fôssemos mais do que meninos pelos quais ele seria remunerado. Ele foi um bom tutor para todos nós. Eduardo e eu o víamos como nosso líder, como nosso irmão mais velho. Não teríamos conseguido sem ele.

Assinto. Não digo que meu pai se voltou contra Eduardo por causa da rainha, por seu mau conselho e por sua família dominadora. Se Eduardo não a houvesse desposado... se nunca a tivesse conhecido... se não tivesse sido enfeitiçado por ela e por sua mãe, com sua trama feita de sensualidade e sortilégios... mas isso apenas dá margem a uma vida inteira de lamentações.

— Ele o amava — é tudo o que digo. — E a Eduardo.

Ricardo balança a cabeça; assim como eu, ele sabe onde estava o erro, onde ele ainda está: na esposa de Eduardo.

— É uma tragédia — lamenta ele.

Concordo, e seguimos cavalgando rumo a Fotheringhay em silêncio.

Castelo de Fotheringhay, Northamptonshire, outono de 1472

O castelo, local de nascimento de Ricardo e casa de sua família, encontra-se em mau estado desde que as guerras começaram, pois os York só podiam gastar dinheiro com a fortificação das propriedades que serviriam de base para a rebelião contra o rei adormecido e a rainha má. Ricardo franze o cenho ao olhar para a muralha externa, que se verga perigosamente sobre o fosso, e esquadrinha o telhado, onde as gralhas acumulam ninhos de gravetos.

A duquesa cumprimenta-me afavelmente, ainda que eu seja a noiva do terceiro casamento secreto em sua família.

— Mas eu sempre quis que Ricardo se casasse com você — garante ela. — Devo ter discutido isso com sua mãe uma dezena de vezes. Por isso fiquei tão contente quando ele se tornou pupilo de seu pai. Queria que vocês se conhecessem. Sempre tive esperança de que você se tornasse minha nora.

Ela nos recebe no menor salão do castelo, um aposento revestido por um lambri de madeira com grandes lareiras construídas em cada uma das extremidades e três mesas enormes postas para o jantar: uma para os criados, outra para as criadas e uma mesa para os nobres. A duquesa, algumas de suas parentes, Ricardo e eu sentamo-nos na mesa principal e contemplamos o salão.

— Vivemos de modo muito simples — diz ela, ainda que tenha centenas de empregados e uma dúzia de convidados. — Não tentamos competir com Ela e Sua corte. Modos borgonheses. — Seu tom de voz é sombrio. — E todo tipo de extravagância.

— Meu irmão, o rei, envia-lhe seus melhores cumprimentos — diz Ricardo de modo formal. Ele ajoelha diante da mãe e ela põe a mão sobre sua testa, abençoando-o. — E como está George? — pergunta ela imediatamente, perguntando por seu favorito. Ricardo pisca para mim. O evidente favoritismo da duquesa fora uma piada recorrente na família até o momento em que isso a levou a defender a pretensão de George ao trono. Aquilo era ir longe demais, mesmo para a afeição indulgente do rei.

— Ele está bem; ainda estamos tentando acertar a herança de nossas esposas.

— Um mau negócio. — Ela balança a cabeça. — Um bom patrimônio nunca deveria ser dividido. Você deveria fazer um acordo com ele, Ricardo. Você é o irmão mais novo, afinal de contas. Deveria dar precedência a George.

Esse favoritismo é menos divertido.

— Sigo meu próprio conselho — diz Ricardo, intransigente. — George e eu concordaremos em dividir a fortuna dos Warwick. Eu seria um marido medíocre para Anne se deixasse a fortuna dela ser jogada fora.

— Melhor ser um marido medíocre do que um irmão medíocre — retruca ela com esperteza. — Veja seu irmão Eduardo, transformado em marionete e traindo sua família a cada minuto do dia.

— Eduardo tem sido um bom amigo para mim nesta questão — lembra Ricardo. — E tem sido sempre um bom irmão para mim também.

— Não é o julgamento dele que eu temo — diz ela misteriosamente. — É o Dela. Espere até que suas aspirações contrariem as Dela, e então você verá o conselho de quem Eduardo seguirá. Ela será sua ruína.

— Eu realmente rezo para que não — comenta Ricardo. — Vamos jantar, milady mãe?

O tema de sua conversa, a ruína da família pelas maquinações de Elizabeth Woodville, é uma constante ao longo de nossa visita e, apesar de Ricardo silenciá-la com frequência e da maneira mais educada possível, não se pode negar os muitos casos que ela cita. É evidente para todos que a rainha faz o que quer, e Eduardo permite que ela coloque seus amigos e parentes em posições que pertencem a outros homens; ela explora os tributos reais como nenhuma outra rainha fez antes, favorece seus irmãos e irmãs. Ricardo não ouvirá uma única palavra dita contra seu irmão, o rei, mas em Fotheringhay ninguém ama Elizabeth Woodville, e a jovem mulher radiante que vi pela primeira vez na grande noite de seu triunfo se perdeu no retrato da mulher dominadora e má pintado pela duquesa.

— Ela jamais deveria ter sido coroada rainha — sussurra a duquesa para mim quando estamos sentadas em seus aposentos privados, cuidadosamente bordando os punhos de uma camisa que ela enviará a George, seu favorito, para o Natal.

— Não deveria? — pergunto. — Lembro-me muito bem de sua coroação; eu era apenas uma menininha, e pensei que ela fosse a mulher mais bela que eu já tinha visto na vida.

Um gesto de desdém mostra o que essa beldade envelhecida pensa agora sobre a beleza.

— Ela nunca deveria ter sido coroada rainha porque o casamento não foi válido — sussurra ela novamente, a mão em frente à boca. — Todos sabemos que Eduardo já havia se casado em segredo antes de tê-la conhecido. Ele não estava livre para desposá-la. Nenhum de nós disse nada quando seu pai planejou o acerto com a princesa Bona de Saboia, pois um casamento tão secreto poderia ser negado, ou melhor, deve ser negado diante de uma oportunidade tão boa como essa. Mas os juramentos feitos por Eduardo e Elizabeth foram apenas outro matrimônio secreto, de fato, um matrimônio bígamo, e ele deveria ser negado também.

— A mãe dela foi testemunha...

— Aquela bruxa juraria qualquer coisa por seus filhos.

— Mas Eduardo a tornou rainha — observo. — E os filhos deles são a família real.

Ela balança a cabeça e corta a linha com seus dentinhos afiados.

— Eduardo não tem direito de ser rei — comenta ela com suavidade.

Deixo cair meu trabalho de costura.

— Vossa Graça...

Estou aterrorizada com o que ela dirá em seguida. Esse seria o velho escândalo que meu pai fez circular quando quis afastar Eduardo do trono? A duquesa estaria prestes a se acusar de ter cometido adultério? E em que dificuldade estarei envolvida se vier a conhecer este enorme, este terrível segredo de estado?

Ela ri ao ver minha expressão espantada.

— Ah, você é tão jovem! — Seu tom de voz é indelicado. — Quem confiaria algo a você? Quem se preocuparia em contar-lhe o que quer que seja? Diga, quantos anos você tem?

— Tenho 16 — respondo com toda a dignidade que consigo reunir.

— Uma criança — continua ela, zombando de mim. — Não direi mais nada. Mas lembre-se de que George não é meu favorito porque sou uma tola delirante. George é meu favorito por uma boa razão, uma razão muito boa. Aquele rapaz nasceu para ser rei. Aquele rapaz, e nenhum outro.

Castelo de Windsor, Natal de 1472

A época do Natal é sempre importante para Eduardo, e este é o ano em que ele celebra seu maior triunfo. De volta à corte, eu e Ricardo nos vemos aprisionados pelo entusiasmo dos doze dias de festas. Todo dia há um novo tema e um novo baile de máscaras. Em todo jantar há novas canções, ou atores ou ilusionistas ou músicos de alguma espécie. Todo dia há açulamento de ursos e caçadas nos frios pântanos à beira do rio. Eles saem para caçar com falcões, existe uma justa de três dias em que todos os nobres apresentam seus estandartes. O irmão da rainha, Anthony Woodville, preside uma disputa de poetas; postos em círculo, cada um deles deve apresentar um dístico até que o primeiro se atrapalhe na rima. Então o perdedor faz uma reverência e dá um passo para trás. Restam apenas dois homens, um dos quais Anthony Woodville — e ele ganha. Vejo o brilho de seu sorriso para sua irmã: ele sempre ganha. Há uma batalha naval fictícia em um dos jardins, inundados para a ocasião, e, em uma noite, há uma dança de tochas no bosque.

Ricardo, meu marido, está sempre ao lado do irmão. Ele é um dos que pertencem a seu círculo íntimo: seus companheiros que fugiram da Inglaterra a seu lado e retornaram em triunfo. Ele, William Hastings e Anthony Woodville são os amigos do rei e seus irmãos de sangue — eles estarão juntos por toda a vida. Nunca se esquecerão daquela cavalgada feroz, quando pensaram que meu pai os alcançaria; nunca se esquecerão da viagem, quando ficavam olhando ansiosamente por sobre a popa de seu barquinho de pesca à procura das luzes da esquadra de meu pai. Quando falam da cavalgada pelos caminhos escuros, desesperados por encontrar Lynn e sem saber se haveria um barco por perto para ser alugado ou roubado, quando gargalham, recordando que seus bolsos estavam vazios e o rei precisou dar ao barqueiro sua capa de pele em pagamento, quando lembram que, em seguida, tiveram que caminhar, sem um tostão, com suas botas de montaria até a cidade mais próxima, George arrasta os pés e olha para os lados, ansioso para que a conversa mude de rumo. Pois naquela noite George era o inimigo, apesar de agora, supostamente, todos eles serem amigos. Penso que os homens que seguiram em disparada por aquelas sombrias estradas noturnas, detendo-se, suados de medo, para escutar um tropel de cavalos a persegui-los, jamais esquecerão que George era seu inimigo naquela noite e que ele traiu seu próprio irmão e sua própria família, que traiu sua casa, na esperança de se colocar no trono. Apesar de toda a sorridente amizade de agora, apesar de terem aparentemente esquecido as antigas batalhas, eles sabem que, naquela noite, foram os perseguidos e que, se George os tivesse apanhado, os teria matado. Eles sabem que é assim que o mundo funciona: é preciso matar ou morrer, mesmo que o outro seja seu irmão, ou seu rei, ou seu amigo.

Quanto a mim, toda vez que eles falam sobre esse tempo, lembro-me de que meu pai era o inimigo e de que essa amizade foi forjada pelo medo que nutriam por ele, o bom guardião e mentor que, de repente, da noite para o dia, tornou-se inimigo mortal. Eles precisavam recuperar o trono que meu pai tinha nas mãos — ele os havia derrotado completamente e os expulsado do reino. Às vezes, quando penso em seu triunfo e sua derrota subsequente, sinto-me tão estranha nesta corte quanto minha primeira sogra, Margarida de Anjou, a prisioneira deles na Torre de Londres.

Tenho certeza de que a rainha nunca se esquece de seus inimigos. De fato, suspeito de que ela nos considera inimigos neste momento. Seguindo as instruções do marido, ela cumprimenta a mim e a Isabel com fria civilidade, oferecendo-nos postos em seu séquito. Mas seu sorriso quando nos vê sentadas em um silêncio pétreo, ou quando Eduardo chama George para dar seu testemunho sobre uma batalha e logo se interrompe, dando-se conta de que ele estava do outro lado do conflito em questão... são esses momentos que me mostram que esta é uma rainha que não se esquece de seus inimigos e que jamais lhes perdoará.

Consigo autorização para declinar um posto no séquito da rainha quando Ricardo me diz que viveremos no norte na maior parte do tempo. Finalmente, minha parte na herança foi dada a ele. George ficará com a outra metade; tudo o que Ricardo deseja é tomar posse das grandes terras que lhe couberam ao norte e administrá-las. Ele quer ocupar o lugar de meu pai na região e consolidar a aliança com os Neville. Todos estarão predispostos a aceitá-lo por causa do meu nome e pelo amor que nutriam por meu pai. Se ele tratar bem os nortistas, de forma franca e honesta, como gostam de ser tratados, será tão importante quanto um rei, e construiremos um palácio em Sheriff Hutton e outro em Middleham, nossas residências em Yorkshire. Eu também trouxe para ele o belo Castelo de Barnard, em Durham, e Ricardo diz que nós vamos morar atrás das poderosas muralhas que dão para o rio Tees e os montes Peninos. A cidade de York — que sempre amou a casa que leva seu nome — será nossa capital. Levaremos fausto e riqueza ao norte da Inglaterra, a um povo que está pronto para amar Ricardo, uma vez que ele pertence à Casa de York, e que já me ama por eu ser uma Neville.

Eduardo encoraja isso. Ele precisa de alguém que mantenha o norte em paz e defenda as fronteiras inglesas contra os escoceses, e não há ninguém em quem confie mais do que seu irmão mais novo.

Mas tenho outro motivo para me recusar a permanecer na corte, um motivo ainda melhor do que este. Faço uma reverência à rainha:

— Vossa Graça, desculpe-me. Eu estou...

Ela assente friamente.

— Claro, eu sei.

— Sabe? — De imediato penso que ela anteviu essa conversa com seu olhar de bruxa e não consigo conter um arrepio.

— Lady Anne, não sou nenhuma tola — retruca ela simplesmente. — Eu mesma tive sete bebês, posso ver quando uma mulher não consegue tomar café da manhã mas continua a engordar. Estava me perguntando quando nos contaria tudo. Já disse ao seu marido?

Descubro que o medo que sinto por ela saber tudo ainda me deixa sem fala.

— Sim.

— E ele ficou muito contente?

— Sim, Vossa Graça.

— Ele ficará na expectativa de que seja um menino, um conde para tão grande herança — diz ela com satisfação. — É uma bênção para ambos.

— Se for uma menina, espero que seja a madrinha. — Tenho que pedir isso a ela; ela é a rainha e minha cunhada, e precisa aceitar. Não sinto nenhum carinho ou amor por ela e não penso por um momento sequer que ela vai dar sua bênção, a mim ou ao meu bebê. Mas surpreendo-me com a expressão gentil em seu rosto quando concorda.

— Ficarei feliz.

Viro-me de forma que suas damas possam me ouvir. Minha irmã, com a cabeça abaixada sobre a costura, está entre elas. Isabel tenta fingir que não ouviu nada dessa conversa; mas sou levada a crer que ela anseia por falar comigo. Não posso acreditar que ela seria indiferente a mim, grávida de meu primeiro filho.

— Se eu tiver uma menina, vou chamá-la de Elizabeth Isabel — digo claramente, aumentando o tom de voz na direção de seus ouvidos.

A cabeça de minha irmã está virada para o outro lado; ela olha pela janela, fingindo indiferença, mas volta-se quando escuta seu próprio nome.

— Elizabeth Isabel? — repete ela. É a primeira vez que fala comigo desde que me repreendeu, quando cheguei à corte como uma noiva em fuga.

— Sim — confirmo, confiante.

Ela faz menção de se erguer de seu assento, mas volta a se sentar.

— Você chamará uma filha sua de Isabel?

— Sim.

Vejo-a enrubescer e finalmente se levantar de sua cadeira e vir em minha direção, afastando-se da rainha e suas damas.

— Você daria a ela meu nome?

— Sim — confirmo novamente. — Você será tia, e eu espero que a ame e cuide dela. E... — Hesito. Obviamente Isabel sabe melhor do que ninguém que eu temo o parto. — Se algo acontecer comigo, espero que você a crie como sua própria filha, e... e conte a ela sobre nosso pai, Iz... e sobre tudo o que aconteceu. Sobre nós... e sobre como as coisas deram errado...

O rosto de Isabel se contrai por um momento, tentando conter as lágrimas, e então ela abre os braços e nos abraçamos, chorando e sorrindo ao mesmo tempo.

— Ah, Iz — sussurro. — Odiei estar em guerra contra você.

— Sinto muito, sinto muito, Annie. Eu não devia ter agido da forma como agi. Eu não sabia o que fazer... e tudo aconteceu tão depressa. Precisávamos pegar a fortuna... e George disse... e então você fugiu...

— Eu também sinto muito. Sei que você não podia contrariar seu marido. Entendo melhor isso agora.

Ela assente; não quer falar sobre George. Uma mulher deve obediência ao marido, promete isso no dia de seu casamento diante de Deus, e os maridos obtêm delas tudo o que lhes é devido, amparados por Deus e pelo mundo. Isabel é apenas mais um dos bens de George, como um criado ou um cavalo. Também eu prometi a Ricardo fidelidade, como se ele fosse o senhor e eu fosse de fato uma criada de cozinha. Uma mulher deve obedecer ao marido como um servo obedece a seu senhor. É assim que o mundo funciona, e é a lei divina. Mesmo que ela pense que ele esteja errado. Mesmo que ela saiba que ele está errado.

Com hesitação, Isabel estende a mão até o ponto em que minha barriga parece mais dura e protuberante sob as dobras do meu vestido. Tomo-a e deixo-a sentir minha cintura em expansão.

— Annie, você já está tão grande. Sente-se bem?

— No começo eu enjoei, mas estou bem agora.

— Não posso crer que você não tenha me contado de imediato!

— Eu quis contar — confesso. — Realmente quis. Não sabia como começar.

Damos as costas para a corte ao mesmo tempo.

— Está com medo? — pergunta ela em voz baixa.

— Um pouco. — Vejo a escuridão de seu olhar. — Bastante — admito. Ficamos ambas em silêncio, ambas pensando em sua cabine oscilante no navio sacudido pela tempestade, minha mãe gritando comigo para que eu puxasse o bebê para fora, o horror de quando o corpinho morreu dentro dela. A visão é tão forte que quase perco o equilíbrio, como se o mar nos jogasse de um lado para o outro novamente. Ela toma minhas mãos nas suas, e é como se nós tivéssemos acabado de avistar a terra firme e eu estivesse contando a ela sobre o pequeno caixão e sobre mamãe tê-lo jogado no mar.

— Annie, não há motivo para que não fique tudo bem com você — observa ela com franqueza. — Não há motivo para que dê errado para você como deu para mim. Minhas dores foram muito piores por terem sido no mar, em meio à tempestade e ao perigo. Você estará a salvo e seu marido...

— Ele me ama — afirmo com segurança. — Ele diz que me levará ao Castelo de Middleham e que reunirá as melhores parteiras e os melhores médicos da região. — Hesito. — Você... sei que talvez você...

Ela aguarda. Precisa saber que eu a quero ao meu lado durante o parto.

— Não tenho mais ninguém. Você também não. Independentemente do que ocorreu entre nós, Iz, agora não temos mais ninguém senão uma à outra.

Não mencionamos nossa mãe, ainda prisioneira na Abadia de Beaulieu, e suas terras apropriadas por nossos maridos, que tramaram juntos para roubá-la e que agora competem entre si para roubar um ao outro. Ela escreve para nós duas, cartas cheias de ameaças e reclamações, jurando que não escreverá mais se não prometermos obedecer-lhe e libertá-la. Ela sabe, tanto quanto nós, que ambas deixamos isso acontecer, que somos impotentes para fazer qualquer coisa além de cumprir as ordens de nossos maridos.

— Somos órfãs — lamento. — Nós nos permitimos estar nessa condição. Deixamos que isso acontecesse. E não temos ninguém a quem apelar a não ser uma à outra.

— Eu vou — diz ela.

Castelo de Middleham, Yorkshire, primavera de 1473

Estar de resguardo com Isabel durante seis semanas na Torre das Damas no Castelo de Middleham é como reviver os longos dias de nossa infância. Homens não são permitidos nos aposentos de meu resguardo, de forma que a madeira para alimentar as lareiras, as bandejas com o nosso jantar, enfim, tudo o que quisermos, deve ser entregue ao pé da torre para uma das mulheres que me servem. O padre atravessa a ponte de madeira, vindo da torre de menagem do castelo, e se detém em minha porta, atrás de uma tela, para rezar a missa e me dar a comunhão através de uma grade de metal, sem olhar para mim. Não ouvimos quase nenhuma notícia. Isabel caminha pelo grande salão para fazer as refeições com Ricardo de vez em quando e volta com a novidade de que o pequeno príncipe de Gales deverá estabelecer residência em Ludlow. Por um momento penso em meu primeiro marido; o título de príncipe de Gales era dele, o belo Castelo de Ludlow teria sido nosso. De acordo com os planos de Margarida de Anjou, deveríamos viver ali por alguns meses depois de nossa vitória para buscar a aceitação do povo de Gales. Então eu me lembro de que tudo isso se foi, de que sou da Casa de York e de que devo ficar contente com o fato de o príncipe ter crescido o suficiente para ter sua própria corte em Gales, mesmo que seja sob a administração de seu tio, Anthony Woodville. Ele agora é viúvo e, sem qualquer mérito próprio, assumiu o título de barão Scales de sua falecida esposa.

— Isso significará que os Rivers controlam o País de Gales em tudo, exceto no nome — sussurra Isabel para mim. — O rei entregou seu único herdeiro aos cuidados deles, Anthony Woodville é o chefe do conselho do príncipe, e a rainha governa tudo. Essa não é a Casa de York, essa é a Casa de Rivers. Você acha que o País de Gales se sentirá representado dessa maneira? Sempre foram da Casa de Lancaster e dos Tudors.

Dou de ombros. Sinto-me envolta pela serenidade das últimas semanas de gravidez. Olho para fora, para os campos verdes ao redor e, mais adiante, para os pastos acidentados sobre os quais os abibes voam em círculos, gritando em direção à charneca. Londres parece estar distante, Ludlow, em uma vida passada.

— Quem deveria tomar conta do filho senão a rainha? — pergunto. — E ele não pode ter um regente melhor do que seu tio Anthony. Independentemente do que você pense da rainha, Anthony Woodville é um dos melhores homens da Europa. São uma família unida. Ele protegerá o sobrinho com a própria vida.

— Espere só — prevê Isabel. — Há muitas pessoas que temem ver os Rivers se tornarem poderosos demais. Muitos aconselham o rei a não confiar tudo a uma só família. George é contra eles; até mesmo seu marido, Ricardo, não gosta de ver todo o País de Gales sob o domínio dos Rivers. — Ela faz uma pausa. — Papai disse que eles eram maus conselheiros — lembra ela.

Aceno em concordância.

— É verdade. O rei errou muito ao preterir nosso pai em favor deles.

— E Ela ainda nos odeia — completa Isabel sem emoção.

Concordo novamente.

— Sim, suponho que sempre odiará; mas não há nada que ela possa fazer. Enquanto George e Ricardo estiverem nas graças do rei, a única coisa que ela pode fazer é ser tão fria quanto a sereia do estandarte de sua família. Não pode sequer mudar a ordem de precedência. Não pode nos ignorar como costumava fazer. E, de qualquer modo, quando meu bebê nascer, não planejo voltar à corte. — Toco a grossa parede ao lado da janela esmaltada com satisfação. — Aqui, ninguém pode me ferir.

— Também ficarei afastada da corte. — Ela sorri. — Terei boas razões para estar afastada. Notou algo em mim?

Levanto minha cabeça e olho mais de perto para ela.

— Você parece... — Procuro uma palavra que não seja deseducada. — Sadia.

Ela ri.

— Você quer dizer que estou gorda — diz ela alegremente. — Estou ficando bem saudável e gorda. E irei chamá-la para ficar comigo em agosto. — Ela sorri alegremente para mim. — Vou querer que você retribua o favor que estou fazendo aqui.

— Iz... — Rapidamente compreendo o que ela quis dizer e tomo suas mãos. — Iz... você está esperando um bebê?

Ela ri.

— Sim, finalmente. Estava começando a temer que...

— Claro, claro. Mas você deve descansar agora. — Imediatamente arrasto-a até a lareira e a coloco em uma cadeira, ponho um banquinho sob seus pés e a observo com prazer. — Que maravilha! Você não deve mais pegar as coisas para mim, e quando você sair daqui deve ter uma liteira, e não voltar a cavalo.

— Estou bem. Sinto-me melhor do que da última vez. Não tenho medo. Ao menos não muito e... Ah! Pense só, Annie! Eles serão primos, meu bebê e o seu. Serão primos, nascidos no mesmo ano.

Ficamos em silêncio enquanto ambas pensamos no avô de nossos filhos, que jamais verá os netos. Nosso pai os teria contemplado como a realização de suas ambições e, no minuto em que suas cabecinhas estivessem repousando no berço, teria começado novos e ambiciosos planos para eles.

— Papai já teria arranjado seus casamentos e esboçado suas insígnias — diz Isabel com uma risadinha.

— Ele teria pedido uma dispensa e casado um com o outro. Para manter suas fortunas na família. — Faço uma pausa. — Você escreverá para contar à mamãe? — pergunto, hesitante.

Ela dá de ombros, seu rosto fechado e frio.

— De que adianta? — pergunta ela. — Ela nunca verá o neto. Jamais sairá da abadia, e disse-me que, se eu não conseguir fazer com que seja libertada, não sou sua filha. De que adianta pensar nela?

As dores começam à meia-noite, no momento em que vou dormir; Isabel está na grande cama a meu lado. Solto um pequeno gemido, e dentro de instantes ela está de pé, jogando um xale sobre os ombros, acendendo velas, enviando a criada para que chame as parteiras.

Consigo ver que ela teme por mim; seu rosto está pálido ao pedir cerveja, e o tom de voz cortante com o qual ela se dirige às parteiras me deixa assustada. Elas colocam um ostensório com a hóstia sobre o pequeno altar no canto do meu quarto. A cinta que foi especialmente abençoada para o primeiro parto de Isabel está atada em volta da minha barriga retesada. As parteiras oferecem a mim e a todas as outras mulheres cerveja com especiarias e mandam ordens à cozinha para que os cozinheiros sejam acordados e façam um grande jantar, pois será uma longa noite e todos queremos sustância.

Quando trazem para mim um fricassê de carne de caça seguido de frango assado e carpa cozida, o cheiro da comida revira meu estômago, e ordeno que a levem do cômodo. Perambulo de um lado a outro do quarto, indo da janela até a cabeceira da cama, enquanto do lado de fora, na câmara de audiência, escuto todos comendo com avidez e pedindo mais cerveja. Só Iz e algumas criadas ficam comigo. Minha irmã sequer tem apetite.

— As dores estão fortes? — pergunta ela com ansiedade.

Balanço a cabeça.

— Elas vão e voltam — respondo. — Mas creio que estão se tornando mais fortes.

Por volta das duas da manhã as dores pioram muito. As parteiras, coradas e alegres pela comida e pela bebida, entram no quarto e me fazem andar com o auxílio de duas delas. Quando faço uma pausa, forçam-me a continuar. Quando quero deitar e descansar, elas tagarelam e me empurram para a frente. As dores começam a vir em intervalos menores, e só então elas permitem que eu me apoie em uma delas e solte um gemido.

Aproximadamente às três da manhã ouço passos na ponte, vindos do grande salão. Há uma batida na porta, e ouço a voz de Ricardo:

— É o duque! Como está minha esposa?

— Maravilhosamente bem — diz a parteira com bom humor, mas de forma rude. — Está indo maravilhosamente bem, meu senhor.

— Quanto tempo mais ela irá demorar?

— Ainda faltam horas — responde ela com animação, ignorando meu gemido de protesto. — Pode demorar horas. Durma um pouco, Vossa Graça, pediremos que venha no momento em que ela for para a cama.

— Como assim? Ela não está na cama agora? O que está fazendo? — pergunta ele, confuso diante da porta fechada, ignorante da arte das parteiras.

— Estamos fazendo ela andar — responde a mais velha. — Andar para cima e para baixo, para diminuir a dor.

Não adianta dizer a elas que isso não diminui a dor nem um pouco, pois elas farão o parto da mesma forma que sempre fizeram, e eu obedecerei a elas, pois mal consigo pensar neste momento.

— Andar? — pergunta meu jovem marido do outro lado da porta fechada. — Está ajudando alguma coisa?

— Se o bebê demorasse a vir, iríamos jogá-la para cima em uma manta — responde a mais jovem com uma risada brusca. — Ela está contente por estarmos apenas forçando-a a andar. Este é um trabalho para mulheres, Vossa Graça. Sabemos o que estamos fazendo.

Ouço a exclamação abafada de Ricardo, mas então seus passos vão embora, e Iz e eu nos entreolhamos, desoladas, enquanto as mulheres seguram meus braços e me levam da lareira até a porta e de volta à lareira mais uma vez.

Deixam-me em paz quando vão tomar seu desjejum no grande salão, e percebo novamente que não consigo comer. Iz senta-se a meu lado enquanto descanso na cama e afaga minha testa, como fazia quando eu ficava doente. As dores vêm tão frequentemente e com tanta força que penso não ser mais capaz de suportar. Em determinado instante a porta se abre e as duas parteiras voltam, desta vez trazendo com elas a ama de leite, que arruma o berço e espalha os lençóis na cama.

— Não falta muito agora — diz alegremente uma das parteiras. — Aqui. — Ela me oferece um pedaço de madeira, polido pelo uso e entalhado por marcas de dentes. — Morda-o. Vê essas marcas? Muitas boas mulheres morderam isso e salvaram a própria língua. Morda-o quando a dor vier, e então segure firme nisso aqui.

Elas ataram um cordão nos dois postes posteriores da minha cama e, quando inclino-me para a frente, consigo segurá-lo e apoiar meus pés nos postes anteriores.

— Puxe isso, e puxaremos com você. Morda o pedaço de madeira quando sentir a dor e rugiremos com você.

— Não há nada que vocês possam dar a ela para diminuir a dor? — pergunta Isabel.

A mulher mais jovem tira a rolha de uma garrafa de pedra.

— Tome uma gota disso — sugere ela, servindo a bebida em minha taça de prata. — Pensando bem, todas nós tomaremos um gole disso.

O líquido queima minha garganta e faz meus olhos lacrimejarem, mas sinto-me mais forte e valente. Vejo Iz engasgar com seu trago, e ela sorri para mim. Inclina-se para sussurrar em meu ouvido:

— São duas velhas gulosas e bêbadas. Só Deus sabe onde Ricardo as encontrou.

— São as melhores do reino — respondo. — Deus ajude a mulher em trabalho de parto que só pode contar com as piores.

Ela ri e eu rio também, mas a dor atinge minha barriga como um golpe de espada, e solto um grito alto. Imediatamente as duas mulheres se tornam profissionais; elas me sentam na cama, colocam o cordão em minha mão e dizem à criada para despejar a água quente da jarra que está ao lado do fogo. Então há um longo e confuso período em que estou absorta na dor, a luz do fogo refletida na jarra, o calor do quarto e a mão fresca de Isabel umedecendo meu rosto. Sinto como se estivesse lutando contra uma dor em minhas próprias entranhas e me esforço para respirar. Penso em minha mãe, tão longe de mim; ela deveria estar comigo agora. Penso em meu pai, que passou a vida no campo de batalha e que conheceu o terror final da derrota e da morte. Estranhamente, penso em Meia-noite, inclinando a cabeça para trás quando a espada entrou em seu coração. Ao lembrar de meu pai, caminhando nos campos perto de Barnet, apostando sua vida para que eu pudesse ser rainha da Inglaterra, eu me ergo e ouço um choro. Alguém diz com urgência:

— Calma, vamos com calma agora.

Então vejo o rosto de Isabel repleto de lágrimas e ouço-a falar:

— Annie! Annie! Você tem um menino! — Então sei que fiz a única coisa que meu pai queria, a única coisa de que Ricardo precisa: dei a meu pai um neto e a meu marido um herdeiro, e Deus me abençoou com um menino.

Mas ele não é forte. As parteiras dizem alegremente que muitos meninos frágeis tornam-se homens valentes, e a ama insiste que seu leite o tornará gordo e sadio bem depressa, mas durante as seis semanas de resguardo depois de seu nascimento, antes de minha ida à igreja, meu coração treme quando o ouço chorar, um som fraco e agudo que atravessa a noite, e durante o dia olho para as palmas de suas mãos, que são como pequeninas folhas pálidas.

Isabel deve voltar para George em Londres depois do batismo do bebê e de minha primeira missa. Demos a ele o nome de Eduardo, em homenagem ao rei, e Ricardo prevê um grande futuro para nosso filho. O batizado é um evento pequeno e sem alarde, assim como meu retorno à igreja. O rei e a rainha não podem vir, e, apesar de ninguém dizer nada, não parece provável que o bebê vingue: ele não vale o custo de um grande vestido de batismo, três dias de celebração no castelo e um jantar para todos os servos.

— Ele será forte — sussurra Isabel para me tranquilizar ao subir em sua liteira no pátio do estábulo. Ela não irá cavalgar, pois sua barriga está ficando cada dia maior. — Achei que ele parecia muito mais forte esta manhã.

Não parece, mas não admitimos isso.

— E, de qualquer modo, ao menos agora você sabe que pode ter filhos, que eles podem nascer com vida — continua ela. A lembrança do menininho que morreu no mar, que sequer chorou, ainda nos assombra.

— Você também pode ter filhos que nasçam com vida — digo com firmeza. — Esse, por exemplo. E irei para seu resguardo. Não há motivo para não ficar tudo bem com você dessa vez. E você terá um priminho para Eduardo, e peço a Deus que ambos vinguem.

Ela olha para mim, seus olhos fundos em seu rosto temeroso.

— Os rapazes York são vigorosos, mas nunca esqueço que nossa mãe concebeu apenas nós duas. E eu tive um filho e o perdi.

— Agora você tem que ser corajosa — ordeno a ela, como se eu fosse a irmã mais velha. — Mantenha-se alegre, e tudo irá correr bem com você, como foi comigo. Eu irei ao seu encontro quando chegar a hora.

Ela concorda com a cabeça.

— Deus a abençoe, irmã, e a proteja.

— Deus a abençoe. Deus a abençoe, Iz.

Depois que Isabel partiu, percebo que estou pensando em minha mãe, e que ela talvez jamais veja seu primeiro neto, o menino que todos nós tanto queríamos. Escrevo-lhe uma breve carta para contar-lhe que a criança nasceu e que está crescendo e aguardo um retorno dela. Minha mãe me responde com um longo discurso de ódio. Para ela, meu filho, meu menino querido, é ilegítimo; chama-o de "bastardo de Ricardo", pois ela não deu permissão para o casamento. O castelo onde ele nasceu não é seu lar, e sim o dela, e portanto ele é um usurpador, como seu pai e sua mãe. Devo deixar meu filho e meu marido imediatamente e juntar-me a ela em Beaulieu. Ou devo ir a Londres e fazer uma petição ao rei por sua liberdade. Ou devo ordenar a meu marido que a liberte. George e Ricardo devem devolver sua fortuna e ser acusados como ladrões. E, se eu não fizer nenhuma dessas coisas, então sentirei a frieza da maldição de uma mãe, ela me renegará, jamais escreverá para mim novamente.

Lentamente, dobro a carta em partes cada vez menores. Então caminho até o grande salão, onde a lareira está sempre acesa, e jogo o papel amassado no fogo. Vejo-o chamuscar e queimar. Ricardo passa com seus cães de caça a segui-lo, faz uma pausa diante de meu rosto solene e olha para a pequena chama.

— O que era aquilo?

— Nada — digo com tristeza. — Não é mais nada para mim.

Castelo de Middleham, Yorkshire, junho de 1473

É a hora do dia de que mais gosto, o começo da noite, antes do jantar, e Ricardo e eu andamos pelas muralhas que cercam este grande castelo, uma longa caminhada que começa na Torre do Príncipe, onde fica o berçário do meu querido e pequeno Eduardo, nos leva a todos os pontos cardeais e retorna ao mesmo ponto de partida. À nossa direita há o fosso profundo. Quando olho para baixo, vejo homens puxando uma rede lá de dentro, os peixes prateados se contorcendo, reluzentes. Cutuco Ricardo:

— Carpa hoje no jantar.

Além do fosso há a confusão de construções de pedra e ardósia da pequena cidade de Middleham e, nos arredores, a rica pastagem que vai até a charneca. Consigo ver duas leiteiras com seus balancins e seus baldes sobre os ombros largos, carregando seus banquinhos de três pés, saindo para tirar o leite das vacas no campo. As vacas, por sua vez, erguem as cabeças quando ouvem o chamado das duas mulheres e caminham vagarosamente na direção delas. Depois dos campos, os declives mais suaves das colinas estão verde-escuros com samambaias e, além deles, encontra-se o tom ametista nebuloso das urzes florindo. Este tem sido meu lar e o de minha família desde sempre. A maioria dos meninos nas casas dos camponeses chama-se Richard por causa de meu pai e de meu avô. A das meninas, Anne ou Isabel em homenagem a minha irmã e a mim. Quase todos juram obediência a mim e a Ricardo, meu marido. Quando viramos em uma das muralhas do castelo e nos afastamos da cidade, vejo uma coruja branca antes da época, branca como uma nuvem, flutuando silenciosa como uma folha que cai em uma cerca viva. O sol se põe com uma camada de nuvens cor-de-rosa e douradas, minha mão está apoiada no braço de Ricardo, e inclino minha cabeça contra o ombro dele.

— Você está feliz? — pergunto.

Ele sorri para a pergunta, a qual ele não faria em momento algum.

— Sinto-me feliz por estar aqui.

— Quer dizer, longe da corte?

Espero que ele diga que adora minha companhia, que ama estar comigo e com o bebê neste nosso lindo lar. Ainda somos recém-casados, ainda somos jovens, ainda me sinto estranha por exercermos os papéis de senhores desta terra, pois não pareço ter idade ou importância suficiente para ocupar o lugar que foi da minha mãe. Para Ricardo é diferente. Sua posição foi arduamente conquistada; ele carrega a responsabilidade de ser o senhor do norte da Inglaterra. Para mim, ser sua esposa e viver aqui, no lar de minha família, é um sonho de infância. Às vezes não acredito que tal sonho possa ter se realizado.

Mas Ricardo responde somente:

— Hoje em dia, a corte é como um torneio de justas em que todos se enfrentam ao mesmo tempo. Os Rivers continuam a ganhar, e George e os outros lordes continuam a revidar. É uma luta silenciosa e constante. Nenhum pedaço de terra, nenhuma moeda em meu bolso estão em segurança. Há sempre algum parente da rainha que pensa que deveria possuí-los.

— O rei...

— Eduardo concorda com a última pessoa com quem conversou. Ele ri e promete qualquer coisa a qualquer um. Desperdiça seus dias cavalgando, dançando e jogando, e passa suas noites farreando pelas ruas de

Londres com William Hastings e até com seus enteados. E tenho certeza de que eles não são seus verdadeiros companheiros, mas que estão ali somente para servir a mãe. Acompanham Hastings e o padrasto para ser os olhos e os ouvidos dela; eles os levam a todos os tipos de casas de prostituição e bordéis e noticiam tudo à mãe. Ele não tem amigos, somente espiões e bajuladores.

— Isso é errado — digo, com a moralidade severa dos jovens.

— É muito errado — confirma Ricardo. — Um rei deveria ser um exemplo para seu povo. Eduardo é amado, e o povo de Londres parece gostar de vê-lo; mas quando ele está bêbado nas ruas e perseguindo mulheres... — Ricardo faz uma pausa. — Enfim, esses não são assuntos para seus ouvidos.

Acompanho os passos dele, sem lembrar-lhe que passei muito de minha infância numa cidade repleta de tropas.

— E George busca vantagens em todos os momentos — prossegue meu marido. — Não consegue se conter, não pensa em nada além da coroa que perdeu para Eduardo e da fortuna que perdeu para mim. A ganância dele é fenomenal, Anne. Ele simplesmente continua tentando obter mais terras, tentando conquistar mais cargos. Ele circula pela corte como uma grande carpa com sua boca bem aberta, engolindo taxas. E vive como se fosse um príncipe. Deus sabe o quanto ele gasta em sua casa em Londres, comprando amigos e estendendo sua influência.

Uma cotovia surge do prado em torno do castelo, cantando ao voar. Então faz uma pausa e sobe novamente, indo cada vez mais alto, como se nunca fosse parar até chegar ao céu. Lembro-me de meu pai me dizendo para observá-las cuidadosamente, pois em determinado momento elas fecham as asas e caem silenciosamente, como uma pedra, aterrissando em seu pequeno e bem-formado ninho com quatro ovos pintados, arrumados todos com a ponta voltada para o centro, pois a cotovia é um pássaro caprichoso, como todos os candidatos ao céu devem ser.

Estamos descendo as escadas sinuosas da casa da guarda em direção ao pátio principal do castelo quando o portão é aberto. Uma liteira com cortinas fechadas e vinte cavaleiros de escolta entram ruidosamente.

— Quem será? — pergunto. — Uma senhora? Vindo nos visitar?

Ricardo dá um passo adiante e faz uma saudação ao comandante da guarda, como se o esperasse.

— Tudo bem?

Ele retira o capuz e passa a mão pela testa suada. Reconheço James Tyrrell, um dos homens do séquito de Ricardo em quem ele mais confia, Robert Brackenbury está atrás dele.

— Tudo bem — confirma ele. — Ninguém nos seguiu, pelo que eu sei, e ninguém nos desafiou ao longo da estrada.

Puxo o braço de Ricardo.

— Quem é a visitante?

— Vocês vieram rápido — observa Ricardo, ignorando-me.

A mão de uma mulher afasta as cortinas da liteira, e Sir James se vira para ajudar a dama a sair. Ela coloca de lado as mantas que a mantiveram aquecida ao longo da viagem e aceita a mão dele. Ele se posiciona diante dela, ocultando seu rosto.

— Não é sua mãe, é? — sussurro para Ricardo, horrorizada diante da ideia de uma visita formal.

— Não — responde ele, observando enquanto a dama sai da liteira e se ergue com um pequeno grunhido de desconforto. Sir James dá um passo para o lado. Prestes a desmaiar, reconheço minha mãe, que eu não vejo há dois longos anos e que foi trazida de volta do túmulo, ou, de qualquer modo, da Abadia de Beaulieu. Ela sai da liteira como um fantasma vivo e exibe um medonho sorriso triunfante para mim, a filha que a abandonou na prisão, a filha que a deixou para morrer.

— Por que ela está aqui? — exijo saber.

Estamos em nosso quarto completamente a sós; a porta encontra-se fechada para a comitiva no grande salão, à espera de que conduzamos todos para o jantar. Os cozinheiros praguejam na cozinha logo abaixo, pois a carne assou demais e as tortas ficaram muito crocantes e tostadas.

— Eu a resgatei — diz ele calmamente. — Pensei que você ficaria feliz.

Paro e olho para ele. Ricardo não pode ter pensado que eu ficaria feliz. Sua expressão insípida me diz que ele sabe que trazer minha mãe para mim é iniciar uma guerra dentro de nossa família, um conflito que já vem sendo alimentado com cartas furiosas e desculpas dolorosas por dois longos anos. Depois de sua última carta, quando ela chamou meu filho, seu próprio neto, de bastardo e meu marido de ladrão, minha mãe não escrevera novamente. Disse que eu envergonhara meu pai e que a havia traído. Que eu não era sua filha. Ela me amaldiçoou e afirmou que eu viveria sem sua bênção e que ela iria para o túmulo sem pronunciar meu nome novamente. Não respondi — não escrevi uma palavra sequer. Decidi, quando me casei com Ricardo, que não tinha nem mãe nem pai. Um morrera no campo de batalha, a outra desertara e me enviara a uma batalha sozinha. Isabel e eu nos consideramos órfãs.

Até agora.

— Ricardo, pelo amor de Deus, por que a trouxe até aqui?

Finalmente, ele decide ser honesto.

— George ia pegá-la. Tenho certeza disso. Ele ia sequestrá-la, apelar contra a decisão do rei de dividir a fortuna dela entre nós dois, exigir justiça. Reivindicar tudo para ela como se fosse seu cavaleiro errante, e então, quando sua mãe tivesse todas as terras dos Warwick sob sua jurisdição, ele as tomaria dela. George iria mantê-la sob seu domínio como fez com você e então teria tudo o que é nosso, Anne. Eu precisava resgatá-la antes dele.

— Então, para evitar que George a raptasse, você a resgatou — concluo, seca. — Cometeu o mesmo crime que você suspeita que ele teria cometido.

Ele olha para mim com severidade.

— Quando me casei com você, disse que a protegeria. Estou protegendo seus interesses agora.

A menção de nosso cortejo me silencia.

— Não imaginei que significaria isso.

— Nem eu. Mas prometi protegê-la, e é isso que precisa ser feito.

— Onde ela vai morar? — Minha cabeça está girando. — Ela não pode buscar abrigo no santuário novamente, pode?

— Aqui.

— Aqui? — Quase grito com ele.

— Sim.

— Ricardo, tenho medo só de olhar para ela. Ela disse que eu não sou sua filha. Que eu jamais teria a bênção de uma mãe e que não deveria ter me casado com você. Ela o chamou de coisas que você nunca perdoaria! Ela disse que nosso filho... — Não continuo. — Não vou repetir. Não pensarei nisso.

— Não preciso ouvir — diz ele alegremente. — E não preciso perdoar-lhe. E você não necessita de sua bênção. Ela viverá aqui como nossa convidada. Você não precisará vê-la se não quiser. Ela pode jantar em seus aposentos, pode rezar em sua própria capela. Graças a Deus temos espaço suficiente aqui. Podemos dar a ela seu próprio séquito. Ela não precisa incomodar você.

— Como ela pode não me incomodar? Ela é minha mãe! Ela é minha mãe e se colocou contra mim. Disse que iria para o túmulo sem pronunciar meu nome novamente!

— Pense nela como sua prisioneira.

Afundo em uma cadeira, encarando-o.

— Minha mãe como minha prisioneira?

— Ela era prisioneira na Abadia de Beaulieu. Agora é prisioneira aqui. Ela jamais retomará sua fortuna; perdeu-a quando pediu abrigo no santuário, no momento em que soube da morte de seu pai. Naquele instante, ela escolheu deixá-la exposta a qualquer perigo que a batalha pudesse trazer. Agora ela tem a vida que escolheu. Deve aceitar a própria decisão. É uma mulher pobre, está na prisão. É prisioneira aqui e não em Beaulieu. Ela pode gostar disso. Pode preferir estar aqui; este era seu lar, afinal.

— Ela veio para cá quando estava noiva, era o lar de sua família — digo em voz baixa. — Cada pedra em cada parede a lembrará de seus direitos.

— Bem, então...

— Tudo ainda é dela. — Olho para o rosto belo, jovem e determinado de meu marido e percebo que nada do que digo fará a menor diferença. — Vivemos aqui como ladrões, e agora a verdadeira dona da propriedade nos verá coletar seus aluguéis, cobrar suas dívidas... E tudo isso abrigados por suas paredes, morando sob seu teto.

Ele dá de ombros e eu paro de falar. Sabia que ele era um homem de decisões abruptas, um homem que era capaz — assim como o irmão — de ações rápidas e poderosas. Os jovens York passaram a infância rebelando-se contra o rei, vendo seu pai e seu irmão arriscando tudo na guerra. Todos os irmãos York são dotados de coragem intrépida e resistência resoluta. Eu sabia que Ricardo era um homem que protegeria os próprios interesses, sem escrúpulos. Mas não que ele era capaz de raptar a própria sogra e detê-la contra sua vontade, de roubar suas terras enquanto ela dorme sob seu teto. Eu sabia que meu marido era um homem rígido, mas não que ele era de granito.

— Quanto tempo ela viverá aqui?

— Até morrer.

Penso no rei Henrique na Torre, que morreu na mesma noite em que os irmãos York voltaram para casa vitoriosos em Tewkesbury, determinados a acabar com sua linhagem. Penso nele dormindo enquanto os três entravam silenciosamente em seu quarto escuro. Penso nele adormecido sob a proteção dos York e nunca mais acordando; e abro minha boca para fazer uma pergunta a Ricardo. Fecho-a novamente, sem dizer coisa alguma. Percebo que tenho medo de perguntar a meu jovem esposo quanto tempo ele acha que minha mãe viverá.

Relutante, com o estômago revirado, vou naquela noite, depois do jantar, aos cômodos que foram preparados para minha mãe. Foram-lhe servidos os melhores pratos da refeição noturna, os criados apresentaram-se a ela de joelhos, com todo o respeito que uma condessa deve receber. Ela comeu bem; estão retirando seus pratos quando entro. Ricardo decidiu que ela será alojada na torre noroeste, o mais longe possível de nós. Não há qualquer ponte que ligue a sua torre, em um canto do castelo, à torre de menagem. Se tivesse permissão para sair de seus aposentos, ela teria de descer as escadarias e ir até o pátio, atravessá-lo e subir as escadas até o grande salão. Há guardas em todas as portas. Ela jamais nos visitará sem ser convidada. Ela nunca deixará sua torre sem permissão. Pelo resto da vida ela terá uma vista parcial de suas janelas. Poderá ver apenas os telhados do vilarejo e o amplo céu acinzentado, a paisagem vazia, e, abaixo, o fosso escuro.

Entro e faço uma reverência para ela — é minha mãe e devo mostrar-lhe respeito. Contudo, quando me levanto, ergo a cabeça. Temo parecer uma criança atrevida. Tenho apenas 17 anos e fico apavorada diante da autoridade de minha mãe.

— Seu marido tem intenção de me manter cativa — diz ela com frieza. — Você, minha própria filha, está servindo-o como carcereira?

— A senhora sabe que não posso desobedecer-lhe.

— Você não deveria desobedecer a mim.

— A senhora me abandonou. — Sinto-me impelida a falar. — Deixou-me com Margarida de Anjou, e ela me levou a uma terrível batalha e à derrota e à morte de meu marido. Eu era pouco mais que uma criança, e a senhora me abandonou num campo de batalha.

— Você pagou o preço de uma ambição arrogante. A ambição de seu pai, que nos destruiu. Agora está seguindo outro homem ambicioso, como um cão, exatamente como seguiu seu pai. Queria ser rainha da Inglaterra. Não consegue se colocar em seu lugar.

— Minha ambição não me levou muito longe — protesto. — Isabel me manteve prisioneira, minha própria irmã! — Consigo sentir minha raiva e minhas lágrimas se formando. — Não havia ninguém para me defender. A senhora deixou que Isabel e George me aprisionassem. Foi para o santuário a fim de permanecer em segurança e me deixou ser capturada em um campo de batalha! Qualquer um poderia ter me raptado, qualquer coisa poderia ter acontecido comigo.

— Você deixou que seu marido e o marido de Isabel roubassem minha fortuna.

— Como eu poderia impedi-los?

— Você tentou?

Fico em silêncio. Não tentei.

— Devolva minhas terras, e me liberte — continua minha mãe. — Diga a seu marido que ele deve fazer isso. Diga ao rei.

— Milady mãe... eu não posso — digo, a voz fraca.

— Então peça a Isabel.

— Ela também não pode. Está esperando um bebê, sequer está na corte. E, de qualquer modo, o rei não ouve petições de Isabel e de mim. Nunca nos escutaria antes de consultar seus irmãos.

— Tenho que ser libertada. — Por um momento, a voz de minha mãe treme. — Não posso morrer aprisionada. Você tem que me libertar.

Balanço a cabeça.

— Não posso. É inútil pedir a mim, milady mãe. Não tenho qualquer poder. Não posso fazer nada pela senhora.

Por um momento seus olhos me queimam; ela ainda é capaz de me assustar. Mas dessa vez sustento seu olhar e dou de ombros.

— Perdemos a batalha. Eu me casei com meu salvador. Nem eu nem Isabel nem a senhora temos poder. Não posso fazer nada pela senhora que seja contra a vontade do meu marido. Assim como eu e Isabel, terá que aceitar o fato de sermos as derrotadas.

Castelo de Farleigh Hungerford, Somerset, 14 de agosto de 1473

É um alívio sem igual deixar minha casa, com a silenciosa e melancólica presença de minha mãe na torre noroeste, e ir ao encontro de Isabel para o nascimento de seu bebê em Norton St. Philip, Somerset. Quando chego, ela já está de resguardo, e junto-me a ela nos aposentos escuros. O bebê se antecipa, e os dois dias de trabalho de parto não lhe causam grande dor, mas ao fim ela está muito cansada. A parteira entrega a criança para mim.

— Uma menina — diz.

— Uma menina! — exclamo. — Olhe, Iz, você ganhou uma menina muito bonita!

Ela mal olha para o rosto perfeito do bebê, apesar de seu rosto ser delicado e pálido como uma pérola, e seus cílios escuros.

— Ah, uma menina. — O tom de voz de Isabel é inexpressivo.

— Mais sorte da próxima vez — diz a parteira secamente enquanto arruma os lençóis manchados de sangue, esfrega as mãos em seu avental estragado e procura um copo de cerveja.

— Mas esta é a maior sorte! — protesto. — Vê como ela é linda? Iz, olhe para ela! Nem sequer chora!

A bebezinha abre a boca e boceja, e é tão encantadora quanto uma gatinha. Iz não estende os braços para pegá-la.

— George queria tanto um menino — diz ela, breve. — Ele não me agradecerá por isso. Verá como um fracasso, um fracasso meu.

— Quem sabe um menino da próxima vez?

— E Ela nunca para de dar à luz — prossegue Isabel, irritada. — George diz que a saúde dela deve acabar logo. Eles têm um filho todo ano! Certamente um deles deve matá-la no parto.

Faço o sinal da cruz diante de seu ressentimento.

— Quase sempre meninas — digo para consolá-la.

— Ela já tem um menino; é tudo que precisa para ter um príncipe de Gales, e outro bebê deve nascer ainda este mês. E se ela estiver grávida de um segundo menino? Ela terá dois filhos para herdar o trono que o pai deles usurpou. E George ficará ainda mais longe da coroa. Como ele chegará ao trono se ela tiver mais filhos?

— Quieta — interrompo-a de imediato. A parteira está de costas para nós, a ama de leite está entrando no quarto, a criada está tirando os lençóis da cama e dobrando-os, mas ainda temo que possamos ser ouvidas. — Silêncio, Isabel. Não fale essas coisas. Especialmente na frente dos outros.

— Por que não? George era o herdeiro de Eduardo. Esse era o acordo. Mas Ela continua a ter filhos, nunca para, como uma porca parideira. Por que Deus lhe daria um menino? Por que Ele a faria fértil? Por que Ele não faz com que uma doença recaia sobre ela e a mande junto com o bebê para o inferno?

Fico tão chocada com a súbita crueldade dela depois do parto que não digo nada. Viro-me para entregar o bebê para a ama de leite, que se acomoda em uma cadeira de balanço, coloca a menininha em seu seio e acalenta sua cabecinha morena e aveludada.

Enquanto ajudo Isabel a se posicionar na cama, meu rosto está austero.

— Você não pensa dessa forma, nem George, eu sei — digo com firmeza. — É traição falar contra o rei e sua família. Você está cansada do parto e bêbada com a cerveja. Iz, nunca deve dizer essas coisas, nem mesmo para mim.

Ela pede que eu me aproxime para poder sussurrar em meu ouvido.

— Você não acha que era o desejo de nosso pai que George desafiasse o irmão? Você não acha que nosso pai pensaria que os portões do paraíso estariam se abrindo se George tomasse a coroa e me tornasse rainha? Seu marido seria o próximo herdeiro. Esse bebê é uma menina, não vale de nada. Se George fosse o rei, então Ricardo seria seu herdeiro. Você se esqueceu de que a única coisa que nosso pai queria acima de tudo no mundo era ver uma de nós como rainha da Inglaterra e o neto como príncipe de Gales? Pode imaginar o quão orgulhoso e feliz ele ficaria se eu fosse rainha e você reinasse depois de mim, e seu filho ocupasse o trono logo em seguida?

Afasto-me dela.

— Isso custou a vida dele — digo com dureza. — Ele cavalgou para a morte. E nossa mãe está presa, e eu e você quase nos tornamos órfãs.

— Se George fosse vitorioso, seria a única coisa que faria tudo valer a pena — insiste ela. — Se George reivindicasse o trono, então nosso pai ficaria em paz.

Encolho-me diante da ideia de que meu pai não está em paz.

— Ah, não, Iz — apresso-me em dizer. — Pago o suficiente para que missas sejam rezadas pela alma dele em cada uma de nossas igrejas. Não diga uma coisa dessas. Vou deixá-la descansar. A cerveja que você tomou antes do parto subiu à sua cabeça. Você não deve dizer essas coisas e eu não vou ouvi-las. Sou casada com um irmão do rei, um homem leal, e você também. Deixe que essa seja a verdade. Qualquer coisa além disso só nos levará ao perigo e à derrota. Qualquer coisa diferente disso é como uma espada no coração.

Não mencionamos essa conversa novamente e, quando estou prestes a partir, o próprio George me ajuda a montar meu cavalo, agradecendo-me por ter cuidado de Isabel. Desejo a ele toda a felicidade e que a criança cresça bem e forte.

— Talvez tenhamos um menino da próxima vez — diz ele. Seu belo rosto está descontente, seu charme bastante oculto por tal revés, sua boca sorridente curvada para baixo. George está amuado como uma criança mimada.

Por um momento desejo lembrá-lo de que ela teve um menino, um lindo menino que teria sido o filho e herdeiro que ele agora tanto quer, que estaria correndo pelo salão, forte, com 3 anos, com a ama correndo atrás dele. Que Iz balançou tanto com as ondas que batiam no navio de meu pai que não conseguiu dar à luz; não teve ninguém além de mim como parteira. Que o pequeno caixão do bebê foi jogado no mar acinzentado e revoltoso.

— Quem sabe da próxima vez — digo com delicadeza. — Mas ela é uma menina muito bonita, alimenta-se bem e está crescendo forte.

— Mais forte que seu menino? — pergunta ele em um tom sórdido. — Do que o chamaram: Eduardo? Foi em memória de seu marido morto? Estranha forma de tributo.

— Eduardo em homenagem ao rei, é claro — retruco, mordendo o lábio.

— E nosso bebê é mais forte que o seu?

— Sim, acho que é. — Magoa-me dizer a verdade, mas a pequena Margaret é faminta e resistente e está crescendo, enquanto meu bebê é quieto e não está vingando.

Ele dá de ombros.

— Bem, não faz diferença. Uma menina não serve. Uma menina não pode tomar o trono. — Ele vira de costas. Mal consigo ouvi-lo, mas tenho certeza de que é isso que diz. Por um momento, penso em desafiá-lo a repetir sua afirmação e avisá-lo de que isso é traição. Mas então junto as rédeas em minhas mãos frias e penso melhor: ele nunca disse nada disso. Melhor eu nunca ter ouvido nada. Melhor ir para casa.

Castelo de Baynard, Londres, verão de 1473

Encontro Ricardo no Castelo de Baynard, a casa de sua família em Londres, e para meu alívio a corte está fora da cidade, que parece tranquila. Elizabeth, a rainha, foi a Shrewsbury para o nascimento de seu bebê, um menino, o segundo filho que Isabel tanto temia, e o rei apaixonado está ao lado da esposa. Sem dúvida eles devem estar comemorando o nascimento de outro menino, que garantirá a manutenção da linhagem. Para mim, não faz diferença se ela tiver mais um filho ou mais vinte — Ricardo está a três passos do trono, um quarto passo não muda muita coisa. No entanto, não consigo evitar uma pontada de irritação por sua fertilidade constante, que lhe é tão oportuna.

Ele se chamará Ricardo em homenagem a seu avô e seu tio, meu marido, que está feliz por eles; o amor pelo irmão faz com que ele se alegre com seu sucesso. Estou contente apenas com o fato de eles estarem bem longe em Shrewsbury e de não ter sido convocada, junto com o restante das damas, a inclinar-me sobre o berço e congratulá-la por mais um bebê saudável. Desejo o bem a ela e a seu filho, assim como desejo o bem a qualquer mulher no parto. Só não quero vê-la em seu triunfo.

O restante dos lordes e frequentadores da corte seguiram para suas terras para passar o verão; ninguém quer estar em Londres durante os incômodos meses quentes. Ricardo e eu também não ficaremos por muito tempo antes de partirmos juntos para a longa viagem ao norte, rumo a Middleham, para ver nosso bebê novamente.

No dia em que devemos ir embora, vou até Ricardo para dizer que estarei pronta em uma hora e vejo que a porta de sua câmara de audiências está fechada. Este é o cômodo em que ele ouve petições e no qual os requerentes solicitam seu julgamento ou sua generosidade; a porta sempre se mantém aberta como símbolo de sua boa governança. É sua sala do trono, sempre visível para que as pessoas possam ver o mais jovem filho de York em seu ofício de administrar o reino. Abro a porta e entro. A porta interna dos aposentos privados de Ricardo também está fechada. Estou prestes a girar a maçaneta quando faço uma pausa ao som de uma voz familiar.

Seu irmão George, duque de Clarence, está lá dentro com meu marido, falando muito baixo e em tom persuasivo. Minha mão desliza da maçaneta e permaneço imóvel para ouvir a conversa.

— Como ele não é filho de verdade de nosso pai e seu casamento foi indubitavelmente arranjado através de magia...

— Isso? Novamente? — interrompe Ricardo com escárnio. — Novamente? Ele tem dois belos filhos, um deles nasceu neste mês, e três filhas saudáveis, e você só tem um garoto morto e uma menina chorona, e ainda diz que o casamento dele não é abençoado por Deus? George, até você é capaz de ver que as evidências estão contra você.

— Pois eu digo que todos eles são bastardos. Ele e Elizabeth Woodville não são casados perante Deus, e os filhos deles são todos bastardos.

— E você é o único tolo em Londres que diz uma coisa dessas.

— Muitos dizem isso. O pai de sua esposa disse isso.

— Com segundas intenções. E aqueles que não têm segundas intenções são idiotas.

Uma cadeira é arrastada no chão de madeira.

— Está me chamando de idiota?

— Sim, senhor — confirma Ricardo com desdém. — Na sua cara. Um idiota traidor, se soar melhor dessa forma. Um idiota com segundas intenções, já que insiste. Pensa que não sabemos que está se encontrando com pessoas em Oxford? Com qualquer tolo que ainda tenha ressentimentos contra Eduardo, apesar de ele ter feito tudo que pôde para se entender com os funcionários insatisfeitos do governo que perderam seus cargos? Com os lancastrianos que cavalgaram contra ele? Com qualquer seguidor dos Lancaster que esteja perdido por aí? Com qualquer escudeiro descontente? Pensa que não sabemos que envia mensagens secretas aos franceses? Crê que não temos conhecimento de tudo o que faz, e mais?

— Eduardo sabe? — A voz de George perdeu a severidade, como se ele estivesse sem fôlego. — Você disse "sabemos"? O que Eduardo sabe? O que você disse a ele?

— Claro que ele sabe. Tenha certeza de que ele sabe de tudo. Mas ele vai fazer algo a respeito? Não. Eu faria? Agora mesmo. Porque não tenho paciência para animosidades ocultas e prefiro atacar logo e de forma rápida. Mas Eduardo o ama como somente um irmão bondoso amaria, e ele tem mais paciência do que eu. Por isso, meu irmão, você não me traz nenhuma novidade quando vem até aqui me dizer que foi um traidor antes e que pode sê-lo novamente. Isso eu já sei. Todos sabemos.

— Não vim aqui para isso. Só vim para dizer que...

Novamente escuto o arrastar de uma cadeira enquanto um deles se levanta e a voz alta de Ricardo:

— O que diz ali? Leia em voz alta! O que diz ali?

Não preciso abrir a porta para ver a cena; sei que Ricardo está apontando para seu lema, entalhado na imensa jamba de madeira da lareira.

— Pelo amor de Deus!

— *Loyauté me lie*. A lealdade me prende. Você não compreenderia algo como isso, mas sou ligado por um juramento de coração e de alma a meu irmão Eduardo, o rei. Acredito nas regras da cavalaria; acredito em Deus e no rei, e que eles são a mesma coisa, e minha honra é ligada a ambos. Sequer ouse me questionar. Minhas crenças estão além de sua imaginação.

— Tudo o que estou dizendo... — Agora a voz de George é um lamento persuasivo. — Tudo o que estou dizendo é que há dúvidas quanto ao rei e à rainha e que somos legítimos e ele não é. Talvez devêssemos dividir o reino, justamente como eu e você dividimos a herança dos Neville, e governar juntos. Ele praticamente lhe deu o norte, permitiu que você o administrasse quase como um principado. Por que ele não pode ceder as Midlands a mim e manter o sul? O príncipe Eduardo tem Gales. Isso não seria justo?

Há um momento de silêncio. Sei que Ricardo ficará tentado com a ideia de um reino do norte e de ser seu governante. Dou um passo em direção à porta. Rezo para que ele resista à tentação, diga não a seu irmão, mantenha-se fiel ao rei. Rezo a Deus para que ele não faça nada que possa atrair a inimizade da rainha.

— É despedaçar o reino que ele ganhou em uma luta justa — diz Ricardo bruscamente. — Ele ganhou este reino por inteiro, com a força das armas em batalhas honradas, comigo e até mesmo com você ao lado dele. Eduardo não o dividirá. Seria destruir a herança de seu filho.

— Estou surpreso ao vê-lo defender o filho de Elizabeth Woodville — insinua George. — Logo você, que foi suplantado pelo clã deles na afeição de seu irmão. Logo você, que era seu melhor amigo, o mais amado, mas que agora vem depois dela, do irmão dela, o sagrado Anthony, e dos enteados plebeus, seus constantes companheiros em todos os bordéis de Londres: Thomas e Richard. Mas vejo que o menino Woodville encontra em você um protetor. É um tio carinhoso, afinal.

— Defendo meu irmão — retruca Ricardo. — Não digo nada sobre a família Rivers. Meu irmão se casou com a mulher que escolheu. Ela não era a minha escolha, mas defendo meu irmão. Sempre.

— Não pode ser fiel a ela. Não pode.

Novamente, ouço meu jovem esposo hesitar; é verdade, ele não consegue ser fiel a ela.

— Conversaremos — diz George, finalmente. — Não agora, mais tarde. Quando o jovem Woodville quiser ocupar seu trono. Conversaremos nesse momento. Quando o menino de Grafton, o bastardo de sangue pobre, quiser subir ao trono da Inglaterra e tomar a coroa de nosso irmão, a coroa que nós ganhamos para ele e para nossa casa, não para os Rivers. Conversaremos nessa ocasião. Sei que você é leal a Eduardo. Eu também sou. Mas somente a ele, à minha casa e ao sangue dos reis. Não àquele bastardo ordinário.

Escuto-o virar e atravessar o cômodo e recuo até o nicho de uma janela. Quando abrem a porta, olho em volta um pouco assustada, como se estivesse surpresa de encontrá-los ali. George mal olha para mim enquanto caminha para a porta, e Ricardo permanece imóvel, vendo-o partir.

Castelo de Middleham, Yorkshire, julho de 1474

Ricardo mantém sua palavra e, apesar de minha mãe e eu vivermos sob o mesmo teto, raramente a vejo. Seus aposentos são na torre noroeste, convenientemente perto da casa da guarda, com vista para os telhados de colmo e as pedras das pequenas casas de Middleham, enquanto nossos aposentos são altos, na torre de menagem, com vista desobstruída, como o ninho de uma águia. Nós fomos a Londres, York, Sheriff Hutton, ao Castelo de Barnard, acompanhados de guardas e de um séquito de amigos e companheiros, mas ela permanece nos mesmos aposentos, vendo o sol nascer através das mesmas janelas toda manhã e se pôr do lado oposto, lançando sua sombra pelo quarto do mesmo modo todos os dias.

Ordeno que nosso filho Eduardo nunca seja conduzido pela passarela da muralha para ver sua avó. Não quero que ela tenha nada a ver com ele. Ele carrega o nome da realeza, é o neto pelo qual meu pai ansiava. No momento, está a muitos passos do trono, mas eu o crio com a educação e a coragem de um rei — como meu pai gostaria, como minha mãe deveria ter feito. Mas ela amaldiçoou a mim e ao meu casamento, e por isso não lhe darei a oportunidade de sequer ver de relance meu belo filho. Ela está morta para ele, do mesmo modo que disse que eu estava morta para ela.

No auge do verão, ela pede para me ver, junto com Ricardo. A mensagem chega até nós através de sua dama de companhia, e meu marido me olha de soslaio, como se me consultasse para saber se eu gostaria de recusar.

— Precisamos vê-la — digo, desconfortável. — E se estiver doente?

— Nesse caso, deveria mandar chamar um médico, não você. Ela sabe que pode mandar buscar um em Londres, se quiser. Sabe que não restrinjo seus gastos.

Olho para Lady Worth.

— O que ela quer?

Ela meneia a cabeça.

— Disse apenas que quer vê-los. A ambos.

— Traga-a — decide Ricardo.

Estamos sentados em duas cadeiras iguais, quase como tronos, no grande salão do Castelo de Middleham, e não me levanto quando minha mãe entra no salão, ainda que ela se detenha por um momento, à espera de que eu me ajoelhe para receber sua bênção. Ela olha para os lados, como se avaliasse as mudanças que fizemos em seu lar, e ergue uma das sobrancelhas, como se não visse grande coisa em nossas tapeçarias.

Ricardo estala os dedos para um serviçal.

— Traga uma cadeira para a condessa — ordena.

Minha mãe se senta diante de nós, e eu noto a rigidez de seus movimentos. Está envelhecendo; talvez esteja doente. Talvez queira viver com Isabel no Castelo de Warwick, e, se for isso, podemos deixá-la partir. Espero que ela comece a falar e desejo ouvi-la dizer que precisa ir a Londres por causa de sua saúde e que irá morar com Isabel.

— É sobre o documento — diz ela para Ricardo.

Ele assente.

— Calculei que seria.

— Você devia saber que cedo ou tarde eu ouviria falar da existência dele.

— Presumi que alguém lhe contaria.

— O que é isso? — interrompi. Viro-me para Ricardo. — Que documento?

— Vejo que mantém sua esposa ignorante de seus negócios — observa minha mãe em tom desagradável. — Tinha medo de que ela tentasse impedi-lo de fazer o mal? Estou surpresa com isso. Ela não me defenderia. Temia que isso fosse demais até para ela engolir?

— Não — diz ele com frieza. — Não temo seu julgamento. — A mim, ele resume a questão: — Esta é a solução para o problema das terras da sua mãe, uma solução com a qual George e eu finalmente concordamos. Eduardo a confirmou. Foi aprovada no Parlamento. Levou tempo demais para que os advogados aceitassem e para que fosse formulada como lei. Foi a única solução que satisfez a todos: declaramos que ela está legalmente morta.

— Morta? — Encaro minha mãe, que retribui meu olhar com ar de superioridade. — Como pode dizer que ela está morta?

Ele bate de leve os pés calçados com botas nos juncos que revestem o chão.

— É um termo legal. Resolve o problema de suas terras. Não poderíamos obtê-las de nenhuma outra forma. Nem você nem Isabel poderiam herdá-las enquanto ela estivesse viva. Então nós a declaramos morta, de modo que você e Isabel são suas herdeiras e você receberá a herança. Ninguém roubou nada de ninguém. Ela está morta: vocês herdam tudo. Como somos seus maridos, a terra é passada a George e a mim.

— Mas e quanto a ela?

Ele gesticula na direção de minha mãe e quase gargalha.

— Como vê, ela está aqui: prova viva do fracasso do mau agouro. Isso faria um homem deixar de crer em magia. Decretamos sua morte e cá está ela, bela e formosa, morando em minha casa e consumindo minha comida. Alguém deveria fazer um sermão sobre o tema.

— Lamento por me achar dispendiosa — retruca minha mãe com mordacidade. — Mas nesse caso eu devo lembrá-lo de que você tirou de mim toda a fortuna que eu usaria para me sustentar.

— Apenas metade da fortuna — corrige Ricardo. — Seu genro e sua outra filha levaram a outra metade. Não precisa culpar apenas Anne, Isabel a abandonou também. Mas nós ficamos com o custo de abrigá-la e protegê-la. Não peço sua gratidão.

— Não me sinto grata.

— Preferiria estar aprisionada em um convento? — pergunta ele. — Porque eu poderia permitir isso. Posso mandá-la de volta a Beaulieu, se preferir.

— Eu preferiria viver em minhas próprias terras, em liberdade. Preferiria que você não tivesse desrespeitado a lei para se livrar de mim. O que é a minha vida agora? O que é ser declarada morta? Estou no purgatório? Ou isso é o inferno?

Ele dá de ombros.

— Você apresentou um problema delicado. Que agora está resolvido. Eu não queria ser visto como um homem que rouba a própria sogra, e a honra do rei estava em jogo. Você era uma mulher indefesa refugiada em um santuário, e ele não podia ser lembrado como alguém que se apropriou de sua fortuna. Resolvemos isso de uma maneira muito correta. O decreto do Parlamento declara que você está morta, de modo que não tem nenhuma terra, nenhuma casa e, suponho, nenhuma liberdade. Ou fica aqui, ou em um convento, ou em uma cova. Pode escolher.

— Ficarei aqui — escolhe minha mãe, com pesar. — Mas jamais lhe perdoarei por ter feito isso comigo, Ricardo. Cuidei de você quando era menino nesse mesmo castelo, meu marido ensinou-lhe tudo o que sabe sobre guerra e negócios. Fomos seus tutores, fomos bons e gentis com você e com seu amigo Francis Lovell. E é assim que você me retribui.

— Seu marido me ensinou a marchar rápido com o exército, a matar sem remorso, dentro e fora do campo de batalha, e algumas vezes sem o respaldo da lei, e a me apropriar do que eu quiser. Sou um bom pupilo dele. Se ele estivesse em meu lugar, estaria fazendo exatamente o que estou fazendo agora. Na verdade, a ambição dele era maior. Tomei apenas metade de suas terras, mas ele teria tomado toda a Inglaterra.

Ela não pode discordar.

— Estou exausta — diz. — Anne, deixe-me apoiar em seu braço para voltarmos aos meus aposentos.

— Não pense que pode persuadi-la — avisa Ricardo. — Anne sabe a quem ser leal. Você a jogou nas mãos da derrota, eu a resgatei de sua negligência e a transformei numa grande herdeira e numa duquesa.

Pego o braço de minha mãe e ela se apoia em mim. Contra minha vontade, conduzo-a para fora da câmara de audiências, desço as escadas e atravesso o grande salão, onde os serviçais estão arrumando as mesas para o jantar. Chegamos à ponte que leva às muralhas exteriores e a seus aposentos.

Ela faz uma pausa sob a arcada que leva à torre.

— Você sabe que um dia ele a trairá e você se sentirá como eu — diz ela de repente. — Você ficará sozinha, no purgatório, perguntando-se se é o inferno.

Estremeço e quero me afastar, mas ela segura fortemente meu braço e apoia seu peso nele.

— Ele não me trairá. Ele é meu marido, e temos interesses em comum. Eu o amo; nós nos casamos por amor e ainda nos amamos.

— Ah, você não sabe, então. — O tom de voz dela demonstra uma discreta satisfação. Ela suspira como se alguém tivesse lhe dado um presente valioso. — Imaginei que não soubesse.

Ela claramente não dará mais nenhum passo e, por um momento, fico de pé ao seu lado. De repente, percebo que foi para ter este momento a sós comigo que ela pediu o apoio do meu braço. Ela não queria um momento de paz com a filha, não esperava por uma reconciliação. Não; ela queria me contar alguma coisa horrorosa da qual não sei nem quero saber.

— Venha — digo. Mas ela não se move.

— A lei que me declara morta afirma que você é prostituta dele.

Fico tão chocada que paro e olho para ela.

— O que está dizendo? De que loucura a senhora está falando agora?

— É a lei que nos rege. — Ela ri baixinho, como uma bruxa cacarejante. — Uma lei nova. E você não sabia.

— Sabia do quê?

— O mesmo decreto que declara a minha morte e nomeia vocês como herdeiras de meus bens também diz que, se você e seu marido se divorciarem, ele fica com as terras.

— Divorciar? — repito a estranha palavra.

— Ele fica com as terras, os castelos e as casas, os navios, o conteúdo dos cofres, as minas e as pedreiras, os silos, tudo.

— Ele deu entrada em nosso divórcio? — pergunto, gaguejando.

— Como isso poderia acontecer? Como vocês poderiam se divorciar? — Ela parece exultante. — O casamento foi consumado e ficou provado que você é fértil; você deu a ele um filho. Não há fundamentos para um divórcio, certamente. Mas, nesse decreto do Parlamento, Ricardo se previne contra uma separação. Por que ele deveria fazer isso, se não é algo possível de acontecer? Por que ele se prepararia para algo impossível?

Minha cabeça está girando.

— Milady mãe, se precisa falar comigo, faça-o claramente.

Ela o faz. Fica radiante, como se tivesse boas notícias. Está exultante com o fato de ela entender toda a situação e eu não.

— Ele está providenciando a negação de seu casamento. Preparou tudo para que essa união fosse posta de lado. Se fosse um casamento de verdade, não poderia ser anulado, não há base para tal. Portanto, meu palpite é este: vocês não conseguiram uma dispensa completa do papa e casaram sem ela. Estou certa? Estou certa, minha filha traidora? Vocês são primos, são concunhados, eu sou madrinha dele. Ricardo é parente de seu primeiro marido. Seu casamento precisaria de uma dispensa papal completa em muitos, muitos aspectos. Mas não acho que vocês tiveram tempo de conseguir isso. Meu palpite é que Ricardo apressou o casamento e disse que vocês conseguiriam uma dispensa depois. Estou certa? Acho que sim, pois, nesse mesmo decreto em que ele revela o motivo de ter se casado com você, ou seja, com sua fortuna, ele também coloca uma cláusula em que estipula que ficará com suas terras se a repudiar. Tudo se torna maravilhosamente claro!

— É o modo como a lei é formulada — digo de maneira feroz. — Acontecerá o mesmo com George e Isabel. Haverá a mesma cláusula no caso deles.

— Não, não haverá. Você está certa. Se George e Isabel tivessem os mesmos termos, você poderia ficar tranquila. Mas não é o mesmo para eles. Não há cláusula para a anulação do casamento. George sabe que não pode anular seu casamento com Isabel e, portanto, não tomou providências para isso. Ele sabe que recebeu uma dispensa por sua proximidade familiar e que seu casamento é válido. Não pode ser negado. Mas Ricardo não conseguiu uma dispensa completa, e seu casamento não é totalmente válido. Pode ser renegado. Ele tem isso em seu poder. Li o documento cuidadosamente, tão cuidadosamente quanto qualquer mulher leria a própria certidão de óbito. Meu palpite é que, se eu enviasse uma carta ao papa pedindo que me mostrasse a dispensa legal para o seu casamento, ele me responderia que não havia nenhuma, que a dispensa total nunca foi pedida. Então você não é casada, seu filho é um bastardo e você é uma prostituta.

Fico tão surpresa que tudo o que faço é encará-la. Primeiro penso que ela está enlouquecendo, mas então uma por uma as peças formam uma imagem só. Nossa pressa em nos casarmos, e Ricardo me dizendo que o faríamos sem uma dispensa, mas que conseguiríamos uma depois. E então eu simplesmente presumi, como uma tola, que o casamento era válido. Eu simplesmente esqueci, como uma tola, como uma idiota em lua de mel, que ser casada por um arcebispo com a bênção do rei não era a mesma coisa que com a dispensa do papa. Quando fui cumprimentada pela mãe dele, quando fui recebida na corte, quando concebemos nosso filho e herdamos minhas terras, presumi que tudo era como deveria ser e me esqueci de questionar. E agora sei que meu marido não esqueceu, não presumiu nada, que tomou providências para manter sua fortuna se ele um dia decidir me repudiar. Se ele quiser se livrar de mim, terá somente que dizer que nosso casamento nunca foi válido. Meu casamento é baseado em nossos votos perante Deus — pelo menos esses não podem ser negados. Mas eles não são suficientes. Nossa união depende de um capricho dele. Seremos marido e mulher pelo tempo que ele quiser. A qualquer momento ele pode denunciar nosso casamento como uma fraude; ele estará livre, e eu, completamente desgraçada.

Balanço a cabeça, aturdida. Todo esse tempo pensei que estava comandando o jogo, fazendo tanto o papel do jogador como o do peão. Até agora, nunca havia me sentido tão impotente, como mais uma peça no jogo de outra pessoa.

— Ricardo — digo, e é como se, mais uma vez, eu gritasse para que ele viesse me salvar.

Minha mãe olha para mim com uma satisfação muda.

— O que devo fazer? — sussurro. — O que posso fazer agora?

— Deixá-lo. — A voz de minha mãe soa como um tapa na cara. — Deixe-o imediatamente e venha comigo para Londres. Então derrubamos o decreto, negamos o falso casamento e tomamos de volta minhas terras.

Eu invisto contra ela.

— A senhora ainda não percebeu que jamais terá suas terras de volta? Acredita que pode lutar contra o rei da Inglaterra? Imagina que pode desafiar os três irmãos York juntos? Esqueceu que eles eram inimigos de meu pai, inimigos de Margarida de Anjou? E que nós fatalmente fomos aliadas deles? Esqueceu que fomos derrotadas? Tudo o que a senhora quer é se jogar na prisão da Torre e me levar junto.

— Você nunca estará segura como esposa dele. Ricardo pode deixá-la quando bem entender. Se o seu filho morrer e você não conseguir arranjar outro, ele poderá se casar com uma mulher mais fértil e levar consigo a sua fortuna.

— Ele me ama.

— Pode ser — concorda ela. — Mas ele quer as terras, este castelo e um herdeiro mais do que qualquer coisa no mundo. Você não está segura.

— Não estou segura como sua filha. Ao menos sei disso. A senhora me casou com um pretendente ao trono da Inglaterra e me abandonou quando tivemos que ir para a batalha. Agora quer que eu, mais uma vez, cometa uma traição.

— Deixe-o — sussurra ela. — Dessa vez, ficarei ao seu lado.

— E o que será feito do meu filho?

Ela dá de ombros.

— Nunca mais o verá, mas como ele é um bastardo... faz alguma diferença?

Furiosamente seguro-a pelo braço e a conduzo aos seus aposentos. O guarda se põe de lado para nos deixar entrar e em seguida posta-se diante da porta para que ela não possa sair.

— Não o chame assim — ordeno. — Nunca se atreva a chamá-lo assim. Vou ficar ao lado do meu filho e do meu marido. E a senhora vai apodrecer aqui.

Ela puxa o braço para se livrar de mim.

— Estou avisando: direi a todo mundo que você não é esposa de Ricardo, e sim sua prostituta, e você estará arruinada — dispara ela.

Empurro-a porta adentro.

— Não, não dirá! Porque não terá nenhuma caneta e nenhum papel e nenhum meio de enviar mensagens. Nem mensageiros ou visitas. A senhora me ensinou que é minha inimiga, e vou mantê-la na linha. Entre, milady mãe. Não sairá novamente, e nenhuma palavra que diga jamais será repetida fora destas paredes. Vá e morra. Porque a senhora está morta para o mundo e morta para mim. Morra!

Bato a porta e dirijo-me ao guarda:

— Ninguém deve vê-la além dos serviçais. Nenhuma troca de mensagens; sequer mascates ou andarilhos devem bater em sua porta. Todos que entram e saem devem ser revistados. Não quero que ela veja ninguém, não quero que fale com ninguém. Você compreende?

— Sim, Vossa Graça — diz ele.

— Ela é uma inimiga. É uma traidora e uma mentirosa. É nossa inimiga. É inimiga do duque, minha e do nosso precioso filho. O duque é um homem duro com seus inimigos. Assegure-se de ser duro com ela.

Castelo de Middleham, Yorkshire, primavera de 1475

Creio que estou me tornando uma mulher com coração de pedra. A menina que eu era — a que ficava aterrorizada com a reprovação da mãe, que corria para abraçar a irmã mais velha, que amava o pai como seu senhor — agora é uma duquesa de 18 anos que ordena a seus subalternos que vigiem sua mãe como a um inimigo e escreve com cuidado meticuloso à irmã. Ricardo me alerta para o fato de que seu irmão George tem criticado abertamente o rei, e de que é do conhecimento de todos que Isabel concorda com o marido; não podemos ser associados a eles.

Ele não precisa me convencer. Eu não quero me associar a eles; estão caminhando em direção ao perigo. Quando Isabel me escreve para dizer que está entrando em resguardo mais uma vez e que gostaria de que eu a acompanhasse, eu declino. Além disso, não consigo encará-la, tendo minha mãe sob meu poder, presa pelo resto da vida. Não consigo encarar minha irmã com as terríveis ameaças de minha mãe ressoando em meus ouvidos e em meus sonhos todos os dias da minha vida. Isabel sabe agora, como eu sei, que nós declaramos nossa própria mãe morta, de forma a tomar suas terras e entregá-las a nossos maridos. Sinto que somos assassinas, que temos sangue nas mãos. E o que eu responderia se Isabel me perguntasse se minha mãe está sendo bem-tratada? O que eu diria a ela se me pedisse que libertasse nossa mãe?

Jamais posso admitir que minha mãe é mantida em sua torre para que não possa falar nada sobre meu casamento. Não posso dizer a Isabel que não apenas nossos maridos declararam nossa mãe morta, como eu também desejo que ela morra. Definitivamente, desejo que ela se cale para sempre.

E agora temo o que Isabel pensa. Pergunto-me se ela leu o decreto que declara nossa mãe legalmente morta com o mesmo cuidado com que minha mãe o fez. Pergunto-me se ela tem suspeitas com relação ao meu casamento, se um dia George dirá a todos que eu sou a prostituta do duque tanto quanto Elizabeth Woodville é a prostituta do rei: que apenas um dos filhos de York tem uma esposa honesta. Não ouso ver Isabel com esses pensamentos em mente, então escrevo dizendo que não posso ir, que os tempos estão muito difíceis.

Isabel responde em março que sente muito por eu não ter ido, mas que tem boas notícias. Finalmente teve um menino, um filho e herdeiro. Ele se chamará Edward, e terá o nome do lugar de nascimento e do condado de seu avô. Ele será Edward de Warwick, e Isabel pede que eu fique feliz por ela. Eu tento, mas tudo o que penso é que, se George fizer uma tentativa de subir ao trono, ele poderá oferecer a qualquer traidor que quiser se juntar a ele uma família real alternativa: um reclamante e um herdeiro. Escrevo a minha irmã dizendo que estou feliz por ela e por seu filho e que desejo a ela tudo de bom. Mas não mando presentes e não peço para ser madrinha. Tenho medo do que George pode estar planejando para esse menininho, esse novo Warwick, o neto do Fazedor de Reis.

Além disso, enquanto eu andava preocupada com as palavras de minha mãe, com meus temores em relação a meu filho, o país se fortalecia em um ritmo arriscado para uma guerra contra a França, e tudo aquilo que tinha sido feito em tempos de paz foi esquecido, uma vez que é necessário cobrar impostos, recrutar soldados, forjar armas, remendar sapatos, costurar uniformes. Ricardo não consegue pensar em outra coisa que não seja reunir tropas em nossas propriedades, atraindo inquilinos, serventes, criados da casa e todos aqueles que lhe ofereceram sua lealdade. Os cavalheiros têm que trazer os inquilinos de suas próprias terras, as cidades têm que arrecadar fundos e enviar aprendizes. Ricardo corre para recrutar seus homens e unir-se a seus irmãos — a seus dois irmãos —, pois eles irão invadir a França, todo um reino a ser retomado, posto diante deles como se fosse um banquete.

Os três filhos de York marcharão em esplendor novamente. Eduardo declarou-se determinado a retornar à glória de Henrique V. Ele será rei da França novamente, e a vergonha do fracasso da Inglaterra sob a rainha má e o rei adormecido será esquecida. Ricardo é frio comigo enquanto se prepara para partir. Lembra que o rei da França, Luís, propôs e organizou meu primeiro casamento, chamou-me de sua linda priminha e me prometeu sua amizade quando eu fosse rainha. Ricardo confere várias vezes as carroças que levarão tudo para a França, faz com que seu armeiro prepare dois conjuntos de armaduras e monta seu cavalo no pátio do estábulo diante de cerca de mil homens. Outros ainda se reunirão a eles na marcha para o sul.

Vou até ele para me despedir.

— Mantenha-se em segurança, meu marido. — Meus olhos estão cheios de lágrimas, as quais procuro afastar piscando.

— Vou para a guerra. — Seu sorriso é distante; sua mente já está concentrada no trabalho que precisa fazer. — Duvido que seja capaz de me manter em segurança.

Balanço a cabeça. Quero tanto dizer o quanto temo por ele que não consigo deixar de pensar em meu pai, que mal se despediu, apressado para tomar o navio e ir para a guerra. Não consigo deixar de pensar em meu primeiro marido, cuja vida foi ceifada prematuramente num campo de batalha tão sangrento que, até hoje, ninguém fala sobre sua morte.

— Apenas quero dizer que espero que você volte para casa, para mim e para seu filho Eduardo — digo em voz baixa. Fico ao lado de seu cavalo e deposito minha mão em seu joelho. — Sou sua esposa e lhe concedo a bênção de uma esposa. Meu coração estará com você em cada passo do caminho, rezarei por você todos os dias.

— Voltarei para casa em segurança — promete ele em tom tranquilizador. — Luto ao lado de meu irmão Eduardo, e ele jamais conheceu a derrota no campo de batalha, a não ser por traição. E, se conseguirmos reconquistar as terras inglesas na França, essa será a vitória mais gloriosa em gerações.

— Sim — concordo.

Ele se inclina em sua sela e me beija nos lábios.

— Tenha coragem. Você é a esposa de um comandante da Inglaterra. Talvez eu volte com castelos e grandes propriedades na França. Cuide de minhas terras e de meu filho, e eu voltarei para você.

Dou um passo para trás. Ele dá meia-volta no cavalo, e seu porta-estandarte ergue sua flâmula, que tremula na brisa. O símbolo do javali, insígnia de Ricardo, provoca uma saudação de seus homens, e ele faz um sinal para que o sigam. Afrouxa as rédeas, e seu cavalo inicia a marcha impetuosamente. Então eles se vão. Passam sob o amplo arco de pedra; o ruído dos pés ecoa sobre a ponte levadiça que atravessa o fosso, enquanto os patos nadam para longe, com medo. Em seguida, rumam para a estrada além de Middleham e para o sul, a fim de encontrar o rei, atravessar os mares estreitos em direção à França e restaurar os dias em que os reis da Inglaterra a governavam e fazendeiros ingleses cultivavam azeitonas e uvas.

Londres, verão de 1475

Eu me mudo do Castelo de Middleham para nossa casa em Londres, o Castelo de Baynard, de forma a poder estar perto da corte e saber o que está acontecendo enquanto meu marido e seus irmãos encontram-se em guerra na França.

A rainha Elizabeth mantém sua corte em Westminster. Seu filho, o pequeno príncipe Eduardo, é nomeado governante da Inglaterra na ausência do pai, e ela se sente gloriosa exercendo seu importante papel de esposa de um rei em campanha e mãe do príncipe. Seu irmão Anthony Woodville, tutor de seu filho, foi com o rei para a França, de maneira que o jovem reina por si mesmo. Ela preside o conselho dele, e os conselheiros e tutores são todos escolhidos por ela. Um conselho deveria ser investido de poder sobre o reino, mas ele é liderado pelo recentemente nomeado cardeal Bourchier e, uma vez que ele deve inteiramente seu solidéu púrpura ao rei, ele está às ordens da rainha. Na ausência de qualquer outro integrante, Elizabeth Woodville é a líder da Casa de York. Ela é praticamente a regente, é praticamente a governante. É uma mulher que subiu sozinha na vida e que se tornou verdadeiramente grandiosa: de esposa de um escudeiro a praticamente rainha em exercício.

Como metade da Inglaterra, não consigo imaginar o desastre que se abateria sobre o reino se nosso rei vier a morrer na França e se seu trono for herdado por seu filho. Se o rei morrer nesta campanha, assim como Henrique V morreu em sua campanha na França, isso colocaria toda a Inglaterra nas mãos da família Rivers para sempre. Eles dominam completamente o príncipe de Gales e aumentam seu poder gradualmente por toda a Inglaterra à medida que nomeiam amigos ou parentes para todo e qualquer posto que se torna vago. O mentor e tutor do príncipe é o amado irmão da rainha, Anthony Woodville, lorde Rivers, o conselho do príncipe é comandado e manipulado por ele. O príncipe tem muitos irmãos e irmãs Woodville, assim como tios e tias, pois Elizabeth Woodville, assim como a mãe, a bruxa Jacquetta, tem sido anormalmente — e suspeitosamente — fértil. Os parentes do rei mal conhecem os pequenos príncipes — eles estão sempre rodeados pelos Rivers, seus amigos ou criados. O príncipe de Gales é sobrinho de sangue de meu marido e ainda assim nós nunca o vemos. Ele vive sozinho em Ludlow com Anthony, lorde Rivers, e quando vem para a corte, no Natal ou na Páscoa, é monopolizado pela mãe e pelas irmãs, que o rodeiam com alegria e não permitem que ele fique fora de seu campo de visão durante toda a visita.

Destruímos a Casa de Lancaster, mas agora sei que, em seu lugar, permitimos que surgisse outra casa rival, a Casa de Rivers, os Woodvilles, que ocupam, junto com seus amigos e favoritos, cada cargo de poder no reino, cujo herdeiro é um menino forjado por eles.

Se o rei vier a morrer na França, isso tornaria os Rivers a nova família real da Inglaterra. Nem George nem Ricardo seriam bem-vindos à corte. E então, quase certamente, haveria uma guerra de novo. Não tenho a menor dúvida de que George se oporia à usurpação dos Rivers, e ele estaria certo ao fazer isso. Eles não têm sangue real, não foram escolhidos para governar. Não tenho a menor ideia do que Ricardo faria. Seu amor e sua lealdade por Eduardo são profundos, mas, assim como todos os que veem a rainha alcançando novos patamares, ele não consegue tolerar o poder da mulher de seu irmão e sua família. Tenho quase certeza de que os dois irmãos da Casa de York se voltariam contra os Rivers, e a Inglaterra seria dividida por uma guerra entre casas rivais mais uma vez.

Ela me convida para um jantar, a fim de celebrar a notícia do desembarque das tropas em segurança e do início da marcha pela França. Quando sigo para a ruidosa e brilhantemente iluminada câmara de audiências da rainha, tenho a surpresa e o prazer de ver minha irmã Isabel a seu lado.

Faço uma mesura para a rainha e depois, quando ela me oferece seu rosto morno, beijo-a como minha cunhada, beijo todas as três meninas York e faço uma mesura para o príncipe de 5 anos e para seu irmão bebê. Só então, após cumprimentar essa enorme família, posso me voltar para minha irmã. Tive medo de ela estar brava comigo por eu não ter ficado com ela em seu resguardo, mas minha irmã me abraça imediatamente.

— Annie! Estou tão feliz por você estar aqui. Acabei de chegar, ou já teria ido até sua casa.

— Eu não pude ir, Ricardo não deixou que eu fosse ao seu resguardo. — Sinto-me subitamente alegre ao abraçá-la e em seguida me inclino para trás a fim de ver seu rosto sorridente. — Eu queria; mas Ricardo não permitiria.

— Eu sei. George não queria que eu pedisse que você fosse. Eles discutiram?

Balanço a cabeça.

— Não aqui — é tudo o que digo. Faço um leve movimento de cabeça para alertar Isabel de que a rainha Elizabeth, que aparentemente se curva para falar com o filho, com certeza está ouvindo cada palavra que dizemos.

Ela envolve minha cintura e saímos como se fôssemos admirar o novo bebê real: uma outra menina. A ama a mostra para nós e a leva para o berçário.

— Acho que meu Edward é mais forte — observa Isabel. — Mas ela sempre teve bebês tão lindos, não é mesmo? Como você acha que ela faz isso?

Balanço a cabeça. Não vou discutir o perigoso tema da notável fertilidade da rainha ou de seu sucesso na criação dos filhos.

Isabel acompanha meu raciocínio.

— Então... você sabe o que há de errado entre seu marido e o meu? Eles discutiram?

— Eu bisbilhotei — confesso. — Escutei atrás da porta. Não é o dinheiro, Iz, não é a herança da mamãe. É pior. — Baixo a voz. — Temo que George esteja se preparando para desafiar o rei.

Ela olha para trás imediatamente, mas, naquela corte ruidosa, estamos sozinhas e não podemos ser ouvidas.

— Ele disse isso a Ricardo? Você tem certeza?

— Você não sabia? — pergunto a ela.

— Homens vão encontrar com ele o tempo todo, ele constrói alianças, está se aconselhando com astrólogos. Mas eu pensei que fosse para a invasão da França. George levou mais de mil homens para o campo de batalha. Ele e Ricardo têm o maior dos exércitos, superam em número os homens do rei. Mas eu achei que George estivesse reunindo seus homens para o irmão, para esta invasão da França. Ele com certeza não estaria pensando em reivindicar o trono quando acabou de reunir um exército para apoiar Eduardo.

— Ele realmente acha que Eduardo não tem direito legítimo ao trono? — pergunto com curiosidade. — Foi isso que ele disse a Ricardo.

Isabel dá de ombros.

— Todos sabemos o que se diz por aí — responde ela em poucas palavras. — Eduardo não se parece com o pai, nasceu fora do país, na época em que o duque de York estava lutando contra os franceses. Sempre houve boatos sobre isso. — Ela lança um olhar para a família real, para a rainha em meio a seus lindos filhos, rindo de algo que sua filha Elizabeth está dizendo. — E ninguém testemunhou o casamento de Eduardo e Elizabeth. Como podemos saber se foi feito da maneira correta, com um padre legítimo?

Não suporto falar de casamentos inválidos com Isabel.

— Meu marido não ouvirá uma palavra sobre isso — digo. — Não posso falar sobre esse assunto.

— Sua irmã está lhe contando sobre o novo bebê? — interrompe a rainha, chamando-nos do outro lado da sala. — Temos muitos Eduardos e Edwards, não é mesmo? Todas temos um agora.

— Mas apenas um deles é príncipe — responde minha irmã com graciosidade. — E a senhora e Sua Graça, o rei, são abençoados com um lindo berçário cheio de crianças.

A rainha Elizabeth olha com complacência para as duas meninas que estão brincando com seu filho, o príncipe de Gales.

— Bem, que Deus os abençoe — diz ela, amável. — Espero ter tantos quanto minha mãe teve, e ela deu a seu marido 14 filhos. Esperemos todas ser tão férteis quanto nossas mães!

Isabel fica paralisada, o sorriso desaparece de seu rosto. A rainha se vira para falar com alguém, e eu pergunto, preocupada:

— Qual é o problema? Qual é o problema, Iz?

— Ela nos rogou uma praga — sussurra para mim em um fiapo de voz. — Você não a ouviu? Ela nos rogou a praga de termos filhos como nossa mãe. Duas meninas.

— Ela não fez isso. Estava apenas falando sobre os 14 filhos que a mãe dela teve.

Isabel balança a cabeça negativamente

— Ela sabe que George herdaria o trono se os filhos dela viessem a morrer. E ela não quer que meu menino vingue. Acho que ela acabou de nos rogar uma praga. Ela lançou uma praga contra meu filho, diante de todos. Desejou que eu tivesse a prole que minha mãe teve: duas meninas. Ela amaldiçoou você também: duas meninas. Ela acabou de desejar o mal para nossos meninos. Acabou de desejá-los mortos.

Isabel parece tão abalada que eu a tiro do campo de visão da rainha, e vamos para trás de um grupo que está aprendendo uma nova dança. Eles fazem muito barulho e repetem os passos. Ninguém presta atenção em nós.

Ficamos junto a uma janela aberta até que o rosto dela volte a ter cor.

— Iz... você não pode temer a rainha tanto assim — digo com ansiedade. — Você não pode ver pragas e bruxaria em tudo o que ela diz. Não pode suspeitar dela o tempo todo e manifestar seus temores. Estamos em uma posição estável agora, o rei perdoou George e cavalga com ele ao seu lado. Você e eu temos nossa fortuna, mas precisamos nos manter em paz.

Ela balança a cabeça, ainda apavorada.

— Você sabe que não estamos em paz. E agora eu me pergunto o que está acontecendo na França neste momento. Pensei que meu marido tivesse reunido um exército para apoiar o irmão, o rei, em uma guerra em terras estrangeiras. Mas George tem mil homens sob seu comando, e eles farão o que ele quiser. E se George planeja se voltar contra o rei? E se ele planejou isso o tempo todo? E se ele matar Eduardo na França e voltar para tomar o trono dos Rivers?

Ao longo de semanas repletas de ansiedade, eu e Isabel esperamos, imaginando se o exército inglês, longe de combater o francês, terminara entrando em conflito contra si mesmo. O temor dela, e o meu, é que George esteja seguindo os planos de meu pai de marchar na vanguarda e depois posicionar-se para o ataque. É quando Ricardo me envia uma carta para contar que todos os planos deram errado. O aliado deles, o duque de Borgonha, afastou-se para armar um cerco sem qualquer utilidade para nossa campanha. A duquesa Margarida de York, irmã de Ricardo, não tem poder suficiente para chamar seu marido de volta a fim de fornecer apoio aos seus irmãos enquanto eles desembarcam em Calais e marcham para Reims, para a coroação de Eduardo como rei da França. Ela, nascida e criada para ser uma leal jovem York, desespera-se por não conseguir fazer com que o marido os apoie. Mas o duque parece tê-los ludibriado na guerra contra a França, de forma a poder ter seus próprios dividendos; todos os aliados parecem estar em busca de suas próprias ambições. Somente meu marido se manteria fiel ao plano original, se pudesse. Ele me escreve um balanço amargo:

A Borgonha segue seu próprio caminho. O parente da rainha, nosso conhecido aliado St. Pol, também. Agora que estamos prontos para a batalha, achamos que meu irmão perdeu o desejo de lutar, e o rei Luís ofereceu-lhe termos magníficos para deixar o reino da França em paz. Ouro e a mão de sua filha Elizabeth. Como ela será a próxima rainha da França, isso acabou se transformando no preço de nossa retirada. Compraram meu irmão.

Anne, somente você saberá o quanto estou amargamente envergonhado com isso. Eu queria conquistar as terras inglesas na França de volta para a Inglaterra, queria ver nossos exércitos vitoriosos nas planícies da Picardia. Em vez disso, tornamo-nos mercadores, regateando o melhor preço. Não há nada que eu possa fazer para impedir que Eduardo e George abocanhem esse tratado, assim como não tive os meios necessários para arrastar meus homens para fora da cidade de Amiens quando o rei Luís serviu um banquete de carne com um suprimento interminável de vinho, ciente de que eles beberiam e comeriam até se sentirem mal como cães. Estou mortificado por minha insígnia estar nos colarinhos deles. Meus homens se envenenaram com a própria gula, e estou enojado de vergonha.

Juro que nunca mais confiarei em Eduardo. Isso não é digno de um rei, não é como Artur de Camelot. Esse é o comportamento do filho bastardo de um arqueiro, e não consigo fitá-lo nos olhos quando o vejo encher a boca à mesa do rei Luís e enfiar nos bolsos os garfos de ouro.

Castelo de Baynard, Londres, setembro de 1475

Em setembro estão todos de volta, mais ricos do que sonharam, repletos de prata, joias, coroas e promessas de que há mais riqueza por vir. O próprio rei tem 75 mil coroas em seu tesouro como pagamento por suas promessas de um tratado de paz que dure sete anos; o rei da França pagará 55 mil libras cada ano em que Eduardo não insistir em sua reivindicação sobre as terras inglesas na França. George, duque de Clarence, que esteve sempre ao lado do irmão durante a disputa acirrada, sempre a postos diante da possibilidade de obter dinheiro fácil, foi nomeado como o confiável conselheiro que servirá como intermediário para essa desonrosa pensão, e também ele está recebendo uma fortuna. A única voz dissidente é a do meu marido — dentre todos os homens que foram à França e voltaram mais ricos, apenas Ricardo alerta Eduardo de que essa não é a maneira de derrotar o rei francês; ele o previne de que o povo da Inglaterra pensará que seus impostos foram desperdiçados, jura que os cidadãos de Londres e a classe alta no Parlamento se voltarão contra ele por essa desonra e implora que Eduardo não venda esse direito de nascimento da Inglaterra em troca desta pensão. Acho que Ricardo é o único em todo o exército a ser contra este tratado. Todos os outros estão ocupados demais contando seus subornos.

— Ele sabia; eu o alertei contra isso. Ele sabia que eu queria a guerra, e mesmo assim o rei francês me deu meia dúzia de cães de caça e uma fortuna em prata! — exclama Ricardo em nossos aposentos particulares, a porta fechada para evitar ser ouvido às escondidas. Sua mãe — graças a Deus — encontra-se em Fotheringhay e não tem condições de se juntar às vozes que reclamam do rei.

— Você aceitou?

— É claro. Todos os demais ganharam uma fortuna. William Hastings está ganhando 2 mil libras por ano. E isso não é tudo. Eduardo concordou em libertar Margarida de Anjou!

— Libertar a rainha?

— Ela não deverá mais ser chamada de rainha; deverá renunciar ao título e a sua reivindicação à coroa da Inglaterra. Mas será libertada.

Um medo terrível toma conta de mim.

— Ela não virá nos procurar? Ricardo, eu realmente não poderia recebê-la em uma de nossas propriedades.

Ele ri alto pela primeira vez desde sua volta para casa.

— Deus, não. Ela vai para a França. Luís pode tomar conta dela, se a quer tanto. Eles são feitos um para o outro. Ambos não têm honra, ambos são ambiciosos, mentirosos, uma desgraça para seus tronos. Eu, no lugar de Eduardo, a teria executado e o teria derrotado. — Faz uma pausa. — Se eu fosse Eduardo, jamais teria me rebaixado a essa desonrosa trégua.

Ponho minha mão em seu ombro.

— Você cumpriu seu dever. Arregimentou seus homens e saiu em campo para lutar.

— Sinto como se meu irmão fosse Caim — diz ele em tom infeliz. — Os dois. Dois Cains que venderam um direito garantido pelo nascimento por um prato de lentilhas. Sou o único que se importa com a honra. Riram de mim e disseram que eu era um louco pelos princípios da cavalaria, que eu sonhava com um mundo melhor que nunca poderia existir, enquanto afundam na sarjeta. — Ele volta sua cabeça e beija meu pulso. — Anne — diz baixinho.

Abaixo minha cabeça e beijo seu pescoço, a linha do couro cabeludo e, em seguida, enquanto ele me pega no colo, beijo seus olhos fechados, seu cenho franzido e sua boca. Quando ele me deita na cama e me toma, eu me entrego e rezo para que estejamos fazendo outro menino.

Castelo de Middleham, Yorkshire, verão de 1476

Eduardo, meu filho, tem 3 anos e deixou o berçário e as camisolas de bebê para trajar roupas apropriadas. Mandei que o alfaiate de Ricardo fizesse cópias em miniatura das vestimentas de seu pai e eu mesma o visto, toda manhã, passando os cordões pelos ilhoses das mangas, calçando as botas de montaria em seus pés pequeninos e dizendo-lhe que pise firme. Em breve seu cabelo precisará ser cortado, mas cada manhã deste verão penteio seus cachos castanho-dourados sobre sua face branca como renda, enrolando-os em volta de meus dedos. Todos os meses rezo para que venha outra criança, para que ele tenha um irmão; chego a pedir por uma menina, se essa for a vontade de Deus. Mas os meses passam, minhas regras vêm, eu não me sinto enjoada de manhã e não tenho aquela maravilhosa fraqueza que diz a uma mulher que ela está grávida.

Visito um herborista, convoco um médico. O herborista me dá as poções mais asquerosas para beber e um sachê de ervas para usar em torno do pescoço; o médico me manda comer carne mesmo às sextas-feiras e me alerta de que meus humores estão frios e secos e de que é preciso que eu me torne quente e úmida. Minhas damas de companhia sussurram que conhecem uma mulher sábia, uma mulher que tem poderes que não são deste mundo; ela pode fazer um bebê, pode desfazê-lo, pode chamar uma tempestade — calo-as nesse ponto.

— Não acredito nessas coisas — digo de forma incisiva. — Não creio que existam. E, se existissem, não seriam da vontade de Deus nem fariam parte do conhecimento humano, e eu não quero ter nada a ver com elas.

Ricardo nunca reclama da demora na vinda de nosso próximo filho. Mas ele sabe que é um homem fértil; que eu saiba ele tem dois filhos anteriores ao nosso casamento, e deve haver mais. Seu irmão, o rei, tem bastardos espalhados pelos três reinos e fez sete filhos na rainha. Mas Ricardo e eu temos apenas um: nosso precioso Eduardo. E eu me pergunto como a rainha tem tantos bebês com um irmão, enquanto eu tenho apenas um com o outro. Será que ela conhece coisas que não fazem parte da vontade de Deus nem do conhecimento do homem?

A cada manhã em que eu caminho pela muralha externa em direção à torre onde ficam os aposentos de Eduardo, ouço meu coração bater um pouco mais rápido pelo temor de que ele tenha adoecido. Ele passou pelas doenças infantis, seus pequenos dentes brancos nasceram e ele cresce, mas mesmo assim temo por sua vida. Nunca será um homem de grande estrutura óssea como seu tio, o rei. Puxará ao pai, esguio, baixo, franzino. Seu pai tornou-se forte e poderoso graças aos exercícios constantes e à vida dura, então talvez Eduardo também possa se tornar forte. Amo-o de todo o meu coração, e não o amaria mais se fôssemos uma família pobre, sem nenhuma herança. Mas não somos. Somos uma família grandiosa, a mais importante do norte, e não posso me esquecer de que ele é o nosso único herdeiro. Se o perdêssemos, perderíamos não apenas nosso filho, mas nossa via de acesso para o futuro, e a enorme fortuna que Ricardo amealhou, unindo as concessões de seu irmão à minha vasta herança, seria completamente desperdiçada, espalhada entre nossos parentes.

Isabel tem muito mais sorte do que eu. Não posso negar minha inveja de sua facilidade para conceber e da robustez de seus bebês. Não a suporto por me superar nisso. Ela me escreve para dizer que temeu que nossa linhagem fosse fraca — nossa mãe teve apenas duas meninas, e isso depois de uma longa espera. Lembra-me de que a rainha nos amaldiçoou, desejando que a má semente de nossa mãe nos acompanhasse. Mas a maldição não recaiu sobre ela, que já tem dois filhos — Margaret, a bela menina, e um menino, Edward — e, exultante, me diz que está grávida novamente e que tem certeza de que desta vez terá outro menino.

Sua carta, escrita com sua caligrafia grande, manchada pelo excesso de tinta — efeito de sua alegria —, conta que sua barriga está pontuda, o que é um bom indício de que seja um menino, e que ele chuta forte como um pequeno lorde. Ela me pede que eu transmita à nossa mãe suas boas-novas, e eu respondo com frieza, dizendo que estou feliz por ela e que desejo ver seu novo bebê, mas não visito nossa mãe na parte que ela ocupa no castelo e, se Isabel quiser que ela receba a notícia, deverá contar-lhe por conta própria. Ela poderá escrever uma carta endereçada a mim e eu a mandarei entregar. Como Isabel bem sabe, nossa mãe não pode receber nenhuma correspondência que não tenhamos visto antes e de maneira alguma está autorizada a responder a ela. Como Isabel bem sabe, nossa mãe está morta perante a lei. Será que ela quer contestar isso agora?

Isso a silencia, como eu imaginei que o fizesse. Ela está envergonhada, como eu, por termos aprisionado nossa mãe e roubado nossa herança. Nunca falo de Isabel com minha mãe; na verdade, nunca falo com ela. Não consigo admitir para mim mesma que ela viva completamente só, como nossa prisioneira, em seus aposentos na torre, que eu jamais vou visitá-la e que ela nunca mande me chamar.

Sempre precisei mantê-la no mais rígido confinamento, não havia outra alternativa. Ela não podia ficar livre, vivendo a vida normal de uma condessa viúva — isso seria ridicularizar o decreto parlamentar que a declarou morta, de acordo com o que Ricardo e George acertaram. Não seria possível permitir que ela saísse escrevendo, como fez quando estava na Abadia de Beaulieu, a todas as damas do séquito real, instigando-as a defendê-la, na qualidade de companheiras, como membros de uma irmandade. Jamais teríamos condições de deixá-la viver no mundo, pondo em risco minha herança e a própria base de nossa riqueza, nosso direito de posse deste castelo, nossas imensas terras, a grande fortuna de meu marido. Além disso, como ela se sustentaria, depois de George e Ricardo terem usurpado tudo? Onde seria seu lar, depois de eles terem tomado suas residências? Mas, desde que ela falou comigo de modo tão terrível, tão perturbador, desde que me disse que meu casamento é inválido, desde que chamou a mim, sua própria filha, de prostituta... desde aquele dia não suporto sequer vê-la.

Nunca vou aos aposentos dela; pergunto sobre sua saúde uma vez por semana a sua dama de companhia. Certifico-me de que ela tenha os melhores pratos da cozinha, o melhor vinho da adega. Ela pode caminhar no jardim em frente à sua torre, o qual é todo murado, e mantenho um guarda na porta. Ela pode contratar músicos, desde que eu saiba de quem se trata e que sejam revistados ao chegar e ao sair. Ela vai à capela e assiste à missa, confessa-se apenas com nosso capelão, que me contaria se ela fizesse alguma acusação. Não tem o menor motivo para reclamar de sua situação e ninguém pode ouvir seus protestos. Mas me certifico de nunca estar na capela quando ela entra, nunca vou ao seu jardim. Se olho para baixo, da ampla janela de meu aposento particular, e a vejo circulando apaticamente pelos caminhos de pedra, desvio o olhar. Ela é de fato uma mulher morta, está praticamente enterrada viva. Está presa — como eu um dia temi que estivesse.

Não conto a Ricardo o que ela disse sobre ele, nunca lhe pergunto: nosso casamento é válido, nosso filho é legítimo? E jamais pergunto a ela: tem certeza disso ou falou apenas por despeito, para me assustar? Nunca a ouvirei dizer novamente que ela acha que nosso casamento é inválido, que meu marido me atraiu para uma cerimônia falsa, que agora vivo com ele dependendo de sua boa vontade, que Ricardo se casou comigo apenas pela fortuna que eu lhe traria e que tramou friamente para ficar com o patrimônio e se livrar de mim. Para evitar que ela repita isso, estou disposta a nunca mais ouvi-la. Jamais permitirei que diga essas coisas novamente — a mim ou a qualquer outra pessoa — enquanto eu viver.

Queria que ela jamais houvesse dito aquilo ou que eu jamais o tivesse ouvido, ou, tendo ouvido, o houvesse esquecido. Sinto-me enojada ao pensar que ela poderia dizer tal coisa sem que eu tenha condições de refutá-la. Sinto-me enojada ao pensar que, no fundo de meu coração, eu deveria saber que é verdade. Isso corrói meu amor por Ricardo. A questão não é o fato de ele ter me desposado sem uma dispensa papal — não me esqueço de que estávamos tão premidos pelo desejo que não conseguimos esperar —, mas sim de não a ter pedido depois de nosso casamento, de ter mantido essa decisão sem me consultar e, de longe a pior coisa, a mais assustadora, de ter se assegurado de que teria direito a minha herança mesmo que fosse necessário me repudiar e negar seu matrimônio comigo.

Estou presa a ele por meu amor, por minha submissão à sua vontade, por ele ser o primeiro homem que amei e porque é pai do meu filho e meu senhor. Mas o que represento para ele? Isso é o que quero saber e o que agora — graças à minha mãe — jamais poderei lhe perguntar sem hesitar.

Em maio, Ricardo vem até mim e diz que quer deixar Eduardo em Middleham, com seu tutor e sua governanta, a fim de irmos a York dar início ao cortejo que seguirá até Fotheringhay para uma cerimônia solene: o novo sepultamento de seu pai.

— O exército de Margarida de Anjou decapitou-o, juntamente com meu irmão Edmundo, e colocou as cabeças deles em estacas sobre Micklegate Bar, em York — diz Ricardo melancolicamente. — Esse é o tipo de mulher que ela era, sua primeira sogra.

— Você sabe que eu não tive direito a escolha em meu casamento — retruco sem alteração, embora esteja irritada por ele não conseguir esquecer ou perdoar essa parte de minha vida. — E que eu era uma criança em Calais quando isso aconteceu; naquela época, meu pai lutava pela Casa de York, ao lado de seu irmão.

Ele gesticula com as mãos.

— Sim, bem, isso não importa agora. O que realmente importa é que meu pai e meu irmão serão enterrados de maneira honrada. O que você acha?

— Acho que seria muito bom. Eles jazem em Pontefract, não?

— Sim, minha mãe gostaria que eles fossem sepultados juntos, no jazigo familiar no Castelo de Fotheringhay. Eu gostaria que recebessem as devidas honras. Eduardo confiou-me a organização disso; ele prefere que eu resolva esse assunto, e não George.

— Ninguém poderia fazer isso melhor — digo afetuosamente.

Ele sorri.

— Obrigado. Sei que você está certa. Eduardo é muito descuidado, e George não tem qualquer apego às regras de cavalaria e à honra. Mas ficarei orgulhoso de desempenhar bem a tarefa. Ficarei feliz de ver meu pai e meu irmão sepultados como devem ser.

Só por um momento penso no corpo do meu próprio pai, arrastado para fora do campo de batalha em Barnet, o sangue vertendo de seu elmo, a cabeça pendente, seu grande cavalo negro jazendo no campo, como se dormisse. Mas Eduardo era um inimigo compassivo; jamais abusou dos corpos de seus oponentes. Exibia-os em público para que o povo soubesse que estavam mortos e, em seguida, permitia que fossem enterrados. O cadáver de meu pai jaz na Abadia de Bisham, no jazigo da família, sepultado com honra, mas sem cerimônia fúnebre. Isabel e eu nunca fomos até lá para prestar homenagens à sua memória. Minha mãe jamais visitou seu túmulo, e não será agora que o fará. Ela não irá até a Abadia de Bisham até que eu a enterre ao lado de meu pai: ela foi melhor esposa do que mãe.

— O que posso fazer para ajudar? — É tudo que digo a Ricardo.

Ele pensa um pouco.

— Você pode me ajudar a planejar o trajeto e as cerimônias que acontecerão em cada lugar. E me aconselhar sobre os trajes que as pessoas deverão usar e que missas encomendar. Nada dessa natureza foi feito antes. Quero que tudo saia perfeito.

Ricardo, seu mestre das cavalariças e eu planejamos a viagem juntos, enquanto nosso capelão em Middleham dá orientações quanto às cerimônias de transladação do corpo e às orações que devem ser ditas a cada pausa. Ricardo encomenda uma imagem entalhada de seu pai, que jazerá sobre o caixão, de tal maneira que todos possam ver o grande homem que ele foi, e acrescenta uma figura em prata de um anjo segurando uma coroa dourada sobre a cabeça da efígie. Isso simboliza que o duque foi um rei por direito, morto ao lutar por seu trono. Mostra também o quão sábio Eduardo foi ao confiar apenas em Ricardo para essa cerimônia, e não em seu irmão George. Quando George se juntou a meu pai, negou que o duque fosse rei por direito e que seu filho Eduardo fosse legítimo. Apenas eu e Ricardo sabemos que ele ainda diz isso, mas agora em segredo.

Meu marido prepara um belo cortejo para trazer os corpos de seu pai e irmão de Pontefract até seu lar, um cortejo que viaja por sete dias em direção ao sul, a partir de York, e a cada parada do caminho entra em grandiosas igrejas para que eles sejam velados. Milhares de pessoas fazem filas silenciosas para prestar suas homenagens fúnebres ao rei que jamais foi coroado e para se lembrar da gloriosa história da Casa de York.

Seis cavalos cobertos de tecido negro puxam as carruagens e, à frente, um homem cavalga sozinho, carregando o estandarte do duque, como se ele fosse para a batalha. Atrás dele, Ricardo está montado em seu cavalo, de cabeça baixa, seguido pelos grandes homens do reino, todos honrando nossa casa, todos honrando nosso pai, derrotado em combate.

Para Ricardo, isto é mais do que o novo sepultamento de seu pai; é a reafirmação do direito dele de ser rei da Inglaterra, rei da França. Seu pai foi um grande soldado que lutou por seu país, um grande comandante, um grande estrategista, melhor até que seu filho Eduardo. Neste longo cortejo, Ricardo honra seu pai, reivindica o direito dele ao trono, lembra a grandeza da Casa de York. Somos tudo o que a família Rivers não é, e Ricardo comprova isso através da riqueza e da elegância desta cerimônia em memória de seu pai.

Meu marido monta guarda ao lado dos caixões todas as noites em que estão na estrada, cavalga à frente do cortejo todos os dias, em um cavalo negro com adornos azul-escuros, tendo diante de si seu estandarte abaixado. É como se, pela primeira vez na vida, ele se permitisse chorar pela perda do pai e de todo o universo de nobreza e honra que se foi com ele.

Junto-me a ele em Fotheringhay e encontro-o pensativo e carinhoso comigo. Lembra-se de que seu falecido pai e o meu eram aliados, eram parentes. O pai dele morreu antes da desastrosa aliança entre o meu e a rainha má, antes mesmo de ver o filho subir ao trono, antes de Ricardo lutar sua primeira batalha. Aquela noite, antes de meu marido sair para sua última vigília ao lado do ataúde do pai, ajoelhamo-nos em oração, lado a lado, na bela igreja da família.

— Ele teria ficado feliz com nosso casamento — comenta Ricardo em voz baixa ao se levantar. — Com o fato de termos nos casado, apesar de tudo.

Por um momento, enquanto ele se levanta e eu o observo, trago a pergunta *"E nosso casamento é válido?"* na ponta da língua. Mas vejo a tristeza profunda em seu rosto, e ele se vira, tomando seu lugar entre os quatro vigilantes que permanecerão a noite toda em torno do caixão, até que a aurora os dispense da vigília.

George e Isabel comparecem ao funeral em Fotheringhay, e nós duas ficamos ao lado uma da outra, ambas usando belos vestidos azul-escuros, a cor do luto real, enquanto o rei e a rainha recebem os ataúdes no cemitério da igreja de Fotheringhay. Eduardo beija a mão da efígie, e vejo George e, depois, Ricardo fazerem o mesmo. George tem um aspecto especialmente gentil e piedoso, mas ninguém atrai mais olhares do que a pequena princesa. A encantadora e bela princesa Elizabeth, de 10 anos, segue na frente; ela conduz pela mão a irmã Mary, e atrás delas seguem os embaixadores de todos os países da cristandade para honrar o líder da família real de York.

Trata-se de uma farsa — não apenas um ato fúnebre, mas também uma representação cheia de simbologia. Ninguém pode ver a família real enterrar seu ancestral como um rei sem refletir sobre a majestade de Eduardo e de seus irmãos, sobre o quão respeitoso é o pequeno príncipe e quão encantadoras são Elizabeth e suas filhas. Não consigo deixar de pensar que eles são mais atores do que reis e rainhas de verdade. Elizabeth, a rainha, está bela e altiva, suas filhas — especialmente a princesa Elizabeth —, muito conscientes de si mesmas e de seu lugar no cortejo. Na idade dela eu era medrosa a ponto de pisar na cauda do vestido de minha mãe, mas a princesa Elizabeth caminha de cabeça erguida, sem olhar para a esquerda ou para a direita, uma pequena rainha em formação.

Eu deveria admirá-la — todos os demais parecem adorá-la e, talvez, se eu tivesse uma filha, eu apontasse para a princesa dizendo à minha menininha que ela devia aprender a se portar como sua prima. Mas, como não tenho uma filha, ainda que reze por uma, não consigo olhar para a princesa Elizabeth sem irritação, sem considerá-la mimada e artificial — a queridinha precoce, que estaria mais bem confinada na sala de aula do que caminhando em uma cerimônia séria com a leveza de quem dança, comprazendo-se de ter todos os olhares voltados para si.

— Atrevida — diz minha irmã em meu ouvido de forma lacônica, e tenho que baixar os olhos e deter meu sorriso.

Como sempre, tratando-se de Eduardo, é preciso haver um banquete e uma apresentação. Ricardo se senta ao lado do irmão, bebe pouco e come menos ainda, enquanto mais de mil convidados jantam no castelo e outros mil encontram-se em pavilhões externos ricamente adornados. Ao longo do jantar há música e bons vinhos; no intervalo entre os pratos existe um coro que entoa lindas antífonas, e frutas são servidas. Elizabeth, a rainha, senta-se à direita do marido, como se também governasse o reino e não fosse meramente esposa do rei. Tem uma coroa na cabeça; uma renda azul-escura cobre seus cabelos. Ela olha ao redor com a beleza serena de uma mulher que sabe que sua posição está segura e que sua vida está além de qualquer desafio.

Ela percebe que a observo e me lança um daqueles sorrisos glaciais que costuma dirigir a mim e a Isabel; pergunto-me se, nesta cerimônia em que seu sogro é novamente enterrado, ela está pensando no próprio pai, que foi morto de forma rápida e criminosa pelo meu. Ele arrastou o pai dela até a praça de Chepstow, acusou-o de traição e o decapitou, sem julgamento, sem lei, em público. Seu amado John morreu ao seu lado; sua última visão deve ter sido a cabeça decapitada do filho.

Isabel, sentada ao meu lado, fica arrepiada, como se alguém tivesse pisado em seu túmulo.

— Você vê como ela olha para nós? — sussurra.

— Ah, Iz — reprovo-a. — O que ela pode fazer agora para nos prejudicar? Agora que o rei ama tanto George? Que Ricardo recebe tantas honras deles? Agora que nós somos duquesas reais? Eles foram para a França como aliados e voltaram para casa como bons amigos. Não acho que ela morra de amores por nós, mas não há nada que possa fazer.

— Ela pode nos jogar um feitiço. Pode fazer eclodir uma tempestade que quase nos afogue; você sabe disso por experiência própria. E toda vez que meu pequeno Eduardo tem febre ou fica insone quando um dente começa a nascer, fico pensando se ela jogou em nós seu mau-olhado, se está queimando uma imagem dele ou enfiando um alfinete em seu retrato. — Sua mão cobre o ventre protuberante sob o vestido. — Uso uma cinta que foi benzida de modo especial. George a recebeu de seu conselheiro. Para evitar mau-olhado, para me proteger Dela.

Obviamente meu pensamento transporta-se de imediato para Middleham e para meu próprio filho, que pode cair de seu pônei ou se cortar enquanto pratica a justa, apanhar um resfriado, ter febre, comer algo estragado, inalar um miasma, beber água imprópria para consumo. Balanço a cabeça para espantar meus temores.

— Duvido que ela sequer pense em nós — digo com firmeza. — Aposto como ela pensa exclusivamente em sua própria família, em seus dois filhos preciosos e em seus irmãos e irmãs. Não somos nada para ela.

Isabel balança a cabeça.

— Ela tem um espião em cada propriedade do reino. Ela pensa em nós, pode acreditar. Minha dama de companhia me disse que ela reza todo dia para que nunca mais tenha que pedir abrigo em santuário, para que o marido se mantenha no trono sem contestações. Reza pela destruição de seus inimigos. E vai além. Há homens que acompanham George aonde quer que ele vá. Ela me vigia em minha própria casa. Sei que ela mantém alguém me espionando. Fará o mesmo para vigiá-la em sua casa.

— Ah, francamente, Iz, você fala como George!

— Porque ele está certo — retruca ela com franqueza. — Está certo em observar o rei e temer a rainha. Você verá. Um dia você vai ouvir que tive uma morte súbita, sem motivo, e isso acontecerá porque ela me desejou o mal.

Faço o sinal da cruz.

— Não diga isso! — Olho de relance para a mesa principal. A rainha mergulha os dedos em uma tigela dourada com água de rosas e os seca em uma toalha de linho segurada por um criado ajoelhado. Ela não parece uma mulher que busca segurança infiltrando espiões nas casas de suas cunhadas e enfiando alfinetes em imagens. Parece uma mulher que não tem nada a temer.

— Iz — falo com delicadeza —, nós a tememos porque sabemos o que nosso pai fez com o dela e o quão errado foi. O pecado cometido por ele está em nossa consciência, e tememos suas vítimas. Tememos a rainha porque ela sabe que nós esperávamos roubar seu trono, uma após a outra, e ambas nos casamos com homens que ergueram seus estandartes contra os dela. Ela sabe que tanto George quanto o príncipe, meu primeiro marido, teriam matado Eduardo e a aprisionado na Torre. Mas quando fomos derrotadas ela nos recebeu. Não mandou que fôssemos trancafiadas. Não nos fez ser acusadas de traição e aprisionadas. Nunca demonstrou nada além de cortesia para conosco.

— Está certo. Nunca demonstrou nada, a não ser cortesia. Nenhuma raiva, nenhum desejo de vingança, nenhuma gentileza, nenhum calor, nenhum sentimento de humanidade. Alguma vez ela lhe disse que não consegue esquecer o que nosso pai fez ao dela? Depois daquela primeira vez? Daquela terrível primeira vez em que a bruxa da mãe dela soprou um vento frio que apagou as velas?

— Uma vela — corrijo-a.

— Ela alguma vez disse que ainda sente raiva? Alguma vez disse que a perdoa? Alguma vez disse algo como sua cunhada, algo que uma mulher diria a outra, qualquer coisa?

Contra minha vontade eu balanço a cabeça, admitindo que não.

— Tampouco para mim. Nenhuma palavra de raiva, nenhuma palavra sobre vingança. Você não acha que isso prova que a maldade está friamente guardada dentro dela como o gelo em uma geleira? Ela olha para nós como se fosse Melusina, símbolo de sua casa, meio mulher, meio peixe. Para mim, ela é fria como um peixe, e eu posso jurar que ela está planejando minha morte.

Balanço a cabeça em negativa para um serviçal que está nos oferecendo um prato.

— Aceite-o — instiga-me Isabel ansiosamente. — Ela o enviou para nós da mesa principal. Não recuse.

Pego uma colherada da lebre ensopada.

— Você não teme que esteja envenenada? — digo, tentando fazê-la rir para que esqueça seus temores.

— Pode rir, se quiser; mas uma de suas damas me contou que ela tem uma caixa esmaltada secreta e, dentro dela, um pedaço de papel com dois nomes escritos. Dois nomes escritos com sangue, e ela disse que aquelas pessoas não sobreviveriam.

— Que nomes? — sussurro, deixando cair a colher no prato, perdendo o apetite. Não posso continuar a fingir que não acredito em Isabel, que não temo a rainha. — Que nomes ela mantém em segredo?

— Não sei. A dama de companhia não sabia. Ela apenas viu o papel, mas não leu as palavras. Mas e se forem os nossos nomes? O seu e o meu? E se ela tiver um pedaço de papel e os dois nomes escritos com sangue forem Anne e Isabel?

Isabel e eu passamos uma semana juntas em Fotheringhay antes de irmos com a corte para Londres. Isabel dará à luz em L'Erber, sua residência em

Londres, e desta vez terei permissão para ficar com ela em seu período de resguardo. Ricardo não faz objeção a que eu fique com Isabel no palácio londrino, contanto que eu visite a corte em sua companhia de tempos em tempos, para manter o bom relacionamento com a rainha, e que me certifique de jamais ouvir uma única palavra contra a família real.

— Será tão bom ficarmos juntas por um longo período novamente — comemora Isabel. — E eu prefiro que você fique lá comigo.

— Ricardo diz que só posso passar as últimas semanas — aviso-a. — Ele não me quer sob a proteção de George por muito tempo. Ele acha que o irmão voltou a falar mal do rei e não quer que eu fique sob suspeita.

— Do que o rei desconfia? Do que Ela desconfia?

Dou de ombros.

— Não sei. Mas George é rude com ela publicamente, Iz. E a situação tem piorado muito desde os funerais.

— Devia ter sido George a organizar o novo sepultamento do pai, mas o rei não confiou nele para a tarefa. — Seu tom de voz é ressentido. — Devia ser George a ocupar o lugar ao lado do rei, mas ele nunca é convidado. Você acha que ele não percebe que é insultado? Todos os dias?

— Agem mal ao insultá-lo — concordo com ela. — Contudo, é cada vez mais constrangedor. Ele vira o rosto para a rainha e cochicha sobre ela com a mão cobrindo a boca, e é muito desrespeitoso com o rei e negligente com os amigos dele.

— Porque Ela está sempre ao lado do rei, antes que qualquer um possa estar. E quando o rei não está com ela, é acompanhado dos Grey ou de William Hastings! — Isabel se inflama. — O rei deveria se unir a seus irmãos, aos dois. A verdade é que, apesar de ele dizer que perdoou e esqueceu o que George fez ao seguir nosso pai, ele nunca o perdoará e nunca esquecerá. E se ele esquecesse ao menos por um minuto, então Ela o lembraria.

Não digo nada. A rainha, apesar de nitidamente fria comigo e com Isabel, é gélida com George. E seu grande confidente, Anthony Woodville, sorri quando George passa, como se considerasse divertido e pouco digno de respeito o temperamento esquentado de meu cunhado.

— Bem, de qualquer modo, posso passar as três últimas semanas com você — digo. — Mas mande me chamar se sentir-se mal. Irei imediatamente, não importa o que digam, e ao menos estarei com você no nascimento dele.

— Você está chamando o bebê de "ele"! — observa ela com alegria. — Você também acha que será um menino.

— Como eu poderia não achar, se você se refere a ele o tempo todo como um menino? Que nome você dará a ele?

— Ela sorri.

— Nós o estamos chamando de Richard, como uma homenagem ao avô, é claro. E esperamos que seu marido seja o padrinho.

Eu sorrio.

— Então vocês terão um Edward e um Ricardo, como os príncipes reais — observo.

— É o que George diz! — cacareja Isabel. — Ele diz que se o rei, a rainha e sua família desaparecessem da face da terra, então ainda haveria o príncipe Edward Plantageneta para subir ao trono e um príncipe Ricardo Plantageneta para sucedê-lo.

— Sim, mas é difícil imaginar que desastre faria o rei e a rainha serem varridos da face da terra — digo, abaixando minha voz com cautela.

Isabel dá uma risadinha.

— Creio que meu marido imagina isso todos os dias.

— Então quem está desejando mal a quem? — pergunto, tentando ganhar vantagem na discussão. — Não é Ela!

Imediatamente Isabel assume uma expressão séria e vira o rosto.

— George não está desejando mal ao rei — diz ela em voz baixa. — Isso seria traição. Eu estava brincando.

Palácio de Westminster, Londres, outono de 1476

Eu deveria ter considerado aquilo como uma advertência. Quando retornamos a Londres, fico surpresa ao ver como George se comporta na corte, enquanto Isabel raramente deixa seus aposentos privados para se juntar a todos, como se desdenhasse da rainha e de seu séquito. George anda sempre rodeado por seus amigos pessoais; nunca é visto sem seus favoritos, que montam guarda em torno dele. Quase como se ele temesse um ataque no interior das altas muralhas do Palácio de Westminster.

Ele se dirige ao grande salão para cear, assim como todos nós, mas, uma vez sentado diante dos convidados, sequer finge comer. Os pratos são postos diante dele; George faz uma careta, como se tivesse sido ofendido, e sequer pega seu garfo ou sua colher. Olha para os serviçais como se temesse que o prato tivesse sido envenenado e faz questão de que todos saibam que só come o que seu cozinheiro pessoal prepara em seus aposentos particulares.

A qualquer hora do dia, as portas dos aposentos dos duques de Clarence encontram-se cuidadosamente trancadas e vigiadas por uma guarda dupla, como se alguém pudesse pensar em invadir os cômodos e raptar Isabel. Quando a visito, preciso esperar do lado de fora das portas duplas até que alguém me chame pelo nome e, em seguida, até que uma ordem seja gritada de trás da porta trancada. Só então os guardas baixam suas lanças e me deixam entrar.

— Ele está se comportando como um tolo — define meu marido. — Essas suspeitas são uma representação teatral, como em um baile de máscaras, e, se Eduardo, por ser preguiçoso e leniente com relação a George, consegue suportá-lo, ele pode ter certeza de que o mesmo não acontece com a rainha.

— George realmente pensa que está em perigo? — pergunto a meu marido.

Ele franze a testa.

— Anne, eu realmente não sei o que ele pensa. Ele não conversou mais comigo sobre Eduardo desde que considerei traição suas precauções. Mas ele conversa com muitos outros. Ele fala mal da rainha...

— O que ele fala dela?

— Ele fala mal do rei com frequência...

— Sim, mas o que ele fala?

Eu não o pressiono, pois já aprendi que sua honra está sempre em alerta. Além do mais, não preciso perguntar; posso adivinhar. George diz por aí que seu irmão Eduardo é bastardo — ele difama e desonra a própria mãe na tentativa de provar que deveria ser o rei. E que Elizabeth foi parar na cama do rei por meio de feitiçaria, que o casamento deles não é sacramentado nem válido, e que os filhos também são bastardos.

— E eu tenho receio de que George esteja recebendo dinheiro de Luís de França.

— Todos estão recebendo dinheiro dele.

Ricardo dá uma risada breve.

— Ninguém mais que o rei. Não, não me refiro às pensões; quero dizer que Luís está pagando secretamente a George para que se comporte dessa maneira, para reunir homens e proclamar suas pretensões ao trono. Temo que ele pagará a George para que faça uma tentativa de subir ao trono. Seria conveniente para a França que o país estivesse em guerra novamente. Só Deus sabe o que se passa na cabeça de George.

Abstenho-me de dizer que George está pensando naquilo que sempre pensa — em como tirar a maior vantagem possível de qualquer situação.

— O que o rei acha?

— Ele ri. Ri e diz que George é um cão infiel, que nossa mãe falará com ele e que, no final das contas, não há muito mais que George possa fazer além de praguejar e ficar de cara feia.

— E o que diz a rainha? — pergunto, ciente de que ela combate qualquer mácula atribuída a seus filhos, de que lutaria por seu menino até a morte e de que seu conselho prevalecerá sobre o rei.

— Ela não diz nada — responde Ricardo, seco. — Ou, de qualquer maneira, ela não diz nada para mim. Mas acho que, se George permanecer dessa forma, ela o verá como um inimigo, como inimigo de seus filhos. Eu não gostaria de tê-la como inimiga.

Penso no pedaço de papel da caixa esmaltada e nos dois nomes escritos com sangue.

— Nem eu.

Quando vou aos aposentos do duque e da duquesa de Clarence novamente, a porta está aberta; baús estão sendo retirados lá de dentro e levados escada abaixo na direção do pátio do estábulo. Isabel está sentada junto à lareira, com seu manto de viagem sobre os ombros, a mão apoiada na barriga grande.

— O que está acontecendo? — pergunto ao entrar no quarto. — O que você está fazendo?

Ela se levanta.

— Estamos indo embora. Acompanhe-me até o pátio.

Tomo sua mão para mantê-la dentro do quarto.

— Você não pode viajar nesse estado. Para onde está indo? Não irá para L'Erber para o resguardo?

— George diz que não podemos permanecer na corte. Não é seguro. Não estaríamos a salvo nem mesmo em L'Erber. Vou para o resguardo na Abadia de Tewkesbury.

— A meio caminho do País de Gales? — pergunto com horror. — Iz, você não pode!

— Tenho que ir. Ajude-me, Anne.

Coloco a mão dela em meu braço, e ela se apoia em mim para descermos as escadas de pedra em espiral que levam ao pátio do estábulo, claro e frio. Ela suspira brevemente ao sentir uma pontada de dor na barriga. Tenho certeza de que ela não está apta a fazer essa jornada.

— Isabel, não vá. Não viaje assim. Venha para minha casa se não quiser ir para a sua.

— Não estamos seguros em Londres — sussurra ela. — Ela tentou nos envenenar. Ela mandou comida envenenada aos nossos aposentos.

— Não!

— Pois mandou. George diz que não estamos a salvo na corte, nem mesmo em Londres. Que a inimizade da rainha é um perigo enorme. Faça com que Ricardo leve você para casa em Middleham. George diz que ela fará com que Eduardo se volte contra seus dois irmãos e que investirá contra nós neste Natal. Ela reunirá a corte para o banquete de Natal e então acusará os dois irmãos do rei e os prenderá.

Estou tão aterrorizada que mal consigo falar. Tomo as mãos dela entre as minhas.

— Isabel, com certeza isso é loucura. George está criando uma guerra em seus sonhos, ele espalha boatos contra o rei e seu direito ao trono, conspira contra a rainha. Esses perigos são invenções dele.

Ela ri sem humor.

— Você acha mesmo?

O mestre das cavalariças de George traz para ela a liteira, conduzida por mulas da mesma cor. Suas damas de companhia puxam as cortinas, e eu a ajudo a se sentar sobre as almofadas macias. As damas colocam tijolos aquecidos sob seus pés, e o criado da cozinha aparece com um recipiente de latão cheio de carvão quente.

— Acho — respondo. — Acho sim. — Tento suprimir o medo que sinto por ela ter que viajar pelo interior por estradas lamacentas tão perto da hora do parto. Não consigo esquecer que ela já teve que viajar perto da hora do parto uma vez e tudo acabou em morte, em desgosto e na perda de um filho. Inclino-me dentro da liteira e sussurro: — O rei e a rainha estão determinados a ter um Natal feliz; eles exibirão suas novas roupas e seus incontáveis filhos. Estão embriagados de vaidade e luxo. Nós não corremos perigo, nenhuma de nós corre perigo, nem nossos maridos. Eles são os irmãos do rei, são os duques reais. O rei os ama. Estamos a salvo.

Seu rosto está pálido pelo esforço.

— Meu cãozinho morreu após roubar um pedaço de frango de um prato destinado a mim — diz ela. — A rainha está empenhada em me matar, e a você também.

Estou tão aterrorizada que não consigo falar. Apenas seguro sua mão, aquecendo-a entre as minhas.

— Iz, não viaje desse jeito.

— George sabe de tudo, estou dizendo. Ele tem certeza. Recebeu um aviso de alguém a seu serviço. Ela fará com que os dois irmãos sejam presos e executados.

Beijo suas mãos e seu rosto.

— Querida Iz...

Ela coloca os braços em torno do meu pescoço e me abraça.

— Vá para Middleham — sussurra ela. — Por mim: porque estou lhe pedindo. Por seu menino: para mantê-lo em segurança. Pelo amor de Deus. Suma daqui, Annie. Eu juro que eles matarão todos nós. Ela não vai parar até que nós duas e os nossos maridos estejamos mortos.

Durante os dias frios, cada vez mais escuros e invernais, anseio por notícias do resguardo de Isabel e penso em como ela estará nos aposentos da Abadia de Tewkesbury, à espera do bebê. Sei que George providenciará para ela a melhor das parteiras, que haverá um médico por perto, damas para animá-la, e uma ama de leite, e que os quartos estarão aquecidos e confortáveis. Mas ainda assim desejo ter ido com ela. Para um duque real, o nascimento de mais um filho é um acontecimento importante, e George não deixará nada entregue ao acaso. Se for menino, isso o tornará um homem com dois herdeiros — tão bom quanto seu irmão, o rei. Ainda assim, desejo ter tido permissão para ir com ela. Ainda assim, desejo que George tivesse permitido que ela ficasse em Londres.

No instante em que Ricardo se senta à mesa em seus aposentos particulares, pergunto se posso me juntar a Isabel em Tewkesbury, e ele não permite de maneira alguma.

— A casa de George se transformou em um antro de traição — fala ele claramente. — Tenho visto alguns dos sermões e folhetos financiados por ele; o conteúdo questiona a legitimidade de meu irmão e sugere que o casamento com a rainha é inválido e que os filhos deles são bastardos. É vergonhoso o que George está dizendo. Não posso esquecer; Eduardo não pode deixar passar. Terá que agir contra ele.

— O rei faria algo a Isabel?

— É claro que não — responde Ricardo, impaciente. — O que ela tem a ver com isso?

— Então não posso ir encontrar com ela?

— Não podemos nos associar a eles — determina Ricardo. — George é insuportável. Não podemos ser vistos perto dele.

— Ela é minha irmã! Não fez nada.

— Talvez depois do Natal. Se Eduardo não prender George antes disso. Vou até a porta e apoio minha mão na aldraba de latão.

— Podemos ir para Middleham?

— Não antes do banquete de Natal. Isso representaria um insulto ao rei e à rainha. O fato de George ter deixado a cidade tão de repente já é insulto suficiente. Não vou piorar a situação. — Ricardo hesita, a pena erguida sobre um documento a ser assinado. — O que é? Está com saudade de Eduardo?

— Estou com medo — sussurro para ele. — Estou com medo. Isabel me contou uma coisa, ela me alertou...

Ele não tenta me tranquilizar. Não me pergunta qual foi o alerta de Isabel. Mais tarde, quando penso no assunto, isso é o pior de tudo. Ele simplesmente faz um gesto afirmativo com a cabeça.

— Você não tem nada a temer — assegura ele. — Estou atento. Além disso, se fôssemos embora, demonstraríamos que temos medo também.

Em novembro, recebo uma carta de minha irmã, suja da estrada e atrasada por seu percurso pelas estradas inundadas. São três páginas exultantes, repletas de garranchos.

Eu estava certa. Tenho um menino. Ele nasceu com um bom tamanho, os membros longos, gordinhos, e pele clara como a do pai. Está se alimentando bem, e eu já estou de pé e caminhando por aí. O trabalho de parto foi rápido e fácil. Eu disse a George que terei outro bem assim! Quantos ele quiser! Escrevi para o rei e para a rainha, e ela me mandou roupas de linho muito boas com suas felicitações.

George, afinal, irá comparecer à corte durante o Natal, já que não quer parecer estar com medo. Depois do banquete com o rei, ele irá se encontrar comigo no Castelo de Warwick. Você precisa vir e ver o bebê depois da Noite de Reis. George diz que não poderá haver qualquer objeção à sua visita, pois você estará a caminho de Middleham, e que você deve dizer isso a seu marido, da parte dele.

Choveu tanto que eu não me importei de estar de resguardo, embora agora já esteja me cansando disso. Retornarei à igreja para receber a bênção pós-parto em dezembro e em seguida irei para casa. Mal posso esperar para levar Richard ao Castelo de Warwick. Papai ficaria muito contente, e eu seria sua filha favorita para sempre — eu teria lhe dado um segundo neto, e ele elaboraria planos de grandeza...

E assim por diante, por três páginas amarrotadas, com acréscimos nas margens. Ponho a carta de lado e coloco a mão sobre o ventre, como se o calor da minha mão pudesse produzir um novo bebê, como um pintinho chocado no ovo. Isabel está certa ao se sentir feliz e orgulhosa pelo parto seguro de mais um bebê, e eu me sinto feliz por ela. Mas ela devia ter pensado em como suas palavras me atingiriam: sua irmã mais nova, com apenas 20 anos e um menininho no berçário, depois de quatro, quase cinco anos de casamento.

A carta dela não é apenas uma demonstração de vaidade, pois Isabel escreve uma palavra ao final para mostrar que não esqueceu o temor pela rainha.

> *Cuidado com o que come no banquete de Natal, minha irmã. Você sabe o que eu quero dizer — Iz.*

A porta de minha antecâmara se abre, e Ricardo entra com sua meia dúzia de amigos para acompanhar a mim e às damas no jantar. Fico de pé e sorrio para ele.

— Boas-novas? — indaga ele, olhando para a carta na mesa ao meu lado.

— Ah! Sim! — digo, mantendo o sorriso. — Muito boas.

Palácio de Westminster, Londres, dia de Natal de 1476

É a época do Natal, e a família real resplandecerá com as joias e as cores brilhantes dos novos tecidos que compraram da Borgonha por uma pequena fortuna. Eduardo exerce seu papel de rei em meio a tecidos dourados e coloridos, e a rainha está sempre a seu lado, como se tivesse nascido para ocupar essa posição — e não fosse a oportunista sortuda que ela realmente é

Acordamos cedo para a missa na capela do rei; este é o dia mais sagrado do ano. Uma banheira de madeira, guarnecida com o mais fino dos linhos, é arrastada para o meu quarto e posta diante da lareira, e as damas trazem jarros de água quente e a despejam em meus ombros para que eu lave o cabelo e o corpo com o sabonete de pétalas de rosa que Ricardo comprou dos mercadores mouriscos para mim.

Elas me envolvem em lençóis quentes enquanto separam meu vestido para o dia. Usarei veludo vermelho-escuro guarnecido com pele de marta, um casaco de peles brilhante e escuro de tão boa qualidade quanto qualquer coisa que a rainha possui. Tenho um novo toucado que se assenta confortavelmente em minha cabeça, com espirais de ouro sobre as orelhas. Permaneço sentada diante do calor do fogo enquanto meus cabelos são secados, escovados, trançados e enrolados sob o toucado. Uso uma nova muda de roupa de baixo, bordada neste verão por minhas damas sob minha supervisão, e minha caixa é trazida do cofre, e dela seleciono rubis vermelho-escuros para combinar com o vestido.

Quando Ricardo vem até minha antecâmara para me acompanhar à missa, está vestido de preto, sua cor preferida. Ele parece belo e feliz e, quando o cumprimento, sinto a pulsação familiar do desejo. Talvez esta noite ele venha até meu quarto e nós façamos outro filho. Que outro dia poderia ser melhor do que o do nascimento de Cristo para dar mais um herdeiro para o ducado de Gloucester?

Ele me oferece o braço, e os cavaleiros a seu serviço, todos ricamente vestidos, acompanham minhas damas à capela do rei. Nós nos alinhamos e aguardamos; o rei nos faz esperar com certa frequência. Porém logo há um ruído e um ligeiro suspiro de algumas damas quando ele chega, vestido de branco e prata, conduzindo a rainha. Ela veste as mesmas cores que ele e resplandece nas sombras da capela real como se fosse iluminada pela lua. Seu cabelo dourado mal aparece por sob a coroa, seu pescoço está nu até a gola do vestido, de corte baixo e reto, guarnecido com a mais fina renda. Atrás deles vêm os filhos, primeiramente o jovem príncipe de Gales, com 6 anos agora, mais alto a cada aparição que faz na corte, vestido para combinar com o pai, e em seguida a ama segurando a mão do príncipe mais novo, ainda com roupas de bebê de renda branca e prateada. Depois vem a princesa Elizabeth, também vestida com os mesmos tons dos pais, solene, com um missal de marfim na mão, sorrindo para todos, altiva e precoce como de costume. Suas irmãs vêm logo atrás, menininhas lindas da realeza, ricamente vestidas, acompanhadas do novo bebê. Não posso olhar para eles sem invejá-los.

Asseguro-me de que estou sorrindo, assim como toda a corte, ao ver essa excepcional família real avançar. O olhar sombrio da rainha pousa sobre mim, e sinto o ar gélido emanar deste gesto enquanto ela me avalia astutamente, como se soubesse que tenho inveja, como se soubesse que tenho medo. Por fim vem o padre, e eu posso me ajoelhar e me poupar de vê-los.

Quando voltamos para nossa antecâmara, há um homem esperando do lado de fora das portas duplas fechadas, sujo da viagem, com sua capa molhada e lamacenta jogada sobre o batente da janela. Nosso guarda bloqueia a entrada dele, à espera de nosso retorno.

— Do que se trata? — indaga Ricardo.

Ele apoia um dos joelhos no chão e nos entrega uma carta. Vejo um lacre vermelho de cera. Ricardo o rompe e lê as poucas linhas da única página. Vejo sua expressão se tornar sombria e seus olhos irem de mim para a folha.

— O que é? — Não sou capaz de dizer o que temo. Penso imediatamente com horror que pode ser uma carta de Middleham sobre nosso filho. — O que é, Ricardo? Meu senhor? Imploro... — Tomo um pouco de ar. — Diga, diga logo.

Ele não me responde de imediato. Olha para trás e acena com a cabeça para um de seus cavaleiros.

— Espere aqui. Retenha o mensageiro, vou querer vê-lo. Cuide para que ele não fale com ninguém.

Quanto a mim, ele me conduz pelo braço através de nossa antecâmara até o meu quarto, onde ninguém nos importunará.

— O que é? — sussurro. — Ricardo, pelo amor de Deus! O que é? É nosso menino, Eduardo?

— É sua irmã. — Seu tom de voz baixo faz com que soe como uma pergunta, como se ele não conseguisse crer no que havia lido. — É sobre sua irmã.

— Isabel?

— Sim. Meu amor... não sei como contar a você. George me escreveu; aqui, nesta carta, ele me disse para contar a você, mas não sei como fazê-lo...

— O quê? O que aconteceu com ela?

— Meu amor, meu infeliz amor... Ela está morta. George escreve aqui que ela morreu.

Por um instante, não consigo compreender as palavras. Então as compreendo, como se ribombassem como um sino bem no meu quarto, onde apenas duas horas antes eu estava colocando meu vestido e escolhendo meus rubis.

— Isabel?

— Sim. Ela morreu, é o que George diz.

— Mas como? Ela estava bem, ela escreveu para mim. Disse que o parto foi fácil. Tenho sua carta, cheia de contentamento. Ela estava bem, muito bem, me pediu que eu fosse visitá-la.

Ele faz uma pausa, como se não tivesse resposta a dar mas não quisesse dizer isso abertamente.

— Não sei como. É por isso que vou falar com o mensageiro.

— Ela estava doente?

— Não sei.

— Ela teve febre do parto? Teve hemorragia?

— George não diz isso.

— O que ele diz?

Por um instante, penso que Ricardo se recusará a me responder, mas ele me estende a carta aberta, alisando-a sobre a mesa, e a passa para mim, observando meu rosto enquanto leio as palavras.

22 de dezembro de 1476
Irmão e irmã Anne,
Minha amada esposa Isabel morreu nesta manhã, que ela descanse em paz junto a Deus. Não me resta a menor dúvida de que ela foi envenenada por um agente da rainha. Mantenha sua esposa em segurança, Ricardo, e a si próprio também. Não me resta a menor dúvida de que todos nós estamos correndo perigo vindo da falsa família que nosso irmão, o rei, construiu. Meu filhinho ainda vive. Rezo por vocês e pelos seus. Queimem esta carta.

Ricardo toma a carta de minhas mãos e, inclinando-se sobre o fogo, joga-a para as brasas vermelhas, e lá ela fica enquanto o papel se curva, escurece e é subitamente tomado pelas chamas.

— Ela sabia que isso ia acontecer. — Estou tremendo da cabeça aos pés, como se a carta tivesse me congelado com o sopro de uma tempestade de gelo. — Ela disse que isso ia acontecer.

Ricardo me faz sentar na cama quando meus joelhos fraquejam.

— George disse isso também, mas não dei ouvidos a ele — diz, conciso.

— Ela disse que a rainha tinha um espião em sua casa, e na nossa também.

— Disso eu não duvido. É praticamente certo. A rainha não confia em ninguém e paga criados para obter informações. Todos nós fazemos isso. Mas por que ela envenenaria Isabel?

— Por vingança. Porque nossos nomes estão escritos em um pedaço de papel dentro de uma caixa esmaltada escondida entre suas joias.

— O quê?

— Isabel sabia disso, mas não dei ouvidos a ela. Ela contou que a rainha havia jurado se vingar dos assassinos do pai, ou seja, o nosso pai. Isabel contou que ela escreveu nossos nomes com sangue num pedaço de papel e os manteve escondidos. Disse que um dia eu receberia a notícia de sua morte, e que isso aconteceria porque ela seria envenenada.

A mão de Ricardo está em seu cinto, no lugar onde sua espada estaria, como se ele estivesse pensando que talvez fosse preciso lutar por nossas vidas aqui, no Palácio de Westminster.

— E eu não dei ouvidos a ela! — A perda de minha irmã subitamente recai sobre mim, e eu tremo sob a força dos soluços. — Eu não dei ouvidos a ela! E Margaret? E Edward? Eles terão que crescer sem mãe! E eu não fui encontrá-la! Eu disse que ela estava a salvo.

Ricardo vai até a porta.

— Vou falar com o mensageiro.

— Você não me deixou ir ao encontro dela! — disparo.

— Exatamente — confirma ele, seco, e vira a tranca da porta.

Levanto com dificuldade.

— Eu vou também.

— Não se for chorar.

Enxugo as faces de forma grosseira

— Não vou chorar. Juro que não vou chorar.

— Não quero que essa notícia se espalhe por enquanto, nem por acidente. George deve ter escrito para o rei também, para dar a notícia da morte. Não quero ver ninguém fazendo acusações nem você chorando. Você terá que ficar quieta. Terá que ficar calma. E terá que encontrar a rainha e não dizer nada sobre esse assunto. Precisamos agir como se não pensássemos nada de mal dela.

Cerro os dentes e me viro para ele.

— Se George estiver certo, então a rainha matou minha irmã. — Já não tremo mais, nem soluço. — Se as acusações dele forem verdadeiras, então ela planeja me matar. Se isso for verdade, ela é minha inimiga mortal e nós estamos vivendo em seu palácio e comendo a comida que vem de sua cozinha. Veja bem, não estou fazendo acusações nem chorando. Mas irei proteger a mim e aos meus e quero vê-la pagar pela morte de minha irmã.

— Se for verdade — diz Ricardo com um tom de voz inexpressivo.

Soa como uma garantia.

— Se for verdade — concordo.

Palácio de Westminster, Londres, janeiro de 1477

A corte se veste de azul-escuro em luto por minha irmã, e eu me mantenho em meus aposentos o máximo que posso. Não suporto olhar para a rainha. Creio verdadeiramente que em seu belo rosto vejo a assassina de minha irmã. Temo por minha segurança. Ricardo se recusa terminantemente a discutir qualquer coisa até se encontrar com George e saber mais sobre o assunto. Mas ele envia seu homem de confiança, Sir James Tyrrell, a Middleham com instruções para proteger nosso filho, para investigar cada membro de nosso serviço, especialmente aqueles que não foram nascidos e criados em Yorkshire, e para se assegurar de que a comida de Eduardo seja provada antes que ele coma qualquer coisa.

Peço que minha comida seja preparada em nossos aposentos particulares e permaneço em meu quarto. Quase nunca fico junto à rainha. Quando ouço uma súbita pancada na porta, quase salto da cadeira e tenho que buscar equilíbrio, apoiando-me na mesa que fica junto à lareira. O guarda à nossa porta a abre e anuncia George.

Ele chega vestindo o azul mais escuro, com feições arrasadas e tristes. Ele toma minhas mãos e me dá um beijo. Quando se afasta para me olhar, traz lágrimas nos olhos.

— Ah, George — sussurro.

Toda sua confiança petulante se foi; em seu luto, ele está magro e belo. Apoia a cabeça na chaminé entalhada.

— Eu ainda não consigo acreditar — diz ele em voz baixa. — Quando vejo você aqui... Não consigo acreditar que ela não está aqui com você.

— Ela me escreveu dizendo que estava bem.

— Ela estava bem — assegura ele avidamente. — Estava. E tão feliz! E o bebê: uma beleza, como sempre. Mas então ela subitamente ficou fraca, prostrada quase a noite inteira, e pela manhã já tinha morrido.

— Foi febre? — pergunto, esperando desesperadamente que ele dissesse que sim.

— A língua dela estava preta — confidencia.

Olho para ele chocada: trata-se de um sinal certo de envenenamento.

— Quem teria feito isso?

— Meu médico irá interrogar todos os nossos servos, todos os criados da cozinha. Sei que a rainha tem uma mulher de confiança dentro do próprio quarto de resguardo de Isabel, para avisá-la de imediato se o bebê é menino ou menina.

Emito um pequeno silvo de pavor.

— Ah! Isso não é nada — prossegue ele. — Eu sabia disso há meses. Ela deve ter uma criada para vigiá-la também. E um homem infiltrado entre os criados, talvez nos estábulos, para avisá-la quando você tiver a intenção de viajar, ou talvez no salão, para ouvir as conversas. Ela vigiará você da mesma forma que vigiou Isabel. Não confia em ninguém.

— Eduardo confia em meu marido — protesto. — Eles amam um ao outro, são fiéis um ao outro.

— E a rainha?

George solta uma risada breve diante de meu silêncio.

— Você falará com o rei a respeito? — indago. — Dirá que a culpa é da rainha?

— Acho que ele me oferecerá um suborno — diz George. — E acho que sei que suborno será. Ele vai querer me silenciar, me pôr fora de seu caminho. Ele não vai querer que eu acuse a rainha de ser uma envenenadora, que chame seus filhos de bastardos.

— Quieto — digo, olhando para a porta. Vou ao encontro de George junto à lareira e aproximo minha cabeça da dele, como conspiradores, nossas palavras perdendo-se na chaminé como a fumaça.

Estou horrorizada.

— O que ele vai fazer? Ele não vai prendê-lo, vai?

George dá um sorriso torto.

— Ele vai ordenar que eu me case de novo — prevê. — Sei que é isso que planeja. Ele me enviará para a Borgonha para me casar com Mary, a duquesa. O pai dela morreu e nossa irmã Margarida, sua viúva, sugeriu meu nome. Mary é sua enteada, e ela pode dá-la em casamento para mim. Eduardo vê isso como uma forma de me manter fora do país.

Posso sentir as lágrimas escorrendo pelo meu rosto.

— Mas não faz nem um mês que Isabel morreu — grito. — Você deveria esquecê-la de imediato? Ela está prestes a ser enterrada, e uma nova esposa deve ocupar o lugar dela em semanas? E os seus filhos? Deverá levá-los com você para Flandres?

— Não aceitarei. Jamais abandonarei meus filhos, jamais abandonarei meu país e com certeza não permitirei que a assassina de minha mulher fique livre.

Estou soluçando; minha perda é muito dolorosa, e o pensamento de George com uma nova esposa é muito chocante. Sinto-me profundamente solitária sem ela na corte. George passa os braços por meus ombros soluçantes.

— Irmã — diz ele carinhosamente. — Minha irmã. Ela a amava tanto, ansiava por protegê-la. Ela me fez prometer que a avisaria. Eu protegerei você também.

Como sempre, uma hora antes da refeição, tenho que esperar nos aposentos da rainha que o rei e sua comitiva juntem-se a nós para que possamos entrar todos no grande salão. As damas da rainha presumem que estou quieta por causa do luto e me deixam em paz. Apenas Lady Margaret Stanley, recentemente chegada à corte com seu novo marido, Thomas, me leva para um canto e diz que reza pela alma de minha irmã e para que os filhos dela sejam abençoados. Fico estranhamente comovida por sua boa vontade e tento sorrir e agradecer por suas orações. Ela mandou seu próprio filho, Henrique Tudor, para o exterior a fim de protegê-lo, pois não confia neste rei e em seus homens. O jovem Tudor é da Casa de Lancaster, um rapaz promissor. Ela não permitiu que ele fosse criado por um tutor partidário da Casa de York e, embora ela agora seja casada com um dos lordes York e esteja nas graças tanto do rei quanto da rainha, não confia nesta família real o suficiente para trazer seu menino de volta do exílio. Entre todos os membros da corte, somente ela é capaz de entender o que é temer o rei a quem serve; ela sabe o que é fazer uma reverência à rainha sem saber se ela é uma inimiga.

Quando Ricardo chega com seu irmão, o rei, todo sorrisos, e me toma pela mão para me conduzir para o banquete, ando bem junto a ele e sussurro que George veio para a corte e que prometeu encontrar o assassino de minha irmã.

— Como ele fará isso em Flandres? — pergunta Ricardo com sarcasmo.

— Ele não irá. Ele se recusará a ir.

O ataque de riso de Ricardo é tão alto que o rei olha para trás e sorri.

— Qual é a graça? — indaga Eduardo.

— Não é nada — responde Ricardo em voz alta para o irmão. — Nada. Minha esposa me contou uma piada sobre George.

— Nosso duque? — pergunta o rei, sorrindo para mim. — Nosso duque de Borgonha? Nosso príncipe da Escócia? — A rainha ri alto e dá um tapinha com a mão no braço do rei, como se o reprovasse por zombar de George publicamente, embora seus olhos cinzentos estejam reluzentes. Parece que sou a única pessoa que não acha graça. Ricardo me leva para um canto e deixa o cortejo passar por nós.

— Não é verdade — explica. — Isso é o oposto da verdade. É George quem está requisitando uma oportunidade no ducado de Borgonha. Ele espera se tornar duque de um dos mais ricos territórios da Europa e se casar com Mary de Borgonha. Ou, se não com ela, com a princesa da Escócia. Ele não tem preferência entre uma e outra, desde que sua próxima esposa seja rica e comande um reino.

Balanço a cabeça.

— Ele me disse pessoalmente que não iria. Está de luto por Isabel. Não quer ir para Flandres. É o rei que está tentando expulsá-lo do reino para silenciá-lo.

— Bobagem. Eduardo nunca permitiria uma coisa dessas. Ele jamais confiaria em George como governante de Flandres. As terras dos duques de Borgonha são vastíssimas. Nenhum de nós confiaria a George tanto poder e riqueza.

Sou precavida.

— Quem lhe disse isso?

Por cima do ombro de Ricardo, observo a rainha se sentar à mesa principal, de onde ela pode vislumbrar todo o grande salão. Ela se vira e me vê junto a meu marido. Vejo-a se inclinar para o rei e dizer uma palavra, duas, e então a atenção dele se volta para nós também. É como se ela estivesse apontando para mim, como se o estivesse alertando a meu respeito. Estremeço quando seu olhar pousa indiferente sobre mim.

— Qual é o problema? — indaga Ricardo.

— Quem disse que George estava tentando ir para Flandres ou para a Escócia e que o rei não iria permitir isso?

— O irmão da rainha, Anthony Woodville, lorde Rivers.

— Ah! — É tudo o que digo. — Então deve ser verdade.

O olhar da rainha atravessa todo o grande salão, e ela me dirige um de seus belos sorrisos inescrutáveis.

Os rumores circulam pela corte, e todos parecem estar falando de mim, de Isabel e de George. É de conhecimento geral que minha irmã morreu subitamente após ter passado pela provação do parto, e as pessoas começam a se perguntar se ela não teria sido envenenada e, se sim, quem poderia ter feito uma coisa dessas. Os boatos tornam-se mais intensos, mais detalhados e mais assustadores quando George se recusa a fazer as refeições no grande salão e a falar com a rainha, tira o chapéu mas não se curva quando ela passa, cruza os dedos nas costas para que qualquer pessoa veja que ele está fazendo o sinal para afastar a bruxaria quando ela passa.

Ele, por sua vez, a assusta. Ela empalidece quando o vê e olha para o marido como se perguntasse o que ela poderia fazer diante dessa afronta insana. Ela olha para o irmão, Anthony Woodville, que costumava rir quando via George pelos corredores, sem tomar conhecimento de ninguém, mas agora ele também o avalia, como se medisse as forças de um adversário. A corte está radicalmente dividida entre aqueles que se beneficiaram da longa ascensão da família Rivers e aqueles que os odeiam e querem que se tornem suspeitos de tudo. Cada vez mais pessoas olham para a rainha como se imaginassem quais são os poderes que ela tem, até onde ela pode chegar.

Encontro-me com George todos os dias, pois permanecemos em Londres, embora eu anseie por voltar para casa em Middleham. Mas as estradas estão muito enlameadas, e Middleham está tomada pela neve. Tenho que ficar na corte, mas, todas as vezes que vou aos aposentos da rainha, ela recebe minha cortesia com um olhar de inimizade vazia, e sua filha, a princesa Elizabeth, puxa seu vestido para trás numa cópia espelhada de sua avó, a bruxa.

Tenho medo da rainha e ela sabe disso. Não sei até onde vão seus poderes ou o que ela poderia fazer comigo. Não sei se ela teve um papel na morte de minha irmã ou se tudo não passou da imaginação assustada de Isabel. E estou sozinha com meus temores. Sinto-me terrivelmente solitária nesta alegre e linda corte repleta de flertes, fofocas e sussurros.

Não posso falar com meu marido, que não escutará nada sobre seu irmão Eduardo, e não ouso procurar George, que jurou para mim em nosso único encontro secreto que descobrirá quem matou Isabel e a destruirá — ele sempre se refere ao assassino no feminino —, para que assim todos saibam o que uma mulher cruel e com poderes do mal é capaz de fazer.

George vem até nossa casa de Londres, o Castelo de Baynard, para se despedir de sua mãe, que parte para Fotheringhay no dia seguinte. Ele fica trancado com a duquesa nos aposentos dela por algum tempo; ele é o filho predileto, e a inimizade dela com a rainha é bem conhecida. Ela não o desencoraja a falar mal de seu irmão ou da esposa dele. É uma mulher que já viu muita coisa neste mundo, e jura que a rainha se casou com Eduardo por meio de um feitiço, e que ela continua a se utilizar de magia negra para que a coroa da Inglaterra permaneça em sua cabeça.

Quando George atravessa o grande salão e me vê diante de meus aposentos, corre para me alcançar.

— Eu esperava vê-la.

— Estou feliz em vê-lo, meu irmão. — Dou um passo para trás a fim de entrar em meus aposentos, e ele me segue. Minhas damas recuam todas para um canto e fazem uma reverência para George. Ele é um homem bonito, e me dou conta, com uma pontada de dor, de que ele é um partido disponível. Busco apoio no batente da janela ao pensar que terei de ver outra mulher no lugar de Izzy. Os filhos dela correrão em direção a outra mulher e a chamarão de mãe. São tão novos... Vão se esquecer de como Isabel os amava, do que ela desejava para eles.

— Ricardo disse que você se casará com Mary de Borgonha — digo em voz baixa.

— Não. Mas quem você acha que se casará com a irmã do rei escocês? Eles sugeriram a princesa escocesa para mim, mas quem você acha que é o candidato preferido do rei?

— Não é você? — indago.

Ele dá uma risada breve.

— Meu irmão resolveu que é mais seguro me manter por perto. Ele não me mandará para Flandres ou Escócia. A princesa escocesa se casará com ninguém menos que Anthony Woodville.

Fico estupefata. O irmão da rainha, filho de um escudeiro, com certeza não pode sonhar em se casar com a realeza. O quão alto ela pode chegar? Aceitaremos tudo o que os Rivers propuserem para si?

George sorri de minha expressão estupefata.

— A filha de um pequeno meeiro de Grafton no trono da Inglaterra, seu irmão no trono da Escócia — observa ele com ironia. — Trata-se de uma escalada. Elizabeth Woodville deve carregar seu estandarte e fincar uma bandeira em cada pico. O que virá depois? O irmão dela se tornará bispo? Por que não poderia ser papa? Onde ela vai parar? Ela pode se tornar o imperador do Sacro Império?

— Como ela consegue fazer isso?

Seu olhar sombrio me faz lembrar que nós dois sabemos como ela atinge seus objetivos. Balanço a cabeça.

— Ela tem a atenção do rei porque ele a ama — digo. — Ele fará qualquer coisa por ela.

— E nós todos sabemos como essa mulher, entre todas as mulheres que ele poderia ter tido, dominou seu coração.

Castelo de Baynard, Londres, janeiro de 1477

O banquete de Natal termina, mas muitas pessoas permanecem em Londres, retidas pelo mau tempo. As estradas para o norte estão intransitáveis, e Middleham ainda permanece isolada pela neve. Penso na segurança do castelo, guardado por tempestades, circundado pelos grandes rios do norte como se estes se tratassem de fossos, blindado por nevascas. Penso também em meu filho, em segurança e aquecido, atrás das espessas muralhas do castelo, com os presentes que mandei espalhados diante de si sobre o tapete em frente à lareira crepitante.

Em meados de janeiro, batem à porta de meu quarto, a batida típica de George. Volto-me para minhas damas.

— Vou para a capela. Sozinha. — Elas fazem uma reverência e permanecem ali enquanto pego meu missal e o rosário e sigo em direção à porta da capela. Sinto os passos de George atrás de mim, e nos esgueiramos juntos para o interior ensombrecido da capela vazia. Um padre ouve confissões em um canto da igreja, alguns escudeiros murmuram seus pecados. George e eu entramos em um dos recantos escuros e olho para ele pela primeira vez.

Ele está pálido como um homem dominado pela melancolia, os olhos fundos no rosto. Toda sua boa aparência sumiu. Suas forças parecem se esgotar.

— O que houve? — sussurro.

— Meu filho — diz ele com a voz embargada. — Meu filho.

Meu primeiro pensamento vai para o meu filho, meu Eduardo. Rezo a Deus para que ele esteja em segurança no Castelo de Middleham, brincando de trenó na neve, ouvindo histórias, desfrutando de uma caneca de cerveja de Natal. Rezo a Deus para que ele esteja bem e forte, intocado pela praga ou pelo veneno.

— Seu filho? Edward?

— Meu bebê, Richard. Meu bebê, meu amado bebê, Richard.

Levo a mão à boca e, sob meus dedos, sinto meus lábios tremerem.

— Richard? — O bebê órfão de Isabel está sendo cuidado por sua ama de leite, uma mulher que criou tanto Margaret quanto Edward, e cujo leite alimentou-os como se fosse de sua própria mãe. Não há qualquer razão para que o terceiro filho de Isabel não se desenvolva sob seus cuidados.

— Richard? — repito. — Não, Richard não.

— Ele está morto — diz George. Mal consigo ouvir seu sussurro. — Ele morreu — gagueja. — Acabei de receber uma mensagem do Castelo de Warwick. Ele morreu. Meu menino, o menino de Isabel. Foi para o céu se encontrar com a mãe. Deus tenha sua pequena alma.

— Amém — murmuro. Sinto um nó na garganta, meus olhos queimam. Tenho vontade de me jogar na cama e chorar durante uma semana por minha irmã, por meu sobrinho e pela dureza deste mundo que leva todas as pessoas que eu amo, uma após a outra. George procura minha mão e a aperta com força. — Parece que ele morreu de repente, de forma inesperada.

Apesar da minha dor, recuo e afasto minha mão. Não quero ouvir o que ele vai dizer.

— Inesperada?

Ele faz um gesto afirmativo com a cabeça.

— Ele estava crescendo. Comendo bem, ganhando peso, começando a dormir a noite inteira. Mantive Bessy Hodges como ama de leite; eu jamais o deixaria em casa se não pensasse que ele estava bem. E ele estava bem, Anne. Eu nunca o deixaria se tivesse a menor dúvida disso.

— Os bebês podem morrer de repente. Você sabe disso.

— Pelo que me disseram, ele estava bem na hora de dormir e morto antes do amanhecer.

Estremeço.

— Bebês podem morrer durante o sono — repito. — Deus os poupe disso.

— É verdade. Mas preciso saber se ele apenas adormeceu, se foi uma fatalidade. Estou indo para Warwick. Saberei a verdade e, se eu descobrir que alguém o matou, que alguém gotejou veneno em sua boquinha, então eu o matarei por isso. Seja quem for, por mais elevada que seja sua posição, por mais ilustre que seja seu nome, por mais importante que seja seu cônjuge. Eu juro, Anne. Eu me vingarei de quem quer que tenha matado minha esposa, especialmente se essa pessoa matou meu filho também.

Ele se vira para a porta e eu agarro seu braço.

— Escreva para mim imediatamente — sussurro. — Mande-me algo, frutas ou qualquer coisa, com um bilhete para me dar notícias. Escreva de modo que eu compreenda, mas que ninguém mais possa saber. Certifique-se de me dizer se Margaret está a salvo, e Edward também.

— Farei isso — promete ele. — E, se julgar necessário, eu a alertarei.

— Você me alertará? — Não quero entender o que ele diz.

— Você também corre perigo, você e seu filho. Não tenho a menor dúvida de que esse é mais um ataque contra mim e os meus. Não sou o único alvo, embora esse golpe atinja meu coração; é um ataque contra as filhas e os netos do Fazedor de Reis.

Quando ele explicita seu temor, sinto que estou gelada. Fico pálida como ele, somos como dois fantasmas cochichando nas sombras da capela.

— Um ataque às filhas do Fazedor de Reis? — repito. — Por que alguém nos atacaria? Na próxima primavera vai fazer seis anos que ele se foi. Seus inimigos já se esqueceram de tudo.

— Uma inimiga não se esqueceu. Ela tem dois nomes escritos com sangue num pedaço de papel em sua caixa de joias — diz ele, que não precisa esclarecer quem é "ela". — Você sabia disso?

Assinto, desolada.

— Você sabe que nomes são esses?

Ele espera até que eu balance a cabeça.

— Escrito com sangue se lê "Isabel e Anne". Isabel está morta, e eu não tenho dúvidas de que ela planeja que você seja a próxima.

Estou tremendo de medo.

— Por vingança? — murmuro.

— Ela quer se vingar das mortes do pai e do irmão — responde ele. — Ela jurou a si mesma fazer isso. É seu único desejo. Seu pai ceifou as vidas do pai e do irmão dela, ela levou Isabel e nosso filho. Não tenho dúvida de que ela matará você e seu filho Eduardo.

— Volte logo. Volte para a corte, George. Não me deixe aqui sozinha na corte dela.

— Eu juro. — Ele beija minha mão e se vai.

Não posso ir para a corte — digo simplesmente a Ricardo quando ele se coloca diante de mim vestido em rico veludo escuro, pronto para ir a Westminster, onde somos esperados para o jantar. — Não posso ir. Juro que não posso ir.

— Nós concordamos — lembra ele em voz baixa. — Concordamos que, até sabermos a verdade sobre os rumores, você frequentaria a corte, se sentaria com a rainha quando convidada e se comportaria como se nada houvesse acontecido.

— Algo aconteceu. Você soube que o pequeno Richard morreu?

Ele assente com a cabeça.

— Ele estava crescendo, nasceu forte. E então simplesmente morreu, apenas três meses depois do nascimento? Morreu durante o sono, sem motivo aparente?

Meu marido se vira para o fogo e empurra uma tora com o pé para o lugar certo.

— Bebês morrem.

— Ricardo, acho que Ela o matou. Não posso ir para a corte e me sentar nos aposentos dela e sentir que Ela me observa, imaginando se eu sei. Não posso comer o que sai de sua cozinha. Não posso me encontrar com ela.

— Porque você a odeia? — pergunta ele. — A esposa de meu querido irmão e mãe dos filhos dele?

— Porque eu tenho medo dela — corrijo-o. — E talvez você devesse ter medo também, até o rei deveria temê-la.

Londres, abril de 1477

George volta a Londres e segue de imediato até a casa de sua mãe para ver o irmão mais novo. Minhas damas dizem que os irmãos estão reunidos a portas fechadas na sala do conselho de Ricardo. Em um instante, um dos cavalariços de confiança da casa vem até mim e pede que eu vá me encontrar com meu senhor. Deixo minhas damas com suas especulações e atravesso o grande salão rumo aos aposentos de Ricardo.

Quando entro, fico chocada com a aparência de George. Ele emagreceu ainda mais durante sua ausência, seu rosto está pesado e preocupado, parece um homem que está realizando um trabalho que mal é capaz de suportar. Fico de pé a seu lado, apertando as mãos.

— George tem notícias de Warwick — anuncia Ricardo brevemente.

Espero. As feições de George são inflexíveis. Ele parece estar muito mais velho do que seus 27 anos.

— Encontrei a assassina de Isabel. Eu a prendi e a levei a julgamento. Ela foi considerada culpada e condenada à morte.

Sinto os joelhos fraquejarem, e Ricardo se levanta de sua cadeira e me ajuda a sentar em seu lugar.

— Você precisa ter coragem — diz ele. — Há mais, e é ainda pior.

— O que pode ser pior? — sussurro.

— Encontrei o assassino de meu filho também. — A voz de George tem um tom monótono. — Ele também foi considerado culpado pelo júri e enforcado. Esses dois, pelo menos, não trarão perigo a você e aos seus.

Aperto mais forte a mão de Ricardo.

— Tenho procurado pela assassina desde a morte de Isabel — continua George com tranquilidade. — O nome dela era Ankarette, Ankarette Twynho, e era criada de minha esposa. Ela servia as refeições de Isabel, levou-lhe vinho quando ela estava em trabalho de parto.

Fecho os olhos brevemente, pensando em Isabel aceitando os serviços da criada sem saber que quem cuidava dela era uma inimiga. Eu sabia que devia ter estado lá. Eu teria visto a criada exatamente como ela era.

— Ela era paga pela rainha. Deus sabe por quanto tempo esteve nos espionando. Mas quando Isabel foi ter o bebê, e ela estava tão feliz e confiante de que seria mais um menino, a rainha ordenou que a criada usasse pós.

— Pós?

— Pós italianos: veneno.

— Você tem certeza? — questiono.

— Eu tenho provas, e o júri a considerou culpada e a sentenciou à morte.

— George apenas comprovou que Ankarette apontou a rainha como sua empregadora — intervém Ricardo. — Não podemos ter certeza de que a rainha ordenou o assassinato.

— Quem mais desejaria ferir Isabel? — pergunta George. — Ela não era adorada por todos que a conheciam?

Aceno com a cabeça positivamente, meus olhos enchendo-se de lágrimas.

— E seu menininho?

— Ankarette foi para Somerset; assim que Isabel morreu, os serviços dela foram dispensados — explica George. Mas ela deixou os pós com seu amigo John Thursby, um camareiro do Castelo de Warwick. Ele os deu ao bebê. O júri considerou ambos culpados, ambos foram executados.

Dou um suspiro amedrontado e olho para Ricardo.

— Você precisa se proteger — adverte-me George. — Não coma nada que venha da cozinha dela, nenhum vinho de suas adegas, faça com que as garrafas sejam abertas em sua presença. Não confie em nenhum de seus criados. É tudo o que pode fazer. Não temos poder suficiente para nos proteger de sua bruxaria, exceto contratando nós mesmos uma bruxa. Se ela usa magia negra contra nós, não sei o que podemos fazer.

— A culpa da rainha não foi provada — lembra Ricardo de forma obstinada.

George dá uma risada breve.

— Eu perdi minha esposa, uma mulher inocente que a rainha odiava. Não preciso de mais prova do que essa.

Ricardo balança a cabeça.

— Não podemos nos separar — insiste. — Somos os três filhos de York. Eduardo teve um sinal, os três sóis no céu. Chegamos tão longe, não podemos ficar desunidos agora.

— Sou fiel a Eduardo e a você — jura George. — Mas a esposa de Eduardo é minha inimiga, e de sua esposa também. Ela tirou de mim a melhor mulher que um homem poderia ter e um filho de minha linhagem. Preciso garantir que ela não me ferirá novamente. Contratarei pessoas para experimentarem minha comida, alguns guardas e uma feiticeira para me proteger da magia negra.

Ricardo dá as costas para a lareira e olha pela janela como se pudesse encontrar uma resposta na chuva de granizo.

— Irei até Eduardo e contarei tudo a ele — decide George. — Não sei o que mais posso fazer.

Ricardo curva-se diante de seu dever como um filho de York.

— Irei com você.

Meu marido nunca me conta em detalhes o que se passou no encontro dos três irmãos, no qual Eduardo acusa George de fazer justiça com as próprias mãos ao criar um júri, inventar acusações e executar dois inocentes. George responde ao irmão que Elizabeth Woodville contratou assassinos para matar Isabel e seu filho. Ricardo diz apenas que o abismo entre George e Eduardo talvez seja fatalmente intransponível, e que sua lealdade a um irmão está prestes a ser destruída pelo amor que sente pelo outro, e que ele tem medo de até que ponto isso nos conduzirá.

— Podemos ir para casa em Middleham? — indago.

— Nós vamos jantar na corte — insiste ele com severidade. — Precisamos fazer isso. Eduardo tem que ver que estou do lado dele, a rainha não pode pensar que você tem medo dela.

Minhas mãos começam a tremer, então coloco-as para trás, juntas.

— Por favor...

— Temos que ir.

A rainha vem para o jantar com o rosto pálido, mordendo o lábio; o olhar que lança para George faria um homem mais fraco tombar. Ele faz uma grande reverência para ela, com respeito irônico, uma mesura afetada, como um ator que quisesse fazer graça. Ela demonstra certa indiferença em relação à mesa de George e fala constantemente com o rei, como se dessa forma pudesse impedir que ele olhe para o irmão. Ela permanece junto dele durante a refeição, senta a seu lado quando assistem a uma apresentação e não permite que qualquer um se aproxime, muito menos George, que continua com as costas apoiadas na parede e a encara como se a enviasse para julgamento também. A corte está inquieta com o escândalo e horrorizada com o teor da acusação. Anthony Woodville vai a toda parte com a mão no cinto da espada, caminhando na ponta dos pés como se estivesse pronto a saltar para defender a honra da irmã. Ninguém mais ri de George, nem mesmo a descuidada família Rivers, que sempre leva tudo com tanta leveza. A situação ficou séria: todos esperamos para ver o que o rei fará, se ele permitirá que a bruxa assassina o oriente mais uma vez.

Castelo de Baynard, Londres, maio de 1477

— Não tenho medo — diz George.

Estamos sentados junto à lareira em meu quarto no Castelo de Baynard. Uma chuva incomum nessa época do ano escorre pelas janelas, o céu está pesadamente cinzento. Estamos muito próximos um do outro, não para nos aquecer, mas por termos medo. Ricardo encontra-se na corte, conversando com seu irmão Eduardo, tentando reconciliá-los, procurando contrabalançar o fluxo contínuo de veneno dos conselhos da rainha e amenizar as fofocas intermináveis que vem de L'Erber, onde homens a serviço de George falam de um bastardo no trono, um rei enfeitiçado por uma bruxa e uma envenenadora a serviço da família real. Ricardo crê que os irmãos podem se reconciliar. Ele acredita que a Casa de York pode se manter com honra, apesar da família Rivers e de sua rainha que brinca com a morte.

— Não tenho medo — repete George. — Tenho meus próprios poderes.

— Poderes?

— Um feiticeiro me protege das bruxarias dela. Contratei um homem astuto chamado Thomas Burdett e dois outros, dois astrólogos da Universidade de Oxford. São estudiosos muito talentosos, muito sérios, e eles previram a morte do rei e o destronamento da rainha. Burdett rastreou a influência dela em nossas vidas; ele é capaz de ver isso claramente. Ele me disse o que está prestes a acontecer e me assegurou que os Rivers sucumbirão por suas próprias mãos. A rainha entregará seus filhos para o assassino. Ela vai acabar com a própria linhagem.

— É contra a lei prever a morte de um rei — sussurro.

— É contra a lei envenenar uma duquesa, e a rainha fez isso sem qualquer repreensão. Eu gostaria de vê-la me desafiar. Estou armado contra ela agora, não tenho medo. — George levanta-se para sair. — Você está sempre com seu crucifixo? — indaga ele. — Usa o amuleto que dei? Você sempre traz seu rosário no bolso?

— Sempre.

— Pedirei a Burdett que escreva um encantamento para você levar consigo, para manter a rainha longe.

Balanço a cabeça.

— Não acredito nessas coisas. Não acreditarei nisso. Não devemos combatê-la com magia; isso significaria que não somos melhores do que ela. O que faríamos? A que ponto chegaríamos? Evocar o demônio? Chamar Satã?

— Eu evocaria Satã em pessoa para defender Isabel dela — diz ele com amargura. — Pois perdi minha amada esposa para a envenenadora da rainha, perdi meu bebê para seu cúmplice, e antes disso um filho, meu primeiro filho, numa tormenta vinda de um vento de bruxa. Ela usa feitiçaria. Ela usa magia negra. Temos que usar suas próprias armas contra ela.

Alguém bate à porta.

— Mensagem para o duque de Clarence! — grita alguém lá de fora.

— Estou aqui! — grita George, e o mensageiro entra no quarto com Ricardo andando logo atrás.

— Não sabia que você estava aqui — observa ele a George, voltando os olhos semicerrados em minha direção; ele quer que permaneçamos neutros no embate entre os dois irmãos. George não responde, já que está lendo a mensagem repetidamente.

— Você sabia disso? — pergunta George a Ricardo. — Você faz parte disso? Está aqui para me prender?

— Prender você? — repete Ricardo. — Por que eu o prenderia? A menos que fazer fofoca, ser descortês e ficar emburrado sejam crimes. Nesse caso eu deveria prendê-lo.

George não dá a mínima para essa brincadeira.

— Ricardo, você sabia disso: sim ou não?

— Sei o quê? O que diz aí?

— O rei prendeu meu amigo, Thomas Burdett, meu protetor, meu conselheiro. Prendeu-o e o acusou de traição e bruxaria.

O rosto de Ricardo está impassível.

— Maldição! Ele fez isso?

— Prendeu meu conselheiro mais próximo? Sim, ele fez. Isso e para me ameaçar.

— Não diga isso, George. Não torne as coisas piores do que já estão. Eu só sabia que ele estava cogitando isso. E que você o pressionou tanto que ele já não sabe mais o que fazer.

— E você não me avisou?

— Eu avisei que suas acusações, que seu hábito de espalhar boatos e seu comportamento insultante causariam problemas.

— Ele está de luto pela esposa! — protesto. — Ele sabe que ela foi assassinada. Como deveria se comportar?

— Ricardo, você precisa me apoiar — pede George, voltando-se para ele. — É claro que eu tenho conselheiros para me proteger das más intenções da rainha, para me defender de venenos e feitiços. Por que não teria? Toda a corte sabe o que ela fez com minha esposa. Não fiz nada além do que você mesmo fez.

— Não! Eu não acusei a rainha de assassinato.

— Não, mas você colocou alguém para vigiar sua casa? Suas cozinhas? Sua esposa? Seu filho?

Ricardo morde o lábio.

— George...

— Irmão, você precisa ficar do meu lado contra ela. Ela tirou minha esposa de mim. Matará a sua esposa, e a você em seguida. Ela é uma pessoa terrivelmente hostil. Ricardo, eu peço a você, como meu irmão, que fique do meu lado. Eu imploro que não me abandone à mercê da hostilidade dela. A rainha não vai parar até que estejamos mortos, e nossos filhos também.

— Ela é a rainha — diz Ricardo. — E o que você diz não faz sentido. Ela é ambiciosa, Deus sabe o quanto, e tem excessiva influência sobre Eduardo, mas...

George lança-se em direção à porta.

— O rei não tocará em um fio de cabelo desse homem inocente. Isso é coisa Dela. Ela quer me dar o troco pela morte de Ankarette. Eles querem dar cabo de meu honesto criado em pagamento pela morte de sua espiã e envenenadora. Mas ela verá que não pode ousar tocar em mim. Eu sou um duque real! Ela pensa que pode me jogar numa cadeia qualquer?

George sai precipitadamente para salvar Burdett; mas não é capaz de fazê-lo. A investigação real contra ele e seus parceiros — pois George contratou dois outros conselheiros, possivelmente mais — revela uma trama de feitiços e previsões, ameaças e intimidações. Muitas pessoas prudentes não acreditam em uma palavra disso tudo; mas Thomas Burdett, Dr. John Stacey e Thomas Blake, capelão de George, são julgados culpados de traição e sentenciados à morte por decapitação. Thomas Blake é salvo por uma apelação feita a Eduardo, mas os outros dois são enviados para a morte, jurando inocência até o último instante. Eles recusam a tradicional confissão de suas culpas, aquela que oferece uma morte mais rápida e garantia de herança a seus sucessores. Ao contrário, eles sobem ao patíbulo como homens inocentes que não serão silenciados, gritando que nada fizeram além de investigar, que são inocentes de quaisquer maus atos, que a rainha fez com que seus ensinamentos se virassem contra eles e que mandou matá-los para garantir o silêncio.

George invade a reunião do conselho do rei em Westminster para proclamar a inocência deles, a inocência dos mortos, e faz com que seu porta-voz leia as palavras dos discursos feitos no patíbulo — palavras poderosas de homens prestes a encontrar seu criador, insistindo que são inocentes de qualquer acusação.

— Isso é uma declaração de guerra — resume Ricardo. Cavalgamos lado a lado pelas ruas de Londres a caminho de nosso jantar na corte. A rainha está prestes a entrar em resguardo novamente, a fim de se preparar para o nascimento de outro bebê; este é o jantar em sua honra antes que ela se retire. Ela deixa uma corte com boatos sobre bruxaria, feiticeiros e envenenamentos. Deve estar sentindo que toda a paz e elegância pelas quais lutou parecem agora desmoronar, Deve estar com a sensação de que foi desmascarada, como se as escamas de peixe forçassem sua pele de mulher para mostrar sua verdadeira natureza.

É uma tarde quente de maio, e estou vestida de maneira requintada, com seda vermelha. Meu cavalo leva uma sela de couro vermelho e rédeas da mesma cor. Ricardo tem um novo gibão de veludo negro com uma camisa branca e bordada de linho por baixo. Estamos indo para um jantar, mas eu já comi. Nunca como nada que venha das cozinhas da rainha e, quando ela olha em minha direção, pode me ver segurando o garfo, espalhando molho com uma colher, o pão em migalhas. Então ponho meu prato de lado. Finjo que estou comendo os pratos oferecidos por ela, ela finge que não vê que não estou comendo nada. Nós duas sabemos que eu não sou como George ou minha irmã; não tenho coragem de desafiá-la em público. Meu marido está determinado a ser seu amigo. Sou presa fácil para suas más intenções.

— Uma declaração de guerra? — indago. — Por quê?

— George anda dizendo abertamente que Eduardo não é filho e herdeiro verdadeiro de nosso pai. Espalha que o casamento de Eduardo foi concretizado por bruxaria e que seus filhos são bastardos, que o rei o impediu de se casar com Mary de Borgonha porque sabe que ele reivindicaria o trono da Inglaterra com os exércitos dela. George diz que muita gente o apoiaria. Que é mais amado do que o rei. Ele repete alto e bom som o que já sussurrou antes. Isso é tão ruim quanto uma declaração de guerra. Eduardo terá que silenciá-lo.

Cavalgamos para o jardim do Palácio de Westminster; o arauto anuncia nossos títulos e os trombeteiros fazem soar um toque de boas-vindas. Os porta-estandartes curvam suas flâmulas para anunciar a chegada do duque real e da duquesa. Meu cavalo permanece imóvel quando dois criados de libré ajudam-me a descer da sela, e eu me reúno a Ricardo, que espera junto à porta.

— Como o rei pode silenciar seu irmão? — insisto. — Metade de Londres agora está dizendo a mesma coisa. Como Eduardo pode silenciar a todos?

Ricardo põe minha mão sobre seu braço e sorri para as pessoas que se aglomeram na galeria que leva ao pátio do estábulo. Ele me conduz adiante.

— Eduardo pode silenciar George. Acho que ele está sendo forçado a fazê-lo. Ele lhe dará um ultimato e então o acusará de traição.

O crime de traição prevê pena de morte. Eduardo, o rei, matará o próprio irmão. Fico paralisada pelo choque e sinto minha cabeça flutuar. Ricardo segura minha mão. Permanecemos ali um instante, as mãos unidas como se nos agarrássemos um ao outro neste mundo novo e assustador. Não percebemos a presença dos criados que passam por nós ou dos cortesãos que se apressam para o banquete. Ricardo olha dentro de meus olhos, e mais uma vez reconheço em nós as crianças que fomos. Sei que precisamos ser donos de nosso destino em um mundo que não somos capazes de compreender.

— A rainha disse a Eduardo que não se sentirá segura se for para o resguardo com George à solta por aí. Ela exigiu a prisão dele para a própria segurança. O rei tem que atendê-la. Ela está contrapondo a vida do filho dele à do irmão.

— Que tirania! — Eu sopro a palavra e pela primeira vez Ricardo não defende seu irmão. Seu rosto jovem está sombrio de ansiedade.

— Só Deus sabe onde vamos parar. Só Deus sabe para onde a rainha está nos levando. Somos os filhos de York, Eduardo viu nossos três sóis no céu. Como podemos ser separados por uma mulher?

Adentramos o grande salão do Palácio de Westminster, e Ricardo ergue as mãos para retribuir os cumprimentos e reverências das pessoas reunidas ali e na galeria para assistir à chegada da nobreza.

— Você come a comida daqui? — pergunta-me ele em voz baixa.

Balanço a cabeça.

— Jamais como o que sai da cozinha da rainha — sussurro. — Não, desde que George me alertou.

— Nem eu — diz ele com um suspiro. — Não mais.

Castelo de Middleham, Yorkshire, verão de 1477

O destino de George ainda está indefinido quando deixamos Londres. Talvez eu possa dizer que quase fugimos de lá. Eu e Ricardo saímos da cidade, que está atormentada por rumores e suspeitas, e cavalgamos rumo ao norte, para casa, onde o ar é límpido e as pessoas falam o que pensam, não o que lhes traz vantagens, e onde o céu repousa sobre as colinas verdes cobertas de musgo. Lá estamos em paz, longe da corte, longe da família Woodville e dos aliados dos Rivers, longe do mistério letal que é a rainha da Inglaterra.

Nosso filho Eduardo nos saúda com alegria e tem muito a nos mostrar com o explosivo orgulho de um menino de 4 anos. Ele aprendeu a montar seu pequeno pônei e treina para as justas; seu pônei é um animalzinho hábil e estável que conhece seu ofício e trota no ângulo exato para que o pequeno Eduardo possa acertar o alvo. Seu mestre ri e o cumprimenta, e olha para mim para me ver reluzente de orgulho. Ele progride em seus estudos e está começando a ler latim e grego.

— É tão rígido — protesto junto a seu mestre.

— Quanto mais cedo começar, mais fácil será para ele aprender — assegura-me. — E ele já faz suas orações e acompanha a missa em latim. Apenas para lançar as bases do conhecimento.

Seu mestre lhe concede dias livres, de forma que nós podemos cavalgar juntos, e eu compro para ele um pequeno falcão, para que possa caçar conosco com seu próprio pássaro. Ele é como um nobre em miniatura; cavalga seu robusto pônei o dia todo, com o falcão em punho, e nega que esteja cansado, embora por duas vezes caia no sono durante a cavalgada de volta para casa. Ricardo, montado em seu grande cavalo de caça, carrega o filho enquanto eu conduzo o pônei.

À noite ele janta conosco no grande salão; ele se senta entre nós dois na mesa principal, observando o lindo salão repleto de nossos soldados, guardas e criados. As pessoas vêm de Middleham para nos ver jantar e para levar as sobras, e eu as ouço comentar sobre o comportamento e o charme do pequeno senhor: meu Eduardo. Depois da refeição, quando Ricardo se retira para seu quarto e se senta junto à lareira para ler, vou com Eduardo para a torre onde fica a ala infantil e o vejo ser despido e posto na cama. É nesse momento, quando ele acabou de tomar banho e tem um cheiro doce, quando seu rosto está macio e branco como o linho de seu travesseiro, que eu o beijo e sei o que é amar alguém mais do que à própria vida.

Eduardo reza antes de dormir, preces curtas em latim que sua babá o ensinou a recitar; ele mal compreende o significado. Contudo, se mantém fervoroso ao rezar por mim e pelo pai, e, quando ele vai para a cama e seus cílios escuros pousam suavemente sobre sua face, eu me ajoelho ao lado de sua cama e rezo para que ele cresça bem e forte, a fim de que consigamos garantir sua segurança. Pois com certeza nunca houve um menino mais precioso em toda Yorkshire — não, em todo o mundo.

Passo cada dia do verão com meu filho, ouvindo-o ler na ala infantil banhada pelo sol, cavalgando com ele pelos pântanos, pescando com ele no rio e brincando de pega-pega e de jogos com bola no jardim interno, até que ele fique tão cansado que vem dormir no meu colo enquanto leio uma história. Esses são dias tranquilos para mim; alimento-me bem e durmo profundamente em minha cama de rico dossel, com Ricardo abraçado a mim como se fôssemos amantes ainda em nosso primeiro ano de casamento. Acordo de manhã para ouvir as aves cantarem nas terras pantanosas, e os chilreios e piados incessantes das andorinhas e dos martins que fizeram seus ninhos em barro sob cada madeira do telhado.

Mas não vem nenhum bebê. Eu me deleito com meu Eduardo, mas desejo outro filho, anseio por ele. O berço de madeira permanece embaixo da escada na torre da ala infantil. Eduardo deveria ter um irmão ou uma irmã com quem brincar — mas não temos nenhuma criança. Tenho autorização para comer carne nos dias de jejum, uma carta especial do papa me dá permissão para comer carne na Páscoa ou em qualquer outro dia de jejum. Durante o jantar, Ricardo corta para mim os melhores pedaços do cordeiro, a gordura da carne, a pele do frango tostado, mas ainda assim nenhum pequeno corpo se forma. Em nossas longas noites apaixonadas, nos unimos com uma espécie de desejo desesperado, mas não fazemos um filho; nenhum bebê cresce dentro de mim.

Pensei que passaríamos todo o verão e o outono em nossas terras do norte, que talvez fôssemos ao Castelo de Baynard ou víssemos os trabalhos de reconstrução em Sheriff Hutton, mas Ricardo recebe uma mensagem urgente de seu irmão Eduardo, convocando-o de volta a Londres.

Tenho que ir, Eduardo precisa de mim

Ele está doente? — Sinto uma pontada de temor pelo rei e, por um momento, penso o impensável: Ela poderia ter envenenado o próprio marido?

Ricardo está pálido com o choque.

— Eduardo está muito bem, mas foi longe demais. Diz que está pondo um fim em George e em suas acusações intermináveis. Decidiu acusá-lo de traição.

Ponho a mão no pescoço, onde posso sentir minha pulsação martelar.

— Ele jamais... ele não poderia... ele não o teria executado?

— Não, não, apenas o acusou e o manteve sob custódia. É claro que vou insistir para que ele o mantenha com honra, em seus aposentos usuais na Torre, onde George pode continuar a ser servido por seus criados e mantido quieto até chegarmos a um acordo. Sei que Eduardo tem que silenciá-lo, George está completamente fora de controle. Aparentemente, ele desejava se casar com Mary de Borgonha somente porque assim poderia organizar uma invasão contra Eduardo a partir de Flandres. O rei tem provas disso agora. George estava aceitando dinheiro dos franceses, como suspeitávamos. Ele está tramando contra seu próprio país, junto com a França.

— Isso não é verdade. Eu seria capaz de jurar que ele não planejava se casar com ela — retruco com fervor. — Isabel mal havia morrido, George estava ao lado dela na cama. Lembre-se do estado dele quando foi para a corte e nos contou essa história! Ele me disse que se tratava de um plano de Eduardo para mantê-lo fora do país, um plano vetado apenas pela rainha, que queria Mary para seu irmão Anthony.

O jovem rosto de Ricardo é uma máscara de preocupação.

— Eu não sei! Não consigo mais distinguir a verdade em tudo isso. É a palavra de um irmão contra a de outro. Peço a Deus que a rainha e sua família fiquem fora dos assuntos do governo. Se ela se restringisse a ter filhos e deixasse Eduardo governar da maneira que achasse melhor, então nada disso teria acontecido.

— Mas você terá que ir — digo simplesmente.

Ele assente.

— Tenho que ir para garantir que George não seja ferido. Se a rainha está contra meu irmão, quem além de mim poderá defendê-lo?

Ele se vira e vai para nosso quarto, onde os criados estão guardando suas roupas de montaria em uma sacola.

— Quando você vai voltar?

— Assim que puder. — O rosto dele está sombrio de preocupação. — Preciso me assegurar de que isso não vá mais longe. Preciso salvar George da fúria da rainha.

Castelo de Middleham, Yorkshire, outono de 1477

Os dias de verão na companhia de meu filho ficam para trás e o outono chega, e mando buscar o alfaiate para que tire as medidas para suas roupas de inverno. Ele cresceu durante o verão, e todos manifestam admiração diante do novo comprimento de suas calças de montaria. O sapateiro faz botas novas, e eu concordo, apesar de todos os meus temores, que Eduardo passe a montar um pônei maior. Seu pequeno pônei da raça *fell*, que o serviu tão bem, ganhará uma sossegada aposentadoria.

Quando Ricardo volta para casa e diz que temos que retornar a Londres, recebo a notícia como se fosse uma sentença de prisão. Elizabeth, a rainha, saiu do resguardo, mãe de mais um menino, seu terceiro; e, como se para acrescentar brilho a seu triunfo, ainda arranjou o noivado de seu filho mais novo, Ricardo, com uma magnífica herdeira, a garotinha mais rica do reino, Anne Mowbray, minha prima e herdeira do poderoso espólio de Norfolk. A pequena Anne teria sido um excelente partido para meu Eduardo. As terras deles se somariam; teriam composto uma poderosa aliança. Somos parentes, tenho interesse nela, mas nem me dei ao trabalho de perguntar à família se eles considerariam as possibilidades de Eduardo. Eu sabia que Elizabeth, a rainha, não permitiria que uma pequena herdeira como Anne ficasse disponível. Eu sabia que ela asseguraria essa fortuna para a família Rivers, para seu precioso filho, Ricardo. Eles se casarão ainda crianças para satisfazer a ganância da rainha.

— Ricardo, não podemos ficar aqui? — pergunto. — Não podemos passar o Natal aqui só uma vez?

Ele balança a cabeça.

— Eduardo precisa de mim. Agora que George está preso, o rei necessita ainda mais de seus verdadeiros amigos, e eu sou o único irmão que lhe restou. Ele conta com William Hastings como seu braço direito, mas, fora ele, com quem mais pode contar além dos parentes da rainha? Ela o mantém cercado. E eles compõem um coro em harmonia. Todos o aconselham a mandar George para o exílio e proibi-lo de voltar à Inglaterra para sempre. O rei está confiscando os bens dele, está dividindo suas terras. Ele já se decidiu.

— Mas e os filhos? — questiono, pensando nos pequenos Margaret e Edward, filhos de George. — Quem cuidaria deles se George for exilado?

— Eles seriam como órfãos — responde Ricardo com expressão sombria. — Temos que ir para a corte neste Natal para defendê-los, assim como a George. — Ele hesita. — Além disso, preciso vê-lo, preciso apoiá-lo. Não quero deixá-lo sozinho. Ele está totalmente solitário na Torre, ninguém ousa visitá-lo, e ele tem muito medo do que possa acontecer. Tenho certeza de que Ela não conseguirá persuadir Eduardo a fazer mal ao irmão, mas tenho medo... — Ele se interrompe.

— Medo? — repito num sussurro, ainda que estejamos em segurança atrás das espessas muralhas do Castelo de Middleham.

Ele dá de ombros.

— Não sei. Às vezes sinto que sou medroso como uma mulher, ou supersticioso como George, com essa conversa de necromancia, bruxaria, magia negra e sabe Deus mais o quê. Mas... acho que temo por George.

— Teme o quê? — indago novamente.

Ricardo balança a cabeça; não pode suportar sequer verbalizar seus temores.

— Um acidente? — pergunta. — Uma doença? Que ele coma alguma coisa que faça mal? Que beba em excesso? Não quero nem pensar nessas coisas. Que ela se aproveite da tristeza e dos medos dele a tal ponto que George deseje dar cabo da própria vida e alguém lhe traga uma faca?

Estou horrorizada.

— Ele jamais faria mal a si mesmo. É um pecado tão grave...

— Ele já não se parece mais com o George que era antes. — Ricardo está tomado pela tristeza. — Sua confiança, seu charme, você sabe como ele é... Tudo isso o abandonou. Temo que ela esteja colocando sonhos em sua mente, que esteja drenando a coragem dele. Ele diz que acorda aterrorizado e a vê deixando o quarto, que sabe que ela vem se encontrar com ele durante a noite e verte água gelada em seu coração. Ele diz ter uma dor no coração que médico nenhum é capaz de curar, bem embaixo das costelas, no tronco.

Balanço minha cabeça.

— Isso é impossível — afirmo resolutamente. — Ela não pode entrar no pensamento de outra pessoa. George está sofrendo, assim como eu, e ele foi preso, o que é suficiente para deixar qualquer homem temeroso.

— De qualquer forma, preciso vê-lo.

— Não gosto de deixar Eduardo.

— Eu sei, mas aqui ele tem a melhor infância que um menino poderia ter, estou certo disso. Minha infância também foi assim. Ele não ficará sozinho; tem seu mestre e sua governanta. Sei que ele sente sua falta e que a ama, mas é melhor para ele estar aqui do que ser arrastado para Londres. — Ricardo hesita novamente. — Anne, você tem que concordar com isso: não o quero na corte...

Ele não precisa dizer nem mais uma palavra. Estremeço ao pensar no frio olhar da rainha sobre meu menino.

— Não, não, não o levaremos a Londres — apresso-me em dizer. — Nós o deixaremos aqui.

Palácio de Westminster, Londres, Natal de 1477

As festividades de Natal são grandiosas como sempre, com a rainha exultante, fora do resguardo, seu novo bebê com a ama de leite, seu novo menino sendo exibido por toda a corte e mencionado em todas as conversas. Quase posso sentir o gosto amargo em minha boca quando vejo o bebê sendo carregado no colo atrás dela, junto de seus seis outros filhos.

— Ela vai dar a ele o nome de George — diz Ricardo.

Engasgo.

— George? Tem certeza?

O rosto dele está sombrio.

— Tenho certeza. Foi ela mesma quem me disse. E logo depois sorriu como se eu devesse ficar satisfeito.

Esse humor venenoso me deixa horrorizada. Ela fez com que o tio dessa criança inocente fosse preso por falar mal dela, ameaçou-o com uma acusação passível de pena de morte e dá ao filho o nome dele? É uma insanidade, uma maldade, se não algo pior.

— O que poderia ser pior? — indaga Ricardo.

— Ela pode ter pensado que assim substituiria um George por outro — respondo bem baixinho e desvio o olhar do rosto consternado de meu marido.

Todos os filhos de Elizabeth estão reunidos na corte para o Natal. A rainha os ostenta em toda parte, e eles vêm atrás dela, seguindo seus passos. A filha mais velha, a princesa Elizabeth, tem 11 anos agora e está na altura do ombro da mãe, esguia e esbelta como um lírio, a queridinha da corte e a predileta de seu pai. Eduardo, o príncipe de Gales, encontra-se na corte para as festividades de Natal, e está mais alto e mais forte cada vez que volta a Londres. O mesmo acontece com seu irmão Ricardo, que é apenas um menininho, porém mais forte e mais robusto que meu filho. Eu os vejo passar, a ama de leite vindo por último com o novo bebê, George, e preciso me lembrar de sorrir com admiração.

Ao menos a rainha sabe que o sorriso é tão real e caloroso quanto o frio cumprimento que dirige a mim e o ato de oferecer o rosto para um beijo. Quando eu a parabenizo, pergunto-me se ela é capaz de sentir o medo em meu hálito, no suor frio debaixo dos meus braços, se ela sabe que meus pensamentos estão sempre voltados para o meu cunhado, retido por ela na Torre, se ela sabe que não sou capaz de ver sua felicidade e sua fertilidade sem temer por meu único filho e me lembrar da irmã que perdi.

Ao término das festividades de Natal, acontece a vergonhosa farsa que é o noivado do pequeno príncipe Ricardo, de apenas 4 anos, com Anne Mowbray, de 6. A garotinha herdará toda a fortuna dos duques de Norfolk: é a única herdeira. Ou melhor, ela era a única herdeira. Agora o príncipe Ricardo terá toda a fortuna dela, pois a rainha estabelece um contrato de casamento que garante que ele ficará com a riqueza da menina mesmo se ela morrer ainda criança, antes que tenham idade suficiente para se casarem, antes que ela chegue à vida adulta. Quando minhas damas me contam isso, faço um esforço para não estremecer. Não consigo deixar de pensar que os Norfolk assinaram sua sentença de morte. Se a rainha for ficar com uma grande fortuna no caso da morte de Anne, quanto tempo essa menininha viverá após a assinatura do contrato de casamento?

Há uma grande celebração do noivado, à qual todos nós temos que comparecer. A menininha e o principezinho são conduzidos por suas amas em um cortejo e postos como dois bonecos lado a lado na mesa principal do grande salão. Ao ver essa representação da ganância, ninguém duvidaria por um instante sequer de que a rainha está no auge de seu poder, fazendo exatamente o que deseja.

Os Rivers, é evidente, estão encantados com o casal e celebram com banquetes, danças, autos e uma maravilhosa justa. Anthony Woodville, o amado irmão da rainha, luta na justa vestido de eremita, com uma túnica branca, e seu cavalo é guarnecido de veludo negro. Ricardo e eu comparecemos ao noivado com nossas roupas mais elegantes e tentamos parecer felizes, mas a mesa onde George e Isabel costumavam se sentar com seu séquito está vazia. Minha irmã está morta, e o marido dela está preso sem julgamento. Quando a rainha olha para mim no salão, retribuo o sorriso dela e cruzo os dedos embaixo da mesa, um sinal contra bruxaria.

— Não precisamos comparecer à justa se você não quiser — diz Ricardo naquela noite. Ele se juntou a mim em meu quarto no palácio e se sentou diante da lareira usando roupas de dormir. Vou para a cama e puxo as cobertas acima dos ombros.

— Por que não precisamos ir?

— Eduardo disse que podíamos ficar à vontade.

Faço a pergunta que a cada dia ganha mais importância na corte.

— E quanto a ela? Ela se importará?

— Acho que não. O filho da rainha, Thomas Grey, será um dos desafiantes, o irmão dela será o primeiro cavaleiro. Os Rivers estão no auge do poder. Ela não se importará muito se estivermos lá ou não.

— Por que Eduardo disse que podíamos ficar à vontade? — Percebo o tom de prudência em minha voz. Todos temos medo de tudo na corte agora.

Ricardo se levanta, tira o roupão, puxa as cobertas e deita na cama ao meu lado.

— Porque ele vê que estou aflito com a prisão de George e com medo do que pode vir a seguir. Eduardo também não tem a menor disposição para festividades, com nosso irmão na Torre e a rainha pressionando pela morte dele. Por favor, me abrace, Anne. O frio está entranhado em meus ossos.

Palácio de Westminster, Londres, janeiro de 1478

George é mantido na Torre sem julgamento, sem visitas, em aposentos confortáveis — mas fica preso como traidor pelo resto do ano. Somente em janeiro a rainha finalmente consegue impor sua vontade e fazer com que o rei o acuse de traição. Os partidários dos Rivers pressionaram os jurados do julgamento de Ankarette, a envenenadora, e os convenceram a declarar que a consideraram inocente desde o começo, mesmo quando a mandaram para a forca. Minha irmã, dizem agora, morreu naturalmente em consequência do parto. De repente, Isabel é diagnosticada com febre do parto, ainda que, quando consultados antes, tenham jurado que ela foi envenenada. Agora eles defendem que George excedeu sua autoridade ao acusar Ankarette e agiu como se ele próprio fosse rei ao mandar executá-la. Afirmam que ele se beneficiou de sua posição e o transformam em um traidor por ter punido a assassina da esposa. Com uma estratégia brilhante, encobriram o assassinato e a rainha assassina, livraram-se do meio usado para cometer o crime e transferiram toda a culpa para George.

A rainha tem influência sobre toda essa situação: ela aconselha o rei, avisa-o do perigo, argumenta sutilmente que George não pode ser juiz e carrasco em Warwick, sugere que isso é praticamente uma usurpação. Se ele pode instituir um júri, se pode comandar uma execução, onde iremos parar? Não deveriam pôr um freio nele? De uma vez por todas?

Finalmente o rei concorda com ela, assumindo ele mesmo a tarefa de acusar o irmão, e ninguém — nem um homem sequer — fala em defesa de George. Ricardo volta para casa depois do último dia de julgamento, de ombros caídos e com a expressão sombria. Eu e minha sogra o encontramos no saguão; ele nos leva até os aposentos particulares, fechando a porta diante dos rostos curiosos de nossa criadagem.

— Eduardo acusou-o de tentar destruir a família real e de contestar seu direito ao trono. — Ricardo olha de relance para a mãe. — Está provado que George disse a todos que o rei não tem berço, que é um bastardo. Sinto muito, milady mãe.

Ela faz um gesto com a mão em sinal de desprezo.

— Isso é uma calúnia antiga. — Ela olha para mim. — É uma velha mentira de Warwick. Se há um culpado, é ele.

— E eles têm provas de que George pagou seus homens para circularem pelo país dizendo que Thomas Burdett era inocente e que foi morto pelo rei por prever sua morte. Eduardo ouviu evidências disso, e eram legítimas. George com certeza contratou pessoas para falarem mal do rei. Afirma que o rei está usando magia negra, e todos supõem que a intenção de George é acusar a rainha de bruxaria. Finalmente, e quase o pior de tudo: George tem recebido dinheiro de Luís da França para organizar uma rebelião contra Eduardo. Ele ia provocar uma revolta e tomar o trono.

— Ele não ia fazer isso — contesta sua mãe, direta.

— Eles tinham cartas de Luís endereçadas a ele.

— Falsificações.

Ricardo suspira.

— Quem sabe? Eu não sei. Temo, milady mãe, que parte disso... na verdade, a maior parte disso... seja verdade. George contratou o filho de um arrendatário e o colocou no lugar do próprio filho. Ele estava prestes a enviar o verdadeiro Edward de Warwick a Flandres, por precaução.

Respirei fundo. Edward é o filho de Isabel, meu sobrinho, que seria mandado para Flandres por motivo de segurança.

— Por que não o mandaram para nós?

— Ele afirma que não ousa manter o menino na Inglaterra, pois a maldade da rainha o mataria. Citaram isso como evidência de sua conspiração.

— Onde está Edward agora? — pergunto.

— Por causa da rainha, a criança agora corre perigo — diz a duquesa, avó do menino. — Isso não é prova da culpa de George, é prova da culpa da rainha.

Ricardo responde minha pergunta:

— Os espiões do rei prenderam o menino no porto quando ele estava prestes a apanhar o navio, levando-o de volta ao Castelo de Warwick.

— Onde ele está agora? — repito.

— No Castelo de Warwick, com Margaret, sua irmã.

— Você deve falar com seu irmão, o rei — insiste a duquesa Cecily a Ricardo. — Precisa dizer a ele que Elizabeth Woodville é a destruição da nossa família. Em minha mente, não há dúvida de que ela envenenou Isabel e de que destruirá George também. Você precisa fazer com que Eduardo veja isso. Precisa salvar George, proteger os filhos dele. Edward é seu sobrinho. Se ele não está a salvo na Inglaterra, é preciso que você o proteja.

Ricardo volta-se para a mãe.

— Perdoe-me — diz ele. — Eu tentei. Mas a rainha tem total controle sobre o rei, ele não me ouvirá mais. Não posso aconselhá-lo contra Ela.

A duquesa percorre a sala de cabeça baixa. Pela primeira vez ela parece uma mulher velha, exausta pelo sofrimento.

— Eduardo dará a sentença de morte a seu próprio irmão? — pergunta.

— Vou perder George como perdi seu irmão Edmundo? Para uma morte desonrosa? Será que Ela conseguirá pôr a cabeça de meu filho na ponta de uma lança? A Inglaterra está sendo governada por uma loba tão má quanto Margarida de Anjou? Será que Eduardo se esquece de que seus irmãos são seus verdadeiros amigos?

Ricardo balança a cabeça.

— Não sei. Ele me destituiu do posto de lorde camarista da Inglaterra, de forma que não posso me envolver na sentença de morte.

O rosto dela imediatamente assume uma expressão preocupada.

— Quem é o novo comissário?

— O duque de Buckingham. Ele fará o que manda sua esposa Rivers. A senhora irá falar com Eduardo? Apelará a ele?

— É claro. Vou recorrer a um filho amado para pedir pela vida de outro. Eu não deveria ter que fazer isso. Isso é consequência da presença de uma mulher malvada, de uma esposa má, de uma bruxa no trono.

— Fique calma — pede Ricardo em tom cansado.

— Não vou ficar calma. Vou me colocar entre ela e meu filho George. Vou salvá-lo.

Castelo de Baynard, Londres, fevereiro de 1478

Só nos resta esperar. Esperamos e esperamos, de janeiro a fevereiro. Integrantes de ambas as câmaras do Parlamento enviam delegações para implorar ao rei que proclame a sentença de seu irmão e encerre o caso, independentemente do resultado. Finalmente a sentença é dada, e George é declarado culpado de traição. A punição é a morte, mas o rei ainda hesita em ordenar a execução de seu irmão. Ninguém tem permissão para ver George, que de seu confinamento apela para ser julgado em um único combate — uma solução cavalheiresca para uma acusação desonesta. É o último recurso de um homem inocente. O rei, que afirma ser a fina flor da cavalaria inglesa, recusa. Parece que essa é uma questão que não diz respeito à honra, tampouco à justiça.

Como havia prometido, a duquesa Cecily procura Eduardo, certa de que pode fazê-lo transformar a pena de morte em exílio. Quando retorna da corte ao Castelo de Baynard, precisam ajudá-la a sair da liteira. Está tão pálida quanto a gola de renda de seu vestido e mal consegue ficar de pé.

— O que houve? — pergunto.

Ela se agarra à minha mão ao subir os degraus de sua grande residência londrina. Nunca antes havia procurado meu apoio.

— Anne — é tudo o que consegue dizer. — Anne.

Chamo minhas damas e, juntas, nós a ajudamos a chegar aos meus aposentos e a sentar diante da lareira, em minha cadeira. Damos a ela um copo de vinho malvasia. Com um gesto brusco, ela o atira longe e ele se espatifa na pedra da lareira.

— Não! Não! — grita, com súbita energia. — Não o tragam perto de mim!

O cheiro do vinho doce toma conta da sala enquanto me ajoelho aos pés de minha sogra e tomo suas mãos. Creio que ela está delirando quando estremece e grita novamente:

— O vinho não! O vinho não!

— Milady mãe, o que é isso? Duquesa Cecily! Acalme-se!

Esta é uma mulher que permaneceu na corte enquanto seu marido tramou a maior rebelião contra o rei que a Inglaterra jamais viu. Esta é a mulher que permaneceu na praça do mercado de Ludlow quando seu marido fugiu e os soldados dos Lancaster saquearam a cidade. Esta não é uma mulher que chora com facilidade, que aceita a derrota. Mas agora ela olha para mim como se não conseguisse enxergar nada, está cega pelas lágrimas. Então deixa escapar um grande soluço.

— Eduardo disse que tudo o que eu podia fazer era oferecer a George a chance de escolher como quer morrer. Disse que ele precisa morrer. Aquela mulher ficou lá o tempo todo, não me deixou falar nada em favor de meu filho. Tudo o que consegui para ele foi uma morte privada, em seu aposento na Torre, e o direito de ele escolher o meio.

Ela enterra a face nas mãos e chora como se não fosse parar nunca mais. Olho para minhas damas. Estamos tão chocadas em ver a duquesa nesse estado que todas nós permanecemos num círculo impotente em torno da mãe sofredora.

— Meu filho favorito, meu querido — sussurra a duquesa para si própria. — E ele tem que morrer.

Não sei o que fazer. Pouso minha mão delicadamente em seu ombro.

— Vossa Graça, a senhora não tomaria um copo de alguma coisa?

Ela levanta o olhar para mim, seu belo rosto envelhecido está devastado pelo sofrimento.

— Ele escolheu se afogar em vinho malvasia — diz ela.

— O quê?

Ela confirma.

— Por isso eu não quis beber. Não voltarei a tocar nele enquanto eu viver. Não o terei em minha casa. Esse vinho será banido da adega hoje.

Estou horrorizada.

— Por que ele faria uma coisa dessas?

Ela ri, um som cortante e seco que ressoa como um carrilhão de tristeza nas paredes de pedra.

— É seu último gesto: obrigar Eduardo a deleitá-lo, a pagar por sua bebida. Ridicularizar a justiça do rei, sorver o vinho favorito da rainha. Com essa atitude, ele mostra que isso foi um plano dela, que esse é o veneno dela, da mesma forma que outro de seus venenos matou Isabel. Ele ridiculariza o julgamento, a sentença. Ridiculariza a própria morte.

Viro-me para a janela e olho para o exterior.

— Os filhos de minha irmã serão órfãos — digo. — Edward e Margaret.

— Órfãos e miseráveis — completa a duquesa Cecily com severidade, secando o velho rosto astuto.

Olho novamente em sua direção.

— O quê?

— O pai deles morrerá por traição. As terras de um traidor são confiscadas. Quem você acha que ficará com elas?

— O rei — respondo com apatia. — O rei. O que equivale à rainha e sua infindável família, é claro.

Somos uma casa em luto profundo, mas não podemos usar azul. George, o elegante duque irrefreável, está morto. Morreu de acordo com seu pedido, afogado num barril do vinho favorito da rainha. Foi seu último e brilhante gesto de desafio à mulher que arruinou sua casa. Ela própria nunca mais bebeu o vinho, como se temesse sentir em sua doçura o gosto do escarro vindo dos pulmões engasgados. Eu gostaria de poder encontrar George no purgatório e dizer-lhe que ao menos isso ele conseguiu. Ele estragou o gosto da rainha por vinho. Que Deus pudesse ter permitido que ele a afogasse também.

Vou à corte e aguardo uma oportunidade de falar com o rei. Sento-me nos aposentos da rainha com suas damas e converso com elas sobre o clima e a possibilidade de nevar. Admiro o trabalho de renda que elas estão fazendo, o qual foi desenhado pela própria rainha, e faço um comentário sobre a veia artística dela. Quando a rainha se dirige a mim brevemente, respondo com agradável cortesia. Não deixo que perceba, seja por minha expressão, seja por qualquer gesto, seja por qualquer movimento de minha mão ou de meus pés em minhas sapatilhas de couro, que a considero a assassina de minha irmã por envenenamento e de meu cunhado pela política. Ela é uma assassina, talvez uma bruxa, e roubou de mim todas as pessoas que amo, menos meu marido e meu filho. Não tenho dúvidas de que, se não fosse pela posição ocupada por Ricardo junto ao rei, ela os tiraria de mim. Nunca lhe perdoarei por isso.

O rei entra, sorridente e alegre, e saúda as damas pelo nome, como de costume. Quando ele vem até mim e me beija como um irmão em ambas as faces, digo em voz baixa.

— Vossa Graça, gostaria de lhe pedir um favor.

Imediatamente ele olha de relance para a rainha, e eu percebo a troca de olhares. Ela ameaça se levantar, como se fosse me interceptar, mas estou preparada para isso. Não espero conseguir nada sem a permissão da bruxa.

— Eu gostaria de ter a guarda dos filhos de minha irmã — digo rapidamente. — Eles estão em Warwick, no ala infantil do castelo. Margaret tem 4 anos, e Edward, quase 3. Amei Isabel com ternura, gostaria de cuidar dos filhos dela.

— É claro — retruca Eduardo com tranquilidade. — Mas você sabe que eles não têm fortuna?

Ah, sim, sei disso, penso. Porque você roubou de George tudo o que ele havia ganhado ao acusá-lo de traição. Se a guarda de meus sobrinhos valesse alguma coisa, sua esposa já a teria reclamado. Se eles fossem ricos, ela já teria um contrato de casamento para cada um deles, uma aliança com seus próprios filhos.

— Eu proverei o sustento deles — asseguro.

Ricardo, que vem em minha direção, concorda.

— Sim, nós proveremos o sustento deles.

— Vou criá-los em Middleham com o primo, meu filho. Se Vossa Graça permitir. É o maior favor que poderia me fazer. Eu amava minha irmã e prometi que, se algo acontecesse a ela, eu tomaria conta de seus filhos.

— Ah, ela pensou que poderia morrer? — pergunta a rainha com falsa consternação, aproximando-se do rei e deslizando a mão pelo braço dele, seu belo rosto simulando solenidade e interesse. — Ela temia o parto?

Penso em Isabel me alertando, dizendo que um dia eu teria a notícia de que ela havia morrido subitamente e de que, nesse momento, eu podia ter certeza de que ela fora envenenada por essa bela mulher que está aqui, diante de mim, com sua arrogância e poder, ousando me provocar com a morte de minha irmã

— O parto é sempre perigoso — respondo em voz baixa, negando a verdade sobre o assassinato de Isabel. — Como todos sabem. Todas nós vamos para o resguardo com uma prece.

A rainha me encara por um momento, desafiadora, avaliando se poderia me levar a dizer algo que revelasse traição ou revolta. Posso ver a tensão de meu marido, como se estivesse se preparando para um ataque, e ele se aproxima do irmão, como se quisesse desviar sua atenção da mulher má que segura seu braço. Ela então dá seu lindo sorriso e olha para o marido naquele modo sedutor habitual.

— Creio que devemos deixar os filhos dos duques de Clarence viverem com sua tia, não, Vossa Graça? — pergunta ela com doçura. — Talvez isso os console por sua perda. E tenho certeza de que minha irmã Anne será uma boa guardiã para seus pequenos sobrinhos.

— Eu concordo — diz o rei. Ele assente para Ricardo. — Estou satisfeito por conceder um favor a sua esposa.

— Dê-me notícias sobre como eles estão — pede a rainha enquanto se afasta. — Que tristeza o bebê ter morrido. Qual era o nome dele?

— Richard — respondo em um tom de voz suave.

— Ela deu-lhe esse nome em homenagem ao pai de vocês? — pergunta ela, mencionando o assassino de seu pai e de seu irmão, o homem que acusou sua mãe, seu inimigo de toda a vida.

— Sim — respondo, sem saber o que dizer.

— Que pena — lamenta ela.

Castelo de Baynard, Londres, março de 1478

Creio ter vencido. Naquela noite e nos dias subsequentes celebro minha vitória em silêncio. Celebro sem palavras, sem um sorriso sequer. Perdi minha irmã, mas os filhos dela ficarão sob minha guarda e eu os amarei como se fossem meus. Contarei que a mãe deles foi uma beldade, que o pai deles foi um herói, e que Isabel colocou-os sob minha proteção.

Escrevo para o Castelo de Warwick e digo que as crianças devem ir para Middleham tão logo as estradas estejam limpas o suficiente para a viagem. Semanas depois, atrasada pela neve e pelas tempestades, recebo uma resposta dizendo que Margaret e Edward partiram, bem agasalhados, em duas liteiras, acompanhados de suas amas. Uma semana depois, recebo uma mensagem de Middleham informando-me sobre a chegada de meus sobrinhos em segurança. Os filhos de Isabel encontram-se atrás das espessas muralhas de nosso melhor castelo, e juro que os manterei seguros.

Vou até meu marido quando ele está ouvindo petições na câmara de audiências do Castelo de Baynard. Espero pacientemente enquanto dúzias de pessoas apresentam suas solicitações e reclamações e ele as ouve atentamente, tratando cada uma delas com justiça. Ricardo é um grande senhor. Ele compreende, tal como meu pai, que cada homem deve ter permissão para se exprimir livremente, que cada um será fiel a seu senhor se puder ter a certeza de que ele lhe pagará com sua proteção. Ricardo sabe que a riqueza não está na terra, mas nos homens e mulheres que trabalham nela. Nossa riqueza e nosso poder dependem do amor do povo que nos serve. Se eles fizerem qualquer coisa por Ricardo — como fizeram por meu pai — então ele terá um exército a sua disposição para o que precisar. Esse é o verdadeiro poder, essa é a verdadeira riqueza.

Quando o último peticionário termina, ajoelha-se, agradece a Ricardo por sua dedicação e sai, meu marido levanta os olhos dos papéis que está assinando e me vê.

— Anne.

— Eu também queria vê-lo e pedir-lhe um favor.

Ele sorri e ergue-se de seu assento sobre o tablado.

— Pode me perguntar o que quiser, quando quiser, não precisa vir até aqui. — Ele põe o braço em volta de minha cintura e caminhamos até a janela que tem vista para o jardim diante do castelo. Atrás do grande muro, o comércio e a agitação de Londres prosseguem; mais adiante está o Palácio de Westminster, onde a rainha se encontra, envolta em seu poder e mistério. Atrás de nós, os escrivães de Ricardo levam os papéis que os peticionários trouxeram e as mesas que usaram para escrever, com os tinteiros, a tinta e a cera de selar. Ninguém bisbilhota nossa conversa.

— Vim para lhe perguntar se podemos voltar para nossa casa, em Middleham.

— Você quer estar com os filhos de sua irmã?

— E com o pequeno Eduardo. Mas é mais do que isso.

— O que é?

— Você sabe.

Ele olha rapidamente à sua volta para se certificar de que ninguém pode nos ouvir. Observo que o próprio irmão do rei, o irmão leal, está temeroso de falar abertamente em sua própria casa.

— A verdade é que eu creio que George estava certo ao acusar Ankarette de ter sido paga pela rainha — digo bruscamente. — Acho que a rainha preparou sua espiã para envenenar Isabel e talvez até mesmo para matar o bebê, porque ela nos odeia. Queria vingança pelo assassinato de seu pai, e a empreende contra os descendentes dele, Isabel e Ricardo, seu filho. Tenho certeza de que eu e as crianças seremos os próximos.

O olhar de Ricardo não se desvia do meu.

— Essa é uma grave alegação contra uma rainha.

— Faço-a apenas a você. Jamais a acusaria publicamente. Todos vimos o que aconteceu a George, que a acusou em público.

— George foi culpado de traição contra o rei — lembra-me Ricardo. — Não há dúvida da culpa dele. Ele mencionou essa traição a mim, eu mesmo o ouvi. Ele recebeu dinheiro da França, tramou uma nova rebelião.

— Não há dúvida da culpa dele, mas antes ele sempre foi perdoado. Por si só, Eduardo jamais levaria George a julgamento. Você sabe que isso foi conselho da rainha. Quando sua mãe foi pedir por clemência, disse que foi a rainha quem insistiu para que George fosse condenado à morte. Ela viu nele um perigo para exercer seu controle, ela jamais permitiria que ele a acusasse. Ele a chamou de assassina e, para silenciá-lo, a rainha mandou matá-lo. Não se tratou de uma rebelião contra o rei, e sim da inimizade de George contra Ela.

Ricardo não pode negar.

— E você teme — pergunta em voz baixa.

— Isabel me contou sobre o estojo de joias da rainha e os dois nomes escritos com sangue que ela conserva dentro de uma caixa esmaltada.

Ele assente.

— Isabel acreditava que eram nossos nomes: o meu e o dela — prossigo. — Acreditava que a rainha nos mataria para vingar a morte de seu pai e de seu irmão, ambos mortos por nosso pai. — Envolvo as mãos dele com as minhas. — Ricardo, tenho certeza de que a rainha mandará me matar. Não sei como fará isso, se por envenenamento, se forjará algo que pareça um acidente ou algum ato de violência na rua. Mas estou certa de que ela trama minha morte, e estou com muito medo.

— Isabel foi envenenada em Warwick — diz ele. — Ela estava distante de Londres e isso não a salvou.

— Eu sei. Mas acho que eu estaria mais segura em Middleham. Aqui a rainha me vê na corte, você rivaliza com ela pela afeição de Eduardo, e eu a faço lembrar do meu pai toda vez que entro em seus aposentos.

Ele hesita.

— Você mesmo me recomendou que não comesse a comida que viesse da cozinha da rainha — lembro-o. — Antes de George ser preso. Antes de ela pressionar o rei para que ele fosse morto. Você mesmo me advertiu.

A expressão de Ricardo é muito séria.

— Adverti — confirma ele. — Pensei que você estivesse em perigo na época, e acho que está em perigo agora. Concordo com você que devemos ir para Middleham e ficar longe da corte. Tenho muito o que fazer no norte; Eduardo deu-me todas as terras de George em Yorkshire. Deixaremos Londres e voltaremos à corte apenas quando for necessário.

— E sua mãe? — Pergunto, ciente de que ela também jamais perdoará à rainha pela morte de George.

Ele balança a cabeça.

— Ela vai pelo mesmo caminho da traição; diz que Eduardo nunca deveria ter subido ao trono se era para tornar aquela mulher rainha da Inglaterra. Chama Elizabeth de bruxa, assim como a mãe dela, Jacquetta. Deixará Londres para viver em Fotheringhay. Ela também não ousa permanecer aqui.

— Seremos pessoas do norte — digo, imaginando a vida que teremos, longe da corte, longe do medo constante, longe da diversão e do entretenimento excitantes e efêmeros que agora parecem um verniz para encobrir as manobras e planos da rainha e de seus irmãos. Esta corte perdeu sua inocência; não é mais alegre. É uma corte de assassinos, e ficarei feliz de estar a alguns quilômetros de distância.

Castelo de Middleham, Yorkshire, verão de 1482

Não vivemos em paz, como eu esperava, pois o rei encarrega Ricardo de comandar as tropas da Inglaterra contra os escoceses. Quando o tratado entre a Escócia e a Inglaterra é quebrado, e Anthony Woodville se vê sem sua prometida noiva real escocesa, cabe a meu marido liderar a vingança dos Rivers, levando um pequeno contingente, a maioria composta por nosso povo do norte, à vitória, conquistando a cidade de Berwick e entrando em Edimburgo. É uma grande vitória, mas isso não convence a corte de que Ricardo é um grande soldado, herdeiro de seu pai. Em um mês sabemos que os Rivers reclamam na corte, dizendo que ele deveria ter ido mais longe e conquistado mais.

Ouço a opinião sussurrada por Elizabeth sobre esse assunto e ranjo os dentes. Se ela conseguir convencer o marido a classificar essa vitória contra os escoceses de fracasso com ares de traição, então Ricardo será convocado a ir a Londres para responder por isso. O último irmão real a ser acusado de traição foi julgado sem direito a defesa e se afogou em um tonel do vinho favorito da rainha.

Para me consolar, vou até a sala de estudos e me sento nos fundos, enquanto as crianças arrastam-se pela gramática latina, recitando os verbos que há tanto tempo foram ensinados a Isabel e a mim em Calais. Quase consigo ouvir a voz de Isabel, mesmo agora, anos depois, e seu grito de triunfo quando os pronuncia sem erro. Meu filho Eduardo tem 9 anos. Sentada a seu lado está Margaret, a filha de Isabel, que também completará 9 este ano e, ao lado dela, Edward, seu irmão, a quem chamamos de Teddy, que acabou de fazer 7.

O mestre deles faz uma pausa, dizendo que podem interromper o trabalho para me cumprimentar, e os três juntam-se ao redor de minha cadeira. Margaret se recosta em mim; passo o braço em torno de seus ombros e observo os dois belos rapazes. Sei que possivelmente estes serão os únicos filhos que vou ter. Tenho apenas 26 anos, deveria estar pronta para gerar mais meia dúzia de crianças, mas elas parecem nunca vir, e ninguém, nem os médicos, nem as parteiras, nem o padre, sabe me dizer por quê. Na ausência de outras crianças, estes três são meus filhos; e Margaret, tão bela e apaixonada quanto sua mãe, é uma menina muito querida e a única filha que espero criar.

— Sente-se bem, milady mãe? — pergunta-me com doçura.

— Sim — digo, afastando seus cabelos castanhos e rebeldes de seus olhos.

— Podemos brincar de corte? — pede ela. — Pode fingir que é a rainha e que nós estamos nos apresentando à senhora?

A lembrança da brincadeira que eu costumava fazer com minha irmã é muito dolorosa para mim hoje.

— Não esta manhã — respondo. — E, de todo modo, talvez vocês não precisem praticar, talvez vocês, crianças, não cheguem a ir para a corte. Talvez vivam como seu pai, um grande senhor em suas terras, livre da corte e longe da rainha.

— Não precisaremos ir à corte para o Natal? — pergunta-me Eduardo com seu rosto pequeno franzido pela preocupação. — Pensei que nosso pai dissesse que nós três teríamos que ir à corte este ano, no Natal.

— Não — garanto. — Se o rei exigir nossa presença, eu e seu pai iremos, mas vocês três ficarão aqui em Middleham, em segurança.

Palácio de Westminster, Londres, inverno de 1482-3

— Não tivemos escolha — diz Ricardo enquanto nos detemos diante da câmara de audiências do rei. — Precisávamos vir para o banquete de Natal. Já basta você ter deixado as crianças em casa. Parece que não confia nas pessoas aqui em Londres.

— Não confio mesmo — retruco com franqueza. — Nunca as trarei para a corte enquanto ela estiver no trono. Não colocarei os filhos de Isabel sob a guarda dela. Veja a menina Mowbray, casada com o príncipe Ricardo, cuja fortuna passou para os Rivers. Ela morreu antes do nono aniversário.

Ricardo olha para mim com o semblante fechado.

— Nem mais uma palavra sobre isso — é tudo o que diz.

As grandes portas abrem-se diante de nós, e o soar das trombetas anuncia nossa chegada. Ricardo se retrai um pouco. A cada visita nossa a corte se torna ainda mais grandiosa e cheia de glamour. Agora, cada convidado de honra deve ser anunciado com trombetas e em voz alta, como se já não soubéssemos que metade das pessoas abastadas na Inglaterra são irmãos e irmãs da rainha.

Vejo que Eduardo circula entre os cortesãos, uma cabeça acima de todos — ele está mais corpulento, prestes a se tornar gordo — e a rainha está sentada em um trono de ouro. As crianças da realeza, desde Bridget, o novo bebê, que engatinha aos pés da mãe, até Elizabeth, a princesa mais velha, agora uma jovem de 16 anos, vestem-se ricamente e sentam-se em torno da mãe. O príncipe Eduardo, um menino de 12 anos de cabelos claros e belo como o pai, veio de Gales para os banquetes de Natal e joga dama com seu tutor, Anthony Woodville, cujo perfil elegante está voltado para o enigma no tabuleiro.

Ninguém pode negar que eles são a família mais bela da Inglaterra. O célebre rosto de Elizabeth está mais inteligente e elegante à medida que a idade desgasta seu ar afetado, transformando-o em efetiva beleza. Este ano ela perdeu Mary, sua filha de 15 anos, e George, seu terceiro filho, um ano depois de ter conseguido a execução de seu tio homônimo. Eu me pergunto se tais perdas constituíram uma pausa em sua infinita ambição e em sua busca sem fim por vingança. O sofrimento fez uma única mecha branca em seus cabelos dourados, e o pesar a deixou mais quieta e pensativa. Ainda se veste como uma imperatriz, usando um vestido tecido com fios de ouro, e cordões dourados envolvem sua fina cintura. Quando entro, ela sussurra algo para Anthony Woodville, que ergue o olhar, e ambos me encaram com o mesmo sorriso charmoso e falso. Por dentro das grossas mangas de meu vestido, posso sentir as mãos formigarem, como se o olhar dela soprasse um vento gelado.

— Em frente — diz Ricardo, como já dissera um dia. Nós entramos no salão, reverenciamos o rei e a rainha e recebemos o alegre cumprimento que Eduardo dirige a seu amado irmão e as tépidas boas-vindas de Elizabeth para o homem que ela chamou secretamente de traidor.

Para todas as outras pessoas, o banquete de Natal na corte é uma oportunidade para ficar mais perto da família real e tentar estabelecer amizades e flertes que serão revertidos em vantagens no futuro. Há um constante turbilhão de interesses em torno do rei, que ainda pode dispor de uma grande fortuna e oferecer ampla proteção. Contudo, é óbvio que a rainha e sua família, seus irmãos e irmãs e mesmo os filhos de seu primeiro casamento, controlam a corte e o acesso a Eduardo. Ela permite que o marido tenha amantes, das quais ele se vangloria, e que favoreça estranhos. Mas os grandes presentes na Casa Real vão apenas para seus familiares e aliados. Não que ela em algum momento faça reclamações. Ela nunca argumenta em uma discussão, nunca se levanta ou ergue a voz, mas todo o poder está na palma de suas mãos, e seus irmãos Anthony, Lionel e Edward supervisionam quem entra e quem sai da corte, como se fossem trapaceiros observando uma mesa de jogo à espera de um tolo. Os filhos do primeiro casamento da rainha, Thomas e Richard, enobrecidos e enriquecidos pelo rei, controlam o acesso aos aposentos reais. Nada acontece sem que eles observem, e nada é permitido sem que ela dê sua sorridente permissão.

A família real está sempre lindamente vestida, os aposentos reais resplandecem de riqueza. Eduardo negligenciou navios e castelos, portos e diques, mas esbanjou dinheiro em palácios para sua família, especialmente na reforma de cômodos luxuosos em cada castelo que a rainha considera como seu mais novo favorito. Depois de ter deixado Ricardo protegendo a Inglaterra contra a Escócia com uma força diminuta arregimentada por meu marido, Eduardo gastou uma fortuna em uma nova armadura para justa, que nunca verá uma espada de verdade. Um perfeito rei na aparência e no charme, acho que isso é tudo o que ele pode fazer agora: servir de fachada. Eduardo parece um rei e fala como um rei, mas não governa como tal. O poder está nas mãos da rainha — cuja aparência e modo de falar são os mesmos de sempre —, uma bela mulher que se casou por amor, devotada aos filhos e adorável com os amigos. Ela é, sempre foi, completamente irresistível. Ao olhar para ela, ninguém poderia dizer que está diante da mais inescrupulosa golpista, a filha de uma conhecida feiticeira, uma mulher com sangue em suas belas mãos pálidas, seus dedos finos, suas unhas manchadas.

Os doze dias do banquete de Natal foram os mais celebrados que a corte já viu, mas logo depois do dia de Natal chegam notícias da Borgonha dizendo que o duque Maximiliano, parente da rainha, a enganou. Visando aos próprios interesses, tal como ela, ele fez as pazes com Luís da França, dando a filha em casamento ao filho do rei e a Borgonha e o Artois como dote.

Ricardo está fora de si, com raiva e preocupação — a Borgonha sempre foi o grande trunfo que usamos para equilibrar o poder da França. Os territórios que foram dados à França são ingleses por direito, e isso será o fim das pensões que tornaram Eduardo e sua corte tão ricos.

Nesse momento de desespero, sou obrigada a rir secretamente da rainha, cuja filha, Elizabeth, estava comprometida com o príncipe francês e agora se vê rejeitada em favor de sua prima materna. A própria princesa aparenta indiferença ao brincar com seus irmãos e irmãs no jardim congelado e ao sair para caçar com a corte nos frios pântanos à beira do rio, mas tenho certeza de que ela sabe que foi humilhada pela França, que perdeu a oportunidade de ser rainha e falhou em cumprir as ambições de seu pai. Certamente isso é o pior de tudo: ela falhou por não desempenhar o papel que lhe era destinado nos planos de seu pai.

Em meio a essa crise, Ricardo aconselha o rei sobre a política — a rainha não tem ideia do que deve ser feito — e diz a seu irmão que marchará contra os escoceses na primavera. Se eles forem derrotados e jurarem fidelidade à nossa causa, então poderão ser aliados contra a França, e nós a invadiremos. Ricardo leva essa proposta às câmaras do Parlamento. Em troca, oferecem-lhe uma concessão vultosa: o imenso condado de Cumberland. Além disso, ele poderá conservar para si toda a terra que conquistar a sudoeste da Escócia. Tudo lhe pertencerá. É um prêmio grandioso, o principado que ele merece. Pela primeira vez, Eduardo reconhece o que seu irmão fez por ele, dando-lhe terras formidáveis — e no norte, onde Ricardo é amado e onde construímos nosso lar.

O rei faz esse anúncio no conselho, mas nós só sabemos disso na corte quando os irmãos retornam, de mãos dadas, aos aposentos da rainha. Ela ouve Eduardo declarar que Ricardo precisa convocar um conselho no norte para ajudá-lo a governar suas vastas terras, e vejo o choque no rosto dela, além do rápido olhar de consternação lançado a seu irmão

Anthony. Para mim fica claro que o rei não a consultou e que ela está pensando agora em uma forma de anular essa decisão; seu irmão Anthony é seu maior aliado. Ele é mais diplomático do que a irmã; adianta-se para parabenizar Ricardo por sua nova fortuna, sorri e o abraça, virando-se em seguida para beijar minha mão e dizer que serei uma princesa da neve. Sorrio e murmuro algo, mas acho que já percebi muita coisa e já entendi o suficiente. Percebi que o rei não confia nela para tudo, que ela o desautorizaria se pudesse e que conta com o irmão como aliado, mesmo quando deseja agir contra o rei. Há ainda mais: pela rápida troca de olhares entre os irmãos, constato que nenhum deles ama Ricardo ou confia nele mais do que nós confiamos nela. Pior, eles suspeitam dele e o temem.

O rei bem sabe que ela não gosta disso. Toma sua mão e diz:

— Ricardo protegerá o norte para mim, e, se Deus quiser, a força de sua juventude ao meu lado tornará este reino ainda mais grandioso do que é agora.

O sorriso dela é doce como sempre.

— Sob seu comando — lembra ela. Vejo Anthony Woodville se mover, como se fosse dizer algo, mas ele balança a cabeça levemente e permanece em silêncio.

— Ele controlará as fronteiras escocesas. E quando meu filho subir ao trono, Ricardo as terá guardado para ele; será seu conselheiro e protetor, e eu, lá no céu, ficarei feliz.

— Ah, meu Deus, não diga isso! — exclama ela. — Faltam muitos anos para que seu filho ocupe o trono.

Pergunto-me se sou a única a sentir uma pontada de desconforto, um calafrio provocado por suas palavras.

Aquela foi a sentença de morte de Eduardo. Tenho certeza disso, eu poderia jurar. Ela julgou que ele estava favorecendo demais o irmão, que a relação de dependência que o rei mantinha com Ricardo era maior do que a que ela havia tentado criar entre ele e sua própria família. A rainha tinha tornado seu irmão, Anthony, guardião do príncipe e, portanto, governante do País de Gales, mas a doação de terras para Ricardo era algo ainda mais significativo. A meu marido foi dado o comando do exército e quase todo o norte da Inglaterra. Ela sabia que, se o rei escrevesse seu testamento, Ricardo seria nomeado regente. Ela acreditava que, ao dar o norte a Ricardo, o rei estava a meio caminho da divisão do reino: a família Rivers governaria o País de Gales e o sul, e meu marido, o norte. Creio que ela viu seu poder escapar de suas mãos, pensou que o rei havia favorecido demais seu irmão, que Ricardo protegeria a fronteira com a Escócia, guardaria o norte. Acho que ela pensou que Ricardo era o verdadeiro herdeiro do rei e que seu prestígio e poder só aumentariam nas terras do norte. E, tão logo chegou a essa conclusão, envenenou o próprio marido, de modo que ele não pudesse mais favorecer o irmão, que Ricardo não pudesse estender seu poder e desafiar o dela.

Não penso nisso tudo de uma vez. Primeiro saio de Londres com aquela sensação de alívio que sempre tenho quando deixamos Bishop's Gate para trás e cavalgo em direção ao norte, de volta para meu filho e meus sobrinhos pequenos, com o habitual sentimento de felicidade. Tenho a impressão estranha e persistente de que o rápido olhar da rainha para seu irmão não trará nada de bom para nós nem para ninguém, além daquela dupla indecifrável, mas não penso em nada além disso.

Castelo de Middleham, Yorkshire, abril de 1483

Encontro-me no campo de feno, fora dos muros do castelo, observando as crianças enquanto praticam equitação. Elas têm três cavalos fortes, crias dos rústicos espécimes que vivem na charneca, e cavalgam por um conjunto de pequenos obstáculos. Os pajens os ajustam, colocando-os cada vez mais altos à medida que as crianças se saem bem no salto. Minha tarefa é decidir quando está muito alto para Teddy, mas Margaret e Eduardo podem seguir em frente. Em seguida, devo declarar quem é o vencedor. Apanhei meia dúzia de dedaleiras e as estou entrelaçando, produzindo assim uma coroa para o vitorioso. Margaret salta bem e dirige a mim um sorriso radiante; ela é uma menininha valente, levará seu pônei a qualquer lugar. Meu filho a segue nos saltos, cavalgando com menos estilo, porém com mais determinação. Creio que em breve teremos que dar a ele um cavalo maior e ele precisará aprender a justa no pátio com os adultos.

Os sinos da capela começam a badalar bruscamente. As gralhas saem em bando das vigas do castelo com um grasnar sombrio, desagradável. Eu me viro, alarmada. As crianças param seus pôneis e olham para mim.

— Não sei — digo em resposta a suas expressões confusas. — Voltem para o castelo, rápido.

O badalar dos sinos não é um alarme, mas um sinal de luto, de morte, uma morte na família. Mas quem poderia ter morrido? Por um instante me pergunto se acharam minha mãe sem vida em seus aposentos e ordenaram o toque do sino para anunciar uma morte que de fato foi declarada há anos. Mas com certeza me avisariam antes. Seguro meu vestido, que ergo ligeiramente com minhas mãos para ter os pés livres, de maneira que eu possa correr pelo caminho de pedra até o portão do castelo, e sigo as crianças até o pátio interno.

Ricardo encontra-se nos degraus que dão acesso ao grande saguão, e as pessoas começam a se reunir ao seu redor. Ele tem um papel na mão; vejo o selo real, e a primeira ideia que toma conta de mim é de que minhas preces foram ouvidas e a rainha está morta. Subo correndo os degraus para me postar ao lado de meu marido e ele diz, com a voz embargada pelo sofrimento:

— Eduardo. Eduardo, meu irmão.

Respiro fundo e espero; o sino lentamente emudece, e os habitantes da casa olham para meu marido. As três crianças vêm correndo dos estábulos e param à nossa frente. Meu filho Eduardo está com a cabeça descoberta, e Margaret tira a boina de Teddy de cima de seus cabelos encaracolados.

— Graves notícias de Londres — anuncia Ricardo em voz alta, de maneira que todos, até mesmo os trabalhadores que vieram correndo do campo, possam ouvi-lo. — Sua Graça, o rei, meu amado e nobre irmão, está morto. — Há um intenso movimento na multidão. Ricardo assente com a cabeça, como se indicasse que entende a descrença geral. Ele pigarreia e prossegue: — Ele ficou doente há alguns dias e morreu. Recebeu os últimos sacramentos, e nós rezaremos por sua alma eterna.

Muitas pessoas fazem o sinal da cruz; uma mulher soluça discretamente e cobre os olhos com o avental.

— O filho dele, Eduardo, príncipe de Gales, herdará a coroa do pai — continua Ricardo. Ele levanta a voz: — O rei está morto. Deus salve o rei!

— Deus salve o rei! — respondemos, então Ricardo pega meu braço, e me conduz na direção do grande saguão. As crianças nos seguem.

Ricardo manda as crianças à capela para rezarem pela alma de seu tio, o rei. Ele é rápido e decidido, pensa apenas no que deve ser feito. Este é um momento decisivo, e ele é um Plantageneta — eles são sempre mais competentes em momentos de crise ou quando uma oportunidade se apresenta. Um filho da guerra, um soldado, um comandante, administrador das fronteiras do norte — ele abriu caminho em meio às fileiras do exército de seu irmão para estar pronto para este momento — o instante em que o rei vem a faltar e Ricardo precisa proteger seu legado.

— Minha amada, preciso deixá-la. Tenho que ir a Londres. Serei nomeado regente e devo me certificar de que o reino está em segurança.

— Quem o ameaçaria?

Ele não responde: "A mulher que ameaçou a paz da Inglaterra desde a maldita primavera em que seduziu Eduardo e o enfeitiçou." Em vez disso, ele me encara com seriedade.

— Entre outras coisas, temo um avanço das tropas de Henrique Tudor.

— O filho de Margaret Stanley? — pergunto, incrédula. — Um menino Beaufort e Tudor? Você não pode temê-lo.

— Eduardo o temia, e estava negociando com a mãe dele para trazê-lo para casa como amigo. Por mais obscuro que possa parecer, ele é herdeiro da Casa de Lancaster e tem estado no exílio desde que meu irmão subiu ao trono. É um inimigo, e não sei que alianças ele fez. Não o temo, mas irei a Londres para assegurar o trono para a Casa de York, de modo a não restar dúvidas.

— Você terá que lidar com a rainha — previno.

Ele sorri para mim.

— Não tenho medo dela. Ela não lançará feitiços contra mim nem me envenenará. Ela não importa mais. No máximo, pode falar mal de mim; mas ninguém importante ouvirá. A perda de meu irmão é uma perda para ela também, ainda que ela só vá se dar conta disso ao perceber o declínio de sua posição. É uma rainha viúva, não é mais a principal conselheira do rei. Terei de lidar com o filho dela, mas ele também é filho de Eduardo e me certificarei de que reconheça minha autoridade de tio. Minha tarefa será mantê-lo sob controle, resguardar seu direito de nascença, levá-lo ao trono, como era a vontade de meu irmão. Sou seu regente. Seu guardião. Seu tio. Sou o protetor do país e protetor do rei. Eu o manterei sob minha guarda.

— Devo ir também?

Ele balança a cabeça.

— Não, cavalgarei rapidamente, com meus amigos mais próximos. Robert Brackenbury já saiu para providenciar os cavalos para nossa viagem. Você vai esperar aqui até que Elizabeth Woodville e toda sua maldita família Rivers estejam em silencioso luto em Windsor e fora do caminho. Mandarei buscá-la quando tiver o selo oficial e a Inglaterra estiver sob meu comando. — Ele sorri. — Este é, ao mesmo tempo, meu momento de maior grandeza e sofrimento. Por um breve espaço de tempo, até que o menino tenha idade suficiente, governarei a Inglaterra como rei. Solucionarei os conflitos com a Escócia e negociarei com a França. Cuidarei para que a justiça prevaleça nesta terra e para que os bons homens consigam cargos, homens que não sejam parentes dos Rivers. Eu os tirarei de seus postos e de suas grandes propriedades. Deixarei minha marca na Inglaterra ao longo desses anos, e todos saberão que fui um grande protetor e um bom irmão. E eu cuidarei desse menino, Eduardo, e ensinarei a ele o grande homem que seu pai foi e o quão maior ele poderia ter sido, se não fosse por aquela mulher.

— Irei a Londres assim que você me chamar — prometo. — E aqui rezaremos pela alma de Eduardo. Ele foi um grande pecador, mas um pecador cativante.

Ricardo balança a cabeça.

— Ele foi traído pela mulher que colocou no posto mais alto desta terra. Ele se tornou um tolo por causa do amor. Mas garantirei que as melhores partes de seu legado sejam passadas para seu filho. Farei dele um verdadeiro neto de meu pai. — Ele faz uma pausa. — E quanto a Ela, vou mandá-la de volta à vila de onde saiu — jura Ricardo, em um momento de mordacidade incomum. — Ela irá para um convento e viverá em retiro. Todos nós já vimos o suficiente dela e de seus infindáveis irmãos e irmãs. Este é o fim dos Rivers na Inglaterra, eu triunfarei sobre eles.

Ricardo viaja naquele mesmo dia. Faz uma pausa em York e, juntamente com os habitantes da cidade, jura fidelidade a seu sobrinho. Diz ao povo que devem honrar o rei falecido sendo leais a seu filho e segue para Londres.

Então não recebo mais notícias suas. Esse silêncio não me surpreende; ele está a caminho de Londres — o que mais teria a escrever que não fosse sobre a lentidão do avanço da viagem e a lama nestes dias de primavera? Sou informada de que ele se encontra com o duque de Buckingham, o jovem Henry Stafford, que se casou contra a vontade com Katherine, uma das irmãs Woodville, quando ambos eram crianças, que assinou a sentença de morte de George com peso na consciência, seguindo o desejo de sua esposa e da irmã dela. Sei que William Hastings, amigo leal do rei, escreveu pedindo que Ricardo fosse imediatamente à corte, alertando-o sobre a hostilidade da rainha. Os grandes senhores se reunirão para proteger o menino Eduardo, o herdeiro do trono de seu pai. Sei que os Rivers desejarão proteger seu herdeiro de todos os demais, mas quem pode se opor a Ricardo, o irmão do rei, nomeado protetor da Inglaterra?

Castelo de Middleham, Yorkshire, maio de 1483

Então, no meio de maio, recebo uma carta de meu marido, escrita de próprio punho e lacrada com seu selo pessoal. Levo-a para meu quarto, longe do barulho da criadagem, e leio-a sob a luz clara que entra pela janela de vidro.

> *Você ouvirá por aí que a coroação de meu sobrinho acontecerá no dia 22 de junho, mas não venha a Londres até receber uma carta com minha caligrafia dizendo-lhe que faça isso. A cidade não é segura para ninguém que não tenha jurado fidelidade aos Rivers ou não seja parente deles. Agora ela mostra sua verdadeira face, e eu estou preparado para o pior. Ela se recusa a ser a rainha viúva; espera tornar-se ela mesma a governante. Deverei enfrentá-la como inimiga, e não me esqueço de meu irmão, George, de sua irmã e do bebê deles.*

Vou até a cozinha, onde o fogo queima a noite inteira, amasso a carta, empurro-a para debaixo de umas toras de madeira incandescentes e espero até que seja completamente queimada. Não há nada a fazer, a não ser esperar por notícias.

No pátio das cavalariças as crianças observam o ferreiro, que trabalha nas ferraduras de seus pôneis. Tudo está em ordem e em segurança: o fulgor da forja, a fumaça erguendo-se dos cascos em uma nuvem pungente. Eduardo, meu filho, segura a rédea de seu novo cavalo, belo e pequeno, enquanto o ferreiro prende a perna do animal entre os joelhos e bate os cravos. Cruzo os dedos, fazendo o antigo sinal contra bruxaria e sinto um arrepio quando uma brisa fria bate, passando pela porta em direção à leiteria. Se a rainha está mostrando sua verdadeira face e meu marido está preparado para o pior, então a inimizade dela por mim e pelos meus logo será aparente; todos a verão. Talvez agora mesmo ela esteja lançando uma praga contra mim. Talvez agora mesmo ela esteja amaldiçoando o braço com o qual meu marido segura a espada, enfraquecendo-o, subornando seus aliados, envenenando a mente dos homens contra ele.

Viro-me e sigo em direção à capela, fico de joelhos e rezo para que Ricardo seja forte contra Elizabeth Woodville, seus parentes e os poderosos aliados que ela arregimentou. Rezo para que meu marido, de forma decisiva e enérgica, use contra ela qualquer arma que porventura venha a cair nas mãos dele, pois certamente nada a impedirá de colocar seu filho no trono e nos deixar de lado. Penso em Margarida de Anjou ensinando-me que há vezes em que se deve estar preparado para fazer qualquer coisa para defender a si mesmo ou a posição merecida, e espero que meu marido esteja pronto para qualquer coisa. Não tenho como saber o que se passa em Londres, mas temo o início de uma nova guerra, e dessa vez será o leal irmão do rei contra a rainha traiçoeira. E nós devemos, nós precisamos triunfar.

Espero. Envio um de nossos guardas com uma carta para Ricardo, implorando por notícias. Alerto-o sobre as intenções da rainha.

> *Você sabe que ela tem poderes, então proteja-se contra eles. Faça o que tiver que fazer para proteger o legado de seu irmão e nossa segurança.*

Sozinha no Castelo de Middleham, passo as tardes com as crianças, como se apenas em vigília constante eu pudesse evitar os efeitos de uma maldição soprada de Londres como um vento quente, interromper o voo de uma flecha perdida, garantir que o novo cavalo esteja bem-treinado e que Eduardo consiga dominá-lo. Se eu pudesse segurar meu filho nos braços, como o bebê que ele foi um dia, jamais o soltaria. Em minha cabeça não há dúvida de que os olhos sombrios da rainha estão voltados para nós, de que a mente dela está voltada contra meu marido, de que ela conspira e trama nossa morte e de que, finalmente, seremos nós contra ela.

Castelo de Middleham, Yorkshire, junho de 1483

Toda manhã, depois de ir à capela, sigo até o topo da torre sul e me ponho a olhar para o horizonte na direção da estrada que leva a Londres. Então vejo a nuvem de poeira que se forma na estrada áspera quando meia dúzia de cavaleiros vem ao nosso encontro. Ordeno à minha criada:

— Leve as crianças ao meu quarto e convoque a guarda. Alguém está vindo.

Sua expressão alarmada e sua súbita fuga escada abaixo dizem-me que eu não sou a única pessoa a saber que meu marido, longe de garantir uma sucessão segura para o sobrinho, está correndo riscos, e que o perigo pode nos alcançar aqui, em nosso lar seguro.

Ouço as grades do portão se abaixarem e a ponte levadiça ranger, além dos homens que correm para ocupar os muros do castelo. Quando entro no grande salão, as crianças estão à minha espera. Margaret segura a mão do irmão; Eduardo está com sua espada curta, e seu rosto pálido mostra sua determinação. Os três ajoelham-se à espera de minha bênção, e quando ponho minha mão sobre suas cabeças, que emanam calor, sinto que poderia chorar de medo pelos três.

— Há cavaleiros vindo na direção do castelo — digo com o máximo de calma que consigo reunir. — Talvez sejam mensageiros de seu pai, mas, com o reino tão inseguro, não posso assumir riscos. Por isso eu os mandei chamar.

Eduardo fica de pé.

— Eu não sabia que o reino estava inseguro.

Balanço a cabeça negativamente.

— Eu me expressei mal. O reino está em paz, à espera da regência de seu pai — explico. — É a corte que não é um lugar seguro, pois creio que a rainha tentará governar no lugar do filho. Pode ser que tente se tornar regente. Estou preocupada com seu pai, pois ele está preso à promessa que fez ao rei de colocar o príncipe Eduardo sob sua guarda e ensiná-lo a governar, preparando-o para assumir o trono. Se a mãe do príncipe é uma inimiga, então seu pai precisará pensar e agir de maneira rápida e enérgica.

— Mas o que a rainha faria? — pergunta a pequena Margaret. — O que ela poderia fazer contra nós, contra meu tio?

— Eu não sei. Por isso estamos preparados para um ataque, se for o caso. Mas estamos seguros aqui, os soldados são fortes e bem-treinados, os guardas do castelo são fiéis a nós. Todo o norte da Inglaterra apoiaria seu pai como se ele fosse o próprio rei. — Tento sorrir para eles. — Provavelmente estou sendo precipitada. Mas meu pai também estava sempre pronto para se defender. Ele sempre erguia a ponte levadiça quando não conhecia o visitante.

Esperamos com os ouvidos atentos. Então ouço o capitão da guarda pedir, em voz alta, que os cavaleiros se identifiquem, e a resposta indistinta. Ouço também o barulho da ponte levadiça sendo abaixada e o baque quando ela atinge o outro lado do fosso. As grades guincham quando são suspensas.

Estamos em segurança, digo às crianças.

— Devem ser amigos trazendo uma mensagem.

Ouço passos nos degraus de pedra que levam ao salão; meu guarda abre a porta, e Sir Robert Brackenbury, amigo de infância de Ricardo, entra sorrindo.

— Peço desculpas se a assustei, milady — diz, ajoelhando-se e entregando-me uma carta. — Viemos depressa. Talvez eu devesse ter enviado alguém na frente para avisá-la de que minha tropa estava a caminho.

— Achei que era melhor ser prudente. — Pego a carta e faço um gesto para minha dama de companhia para que traga um copo com cerveja fraca para Sir Robert. — Podem ir — digo às crianças e às minhas damas. — Conversarei com Sir Robert.

Eduardo hesita.

— Posso perguntar a Sir Robert se meu pai está bem e a salvo?

Sir Robert vira-se para ele e inclina-se, de modo que ele e o menino de 10 anos ficam na mesma altura. Ele se dirige delicadamente às três crianças:

— Quando deixei Londres seu pai estava bem, fazendo o melhor que podia. O príncipe Eduardo está sob sua guarda, e ele garantirá que o sobrinho suba ao trono quando chegar a hora.

As crianças fazem uma reverência para mim e deixam a sala. Espero até que a porta esteja fechada para abrir a carta. Ricardo é sucinto, como sempre

> *Os Rivers conspiram contra nós e contra todos os lordes provenientes de antigas gerações da Inglaterra. Planejam substituir a linhagem Plantageneta pela deles próprios. Encontrei armas escondidas e creio que planejam um levante e a nossa morte. Eu nos defenderei e protegerei meu país contra eles. Venha a Londres agora, preciso que você seja vista aqui, ao meu lado, e desejo sua companhia. Deixe as crianças com uma guarda reforçada.*

Dobro a carta com cuidado e a oculto em meu vestido. Sir Robert mantém-se de pé, à espera de que eu fale.

— Diga o que está acontecendo — ordeno.

— A rainha estava reunindo um exército e planejando colocar seu filho no trono. Ela estava prestes a afastar milorde do cargo de protetor, e então não haveria regência. Colocaria seu filho no trono, e ela e o irmão, Anthony Woodville, governariam a Inglaterra por trás do menino.

Balanço a cabeça positivamente, mal ousando respirar.

— Ricardo capturou o príncipe Eduardo quando ele viajava de Ludlow a Londres acompanhado pelos parentes da rainha. Milorde prendeu o irmão da rainha, Anthony Woodville, e Richard Grey, filho do primeiro casamento dela. Quando chegamos a Londres, soubemos que a rainha havia pedido refúgio no santuário.

Respiro fundo.

— Ela foi para o santuário?

— Uma clara admissão de culpa. Levou os filhos junto. Milorde mantém o príncipe nos aposentos reais da Torre para prepará-lo para a coroação, e o conselho declarou-o lorde protetor, seguindo o desejo do rei seu irmão. A rainha recusa-se a assistir à coroação ou a liberar o príncipe real e as princesas do santuário para que possam participar.

— O que ela está fazendo lá?

Sir Robert dá um sorriso torto.

— Sem dúvida está tramando para destruir a regência sob a proteção do santuário. O irmão dela ordenou a partida da esquadra, que está agora em alto-mar; preparamo-nos para um ataque vindo do rio. — Ele olha para mim. — Milorde acredita que, escondida no santuário, ela esteja praticando magia.

Faço o sinal da cruz e procuro em meu bolso o amuleto que George me deu contra os feitiços da rainha.

— O duque tem sentido certo incômodo no braço com que maneja a espada; diz que formiga e dói — prossegue Sir Robert. — Ele crê que a rainha esteja tentando enfraquecê-lo.

Aperto as mãos ainda mais.

— O que ele pode fazer para se defender?

— Não sei — responde Sir Robert em tom desolado. — Não sei o que ele pode fazer. E o jovem príncipe pergunta com frequência por sua mãe e seu tutor, Anthony Woodville. Está claro que, assim que for coroado, ele os convocará, e os Rivers governarão a Inglaterra por trás dele. Em minha opinião, milorde terá que manter o príncipe sob sua custódia, sem coroação, até que possa fazer um acordo com a família. Sua própria segurança assim o exige. Se o filho da rainha ocupar o trono, então ela voltará a ter poder. Com certeza ela tomará alguma atitude contra milorde, e também contra a senhora e seu filho. Se ela chegar ao poder através de Eduardo, o duque pode se considerar morto.

Ao pensar nas maldades silenciosas e obscuras da rainha contra Ricardo, contra as crianças e contra mim, sinto meus joelhos fraquejarem e me recosto na pedra da chaminé.

— Anime-se — encoraja-me Sir Robert. — Conhecemos o perigo, estamos armados contra ela. O duque reunirá seus fiéis homens do norte. Ele os convocará para ir a Londres; ele tem o príncipe nas mãos e está pronto para o que quer que ela possa fazer. Não precisa coroar o menino até que se atinja um consenso. Pode mantê-lo sob custódia até que ela faça um acordo.

— Ele diz que eu devo ir ao seu encontro.

— Fui enviado para escoltá-la. Podemos partir amanhã de manhã?

— Sim. Assim que amanhecer.

As crianças vêm ao pátio das cavalariças para me verem partir. Beijo cada uma, e elas ajoelham-se para receber minha bênção. Deixá-las é a parte mais difícil, mas levá-las para Londres seria guiá-las rumo a perigos desconhecidos. Meu filho Eduardo põe-se de pé e me diz:

— Tomarei conta de meus primos, lady mãe. Não precisa temer por nós. Manterei o Castelo de Middleham para meu pai, não importa o que aconteça.

Sorrio para que vejam que estou orgulhosa deles, mas é difícil dar as costas e montar o cavalo. Seco as lágrimas com a luva.

— Mandarei buscá-los assim que possível — prometo. — Pensarei em vocês todos os dias e rezarei por vocês todas as noites. — Então Sir Robert dá o sinal, e nossa pequena comitiva passa sob o arco do portão, sobre a ponte levadiça, e segue para o sul, em direção a Londres.

A cada parada no caminho ouvimos rumores novos e confusos. Em Pontefract, o povo comenta que a coroação foi adiada porque os membros do Conselho estavam envolvidos em uma conspiração com a rainha. Em Nottingham, quando passamos a noite no castelo, algumas pessoas dizem que ela irá colocar Anthony Woodville no trono; outras afirmam que ela o fará lorde protetor. Nos arredores de Northampton, ouço alguém jurar que a rainha enviou todos os seus filhos para além-mar, para nossa cunhada Margarida, em Flandres, pois teme que Henrique Tudor venha e se apodere do trono.

Nos arredores de St. Albans, um vendedor ambulante cavalga ao meu lado por alguns quilômetros e me conta que ouviu de um de seus mais respeitáveis compradores que a rainha não é rainha de modo algum, e sim uma bruxa que enfeitiçou o rei, e que seus filhos não são herdeiros, mas sim gerados por magia. Ele canta uma nova canção: a história de Melusina, feiticeira que fingia ser mortal para ter filhos de seu senhor e acabou revelando-se uma criatura da água. Não há sentido em ouvi-lo cantar com tanto entusiasmo e é uma tolice ouvir rumores que apenas alimentam meus ouvidos com a maldade da rainha, mas não consigo me conter. O pior é que todos no reino fazem o mesmo — todos nós ouvimos boatos e divagamos sobre o que a rainha fará. Todos rezamos para que Ricardo seja capaz de impedi-la de pôr seu filho no trono, permitindo assim que seu irmão Woodville o governe e leve o país novamente à guerra.

Enquanto cavalgamos por Barnet, onde meu pai ainda é lembrado como um homem que lutou contra a rainha e sua família, desvio na direção da pequena capela, construída no campo de batalha, e acendo uma vela por ele. Em algum lugar lá fora, sob o trigo maduro, estão os corpos de seus homens, enterrados no local em que foram derrotados, e Meia-noite, o cavalo que deu a vida a nosso serviço. Agora sei que estamos enfrentando outra batalha, e dessa vez o genro de meu pai é — precisa ser — o Fazedor de Reis.

Castelo de Baynard, Londres, junho de 1483

Desço do cavalo, subo as escadas correndo e entro em nossos aposentos. Em um instante, os braços de Ricardo me envolvem, e nos agarramos um ao outro como se tivéssemos sobrevivido a um naufrágio. Nós nos abraçamos da mesma forma que quando éramos pouco mais que crianças e fugimos para nos casar. Enquanto Ricardo me abraça como se eu fosse a única mulher que ele já desejou, mais uma vez lembro que ele é o único homem capaz de me manter em segurança.

— Estou tão feliz por você estar aqui — diz ele em meu ouvido.

— Estou tão feliz por você estar a salvo — replico.

Recuamos um pouco para olharmos um para o outro, como se não conseguíssemos acreditar que havíamos passado por esses dias perigosos.

— O que está acontecendo? — indago.

Ele olha na direção da porta para ter certeza de que ela está fechada.

— Descobri parte de uma conspiração. Juro que ela se estende por toda a Londres, mas ao menos consegui descobri-la. A amante de Eduardo, Elizabeth Shore, tem feito o papel de mediadora entre Elizabeth Woodville e o amigo do rei, William Hastings.

— Mas eu pensei que tinha sido Hastings quem o mandara chamar. Achei que ele quisesse que o príncipe fosse retirado da guarda dos Rivers. Pensei que ele o tivesse alertado para vir logo para a corte.

— E ele alertou. Assim que cheguei a Londres, ele me disse que temia o poder dos Rivers. Agora ele mudou de lado. Não sei como a rainha conseguiu isso, mas ela o enfeitiçou, como faz com todos. De qualquer modo, eu soube disso a tempo. Ela estabeleceu um círculo de conspiradores contra mim e contra os últimos desejos de meu irmão. Esse círculo é composto por Hastings, talvez pelo arcebispo Rotherham, pelo bispo Morton e Thomas, lorde Stanley.

— O marido de Margaret Beaufort?

Ele acena positivamente com a cabeça. Esta é má notícia para nós, uma vez que lorde Stanley é famoso por sempre estar do lado vencedor; se ele está contra nós, então nossas chances não são boas.

— Eles não querem que eu coroe o menino e seja seu conselheiro-chefe; desejam que Eduardo fique sob a guarda deles, não a minha. Querem afastá-lo de mim, restaurar o poder dos Rivers e me prender por traição. Então irão coroá-lo, ou estabelecerão uma regência com Anthony Woodville como lorde protetor. O menino virou um prêmio. O pequeno príncipe se converteu num peão.

Balanço a cabeça.

— O que você fará?

Ele sorri, implacável.

— Ora, eu os prenderei por traição. Conspirar contra o lorde protetor é traição, exatamente como se eu fosse o rei. Anthony Woodville e Richard Grey já estão sob custódia. Prenderei Hastings e os bispos também, e Thomas, lorde Stanley.

Há uma batida na porta, e minhas damas entram com meus baús de roupas.

— Não aqui — diz meu marido, dando as ordens. — Sua Graça e eu vamos dormir nos aposentos nos fundos da casa.

Elas fazem uma mesura e se vão.

— Por que não vamos ficar em nossos aposentos habituais? — pergunto. Normalmente ocupamos as belas acomodações com vista para o rio.

— É mais seguro. O irmão da rainha levou a frota para o mar. Se ele subir o Tâmisa e nos atacar, podemos levar um golpe certeiro. Essa casa nunca foi fortificada, mas quem imaginaria que enfrentaríamos um ataque vindo do rio, de nossas próprias frotas?

Olho através das amplas janelas para a vista que eu adoro, do rio, dos navios, das balsas, dos pequenos barcos a remo, saveiros e barcaças, todos em paz.

— O irmão da rainha poderia nos atacar? Um ataque vindo do nosso rio, o Tâmisa? Em nossa casa?

Ele assente.

— Esse é um tempo de surpresas. Eu acordo a cada manhã e tento desvendar que novo inferno ela está tramando.

— Quem está conosco? — Eis a pergunta que meu pai sempre fazia.

— Buckingham revelou-se um amigo verdadeiro; ele odeia a esposa que o forçaram a aceitar e toda a família Rivers. Ele tem uma vasta fortuna e comanda muitos homens. Também posso contar com todos os meus homens do norte, é claro; John Howard; meus amigos íntimos; os aliados de minha mãe e o seu lado da família, é claro. Ou seja, todos os Neville...

Ouço atentamente.

— Não é o suficiente — interrompo-o. — E quase todos estão no norte. Ela pode convocar os membros do serviço real e toda sua família, que ocupa postos muito importantes. Pode pedir a ajuda da Borgonha, de seus parentes na Europa. Quem sabe ela já não fez uma aliança com o rei da França? Talvez ele prefira apoiá-la, pois poderia tirar alguma vantagem do fato de termos uma mulher no poder. E, assim que souberem que você está em Londres, os escoceses aproveitarão a chance para se rebelar.

Ele concorda.

— Eu sei, mas tenho o príncipe sob meu poder. Esse é o trunfo escondido em minha manga. Lembra-se de como foi com o velho rei Henrique? Se você tem o rei, então não há o que discutir. Você tem o poder.

— A menos que você simplesmente coroe outro rei — lembro a ele. — Foi isso que meu pai fez com seu irmão. Ele tinha Henrique sob seu poder; mas coroou Eduardo. E se ela colocar o outro menino no trono? Ainda que você tenha o verdadeiro herdeiro?

— Eu sei. Preciso ter o seu segundo filho sob meu poder também. Preciso ter sob meu poder qualquer um que possa reclamar o trono.

Eu e a mãe de Ricardo nos sentamos juntas para fazer companhia uma à outra nos aposentos nos fundos do Castelo de Baynard. O ruído irritante das ruas agitadas entra pelas janelas abertas, o odor de Londres chega até nós com o ar quente, mas Ricardo nos pediu que ficássemos longe dos jardins frescos que levam ao rio e para jamais nos aproximarmos das janelas que têm vista para eles. Não podemos sair para a rua sem uma guarda armada.

Ele não sabe se os Rivers contrataram assassinos para nos matar. A duquesa está pálida de ansiedade; ela tem um bordado em suas mãos, mas trabalha de forma aleatória, pegando a peça e largando-a ao menor barulho vindo das ruas, do outro lado da janela.

— Peço a Deus que ele a mande à morte — diz repentinamente. — Que acabe com ela. Com ela e com todos os seus filhos malconcebidos.

Fico em silêncio. Isso se aproxima tanto de meus próprios pensamentos que sequer ouso concordar.

— Não tivemos um dia de felicidade ou paz desde que ela lançou um feitiço em meu filho Eduardo — continua a duquesa. — Ele perdeu o amor do seu pai por preferir o dela, perdeu a chance de um casamento honrado que traria a paz entre nós e a França. Jogou fora a honra de sua família ao fazer com que a prole vigorosa dessa mulher fizesse parte de nossa casa, e agora ela colocará um de seus filhos concebidos por magia em nosso trono. Ela disse a Eduardo para matar George. Sei disso, estava lá quando ela o aconselhou. Eduardo nunca teria decidido pela sentença de morte por si só. Foi o espião dela que matou Isabel, sua irmã. E agora ela planeja a morte de meu único filho vivo, Ricardo. No dia em que ele sucumbir por causa dos feitiços dela, ela terá acabado com cada um dos meus filhos.

Concordo, acenando com a cabeça. Não ouso dizer nada em voz alta.

— Ricardo está doente — murmura ela. — Juro que ela é a culpada disso. Ele diz que o ombro dói e não consegue dormir. E se ela estiver apertando uma corda em torno de seu coração? Deveríamos alertá-la de que, se ela tocar em um fio sequer de cabelo dele, mataremos o menino.

— Ela tem dois meninos. Tem duas chances para o trono. Tudo o que, faríamos ao matar o príncipe Eduardo seria dar o trono ao príncipe Ricardo.

Ela lança um olhar surpreso para mim. A duquesa não sabia que eu tinha me tornado tão dura, mas ela não se deu conta de que eu presenciei minha irmã gritando de dor, tentando dar à luz um bebê sob o vento lançado por uma bruxa, e de que ela morreu com o veneno dessa mesma bruxa. Em algum momento posso ter tido um coração mole, mas ele foi partido e aterrorizado com bastante frequência. Também tenho um filho a defender, e os primos dele. Tenho um marido que caminha de um lado para o outro no quarto à noite, com a mão sobre o braço que maneja a espada, sentindo uma dor que o impede de dormir.

— Ricardo precisa colocar o outro garoto sob sua custódia — diz ela. — Temos que ter os dois herdeiros Rivers em nosso poder.

Naquela noite, Ricardo entra e cumprimenta a mim e sua mãe distraidamente. Atravessamos o grande salão para cear à mesa principal, e ele, sério, saúda seus homens com um aceno de cabeça enquanto estes retribuem o cumprimento até meu marido chegar ao seu lugar. Todos sabem que corremos perigo; sentimo-nos como em um castelo sob cerco. Quando ele se apoia em seu braço direito para se sentar, cede sob o próprio peso, tropeça e leva a mão ao ombro.

— O que foi? — sussurro, aflita.

— Meu braço. Estou perdendo a força nele. Ela está lançando um feitiço contra mim. Eu sei.

Escondo meu medo e sorrio para o salão. Há pessoas aqui que relatarão o ocorrido à rainha, escondida nas muralhas sombrias do santuário. Dirão a ela que seu inimigo está vulnerável. Ela não está longe, só um pouco mais adiante no curso do rio, nos aposentos escuros sob a Abadia de Westminster. Quase posso sentir sua presença no salão, como um suspiro frio e insalubre.

Ricardo mergulha as mãos na tigela de prata diante dele e em seguida as enxuga na toalha de linho. Os criados trazem a comida da cozinha e levam pratos para todas as mesas.

— Más notícias hoje — diz Ricardo em voz baixa para mim. Do outro lado, sua mãe inclina-se para a frente para ouvir. — Obtive provas da conspiração da qual suspeitava, entre Hastings e a rainha. A prostituta do rei era a intermediária. Morton também estava envolvido. Acusei-os no Conselho e os prendi.

— Muito bem — elogia sua mãe imediatamente.

— Você organizará um julgamento para eles? — pergunto.

Ele balança a cabeça.

— Não — responde Ricardo, breve. — Não houve tempo. São os destinos da guerra. Mandei Hastings ser decapitado na Torre. Coloquei Morton sob os cuidados de Henry Stafford, duque de Buckingham. Rotherdam e Thomas, lorde Stanley, estão sob suspeita. Ordenei uma busca em suas casas para procurar provas, irei executá-los se descobrir que conspiram contra mim.

Não digo uma palavra sequer quando um criado nos oferece um fricassê de frango. Assim que ele se afasta, sussurro:

— Decapitado? William Hastings? Sem julgamento? Simples assim?

A duquesa se enfurece comigo.

— Simples assim! — repete ela. — Por que não seria simples assim? Acha que a rainha pediu um julgamento justo por meu filho? Acha que George teve um julgamento justo quando ela pediu sua morte?

— Não — respondo, reconhecendo a verdade naquilo que ela diz.

— Bem, de qualquer modo, está feito — prossegue Ricardo, abrindo uma broa de pão branco. — Eu não conseguiria colocar o príncipe no trono com Hastings e a rainha unidos em uma aliança contra mim. Assim que ele fosse coroado rei e estivesse livre para escolher seus conselheiros, eles o tirariam da minha custódia e colocariam minha ordem de execução diante dele. O rei a assinaria. Está claro para mim que o menino é todo deles, que está completamente à disposição deles. Terei de ordenar a execução de Anthony Woodville, Richard Grey e Thomas Vaughan, seus parentes. Todos iriam manipular o príncipe contra mim. Quando todos estiverem mortos, estarei em segurança. — Ele olha para o meu rosto horrorizado. — Esse é o único modo de coroá-lo. Devo destruir os aliados da mãe dele. Devo torná-lo um rei de um só conselheiro: eu mesmo. Quando todos estiverem mortos, eu a enfrentarei sozinha. A conspiração estará rompida.

— Você vai derramar o sangue de homens inocentes — digo com tom de voz monótono.

Ele encontra meus olhos sem se abater.

— Para colocá-lo no trono, para torná-lo um bom rei e não o reles fantoche dos Rivers, sim, sim, eu vou.

Em seu sombrio santuário a rainha faz seus feitiços e sussurra seus encantamentos contra nós. Sei que ela faz isso. Quase consigo sentir suas más intenções pressionando as janelas trancadas dos aposentos ao fundo do Castelo de Baynard, como a névoa do rio. Ouço de minhas damas de companhia que a rainha entregou seu segundo filho aos cuidados de seu amigo e parente cardeal Bourchier. O cardeal prometeu a ela que o menino ficaria a salvo e o levou para junto de seu irmão Eduardo nos aposentos reais da Torre, a fim de prepará-lo para a coroação.

Não posso acreditar que essa situação vai se prolongar. Ainda que mantenhamos os meninos sob nossa guarda, ainda que eles sejam levados ao Castelo de Middleham e tratados como nossos próprios filhos, o rei não é uma criança qualquer. Jamais pode ser considerado um pupilo como outro qualquer. É um menino de 12 anos criado para ser rei. Adora a mãe e nunca a trairá. Foi educado e aconselhado por seu tio Anthony Woodville; ele jamais transferirá seu amor e sua lealdade para nós. Somos estranhos para ele; é possível que tenham lhe dito que somos seus inimigos. Mantiveram-no subjugado desde a tenra infância: o menino é, de todos os modos, uma criança idealizada pelos Rivers; nada pode mudar isso agora. Ela o conquistou, tirou-o de nós, sua verdadeira família, do mesmo modo como conquistou o marido, afastando-o de seus irmãos. Ricardo irá coroar um menino que crescerá e se tornará seu mais mortal inimigo, não importa quão gentilmente o tratemos. Ricardo tornará Elizabeth Woodville a mãe do rei da Inglaterra. Ela irá tomar o título de Fazedor de Reis de meu pai. Não há nenhuma dúvida em minha mente de que ela fará o mesmo que meu pai teria feito: deixará o tempo passar e, aos poucos, eliminará todos os rivais.

— O que mais posso fazer? — indaga Ricardo. — O que mais posso fazer além de coroar o menino que foi criado para ser meu inimigo? Ele é o filho de meu irmão, é meu sobrinho. Mesmo que eu ache que ele tenha sido criado para ser meu oponente, o que mais posso fazer honradamente?

A duquesa Cecily, ao lado do fogo, levanta sua cabeça para ouvir. Sinto seu olhar azul-escuro sobre mim. Esta é uma mulher que ficou no centro de Ludlow e esperou que o exército revoltoso da rainha má irrompesse pelos portões. Esta não é uma mulher que tem muito a temer. Ela acena com a cabeça para mim como se me desse permissão para dizer a única coisa possível, o mais óbvio.

— Você deveria tomar o trono — respondo simplesmente.

Ricardo olha para mim. A mãe dele sorri e coloca de lado sua costura. Não há um ponto bem-feito nela há dias.

— Faça como seu irmão — prossigo. — Não uma, mas duas vezes. Ele tomou o trono de Henrique em batalha não uma, mas duas vezes, e Henrique tinha muito mais direito do que o menino Rivers. Ele sequer foi coroado, sequer foi ordenado. Ele não é nada além de um pretendente ao trono, e você é outro. Ele pode ser filho do rei, mas é um menino. Pode nem ser filho legítimo, mas um bastardo, um entre muitos. Você é o irmão do rei, e um homem, está pronto para governar. Tome o trono dele. É o mais seguro para a Inglaterra, é o melhor para sua família, é o melhor para você. — Sinto meu coração repentinamente pulsando com ambição, a ambição de meu pai. Com a ideia de que eu deveria ser a rainha da Inglaterra, afinal.

— Eduardo indicou-me como lorde protetor, não como herdeiro — retruca Ricardo secamente.

— Ele nunca viu a natureza da rainha. Foi para o túmulo sob o feitiço dela. Ele era seu joguete.

— O menino sequer é herdeiro de Eduardo — exclama a mãe dele repentinamente.

Ricardo levanta as mãos para que ela pare de falar.

— Anne não sabe disso.

— É hora de ela saber — diz ela vivamente. Volta-se para mim. — Eduardo foi casado com uma dama, uma parente sua: Eleanor Butler. Você sabia?

— Sei que ela era... — Procuro por palavras. — Uma favorita.

— Ela não foi apenas prostituta de Eduardo; eles se casaram em segredo — continua a duquesa abruptamente. — Exatamente o mesmo truque que ele fez com Elizabeth Woodville. Prometeu casamento, realizou uma cerimônia com um padre qualquer...

— Não foi exatamente assim — interrompe Ricardo de seu lugar, olhando furioso para o fogo, com uma mão descansando sobre a base da chaminé. — Ele fez o bispo Stillington realizar a cerimônia com Eleanor Butler.

A mãe dele ignora a objeção.

— Então o casamento foi válido. Foi um padre desconhecido e talvez sem ligação com a Woodville. O casamento com Elizabeth Woodville foi falso. Foi bigamia.

— O quê? — interrompo, sem compreender nada do que é dito. — Millady mãe, o que está dizendo?

— Pergunte a seu marido. O bispo Stillington contou a história pessoalmente... Não foi? — diz ela, provocando Ricardo. — O bispo não se envolveu e nada disse quando Eduardo ignorou Lady Eleanor e ela entrou para um convento. Eduardo, na época, recompensou seu silêncio. Mas quando o bispo viu que os Rivers estavam colocando o menino deles no trono, mesmo sendo um bastardo, ele veio até o rei e contou-lhe tudo o que sabia. Eduardo era casado quando fez seu arranjo secreto com Elizabeth Woodville. Mesmo que eles tivessem celebrado a união perante um padre de verdade, mesmo que tivesse sido uma cerimônia válida, não significaria nada. Eduardo já era casado. Aquelas crianças, todas aquelas crianças, são bastardas. Não há uma Casa de Rivers. Não há rainha. Ela é uma amante e seus filhos bastardos são apenas pretendentes ao trono. Só isso.

Viro-me para Ricardo espantada.

— Isso é verdade?

Ele lança um olhar rápido e lancinante para mim.

— Não sei — murmura. — O bispo diz que casou Eduardo com Lady Eleanor em uma cerimônia válida. Estão ambos mortos. Eduardo aclamou Elizabeth Woodville como sua esposa e o filho dela como seu herdeiro. Não tenho que honrar os desejos de meu irmão?

— Não — diz sua mãe com franqueza. — Não quando esses desejos são errôneos. Você não tem que colocar um bastardo no trono em vez de a si mesmo.

Ricardo dá as costas para a lareira. Suas mãos seguram o ombro.

— Por que a senhora nunca falou disso antes? Por que ouvi falar disso pela primeira vez do bispo Stillington?

Ela retoma sua costura.

— O que eu poderia ter falado? Todos sabem que eu a odeio e que ela me odeia. Que diferença isso teria feito quando Eduardo estava vivo, quando a chamava de esposa e assumia seus filhos? O que importava o que qualquer um dissesse? Ele silenciou o bispo Stillington; por que eu deveria ter falado algo sobre isso?

Ricardo balança a cabeça.

— Houve escândalos sobre Eduardo desde que ele tomou o trono — diz.

— E nenhuma palavra contra você — lembra a duquesa. — Ocupe o trono você mesmo. Não há um homem na Inglaterra que defenda Elizabeth Woodville, a não ser que seja de sua família ou alguém que ela tenha subornado para continuar a seu serviço. Todos, além disso, a conhecem pelo que é: uma sedutora e uma bruxa.

— Ela será minha inimiga para sempre — comenta Ricardo.

— Então a mantenha refugiada no santuário para sempre — diz ela, sorrindo, parecendo uma feiticeira. — Mantenha-a em solo sagrado, à meia-luz, com a pequena assembleia de bruxas formada por suas filhas. Prenda-a. Deixe-a lá, aquela mulher cruel com sua prole bastarda.

Ricardo volta-se para mim

O que você acha?

O cômodo está em silêncio, esperando minha decisão. Penso em meu pai, que matou seu grande cavalo e perdeu a vida lutando para me colocar no trono da Inglaterra. Penso em Elizabeth Woodville, que tem arruinado meus dias e que é a assassina de minha irmã.

— Creio que você tem mais direito ao trono do que o filho dela — respondo em voz alta. E penso: "E eu tenho mais direito ao trono do que ela. Serei, como deveria ter sido antes, rainha Anne da Inglaterra."

Ainda assim, Ricardo hesita.

— É um grande passo, ocupar o trono.

Vou até ele e tomo sua mão. É como se estivéssemos de mãos dadas jurando fidelidade um ao outro mais uma vez. Percebo que estou sorrindo e posso sentir que minhas faces estão quentes. Nesse momento decisivo, sou certamente filha de meu pai.

— Esse é o seu destino. — Consigo ouvir a certeza em minha voz. — Por seu direito de nascimento, por sua aptidão e por sua instrução, é o melhor rei que a Inglaterra poderia ter nestes tempos. Faça isso, Ricardo. Arrisque-se. É meu direito, e também o seu. Vamos ocupar o trono. Vamos ocupá-lo juntos.

Torre de Londres, julho de 1483

Mais uma vez me encontro nos aposentos reais da Torre, olhando pelas estreitas janelas para a lua, que trilha um caminho prateado pelas águas turvas do rio. Mais uma vez percebo o silêncio da noite e, de longe, vem um som distante de música. É a véspera de nossa coroação, e eu me afastei do banquete para rezar e para observar a água do rio que corre para o mar. Serei rainha da Inglaterra. Mais uma vez sussurro para mim mesma a promessa feita pela primeira vez por meu pai. Estou prestes a me tornar a rainha Anne da Inglaterra, e serei coroada amanhã.

Sei que Ela estará junto de sua janelinha, espiando a escuridão do lado de fora do santuário, seu lindo rosto desfigurado pela dor enquanto ora por seus filhos, ciente de que ambos estão sob nossos cuidados e de que nenhum deles jamais será rei. Sei que ela está nos amaldiçoando, retorcendo algum trapo sangrento nas mãos, moldando alguma figura de cera, moendo ervas e queimando-as na lareira. Toda sua atenção se concentra na Torre, assim como a luz que nesta noite trilha um caminho prateado em direção ao quarto deles.

O quarto deles, o quarto dos meninos. Pois eles estão aqui, os dois, na Torre, comigo, no andar de cima. Se eu subisse apenas um lance da escada de pedras em espiral e dissesse aos guardas para abrir caminho, poderia vê-los dormindo, na mesma cama, a pálida lua em suas faces pálidas, os cílios brancos sobre as faces, o peitoral subindo e descendo no tecido de linho branco, envoltos na paz profunda do sono das crianças. O príncipe tem apenas 12 anos, um buço ralo nascendo em seu lábio superior, as pernas esparramadas na cama, é desajeitado como um potro. Seu irmão Ricardo faz 10 anos no mês que vem; ele nasceu no mesmo ano que meu filho Eduardo. Como seria possível olhar para o filho dela sem pensar no meu? Ele é um garotinho alegre; mesmo adormecido, sorri de algum sonho divertido. Esses meninos estão sob nossos cuidados agora, eles serão nossos protegidos até se tornarem adultos. Precisamos mantê-los no Castelo de Middleham ou em Sheriff Hutton, uma de nossas residências no norte, onde poderemos ter certeza de que nossos serviçais os manterão trancados. Acho que teremos de mantê-los sob custódia para sempre. Eles crescerão e deixarão de ser meninos encantadores para transformarem-se em prisioneiros. Jamais poderemos libertá-los.

Sempre representarão um perigo para nós. Sempre serão o foco de qualquer descontentamento, para qualquer um que deseje questionar nosso governo. Elizabeth Woodville passará a vida tentando tirá-los de nós, tentando colocá-los no trono. A mais grave ameaça contra nós está dentro de nossa própria casa. O pai deles, o rei Eduardo, jamais toleraria correr tal risco. Meu pai também não. Ele manteve o rei Eduardo sob custódia uma vez e disse que, depois que ele escapou e se sentou novamente no trono, ele não teria escolha da próxima vez a não ser capturá-lo e matá-lo. Quando prendemos o velho rei Henrique, ele foi mantido a salvo apenas enquanto houve um herdeiro Lancaster. A morte do meu príncipe Eduardo foi a condenação de seu pai. Quando o rei Eduardo viu que podia exterminar a Casa de Lancaster, ele o fez naquela noite: matou o rei Henrique, e seus irmãos George e Ricardo o ajudaram no assassinato, no regicídio. Os irmãos York se deram conta de que, vivo, Henrique sempre seria um foco de rebelião, sempre representaria um perigo para eles. Morto, ele poderia ser chorado; mas não era uma ameaça. Em meu espírito não resta a menor dúvida de que o menino Woodville vivo é um perigo para nós. Na verdade, esses meninos não deveriam ter permissão para viver. Somente minha débil ternura e o amor de Ricardo pelo irmão nos fizeram decidir que eles seriam poupados. Nem meu pai nem o irmão de meu marido jamais teriam sido tolos de coração mole.

Aperto um pouco mais o casaco de pele no corpo, embora a noite esteja quente; a brisa que atravessa a janela aberta traz o frio vindo do rio profundo. Penso em como Isabel iria rir ao me ver agora, vestindo os mantos de pele de Elizabeth Woodville — as mesmas peles caríssimas que ela uma vez colocou em seu baú e depois teve que devolver. Isabel teria rido ante nosso triunfo. Nesta noite vencemos, vencemos enfim, e aquela garotinha que eu era então, que, nessa mesma torre, brincava de ser rainha na noite da coroação de Elizabeth Woodville, usará a coroa amanhã.

As dúvidas que minha mãe sussurrou em meu ouvido não têm a menor importância para mim. Quer meu casamento tenha sido válido ou não, minha coroação será celebrada por um bispo com óleo consagrado. Eu serei rainha da Inglaterra e estarei em paz. Ricardo me tornou sua esposa aos olhos de Deus; ele me fez rainha diante do mundo inteiro. Não preciso mais me perguntar se ele me ama. Ele me ofereceu uma aliança em particular e a coroa em público. Serei a rainha Anne, como meu pai queria que eu fosse.

Tiro o casaco de pele, abandonando-o sobre uma cadeira como se fosse de pouco valor. Tenho agora um guarda-roupa cheio de peles, tenho as mais lindas joias e receberei uma fortuna todos os anos para manter meu séquito, como deve ser. Viverei tão grandiosamente quanto a rainha que me precedeu; tenho todos os vestidos de Elizabeth e os mandarei ajustar ao meu tamanho. Esgueiro-me pelos lençóis de seda aquecidos da grande cama, com o dossel revestido de tecido de ouro e cortinas de veludo vermelho. De agora em diante, terei apenas os melhores objetos ao meu redor. De agora em diante, terei apenas o melhor. Nasci filha do Fazedor de Reis, e amanhã os planos dele para mim se concretizarão e eu serei a rainha. E, quando meu marido morrer, nosso filho Eduardo, o neto do Fazedor de Reis, será governante por sua vez, e a Casa de Warwick será a casa real da Inglaterra.

Um cortejo real, verão de 1483

As boas-vindas que recebemos ao longo da estrada a cada parada indicam que fizemos a coisa certa. O país está aliviado porque o perigo da guerra foi afastado e meu marido nos conduziu à paz. Ele reuniu ao seu redor homens em quem podemos confiar. Henry Stafford, duque de Buckingham, deixou sua esposa Woodville em casa para conduzir Ricardo até a catedral na condição de alto comissário da Inglaterra. John Howard, que subjugou a frota dos Rivers, tornou-se o primeiro integrante da família Howard a assumir o título de duque de Norfolk e ficou com os navios que ganhou; ele é lorde almirante. A meu parente, o barão de Northumberland, foi dado o controle do norte por um ano. Viajamos sem uma guarda, cientes de que não há ninguém na Inglaterra que não deseje nos receber. Nossos inimigos ou estão mortos ou presos no santuário, os meninos Rivers são mantidos em segurança na Torre. E em cada vilarejo em que ficamos, Reading, Oxford, Gloucester, há encenações e festivais para nos receber e para nos garantir lealdade.

Os Rivers se tornaram tão odiados que o povo teria aceitado quase qualquer governante poderoso em vez de um menino cuja família devoraria a Inglaterra. Contudo, melhor do que isso, o povo tem um Plantageneta no trono novamente: meu marido, cuja aparência lembra bem esse nome, assim como seu bem-amado pai. Ricardo é visto como o homem cujo irmão salvou o reino do rei adormecido e da rainha má, e que agora o salva de novo de outra mulher ambiciosa.

Ninguém sequer pergunta pelos meninos que deixamos na Torre em Londres. Ninguém quer se lembrar deles ou de sua mãe, que ainda se esconde nas trevas do santuário. É como se todo o país desejasse esquecer que se passaram meses de terror diante do que poderia acontecer e semanas sem que ninguém soubesse quem seria o rei. Agora temos um rei coroado pelo povo e ordenado por Deus. Nós cavalgamos juntos pela Inglaterra em pleno verão, fazemos piqueniques sob as árvores quando o sol está quente e adentramos as lindas cidades, onde somos recebidos como salvadores.

Apenas uma pessoa pergunta sobre os meninos Rivers, deixados na silenciosa Torre de Londres, chamando pela mãe refugiada no santuário a apenas 5 quilômetros rio acima. Sir Robert Brackenbury, agora nomeado guardião do Tesouro e governador da Torre, tem a responsabilidade de protegê-los. Ele é a única pessoa que diz para mim em seus bruscos modos de Yorkshire:

E, então, o que vai acontecer com os bastardos Rivers, Vossa Graça? Agora que nós os capturamos e eles estão sob meus cuidados?

Ele é um homem honesto, e eu confiaria nele para fazer quase tudo. Apoio meu braço nele enquanto caminhamos pelos jardins da linda universidade em Oxford.

— Eles não têm futuro — confesso a ele. — Não podem vir a ser nem príncipes nem homens adultos. Teremos que mantê-los assim para sempre. Mas meu marido sabe, assim como eu, que eles sempre representarão um perigo para nós, apenas por serem quem são. Serão uma ameaça enquanto viverem.

Ele para e se volta para mim. Seu olhar franco encontra o meu.

— Que Deus lhe perdoe, mas Vossa Graça desejaria vê-los mortos? — indaga ele simplesmente.

Balanço a cabeça, uma reação imediata.

— Não consigo desejar isso. Não para dois meninos, não para dois inocentes.

— Ah, seu coração é tão terno...

— Não consigo desejar isso. Mas que vida eles poderão ter? Serão prisioneiros para sempre. Mesmo que abram mão de qualquer direito ao trono, sempre haverá alguém que o reivindicará para eles. E que segurança podemos ter enquanto viverem?

Seguimos para York, onde nosso filho — o agora príncipe Eduardo — será investido como príncipe de Gales. É uma homenagem à cidade que apoiou Ricardo desde o início e onde ele é mais amado que em qualquer outra parte do país. Dentro dos muros da cidade, temos a recepção mais suntuosa que qualquer outra coisa que tenhamos visto. Na grandiosa e abobadada Catedral de York, meu menino Eduardo avança, observado por seus primos Edward e Margaret, e recebe o cetro dourado e a pequena coroa de ouro do príncipe de Gales. Quando ele vai até os degraus da catedral para cumprimentar a multidão, as saudações fazem os pássaros subirem aos céus. Faço o sinal da cruz e murmuro:

— Graças a Deus.

Sei que meu pai está vendo o neto ser investido príncipe de Gales e que, no céu, ele sabe que sua luta acabou, por fim, em vitória. O Fazedor de Reis tornou seu neto um príncipe. Haverá um menino Warwick no trono da Inglaterra.

Ficaremos no norte por algum tempo, e aqui sempre será nossa casa, já que somos mais felizes aqui do que em qualquer outro lugar. Reconstruiremos o castelo em Sheriff Hutton, onde as crianças irão morar, em segurança e longe das doenças e pragas de Londres, distantes, julgo eu, da rainha derrotada em sua toca úmida sob a Abadia de Westminster. Faremos deste um novo palácio no norte da Inglaterra, um local que rivalizará com Windsor ou Greenwich, e a riqueza da corte chegará até nossos amigos e vizinhos, aqueles em que confiamos no norte. Faremos um reino dourado nessa região, grande o bastante para competir até mesmo com Londres. O coração da Inglaterra estará aqui, onde o rei e a rainha — nortistas por nascimento e inclinação — vivem em meio às altas colinas verdes.

Meu filho Eduardo, seus primos Margaret e Teddy e eu vamos para Middleham, cavalgando juntos alegremente como se estivéssemos passeando por puro prazer. Passarei o resto do verão com eles, rainha da Inglaterra e senhora do meu próprio tempo. No inverno voltaremos a Londres, e as crianças ficarão comigo em Greenwich. Eduardo não terá mais tutores nem aulas de equitação. Temos que torná-lo forte, pois ainda é um menino franzino. Ele precisa ser preparado para se tornar rei quando chegar sua vez. Em poucos anos ele irá viver em Ludlow, e seu conselho irá governar o País de Gales.

Quando tomamos a estrada do norte rumo a Middleham, Ricardo nos deixa e segue em direção ao sul mais uma vez, com uma pequena escolta a sua volta; entre seus homens estão nossos amigos de longa data, Sir James Tyrrell, agora nomeado mestre das cavalariças, Francis Lovell, Robert Brackenbury, e outros. Ricardo beija as crianças e as abençoa. Ele me toma nos braços e sussurra para que eu vá até ele assim que o tempo mudar. Sinto o coração cálido de amor por ele. Somos por fim vitoriosos, somos por fim abençoados. Ele me tornou rainha da Inglaterra, a posição que eu nasci para ocupar, e dei a ele um príncipe e um herdeiro. Juntos cumprimos os objetivos de meu pai. Isso é realmente uma vitória.

Na estrada a caminho do sul, Ricardo me escreve uma carta apressada.

> *Anne,*
> *Os Rivers, como uma serpente ferida, estão mais perigosos do que nunca. Eles atacaram a Torre para resgatar os meninos e foram derrotados por pouco em uma batalha desesperada. Não conseguimos prender ninguém — eles sumiram no ar. Anne, eu a mantenho tão fortemente guardada que eu pensava que ninguém*

pudesse entrar ou sair de seu sombrio santuário, mas ela de alguma forma arregimentou um pequeno exército contra nós. Seus homens, sem bandeira ou insígnia, surgiram e desapareceram como se fossem fantasmas, e agora ninguém sabe dizer onde estão. Alguém reuniu as tropas e pagou a todos — mas quem?

Ainda temos os meninos, graças a Deus. Eu os transferi para aposentos mais internos na Torre. Mas estou chocado com a extensão do poder oculto dela. Ela está esperando o momento propício, ressurgirá outra vez. Quantos mais ela será capaz de recrutar? Quantos daqueles que nos saudaram em nossa coroação enviaram armas e soldados para ela? Fui traído e não sei em quem confiar. Queime esta carta.

— O que houve, Vossa Graça? — A pequena Margaret está a meu lado, os olhos azul-escuros intrigados com minhas feições espantadas. Abraço-a e sinto seu calor e a maciez de sua pele, e ela se inclina para mim. — São más notícias? É o rei, meu tio?

— Ele está preocupado — respondo, pensando na perversidade da mulher que se esconde nas trevas e que transformou esta menininha em órfã. — Tem inimigos. Mas é forte e corajoso e tem bons amigos que o ajudarão contra a rainha malvada e os bastardos que ela chama de filhos.

Castelo de Middleham, Yorkshire, outubro de 1483

Falo com Margaret cheia de confiança, mas estou enganada. Meu marido tem menos amigos do que eu pensava, do que ele mesmo pensava.

Uns poucos dias depois, chegam uns rabiscos apressados:

> *O mais falso dos amigos, o mais perverso dos traidores — o duque de Buckingham é a mais desleal das criaturas vivas.*

Ponho a página de lado por um momento; mal posso suportar a leitura.

> *Ele se juntou a duas mulheres más, uma pior do que a outra.*
> *Elizabeth Woodville o seduziu para o seu lado, e ela fez uma aliança maldita com Margaret Beaufort, que liderou sua comitiva durante nossa coroação, que sempre foi tão boa e amorosa com você, a mulher de meu amigo, o confiável Thomas Stanley, a quem nomeei lorde camarista da Inglaterra.*
> *Falsidade e fingimento.*

> *Margaret deu seu filho, Henrique Tudor, em casamento a Elizabeth, a menina Woodville — e todos eles se sublevaram contra nós. Reuniram aqueles que lhes são próximos e convocaram Henrique Tudor a navegar, partindo da Bretanha. Henry Stafford, duque de Buckingham, o único homem em quem confiei a minha vida, mudou de lado e se aliou a eles. Agora está reunindo suas forças no País de Gales e marchará sobre a Inglaterra em breve. Sigo imediatamente para Leicester.*
>
> *O pior de tudo — pior ainda que tudo isso — é que Buckingham está dizendo a todos que os príncipes estão mortos, e por minhas mãos. Isso significa que os Rivers lutarão para colocar Tudor e a princesa Elizabeth no trono, e que a Inglaterra — assim como a história — me chamará de assassino, um matador de crianças, um tirano que se volta contra o filho de seu irmão e tira-lhe o próprio sangue. Não posso suportar essa mácula em meu nome e em minha honra. Esta é uma calúnia que grudará em mim como resina. Reze por mim e por nossa causa — Ricardo.*

Faço o que ele me pede. Vou diretamente para a capela sem falar com ninguém e me ajoelho, os olhos no crucifixo sobre o coro. Encaro-o sem piscar, como se pudesse, dessa forma, apagar a imagem da carta que me diz que as pessoas que eu considerava amigas — o belo e charmoso duque de Buckingham, o sempre vencedor lorde Thomas Stanley, sua esposa Margaret, tão amável e receptiva comigo na primeira vez que fui a Londres, ao me acompanhar até o guarda-roupa real e me ajudar a escolher meu vestido da coroação —, todas elas são falsas. O bispo Morton, que amei e admirei por tantos anos, também é falso. Mas a única frase que permanece dentro de mim, que ecoa em meus ouvidos enquanto sussurro minha Ave-Maria, a qual repito vezes sem fim como que para esgotar o som das poucas palavras, é: *Buckingham está dizendo a todos que os príncipes estão mortos, e por minhas mãos.*

Já está escuro quando me levanto, o anoitecer precoce do outono, e estou com frio e arrepiada quando o padre traz as velas e os serviçais para rezar as completas. Baixo a cabeça quando ele passa, mas me precipito para fora da capela, para o ar frio da noite. Uma coruja branca pia e dá um voo rasante, e eu me abaixo como se ela fosse um espírito passando por mim, um aviso enviado pela bruxa que está reunindo suas forças contra nós.

Buckingham está dizendo a todos que os príncipes estão mortos, e por minhas mãos.

Pensei que, se os príncipes estivessem mortos, então não haveria mais ninguém para reivindicar o trono, que o reinado de meu marido seria pacífico e que meu filho ocuparia o lugar dele quando Deus quisesse nos chamar. Agora vejo que todos os homens são Fazedores de Reis. O trono não fica vazio nem por um momento; alguém está sempre sendo preparado para a coroa. E príncipes novos brotam como ervas daninhas na plantação ao primeiro rumor de que aqueles que usam a coroa estão mortos.

Buckingham está dizendo a todos que os príncipes estão mortos, e por minhas mãos.

E agora outro jovem que se autoproclama herdeiro aparece do nada. Henrique Tudor, o filho de Margaret Beaufort, da Casa de Lancaster, e Edmund Tudor, da Casa de Tudor, deve estar fora de seu juízo perfeito, assim como ficou fora da Inglaterra. Ele não põe os pés aqui há anos, desde que sua mãe o impeliu a ir para o estrangeiro para mantê-lo a salvo do olhar reptiliano da Casa de York. Quando Eduardo ocupava o trono, o rapaz estava longe de se tornar herdeiro, e Eduardo o teria levado para a Torre e assistido calmamente a sua morte. Por isso Margaret Beaufort o manteve longe e negociou seu retorno com muita cautela. Eu até senti pena dela quando perdeu o filho. Ela até se compadeceu de mim quando George ia mandar Edward embora. Pensei que tínhamos um acordo. Pensei que fôssemos amigas. Mas todo esse tempo ela estava esperando. Esperando e pensando em quando seu filho poderia retornar, um inimigo do rei da Inglaterra, quer fosse o rei Eduardo ou meu marido Ricardo.

Buckingham está dizendo a todos que os príncipes estão mortos, e por minhas mãos.

Então Henrique Tudor é um aspirante ao trono pela Casa de Lancaster, e a mãe dele, uma vez retirada sua carapuça de afeição obediente, não é mais minha amiga, e sim uma mulher que promove a guerra. Ela lutará contra nós. Dirá a todos que os príncipes estão mortos e que meu marido é o assassino. Dirá a todos que o próximo herdeiro é seu filho e que devem destronar tal tirano, um regicida.

Subo as escadas escuras da torre norte, onde andei por tantas vezes com Ricardo, com o sol tardio do fim do dia, falando sobre as alegrias das crianças, a terra, o governo do norte. Agora está escuro e frio, e a lua surge com um brilho de prata no horizonte distante.

Buckingham está dizendo a todos que os príncipes estão mortos, e por minhas mãos.

Não acredito que meu marido tenha dado ordens para matar os sobrinhos. Jamais acreditarei nisso. Ele estava em segurança no trono, já os havia declarado bastardos. Ninguém em nosso cortejo sequer os mencionou. Eles foram esquecidos, e nós, aceitos. Eu apenas disse, ao me encontrar com o guardião da Torre, que, embora não desejasse a morte deles, sabia que tinha que pensar nisso. E o governador da Torre, carcereiro dos príncipes, observou que eu tinha o coração mole. Ricardo não daria a ordem para matar os meninos; disso tenho certeza. Mas sei que não sou a única pessoa que o ama e deseja vê-lo em segurança. Sei que não sou a única pessoa que pensa que os meninos têm que morrer.

Será que algum de nossos amigos leais teria se rebaixado a cometer um pecado sombrio como este, de matar um menino de 10 anos e seu irmão de 12 enquanto encontravam-se sob nossa guarda? Enquanto dormiam? E pior — será que alguém teria feito isso para nos agradar? Pensando que esse era meu desejo? Que, no pátio da universidade em Oxford, enquanto eu passeava ao seu lado, naquele momento e naquele lugar, eu realmente pedira que ele fizesse uma coisa dessas?

Castelo de Middleham, Yorkshire, inverno de 1483

Aguardamos notícias, e Ricardo me escreve quase diariamente, ciente de que estou ansiosa. Ele me mantém informada sobre suas forças; homens apressam-se para servi-lo, e os grandes nobres do reino apresentam seu apoio ao rei contra o duque que antes estivera a seu lado. O amigo de infância de meu marido, Francis Lovell, jamais o abandona; Thomas, lorde Stanley, embora tenha como esposa Margaret Beaufort, a mulher que conspirou com Elizabeth Woodville, une-se a Ricardo e lhe jura lealdade. Acho que isso demonstra como a antiga rainha tem pouco apelo junto aos bons homens. Ela pode ter tido sucesso com Margaret Beaufort — que tem ambições para seu filho e esperanças de que ele ocupe o trono —, mas não com Thomas, lorde Stanley, que permanece fiel a nós. Não me esqueço de que ele é influente, de que sempre conduz suas tropas para o lado da maioria. O fato de ele estar ao nosso lado indica que acha que provavelmente venceremos. John Howard, nosso bom amigo, também permanece fiel, e Ricardo escreve dizendo que ele está derrotando os rebeldes em Sussex e Kent, a fim de impedir que irrompa uma guerra contra nós.

E então Deus nos abençoa. Simples assim. Ele está do nosso lado. Manda a chuva que lava a traição da mente das pessoas e o rancor de seus corações, pois dia após dia Ele verte dos céus as águas de inverno, duras como granizo, e os homens que se reuniam em Kent vão para casa secar-se ao fogo; os homens que pensavam em marchar a partir de Sussex veem que as estradas estão intransitáveis. As casas dos cidadãos de Londres que moram à beira do rio estão inundadas, e eles não são capazes de pensar em qualquer outra coisa que não nas águas que sobem, ameaçando o santuário onde Elizabeth Woodville tem que esperar, sem notícias de sua rebelião, os mensageiros presos onde estão, em estradas que rapidamente se tornaram atoleiros. Aos poucos ela perde a esperança.

Deus manda a chuva para o País de Gales, e todos os córregos que brincam tão alegremente pelas campinas durante o verão se avolumam e se tornam mais selvagens à medida que as águas escuras vêm das montanhas e seguem para os riachos maiores e depois para os rios. As torrentes inundam as margens e deságuam no rio Severn, que sobe cada vez mais até abrir brechas nas muralhas dos rios, até se espalhar por quilômetros no vale, isolar uma cidade após a outra, submergir vilarejos ribeirinhos e — o melhor de tudo — reter o falso duque de Buckingham no País de Gales, enquanto seus homens derretem na água como se feitos de açúcar, suas esperanças encharcadas. Ele mesmo foge dos soldados que afirmou liderar. Seus próprios serviçais o entregam para nós como traidor por uma pequena recompensa.

Deus manda a chuva para os mares estreitos e eles ficam escuros e ameaçadores, de forma que Henrique Tudor não pode içar velas. Sei o que é olhar do porto e ver a água escura se movendo e as corolas brancas das ondas, e então rio no calor e na segurança do Castelo de Middleham ao pensar em Henrique Tudor, de pé no cais, rezando por um tempo bom enquanto chove ininterruptamente em sua jovem cabeça ruiva. Nem mesmo a mulher que ele espera ser sua futura sogra, a bruxa Elizabeth, é capaz de afastar a tormenta.

O tempo melhora; ele iça as velas e começa a navegar corajosamente, cruzando os mares bravios, mas suas esperanças esfriaram pela longa espera. Ele sequer aporta. Dá uma olhada na costa que planeja chamar de sua e não consegue encontrar dentro de si coragem para sequer colocar o pé na areia molhada. Ele encurta as velas ensopadas e dá meia-volta, aproveitando o vento frio para retornar à Bretanha, onde deveria ficar para sempre se aceitasse meu conselho, e morrer como todos os outros aspirantes ao trono, no exílio.

Ricardo escreve-me de Londres.

Acabou. Acabou, exceto por apontar os traidores e ordenar sua punição. É uma alegria que o País de Gales tenha se mantido fiel a mim, que a costa sul não tenha oferecido um porto seguro a Henrique Tudor, que nem um único vilarejo tenha aberto seus portões para uma força rebelde, que nenhum barão ou conde tenha me desafiado. Meu reino é leal a mim, e eu punirei levemente ou não punirei aqueles que se afogaram neste último suspiro dos Rivers e seu aliado mal-escolhido de última hora, Henrique Tudor. Não se pode esperar que a mãe do rapaz, Margaret Beaufort, negue a causa do filho, mas ela viverá o resto de seus dias aprisionada em casa — sob a guarda de seu marido, Thomas, lorde Stanley. Coloquei a fortuna dela aos cuidados dele, o que, para uma mulher sofregamente ambiciosa, será, acho, punição suficiente. Ele a manterá isolada; ela foi privada de seus criados e amigos, nem mesmo seu confessor poderá visitá-la. Rompi suas relações como rompi as alianças em torno dos Rivers.

Sou vitorioso sem levantar a espada. Isso, além de uma vitória tranquila, é minha vingança. O país não deseja restaurar os Rivers, certamente não quer o desconhecido Henrique Tudor. Margaret Beaufort e Elizabeth Woodville são vistas como mães tolas conspirando juntas em favor dos filhos, nada mais que isso. O duque de Buckingham é desprezado como um traidor e um falso amigo. Tomarei cuidado com quem vou me associar no futuro, mas você pode ver tudo isso como um triunfo fácil — embora tenham sido semanas difíceis — e parte de nossa ascensão ao trono. Queira Deus que nos lembremos de tudo isso e nos sintamos felizes por termos chegado à nossa posição de forma tão fácil.

Venha para Londres. Precisamos dar um banquete de Natal mais nobre do que os promovidos por Eduardo e Elizabeth, com amigos verdadeiros e servos leais.

Palácio de Westminster, Londres, novembro de 1483

Exatamente quando estamos nos preparando para as festividades de Natal — festividades que, jura Ricardo, serão as mais grandiosas que Londres jamais testemunhou —, exatamente quando as pessoas começam a chegar à corte e a ser alocadas em seus quartos, quando elas são avisadas de seus papéis nas representações teatrais e aprendem novas danças, Ricardo vem à minha procura e me encontra nos grandes aposentos que abrigam o guarda-roupa real. Observo as peças que já pertenceram a outras rainhas e que agora são minhas. Planejo separar dois lindos vestidos fora de moda, feitos de tecido de ouro, para fazer um novo, costurado em novo padrão, com mangas púrpuras vazadas de forma a mostrar o tecido dourado por baixo, amarradas num cordão de ouro no pulso. Tenho grandes fardos de tecido novo ao meu lado, para mais vestidos novos, além de peles e veludos para novas capas e gibões para Ricardo. Ele parece dominado pela ansiedade, mas ultimamente parece sempre assim. A coroa pesa em sua cabeça, e ele não pode confiar em ninguém.

— Pode deixar isso de lado — pergunta ele, com um olhar hesitante para as montanhas de tecido de valor inestimável.

— Ah, sim — digo, levantando o vestido e abrindo caminho em meio aos cortes espalhados pelo chão. — A dama encarregada do meu guarda-roupa sabe bem melhor do que eu o que deve ser feito.

Ele me conduz pelo braço a me leva até a pequena área fora do salão principal, onde as damas geralmente se sentam para examinar as peles, os vestidos, as capas e os sapatos sob seus cuidados. Há um fogo cálido na lareira, e Ricardo senta-se junto à mesa enquanto eu ocupo o assento junto à janela e espero.

— Tomei uma decisão — diz ele pesadamente. — Não foi fácil, e eu ainda quero conversar com você a respeito.

Espero. Com certeza é sobre a Woodville. Posso adivinhar pela maneira como ele segura o braço direito, entre o cotovelo e o ombro. Essa é uma dor constante para ele, e nenhum médico é capaz de dizer o que está errado. Eu sei, embora não disponha de provas, que essa dor é provocada por ela. Eu a imagino dando nós em um trapo em volta de seu próprio braço, sentindo-o formigar e ficar entorpecido, e em seguida desejando que a dor seja sentida por ele.

— É sobre Henrique Tudor — continua ele.

Enrijeço em meu assento. Eu não esperava por isso.

— Ele promoverá uma cerimônia de noivado na Catedral de Rennes. Irá se declarar rei da Inglaterra e noivo de Elizabeth.

Por um momento eu me esqueço da filha ao pensar no mal provocado pela mãe.

— Elizabeth Woodville?

— A filha dela, Elizabeth, princesa de York. — O nome familiar da filha predileta de Eduardo ecoa no pequeno cômodo aconchegante, e eu penso na menina de pele perolada, com o charme sorridente do pai. — Ele dizia que ela era sua filha mais preciosa — prossegue Ricardo, baixinho. — Quando tivemos que lutar para voltar de Flandres, ele dizia que faria isso por ela, mesmo que todos os outros morressem. E que valeria a pena correr qualquer risco para ver o sorriso dela novamente.

— Ela sempre foi terrivelmente mimada. Eles a levavam para toda parte, e ela sempre se posicionava um passo à frente de todos.

— Mas agora ela tem quase a minha altura e é uma beldade. Eu gostaria que Eduardo pudesse vê-la; acho que ela é ainda mais bonita do que a mãe quando tinha essa idade. É uma mulher adulta. Você não a reconheceria.

Com uma lenta espiral de cólera, me dou conta de que ele está falando de como ela está agora. Ele fora vê-la, fora ver a Woodville e Elizabeth. Enquanto eu estivera aqui, preparando-me para o Natal, ele escapara até a cova escura que ela escolhera para si.

— Você a viu?

Ele dá de ombros, como se aquilo não tivesse importância.

— Eu precisava ir até lá e ver a rainha — responde ele.

Eu sou a rainha. Parece que ele fez uma visita a Elizabeth Woodville e se esqueceu de tudo que nos era mais caro. Tudo o que lutamos para conquistar.

— Eu queria perguntar a ela sobre os meninos — explicou.

— Não! — grito, e em seguida ponho a mão sobre a boca para que ninguém me ouça discutir com meu marido, o rei. — Meu senhor, eu lhe imploro. Como pôde fazer uma coisa dessas? Por que faria uma coisa dessas?

— Eu precisava saber. — Ele parece assombrado. — Fiquei sabendo da rebelião de Buckingham e das palavras dele ao mesmo tempo. Uma pior do que a outra. Eu escrevi para você imediatamente.

Buckingham está dizendo a todos que os príncipes estão mortos, e por minhas mãos.

Faço um gesto afirmativo com a cabeça.

— Eu me lembro, mas...

— Enviei alguém imediatamente à Torre, assim que eu soube que todos diziam que eles estavam mortos. Tudo o que me disseram é que os meninos haviam desaparecido. Assim que cheguei a Londres, a primeira coisa que fiz foi ir à Torre. Robert estava lá...

— Robert? — pergunto, como se tivesse esquecido o nome do guardião da Torre, Robert Brackenbury, que olhou para mim tomado por uma franca compreensão e disse: "Seu coração é tão terno..." quando falei que os meninos deviam ser mortos, mas que eu não conseguiria ordenar tal coisa com todas as palavras.

— Brackenbury — diz ele. — Um amigo verdadeiro. Ele sempre seria fiel a mim. Ele faria qualquer coisa por mim.

— Ah, sim! — digo, sentindo o terror frio em minha barriga, como se estivesse engolindo gelo. — Sei que ele faria qualquer coisa por você.

— Ele não sabia o que havia acontecido com os meninos. Ele é o guardião da Torre e não sabia. Tudo o que pôde dizer era que quando ele chegou à Torre os meninos não estavam mais lá. Tudo o que os guardas disseram foi que colocaram os meninos na cama e vigiaram a porta a noite inteira, até, de manhã, eles terem desaparecido.

— Como poderiam simplesmente ter desaparecido?

A velha energia de Ricardo estava de volta.

— Bem, alguém deve estar mentindo. Alguém deve ter subornado um guarda.

— Mas quem?

— Pensei que talvez a rainha os tivesse levado. Na verdade, rezei para que ela os tivesse levado. Por isso fui vê-la. Eu disse a ela: sequer os perseguirei, sequer tentarei encontrá-los. Se você os levou para algum lugar, eles podem ficar onde estão em paz. Mas tenho que saber.

— E o que ela disse? A Woodville?

Ela caiu ajoelhada e chorou como uma mulher que sabe o que é ter o coração partido. Em meu espírito não resta dúvida de que ela perdeu os filhos e não sabe quem os tem sob sua guarda. Ela me perguntou se eu os teria raptado. Disse que amaldiçoaria quem quer que os tivesse matado, caso eles estejam de fato mortos; que sua praga mataria o assassino de seus filhos, e sua linhagem não teria continuidade. A filha se juntou a ela na maldição. Duas mulheres aterrorizantes.

— Ela nos amaldiçoou? — indago entre lábios frios.

— Não a nós. Eu não ordenei a morte deles! — grita Ricardo para mim numa súbita explosão de fúria que ecoa pelo revestimento de madeira do aposento. — Eu não ordenei a morte deles! Todos acham que eu fiz isso. Você acha isso também? Minha própria esposa? Você acha que faria uma coisa dessas? Você acredita que eu mataria meus sobrinhos, estando eles sob meus cuidados? Você acha que eu faria uma coisa tão pecaminosa, tão criminosa, tão desonrosa como essa? Você está me chamando de tirano, um tirano com sangue nas mãos? Você? De todas as pessoas do mundo, a que mais me conhece? Você não sabe que eu passei toda a minha vida empenhando minha espada e meu coração à honra? Você também me julga um assassino?

— Não, não, não, Ricardo. — Eu seguro as mãos dele e balanço a cabeça vigorosamente. Juro que sei que ele jamais faria uma coisa dessas. Atrapalho-me com as palavras diante de seu rosto furioso, as lágrimas chegam, mas eu não consigo contar a ele. Meu Deus, eu não consigo contar a ele... Não, não você, mas pode ter sido eu quem ordenou a morte deles. Pode ter sido minha língua descuidada, meu pensamento em voz alta. E eis o pecado que atrairá a maldição de Elizabeth Woodville para meu Eduardo, de forma que nossa linhagem ficará sem um filho, assim como a dela. Naquele único momento, quando pensei que estava nos protegendo, quando derramei uma palavra no ouvido de Robert Brackenbury, destruí meu futuro e tudo aquilo pelo que meu pai lutou. Atraí para meu filho bem-amado a justa inimizade da mais perigosa bruxa da Inglaterra. Se Robert Brackenbury julgou ter ouvido uma ordem em minhas palavras, se ele fez o que julgava ser o meu pedido, se ele fez o que julgava ser melhor para Ricardo, então eu matei os filhos dela, e sua vingança será completa. Destruí meu próprio futuro.

— Não havia necessidade de matá-los — diz ele. A meus ouvidos, sua voz soa como a lamúria de quem se justifica. — Eu os mantinha a salvo.

Eu já havia conseguido declará-los bastardos. A Inglaterra apoiava minha coroação, minha viagem pelo reino foi um sucesso, nós fomos aceitos em toda parte, aclamados. Eu ia enviá-los a Sheriff Hutton e mantê-los lá, a salvo. Por isso eu queria reconstruir o castelo. Em poucos anos, quando eles fossem jovens adultos, eu os soltaria e os honraria como meus sobrinhos, ordenaria a eles que viessem para a corte para nos servir. Eu os manteria sob minha vista, iria tratá-los como parentes reais... — Ele faz uma pausa. — Eu seria um bom tio para eles, assim como sou para os filhos de George. Eu tomaria conta deles.

— Isso jamais daria certo! — exclamo em voz alta. — Não, tendo ela como mãe. O menino de George é diferente: Isabel era minha amada irmã. Mas qualquer filho da mulher Woodville jamais será outra coisa além de nosso inimigo mortal!

— Nós nunca saberemos — lamenta Ricardo simplesmente. Ele se levanta, esfregando o braço como se tivesse ficado dormente. — Agora nós nunca saberemos em que tipos de homens aqueles meninos teriam se transformado.

— Ela é nossa inimiga — digo novamente a meu marido, admirada por ele ser tolo a ponto de não se lembrar disso. — Ela arranjou o noivado da filha com Henrique Tudor. Ele tinha tudo planejado para invadir a Inglaterra e colocar a bastarda Woodville no trono. Ela é nossa inimiga mortal, e você deveria tê-la arrastado para fora do santuário e a levado para a Torre, e não ido visitá-la em segredo. Não deveria ter ido até ela como se você não fosse o vitorioso, o rei. Não deveria ter ido até lá e se encontrado com a filha dela, aquela tola mimada. — Interrompo-me diante da fúria que surge em seu rosto. — Tola mimada — repito desafiadoramente. — O que você vai me dizer? Que ela é uma princesa muito valiosa?

— Ela não é mais nossa inimiga — retruca ele simplesmente, como se toda sua fúria tivesse sido extinta. — Ela voltou seu ódio contra Margaret Beaufort. Suspeita de que ela tenha sequestrado seus filhos, não eu. A morte deles fez de Henrique Tudor o próximo herdeiro, afinal.

Quem ganha com a morte dos meninos? Apenas Henrique Tudor, que é o próximo herdeiro da Casa de Lancaster. Ao me inocentar, ela teve que acusar Tudor e a mãe. Então ela se voltou contra a rebelião e negará a mão da filha. Ela se oporá à pretensão dele.

Estou boquiaberta.

— Ela está mudando de lado?

Ele sorri ironicamente.

— Nós podemos fazer as pazes, ela e eu. Eu fiz a proposta de transferi-la para uma prisão domiciliar, em algum lugar de minha escolha, e ela concordou em ir. Ela não pode ficar refugiada no santuário pelo resto da vida. Ela quer sair. E aquelas meninas estão crescendo pálidas como pequenos lírios na sombra. Precisam estar ao ar livre, nos campos. A mais velha é simplesmente esplêndida, como uma estátua feita de pérola. Se nós a libertarmos, ela florescerá como uma rosa.

Posso sentir o gosto do ciúme na boca como a bile que corre pela língua quando estamos prestes a vomitar.

— E onde florescerá essa rosa? — pergunto, sarcástica. — Não em uma de nossas casas. Não a quero sob meu teto.

Ele desvia os olhos da lareira e vira seu amado rosto moreno para mim.

— Pensei que poderíamos trazer as três mais velhas para a corte. Acho que elas poderiam fazer parte de nosso séquito, se você concordar. São as filhas de Eduardo, garotas York, são nossas sobrinhas. Você deveria amá-las como ama Margaret. Achei que você poderia mantê-las sob sua vista e, quando a hora chegar, poderemos encontrar bons maridos para elas e vê-las bem-estabelecidas.

Eu me apoio no batente da janela e sinto o contato frio da pedra em meus ombros.

— Você quer que elas venham e vivam comigo? — pergunto. — As meninas Woodville?

Ele acena com a cabeça, como se eu pudesse considerar seus planos aceitáveis.

— Você não poderia pedir uma dama de companhia mais bonita que a princesa Elizabeth.

— Dama Elizabeth — corrijo-o entre os dentes. — Você declarou que a mãe dela é uma prostituta e ela, uma bastarda. Ela é a dama Elizabeth Grey.

Ele dá um breve sorriso, como se houvesse esquecido.

— Ah! Sim.

— E a mãe?

— Eu a estabelecerei no campo. John Nesfield é tão confiável quanto qualquer um de meus homens. Vou transferi-la para a casa dele, junto com as meninas mais novas, e ele poderá tomar conta delas.

— Elas ficarão presas?

— Serão mantidas sob vigilância.

— Mantidas em casa? — pressiono. — Trancadas?

Ele dá de ombros.

— Como Nesfield julgar melhor, suponho.

Compreendo imediatamente que Elizabeth Woodville se tornará, mais uma vez, a dona de uma bela casa de campo, e suas filhas viverão como damas de companhia em minha corte. Elas serão tão livres quanto alegres pássaros no ar, e Elizabeth Woodville triunfará novamente.

— E quando tudo isso irá acontecer? — pergunto, pensando que ele responderá "na primavera". — Em abril? Maio?

— Eu pensei que as meninas poderiam vir para a corte imediatamente.

Diante disso, eu me volto contra ele, ergo-me abruptamente de meu assento na janela e fico em pé.

— Este é o nosso primeiro Natal como rei e rainha. — Minha voz treme de emoção. — Esta é a corte em que nós gravaremos nossa imagem no reino, onde as pessoas nos verão com nossas coroas e falarão de nossas roupas, divertimentos e prazeres. Este é o momento em que as pessoas criam lendas sobre nossa corte, dizendo que ela é tão bonita e alegre e nobre quanto a de Camelot. Você quer que as filhas de Elizabeth Woodville se sentem à mesa e comam de seu banquete de Natal nessa ocasião? Em nosso primeiro Natal? Por que você não diz a todos que nada de fato mudou? É você no trono em vez de Eduardo, mas os Rivers ainda dominam a corte, e a bruxa ainda manipula as coisas. Os sangues de minha irmã e de seu irmão, e do bebê deles, ainda estão nas mãos dela, e ninguém a acusa de nada.

Ele se aproxima de mim e segura meu cotovelo, sentindo-me tremer de fúria.

— Não — diz ele calmamente. — Compreendo que isso não pode acontecer. Essa é a sua corte, não delas. Sei disso. Você é a rainha, eu sei disso, Anne. Fique calma. Ninguém vai estragar nosso momento. Elas podem vir depois do Natal, depois que todos os acordos estiverem corretamente selados. Não precisamos tê-las aqui antes, estragando o banquete.

Ele me acaricia, como sempre foi capaz de fazer.

— Estragando o banquete?

— Elas o estragariam. — Ele me acalenta com a doçura de sua voz. — Eu não as quero aqui. Quero estar somente com você. Elas podem ficar em seu porão até depois do Natal, e somente quando você achar que é a hora certa nós as libertaremos.

Aquieto-me com suas carícias como uma lebre domada.

— Muito bem. — Respiro fundo. — Mas não antes.

— Não. Não até que você ache que é a hora certa. Você julgará quando será a hora certa, Anne. Você é a rainha da Inglaterra e não terá ninguém a seu serviço que não seja de sua escolha. Eu não a forçaria a ter junto de você mulheres que você teme ou de quem não goste.

— Eu não as temo — corrijo-o. — Não tenho ciúmes delas.

— De fato não. E você não tem motivos para isso. Você as convidará quando estiver pronta, não antes.

Passamos o Natal em Londres sem as crianças. Eu tinha a esperança, até os últimos dias de novembro, de que eles chegassem. Eduardo está muito bem, mas o médico nos advertiu de que ele não é forte o suficiente para uma longa viagem em estradas ruins. Diz que Eduardo deve permanecer em Middleham, onde nossos médicos, que conhecem sua saúde, cuidarão dele. Que uma longa viagem como essa, com esse mau tempo, pode prejudicar sua saúde. Penso no príncipe Ricardo da última vez que o vi, exatamente com a mesma idade do meu Eduardo, porém um pouco mais alto, com as bochechas rosadas e cheio de alegria. Eduardo não é tão cheio de vida, nem sempre está tão disposto. Ele se senta tranquilamente com um livro na mão e vai para a cama sem discutir. Pela manhã, acha difícil levantar.

Ele come bem, mas os cozinheiros têm grandes problemas quando lhe mandam iguarias com molhos mais delicados e tentadores. Eu nunca o vi, nem uma vez, ir até a cozinha com Margaret e Teddy para roubar doces ou implorar aos padeiros um pão saído quentinho do forno. Ele nunca rouba natas de onde são produzidos os laticínios, ele nunca perde tempo com as sobras de carne grelhadas no espeto.

Tento não temer por ele; faz suas tarefas escolares com prazer, cavalga junto com os primos, joga tênis com eles, pratica arco e flecha, joga bola, mas é sempre o primeiro a parar o jogo, ou se vira e senta por uns poucos momentos, ou ri e diz que tem que recuperar o fôlego. Ele não é robusto, não é forte; é de fato tudo aquilo que se esperaria de um menino vítima da maldição de uma bruxa distante.

É claro que eu não tenho certeza de que ela alguma vez rogou uma maldição contra meu filho. Mas às vezes ele se senta a meus pés e apoia a cabeça em meus joelhos, e, quando a toco, sinto que não me surpreenderia em saber que a maldade dela, além de arruinar minha vida, também oprimiu meu filho. E agora Ricardo fala de uma nova praga rogada pela bruxa Elizabeth e por sua filha aprendiz de feiticeira por conta do assassinato dos príncipes, e temo ainda mais que a maldade da família Rivers se dirija a mim e a meu menino.

Ordeno aos médicos que me enviem uma carta a cada três dias relatando como as crianças estão. As cartas vêm pela neve do norte e pelo lamaçal em que se converteram as estradas do sul e me garantem que Eduardo está bem-disposto, brincando com os primos, aproveitando o clima invernal, andando de trenó e patinando no gelo. Ele está bem. Posso aquietar meu coração. Ele está bem.

Mesmo sem as crianças, Ricardo está determinado a realizar um Natal feliz na corte. Somos uma corte vitoriosa; todos que chegam para os banquetes e as danças ou apenas para assistir aos festejos sabem que este primeiro Natal será ainda mais alegre, pois todos têm conhecimento de que, quando fomos desafiados — logo nas primeiras semanas de nosso reinado pela rainha anterior e por um menino inexperiente que se autoproclamou rei —, recebemos apoio. A Inglaterra não quer Henrique Tudor, a Inglaterra se esqueceu dos meninos Rivers, está contente em deixar a rainha Woodville em um santuário. Ela está acabada. O reinado dela acabou, e este Natal proclama que o nosso começou.

Todos os dias temos divertimentos, caçadas, passeios de barco, lutas, justas e danças. Ricardo convoca os melhores músicos e dramaturgos à corte; poetas vêm e escrevem canções para nós, e a capela é dominada pela música sacra vinda do coro. Todos os dias há um novo entretenimento para a corte, e todos os dias Ricardo me dá um pequeno presente — um broche de pérolas de valor inestimável, um par de luvas de couro perfumadas, três novos cavalos para ir ao norte ver as crianças, ou uma guloseima — um barril de laranjas em conserva da Espanha. Ele me cobre de presentes e à noite vem aos meus aposentos e passa a noite comigo, envolvendo-me em seus braços como se somente abraçando-me com força pudesse acreditar que me transformou em rainha.

Às vezes acordo no meio da noite e olho a tapeçaria pendurada sobre a cama, tecida com cenas de deuses e deusas vitoriosos repousando nas nuvens. Penso que eu também devo me sentir vitoriosa. Estou onde meu pai desejava que eu estivesse. Sou a maior dama desta terra — nunca mais precisarei ter medo de pisar na cauda do vestido de alguém em um cortejo, pois agora todos me seguem. Mas assim que sorrio ante esse pensamento, minha mente vai até meu filho nas várzeas frias de Yorkshire, até seu corpo franzino e a palidez de sua pele. Penso na bruxa que ainda vive refugiada no santuário e que celebrará sua libertação neste Natal; aceito o abraço de Ricardo e procuro o braço com o qual ele maneja a espada, envolvendo-o suavemente enquanto ele dorme para verificar se está mesmo definhando como ele pensa. Não sei dizer. Elizabeth Woodville é uma viúva derrotada da qual posso ter pena? Ou é a maior inimiga de minha família e de minha paz?

Palácio de Greenwich, Londres, março de 1484

A primavera chega cedo a Londres, semanas antes de alcançar nossa casa no norte, e, quando acordo de manhã, posso ouvir os galos cacarejando e as vacas leiteiras mugindo ao serem conduzidas pelas ruas até os campos à margem do rio. Com a nova estação, o Parlamento retoma as atividades e aprova a lei que reconhece que o rei Eduardo foi casado com outra mulher antes de seu falso matrimônio com Elizabeth Woodville, de modo que todos os filhos deles são bastardos. É lei, o Parlamento aprovou, e assim deve ser. Elizabeth Woodville é apenas uma Woodville novamente, ou ela pode ser chamada pelo nome de seu primeiro marido — seu único marido de verdade — e se tornar Lady Grey novamente. As filhas dela também podem usar esse nome. Ricardo regulamenta seu acordo com ela, que é solta junto com suas duas filhas mais novas sob os cuidados de Sir John Nesfield, e elas partem para viver em sua bela casa de campo em Heytesbury, Wiltshire.

Ele envia a Ricardo informes regulares, e eu passo os olhos em um que relata a rainha — ele a chama de rainha em um deslize, como se eu não existisse, como se a lei não houvesse sido promulgada — cavalgando e dançando, liderando músicos locais, frequentando a igreja local, educando as filhas e interferindo na administração da fazenda, mudando a leiteria e as colmeias de lugar, aconselhando-o em relação à mobília e plantando um jardim privativo com suas flores favoritas. Ele parece animado e feliz. Ela parece estar voltando a ser uma dama do interior. Suas filhas estão crescendo sem quaisquer restrições; Sir John deu-lhes pôneis e elas galopam por Wiltshire. O tom dele é indulgente, como se achasse divertido ter a casa virada do avesso por uma bela mulher e duas meninas cheias de energia. O fato mais importante que ele reporta é que ela frequenta a capela todos os dias e não recebe mensagens secretas. Eu deveria me sentir feliz por ela não estar tramando ou rogando maldições, mas não consigo deixar de desejar que ela ainda estivesse no santuário ou trancada na Torre ou desaparecida, como seus filhos. Para mim não há dúvidas de que eu estaria em paz, de que a Inglaterra estaria em paz, se ela estivesse morta como o marido ou se tivesse recebido o mesmo destino dos filhos.

 As três meninas Rivers mais velhas vêm à corte de cabeça erguida, como se a mãe delas não fosse culpada de traição contra nós. Ricardo diz que elas virão me apresentar seus cumprimentos depois da ida à capela e do café da manhã, e me acomodo nos belos salões do Palácio de Greenwich de costas para a luz brilhante que entra pelas janelas. Uso um vestido vermelho-escuro e um toucado de renda cor de rubi. Minhas damas sentam-se à minha volta, e a expressão delas quando se voltam para a porta recém-aberta não é nada amigável. Nenhuma mulher deseja ter três belas jovens por perto, com as quais inevitavelmente será comparada, e estas são meninas Rivers que, como é típico de sua família, estão em busca de um marido. Além disso, metade da corte ajoelhou-se diante dessas meninas e a outra metade beijou seus pulsos de bebê e jurou que elas eram as mais belas princesas que já existiram. Agora elas são damas de companhia de uma nova rainha e jamais voltarão a usar a coroa. Todos estão ansiosos para saber se elas entendem essa queda da grandeza para a pobreza, embora no fundo acreditem que elas ficarão confusas e agirão como tolas. É uma corte cruel, como todas as outras, e ninguém em meus aposentos tem qualquer motivo para amar as filhas de Elizabeth Woodville, que reinou sobre todos nós.

A porta se abre e as três entram. De imediato eu compreendo o porquê de Ricardo ter perdoado à mãe e ordenado que as meninas fossem à corte. Pelo amor a seu irmão. Elizabeth, a mais velha, agora com 18 anos, é a mais completa combinação da beleza encantadora da mãe com o temperamento caloroso do pai. Eu a reconheceria em qualquer lugar como filha de Eduardo. Ela tem a simpatia dele: sorri para todos na sala como se cumprimentasse seus amigos. Tem a altura dele: é alta e esguia, como o carvalho onde ele foi enfeitiçado. Tem também a mesma cor: sua mãe é tão clara que seu cabelo é quase acinzentado, mas esta Elizabeth tem a pele mais escura, como o pai, e seus cabelos são como um campo de trigo, entre o ouro e o bronze, com um cacho escapando de seu toucado e enrolando-se em um caracol que cai sobre o ombro. Imagino que, quando os solta, seus cabelos sejam um emaranhado de ondas cor de mel.

Ela usa um vestido verde, como se fosse a própria primavera adentrando uma corte repleta de adultos desiludidos pelo mundo. É uma veste simples, com mangas longas, e, em vez de uma corrente de ouro, usa um cinto verde de couro amarrado em sua fina cintura. Imagino que não tenha restado nenhum dinheiro para a compra de ouro ou joias para a vinda das meninas à corte. Elizabeth Woodville pode ter roubado metade do Tesouro, mas rebeliões são caras, e ela deve ter gastado todo o seu dinheiro armando homens contra nós. A filha, princesa Elizabeth — ou, como preciso me lembrar de dizer, dama Elizabeth Grey —, usa um toucado simples na cabeça, nada ostentoso, nada como a pequena coroa que ela costumava usar como a filha preferida de pais indulgentes e a noiva prometida do herdeiro da França. Atrás dela vêm suas irmãs. Cecily é outra beldade, mas tem cabelos e olhos escuros. Exibe-se com um alegre sorriso, cheio de confiança, e usa um tom vermelho-escuro que lhe cai bem. Atrás dela vem a pequena Anne, a mais nova, em azul pálido, como o mar na praia, de pele clara como a irmã mais velha, embora mais tranquila, sem o andar empertigado das outras duas.

Elas se posicionam lado a lado diante de mim, como militares que apresentam suas armas, e eu peço a Deus que possa mandá-las de volta ao quartel. Mas elas estão aqui e devem ser cumprimentadas não como sobrinhas, mas como protegidas. Levanto-me do trono e minhas damas fazem o mesmo, mas o som de uma dúzia de vestidos caros não constrange Elizabeth. Ela olha de um para o outro como se avaliasse o valor de cada um. Sinto-me corar. Ela foi criada na corte por uma rainha célebre por sua beleza, e não preciso ver seu sorriso zombeteiro para saber que ela nos acha enfadonhas. Mesmo eu, em meu vestido cor de rubi, sou uma rainha ofuscada se comparada com a memória que ela tem da mãe. Penso que, para ela, não serei nada além de uma sombra.

— Dou-lhes as boas-vindas em minha corte, damas Elizabeth, Cecily e Anne Grey — cumprimento-as. Vejo os olhos de Elizabeth incendiarem-se quando as chamo pelo nome do primeiro marido de sua mãe. Ela terá que se acostumar com isso. O próprio Parlamento a declarou bastarda, e o casamento de seus pais uma farsa bígama. Ela terá que se acostumar a ser chamada de "Lady Grey" e não de "Vossa Graça". — Vocês verão que sou uma rainha fácil de agradar. — Meu tom de voz é gentil, como se nunca houvéssemos nos visto antes, como se eu não tivesse beijado suas faces mornas dúzias de vezes. — E esta, uma corte feliz. — Sento-me, estendo minha mão, e as três, uma após a outra, fazem uma reverência e beijam meus dedos frios.

Penso que as boas-vindas foram dadas da melhor maneira e a audiência está encerrada, mas a porta se abre e meu marido escolhe seu momento de entrar. É óbvio que ele sabe que as meninas estão sendo apresentadas esta manhã. Então ele veio para se certificar de que tudo corra bem. Escondo minha irritação no sorriso com que o recebo.

— E aqui está o rei...

Ninguém me ouve. No instante em que a porta se abriu, Elizabeth virou-se e, ao ver meu marido, ela se ergue de sua reverência e segue, com passos leves, ao encontro dele.

— Vossa Graça, meu tio! — diz.

Suas irmãs, rápidas como doninhas, esgueiram-se atrás dela:

— Vossa Graça, meu tio! — repetem em coro.

Ele se ilumina ao vê-las, puxa Elizabeth para si e a beija nas maçãs do rosto.

— Tão bela quanto eu sabia que estaria — encoraja ele. As outras duas ganham um beijo na testa. — E como está a sua mãe? — pergunta ele a Elizabeth, em tom de conversa, como se todas as manhãs pedisse notícias sobre a saúde de uma bruxa traidora. — Ela gosta de Heytesbury?

Elizabeth sorri de maneira afetada.

— Gosta, sim, senhor meu tio! Escreve-me dizendo que está mudando todos os móveis e cavoucando o jardim. Sir John talvez ache sua inquilina difícil.

— Sir John acha que sua casa passou por muitas benfeitorias — assegura Ricardo, como se uma pessoa que se comporta com tamanha impertinência precisasse de ainda mais encorajamento. Ele se volta para mim: — Deve estar contente por ter suas sobrinhas por perto, em seus aposentos — diz ele, num tom de voz que me recorda de que eu devo concordar.

— Estou encantada — digo com tranquilidade. — Profundamente encantada.

Não posso negar que são meninas bonitas. Cecily é uma tola fofoqueira, Anne mal sai da sala de estudos, e eu a vejo ter aulas de grego e latim todas as manhãs. Elizabeth é uma obra de arte perfeita. Se uma pessoa desejasse descrever as qualidades de uma princesa da Inglaterra, poderia tomá-la como exemplo. É culta — seu tio Anthony Woodville e sua mãe providenciaram que tivesse os mais recentes livros impressos por Caxton, seu livreiro, feitos para ela quando mal havia saído do berço. Ela fala três idiomas fluentemente e lê quatro. Toca instrumentos musicais e canta com uma voz doce e suave de qualidade surpreendente. Consegue fazer trabalhos de costura elaborados, e creio que seja capaz de reformar uma camisa e de fazer bainha em um vestido reto de linho fino com destreza. Não a vi na cozinha, uma vez que, como filha do maior conde da Inglaterra e, agora, como rainha, nunca tive muitos motivos para ir até lá. Mas ela, após ter sido confinada no santuário e sendo filha de uma mulher do campo, conta-me que sabe fazer carnes assadas e cozidas, pratos refinados como fricassês e sobremesas. Quando dança, ninguém consegue tirar os olhos dela; move-se no ritmo da música como se estivesse sendo inspirada por ela, semicerrando os olhos e deixando o corpo seguir a melodia. Todos sempre querem dançar com ela, que faz seus parceiros sempre parecerem graciosos. Quando lhe é dado um papel em alguma peça, entrega-se a ele, aprende suas falas e as pronuncia como se ela própria acreditasse naquelas palavras. É uma boa irmã para as duas mais jovens, que estão aos seus cuidados, e envia pequenas lembranças para as que se encontram em Wiltshire. É uma boa filha; escreve semanalmente à mãe. Seu trabalho como dama de companhia é imaculado. Não a posso criticar.

Por que, então, apesar de todas essas virtudes, eu a detesto?

Posso responder a essa pergunta. Em primeiro lugar, porque, de maneira tola, até pecaminosa, tenho ciúmes dela. Obviamente vejo o modo como Ricardo a observa, como se ela fosse Eduardo, como se o irmão houvesse voltado para ele, mas na forma de uma esperançosa, alegre e bela jovem. Ele nunca diz uma palavra que eu possa criticar, nunca fala dela, a não ser como sua sobrinha. Mas a observa — de fato, toda a corte o faz — como se fosse um bálsamo para os olhos e uma alegria para o coração.

Em segundo lugar, penso que ela teve uma vida fácil, uma vida que lhe permitiu rir uma dúzia de vezes ao longo do dia, como se a rotina diária fosse sempre algo divertido. Uma vida que a tornou bela; afinal, o que ela poderia ter passado que enrugaria seu rosto? O que poderia ter acontecido com ela para que rugas de decepção surgissem em seu rosto e o sofrimento atingisse seus ossos? Eu sei, eu sei: ela perdeu o pai, um tio e dois irmãos queridos, eles foram banidos do trono. Mas não me lembro disso quando a vejo brincar de cama de gato com um fio de lã, ou correr na beira do rio, ou tecer coroas de narcisos para Anne, como se estas meninas não devessem sentir temor diante da simples ideia de ter uma coroa. Ela me parece profundamente despreocupada, e eu invejo a alegria de viver que lhe é tão natural.

Por último, eu jamais amaria uma filha de Elizabeth Woodville. Nunca, em tempo algum, eu o farei. Aquela mulher surgiu como um cometa ameaçador em meu horizonte por toda a minha vida, desde a primeira vez que a vi — e a considerei a mulher mais bela do mundo —, no jantar de sua coroação, até o momento em que me dei conta de que ela era minha inimiga e assassina de minha irmã e de meu cunhado. Quaisquer que tenham sido os modos sorridentes adotados por Elizabeth com o intuito de conseguir fazer suas filhas frequentarem nossa corte, nada me convencerá a esquecer que elas são filhas de nossa inimiga e, no caso da princesa Elizabeth, são o próprio inimigo.

Para mim, não há dúvida de que ela esteja aqui como uma espiã e uma distração. Ela está comprometida com Henrique Tudor (o fato, tão divulgado, de Elizabeth Woodville ter mudado de lado não significa nada para mim — e nada também, suspeito, para eles dois). Ela é filha de nossa inimiga e noiva de nosso inimigo. Por que eu não pensaria nela como minha adversária?

É isso que eu penso.

Quando a neve derrete nas montanhas do norte e nós podemos viajar para casa novamente, deixamos Londres. Estou tão feliz por partir que preciso fingir relutância em fazê-lo, por medo de ofender os mercadores, os cidadãos que vêm à corte se despedir de nós e o povo que se aglomera nas ruas para saudar-nos quando passamos. Sempre vi a cidade como um reduto dos Rivers e posso ouvir o som dos aplausos enquanto as três meninas Woodville cavalgam lado a lado atrás de mim. Londres adora uma beldade, e a beleza calorosa de Elizabeth incentiva-os a saudar a Casa de York. Sorrio e aceno para tomar para mim os cumprimentos, mas sei que me é dirigida apenas a deferência reservada a uma rainha, não a afeição que uma bela princesa pode despertar.

Na estrada adoto um ritmo rápido, de modo que minhas damas de companhia ficam para trás e não preciso ouvi-la tagarelando junto com as irmãs. Sua voz, que é doce e musical, me irrita. Cavalgo adiante, meus guardas seguem atrás de mim, e eu não tenho que ouvi-la ou vê-la.

Quando Ricardo me alcança, vindo do final do cortejo, ele posta seu cavalo ao lado do meu e nós seguimos na companhia um do outro, como se ela não estivesse sorrindo e tagarelando atrás de nós. Olho de esguelha para o perfil austero de meu marido e me pergunto se ele está tentando ouvir o que ela diz, se diminuirá a marcha de seu cavalo e retrocederá para cavalgar ao lado dela. Mas então ele fala comigo, e me dou conta de que meu ciúme me deixa temerosa e desconfiada, quando eu deveria estar aproveitando sua companhia.

— Passaremos o mês no Castelo de Nottingham — diz ele. — Planejo reformar os aposentos para torná-los mais confortáveis para você. Continuarei o plano de reconstrução de Eduardo. Em seguida, você poderá ir a Middleham, se quiser. Irei logo em seguida. Sei que está com pressa para ver as crianças.

— Parece que passou tanto tempo. Mas ontem mesmo eu soube pelo médico que elas estão bem.

Falo da saúde das três crianças. Não gostamos de admitir que Teddy é tão forte quanto um filhotinho de cachorro — e dotado do mesmo juízo — e Margaret nunca fica doente. É nosso filho, nosso Eduardo, quem faz lentos progressos em direção à vida adulta: ele ainda é baixo para sua idade e se cansa facilmente.

— Isso é bom — diz Ricardo. — E, depois desse verão, podemos levá-los à corte, permitindo que fiquem conosco. A rainha Elizabeth sempre manteve os filhos ao seu lado, e a princesa me contou que teve uma infância das mais felizes na corte.

— Lady Grey — corrijo-o, sorrindo.

Castelo de Nottingham, março de 1484

Chegamos ao Castelo de Nottingham ao anoitecer, exatamente quando o sol poente está escurecendo as torres contra um céu cor de pêssego e dourado. Uma fanfarra começa a tocar nas muralhas do castelo quando nos aproximamos; os soldados afluem da casa de guarda para se enfileirarem no caminho que conduz à ponte levadiça. Ricardo e eu cavalgamos lado a lado, recebendo as saudações dos soldados e o aplauso do povo.

Eu me sinto feliz quando desmonto de meu cavalo e tomo o rumo dos aposentos destinados à rainha. Posso ouvir minhas damas de companhia tagarelando ao me seguirem, mas não consigo distinguir as vozes das meninas Rivers. Penso, e não pela primeira vez, que preciso aprender a não procurar por elas, preciso me esforçar para reduzir o efeito que elas exercem sobre mim. Se eu pudesse ensinar a mim mesma não me importar com elas, então eu não procuraria ver se Ricardo as está observando ou se a menina mais velha, Elizabeth, está sorrindo para ele.

Permanecemos em Nottingham por vários dias, caçando nas maravilhosas florestas, comendo a carne dos veados que abatemos, até que, certa noite, um mensageiro vem até meus aposentos. Ele parece tão exaurido pela cavalgada e seu semblante é tão sério que sei que alguma coisa de terrível aconteceu. Sua mão treme ao me estender a carta.

— O que é isso? — pergunto, mas ele balança a cabeça como se não pudesse se expressar em palavras. Lanço um olhar ao redor e encontro Elizabeth olhando fixamente para mim. Então, por um frio momento, penso nela e em sua mãe amaldiçoando a linhagem de quem quer que tenha matado os príncipes na Torre. Tento sorrir para ela, mas sinto os lábios se esticarem sobre os dentes e percebo que estou fazendo uma careta.

Ela avança imediatamente, e vejo que seu rosto jovem está cheio de piedade.

— Posso ajudá-la? — é tudo o que diz.

— Não, não, é apenas uma mensagem vinda da minha casa — respondo. Penso que talvez minha mãe tenha morrido e alguém tenha decidido me escrever. Talvez alguma das outras crianças, Margaret ou Teddy, tenha levado um tombo de seu pônei e quebrado um braço. Eu me dou conta de que estou segurando a carta em vez de abri-la. A jovem Elizabeth está olhando para mim, esperando que eu a abra. Ocorre-me a estranha ilusão de que ela conhece o conteúdo da carta, e olho em volta para o círculo de damas que, uma a uma, se dão conta de que estou segurando uma mensagem vinda de minha casa, com medo demais para abri-la. Todas ficam em silêncio e se reúnem ao meu redor.

— Provavelmente não é nada — digo para o silêncio da sala. O mensageiro levanta a cabeça e olha para mim como se fosse dizer qualquer coisa, mas em seguida coloca a mão sobre os olhos, como se o sol de verão estivesse muito intenso, e deixa a cabeça tombar novamente.

Não posso mais adiar. Coloco o dedo por debaixo do lacre de cera e ele sai facilmente do papel. Desdobro-o e vejo que a mensagem é assinada pelo médico. Ele escreveu apenas quatro linhas.

Vossa Graça,
Lamento profundamente dizer que seu filho, o príncipe Eduardo, morreu esta noite em virtude de uma febre que não conseguimos abrandar. Fizemos todo o possível, e estamos todos em profundo pesar. Rezarei pela senhora e por Sua Graça, o rei, em sua dor.

Charles Rhymner

Levanto os olhos, mas não enxergo nada. Percebo que meus olhos estão cheios de lágrimas e pisco para que elas escorram, mas ainda estou cega.

— Chamem o rei — ordeno. Alguém toca minha mão enquanto eu agarro a carta e sinto o calor dos dedos de Elizabeth. Não consigo deixar de pensar que o herdeiro do trono agora é Teddy, o cômico menininho de Isabel. E, depois dele, esta menina. Afasto minha mão de forma que Elizabeth não possa me tocar.

Em instantes Ricardo está diante de mim, ajoelhando-se e olhando para meu rosto.

— O que é? — sussurra. — Disseram que você recebeu uma carta.

— É Eduardo — respondo. Sinto-me consumida pelo pesar, mas respiro fundo e dou a meu marido a pior notícia do mundo. — Ele morreu de febre. Perdemos nosso filho.

Os dias passam, mas não consigo falar. Vou à capela, mas não consigo rezar. A corte se veste de um azul tão escuro que é quase preto, e ninguém se diverte, ou vai caçar, ou toca música, ou ri. Sucumbimos a um feitiço de dor, fomos golpeados e estamos emudecidos. Ricardo parece dez anos mais velho; não olhei no espelho para ver as marcas do pesar em meu rosto. Não consigo encontrar forças para me importar com isso. Não consigo encontrar em mim algo que me faça me importar com a minha aparência. Vestem-me de manhã como se eu fosse uma boneca, e de noite tiram os vestidos de mim. É quando posso ir para a cama deitar em silêncio e sentir as lágrimas brotando de minhas pálpebras fechadas para molhar o travesseiro de linho.

Sinto-me profundamente envergonhada por ter permitido que ele morresse, como se fosse minha culpa ou como se eu pudesse ter feito alguma coisa a respeito. Sinto-me envergonhada por não ter gerado um menino forte, como fez Isabel ou como eram os lindos meninos Woodville que desapareceram da Torre. Sinto-me envergonhada por ter tido apenas um menino, um único precioso herdeiro, apenas um para carregar o peso do triunfo de Ricardo. Nós tínhamos apenas um herdeiro, não dois, e agora ele se foi.

Saímos imediatamente de Nottingham, às pressas, com destino ao Castelo de Middleham como se, ao chegarmos a nossa casa, pudéssemos encontrar nosso filho como o havíamos deixado. Quando lá chegamos, encontramos o menininho no caixão, na capela, e as duas outras crianças ajoelhadas a seu lado, perdidas sem o primo, perdidas sem a rotina da casa. Margaret corre para os meus braços e murmura:

— Eu sinto tanto, eu sinto tanto. — Como se ela, uma menininha de 10 anos, pudesse tê-lo salvado.

Não consigo tranquilizá-la, convencê-la de que não a culpo. Não consigo tranquilizar ninguém. Ricardo ordena que agora as crianças vão viver em Sheriff Hutton. Nenhum de nós jamais desejará vir a Middleham novamente. Temos um funeral discreto e assistimos ao envio do caixão à escuridão da cova. Não me sinto em paz após termos rezado por sua alma, e pago ao padre para que reze por ele duas vezes ao dia. Construiremos uma capela para esta pequena alma inocente. Não sinto paz, não sinto nada. Acho que nunca mais sentirei coisa alguma.

Deixamos Middleham assim que possível e nos dirigimos a Durham, onde rezo por meu filho na grande catedral. Não faz a menor diferença. Seguimos para Scarborough e, ao observar as grandes ondas do mar tempestuoso, penso em Isabel perdendo seu primeiro filho no momento em que ele nasceu e em como isso não é nada — nada — perto de perder um filho crescido. Voltamos a York. Não me importo com onde estou. Em toda parte, as pessoas olham para mim como que intrigadas, tentando pensar no que poderiam me dizer. Elas não precisam se incomodar. Nada há a ser dito. Perdi meu pai em batalha, minha irmã para a espiã de Elizabeth Woodville, meu cunhado para o carrasco de Elizabeth Woodville, meu sobrinho para o envenenador a seu serviço e meu filho para sua maldição.

Os dias tornam-se cada vez mais claros e quentes, e, quando o vestido é posto sobre minha cabeça pela manhã, percebo que ele é feito de seda em vez de lã. Quando me conduzem até o jantar e me sentam como uma marionete na mesa principal, trazem o cordeiro típico da primavera e frutas frescas. Os banquetes começam a ficar mais ruidosos, e certo dia os músicos voltam a tocar, pela primeira vez desde que a carta chegou. Percebo o olhar de esguelha de Ricardo para verificar se eu me importo, e percebo que ele recua diante de meu rosto inexpressivo. Eu não me importo. Eu não me importo com nada. Podem tocar uma trombeta se quiserem; nada mais importa.

Naquela noite ele vem até o meu quarto. Não me diz nada, mas me aninha em seus braços e me prende fortemente a ele, como se a dor de duas pessoas pudesse ser aliviada quando seus corações partidos se aproximam um do outro. Não ajuda. Agora que nos deitamos lado a lado em nossa dor, em vez de ficarmos um em cada ponta do castelo, sinto que meu quarto é o centro de nosso sofrimento.

Logo cedo pela manhã, acordo com Ricardo tentando fazer amor comigo. Fico imóvel como uma pedra e não digo nada, não faço nada. Sei que ele pensa que nós precisamos conceber outro filho, mas não creio que uma bênção como essa possa nos ser concedida. Depois de dez anos de infecundidade? Como posso gerar um filho agora que me sinto morta, quando um segundo filho não veio quando eu estava cheia de esperança e amor? Não. Foi-nos concedido apenas um filho, e ele partiu.

As meninas Rivers tiveram a delicadeza de deixar a corte para visitar a mãe, e estou feliz por não ter que me deparar com três das cinco lindas filhas dela. Não consigo pensar em outra coisa além da maldição que Ricardo as ouviu rogar, mãe e filha, quando juraram que o responsável por tirar a vida de seu filho e herdeiro também perderia o seu. Eu me pergunto se isso não será a prova de que Robert Brackenbury aceitou a sugestão que eu lhe fiz e asfixiou na cama aqueles dois lindos meninos saudáveis para dar o título deles a meu pobre filho, agora morto. Eu me pergunto se isso não será a prova de que meu marido, olhando nos meus olhos, mentiu para mim com absoluta convicção e sem a menor vergonha. Teria ele sido capaz de matá-los sem me dizer nada? Teria ele dito tamanha mentira para a mãe dos meninos? Teria ela poder suficiente para enxergar além das mentiras dele e tomar meu filho de mim como vingança? Não seria a praga de uma bruxa a única explicação para a morte de Eduardo — morte durante a primavera, quando já eram passados os anos mais perigosos da infância?

Acho que sim. Acho que sim. Depois de longas noites em vigília refletindo sobre isso, eu acho que sim. Eduardo era frágil, franzino, delicado, mas não era propenso a febre. Penso em suas pretensões malignas perseguindo meu filho e inflamando suas veias, seus pulmões, seu pobre coração. Acho que Elizabeth Woodville e sua filha o mataram para se vingar da morte de seus herdeiros.

Ricardo vem até meus aposentos para acompanhar meu séquito até o grande salão, como se o mundo permanecesse o mesmo. Basta olhar para ele para perceber que tudo mudou. Seu rosto forte agora está triste, sombrio até. Duas rugas profundas vão do nariz até os cantos de sua boca, e em sua testa há dois sulcos sobre cada sobrancelha. Ele nunca sorri. Quando seu rosto sombrio se volta para o meu, pálido, penso que nenhum de nós sorrirá novamente.

Castelo de Nottingham, verão de 1484

Sob o calor do verão, as meninas Rivers cavalgam de volta para a corte como num pequeno desfile de confiante beleza, e são saudadas com alegria pelos belos jovens a serviço do rei. Aparentemente, a ausência delas foi sentida com tristeza. As três seguem até meus aposentos e, sorridentes, fazem uma reverência profunda para mim, como se pensassem que sou capaz de cumprimentá-las com gentileza. Consigo perguntar sobre a viagem e a saúde da mãe delas, mas até eu mesma percebo como minha voz está fina e baixa. Não me importo com a viagem ou com a saúde da mãe delas. Sei que Elizabeth escreverá para a mãe e dirá a ela que estou pálida e quase muda. Imagino que ela saiba também que a maldição que matou meu filho quase paralisou meu coração também. Eu não me importo mais. Mãe e filha já não podem fazer mais nada contra mim. Elas tiraram de mim todos aqueles que eu amava; a única pessoa que me restou em todo o mundo é meu marido, Ricardo. Será que elas o levarão também? Estou tão imersa em tristeza que não me importo mais.

Parece que elas o levarão sim. Elizabeth caminha com Ricardo pelos jardins no frescor do anoitecer. Ele gosta de tê-la a seu lado, e os membros da corte, que sempre se reúnem em torno de uma favorita do rei, são ágeis em louvar a tranquila sabedoria de suas palavras e a graça de seu caminhar.

Eu os vejo da janela do meu quarto, localizado no alto da muralha do castelo, de forma que eles ficam distantes lá embaixo, caminhando em direção ao rio, como a pintura de um cavaleiro e sua dama. Ela é alta, quase tão alta quanto ele, e caminham bem próximos. Em vão tento imaginar o que eles falam com tanta animação, o que a faz rir, e parar, e colocar a mão no pescoço, e em seguida tomar o braço dele para continuar caminhando. Vistos de minha janela, eles compõem um lindo casal: combinam bem. Não são assim tão separados pela idade, afinal de contas. Ela tem 18 anos, e ele, 31. Ambos possuem o charme dos York, que agora usam ao máximo para impressionar um ao outro. Ela tem os cabelos dourados do irmão dele, e ele é moreno como seu belo pai fora um dia. Vejo que Ricardo toma a mão dela e a traz mais para perto ao sussurrar algo em seu ouvido. Ela vira a cabeça com um sorriso, é coquete como as meninas de 18 anos estão destinadas a ser. Afastam-se do restante do séquito, e as pessoas os seguem a uma pequena distância para que possam ter a ilusão de estarem a sós.

A última vez que vi a corte seguir o rei e medir cautelosamente cada passo foi quando Eduardo caminhava de braços dados com sua nova amante, Elizabeth Shore, enquanto sua rainha, Elizabeth Woodville, estava de resguardo. No momento em que ela saiu do confinamento, Shore, a prostituta, desapareceu da corte e jamais foi vista novamente — sorrio ao me lembrar da ternura apologética e acanhada do rei com relação à esposa e do olhar sem vida dela para ele. É estranho para mim ver a corte andar a passos lentos mais uma vez, mas agora é a meu marido que todos procuram conceder privacidade, enquanto ele caminha sozinho com a sobrinha.

Por que fariam isso? Tento imaginar em vão, minha testa apoiada no frio vidro da janela espessa. Por que a corte se afastaria de forma tão gentil? A não ser que todos pensem que ela é amante dele. Que meu marido está seduzindo a sobrinha durante esses passeios vespertinos pelo rio, que ele se esqueceu de todos os seus compromissos, de seus votos matrimoniais, do respeito que deve a mim como sua esposa e mãe desolada de seu filho morto.

Será possível que a corte tenha percebido, mais claramente do que eu, que Ricardo se recuperou do pesar, da tristeza e que já consegue viver novamente, respirar novamente, olhar ao seu redor e observar o mundo — e nesse mundo ele vê uma linda jovem que está disponível para pegar sua mão, para ouvir suas palavras e rir, encantada com o que ele fala? Será que a corte acha que Ricardo levará para a cama a filha de seu irmão? Que ele é tão perverso a ponto de deflorar sua sobrinha?

Confronto-me com esse pensamento, sussurrando as palavras "deflorar" e "sobrinha", mas na verdade não consigo me importar com nada disso, não consigo me importar com a caçada de amanhã ou com os pratos do jantar desta noite. Tanto a virgindade de Elizabeth quanto sua felicidade são indiferentes para mim. Tudo parece acontecer muito longe daqui, com outra pessoa. Eu não me considero infeliz, a palavra não descreve meu estado de espírito; eu me considero morta para o mundo. Não consigo encontrar qualquer motivação para descobrir se Ricardo está seduzindo a sobrinha ou se é ela quem o seduz. Percebo, de toda forma, que Elizabeth Woodville, após ter tirado meu filho de mim por meio de uma maldição, agora tirará meu marido utilizando-se do poder de sedução de sua filha. Mas percebo que nada posso fazer para evitar tudo isso. Ela fará — como sempre faz — aquilo que desejar. Tudo o que posso fazer é apoiar minha testa quente contra o vidro frio e desejar não ter visto aquela cena. Ou nada. Absolutamente nada.

A corte não está exclusivamente dedicada à hipocrisia de flertar com o rei e compartilhar do meu luto. Ricardo passa manhãs inteiras com seus conselheiros, nomeando comissários para fortalecer os condados caso haja uma invasão de Henrique Tudor a partir da Bretanha, preparando a frota para entrar em guerra contra a Escócia, pilhando navios franceses nos mares estreitos. Ele conversa comigo sobre essas medidas e às vezes sou capaz de aconselhá-lo, pois passei a infância em Calais e sei que Ricardo segue a mesma política de paz com a Escócia e guerra contra a França que meu pai defendia.

Ele vai para York em julho a fim de estabelecer o Conselho do Norte, um reconhecimento de que a região é diferente do sul em muitos aspectos e de que Ricardo é, e sempre será, um bom senhor para ela. Antes de partir, ele vem até meu quarto e manda as damas saírem. Elizabeth sai dirigindo um sorriso para Ricardo, mas pela primeira vez ele não nota. Pega um banco para se sentar a meus pés.

— O que é? — pergunto sem grande interesse.

— Queria falar com você sobre sua mãe.

Fico surpresa, mas nada é capaz de atrair minha atenção. Termino a costura que tenho em mãos, enfio a agulha nas sedas bordadas e coloco-a de lado.

— Sim?

— Acho que podemos liberá-la de nossa custódia. Não voltaremos mais a Middleham...

— Não, nunca — apresso-me em dizer.

— Então, poderíamos fechar o lugar. Ela moraria em sua própria casa, nós poderíamos pagar-lhe uma quantia. Não precisamos manter um grande castelo para abrigá-la.

— Você não acha que ela poderia espalhar rumores contra nós? — Jamais me referirei à questão de nosso casamento. Ele deve pensar que não tenho qualquer desconfiança, assim como naquela época. Mas não consigo me importar com nada.

Ele dá de ombros.

— Somos rei e rainha da Inglaterra. Existem leis que proíbem rumores contra nós. Ela sabe disso.

— E você não teme que ela vá tentar obter suas terras de volta?

Ele sorri.

— Eu sou o rei, é improvável que ela ganhe uma causa contra mim. E se ela vier a resgatar alguma propriedade, poderei me dar ao luxo de perdê-la. Você a terá de volta quando ela morrer.

Concordo com um gesto de cabeça. De qualquer maneira, não há ninguém para herdá-la de mim.

— Eu só queria me certificar de que você não faria qualquer objeção quanto à libertação dela. Você tem alguma preferência com relação a onde ela deveria morar?

Dou de ombros. Havia quatro pessoas em Middleham naquele inverno, Margaret e seu irmão Teddy, meu filho Eduardo e ela, minha mãe, avó deles. Como é possível que a morte tenha levado o neto e não a tenha levado?

— Eu perdi um filho — digo. — Como poderia me preocupar com uma mãe?

Ele vira a cabeça para o outro lado, de forma que eu não possa ver sua expressão de sofrimento.

— Eu sei. Os desígnios de Deus são misteriosos.

Ele se levanta e estende a mão para mim. Eu me levanto e fico a seu lado, acariciando a esplêndida seda de meu vestido.

— É uma linda cor — observa ele, notando-o pela primeira vez. — Você tem mais dessa seda?

— Acho que sim — respondo, surpresa. — Compraram uma peça inteira da França, creio. Você quer um gibão com esse tecido?

— Ele cairia bem em nossa sobrinha Elizabeth.

— O quê?

Ele ri de minha expressão chocada.

— Combinaria bem com a cor da pele de Elizabeth, você não acha?

— Você quer que ela tenha um vestido igual ao meu?

— Só se você concordar que a cor cai bem nela também.

Aquela situação ridícula me tira da letargia.

— Em que você está pensando? A corte toda achará que ela é sua amante se você vesti-la com sedas finas como as minhas. Dirão coisas piores. Eles a chamarão de prostituta. E o chamarão de libertino.

Ele concorda com a cabeça, claramente sem se chocar com as palavras duras.

— Exatamente.

— Você quer que isso aconteça? Você quer envergonhá-la, envergonhar a si mesmo e me desonrar?

Ele segura minha mão.

— Anne, querida Anne. Nós somos o rei e a rainha agora, temos que pôr de lado nossas preferências pessoais. Temos que lembrar que somos constantemente observados, que as pessoas procuram apreender os significados de nossas ações. Precisamos fazer parte da encenação.

— Não compreendo — digo simplesmente. — O que estamos tentando encenar?

— Ela não deveria estar comprometida?

— Sim, com Henrique Tudor; você sabe tão bem quanto eu que ele se autoproclamou rei no Natal passado.

— Então, quem será o tolo quando ela for conhecida por todos como minha amante?

Lentamente eu compreendo.

— Bem, ele será o tolo.

— E então todos aqueles que apoiarem esse galês desconhecido, o filho de Margaret Beaufort, por causa de seu compromisso com a princesa Elizabeth, a filha bem-amada do maior rei que a Inglaterra já teve, pensarão duas vezes. Pensarão: "Se apoiarmos o Tudor, não estaremos colocando no trono a princesa de York, pois ela está na corte de seu tio, admirando-o, apoiando-o, um ornamento para seu reinado, assim como foi um ornamento para o reinado de seu pai."

— Mas alguns dirão que ela não passa de uma prostituta. Ela cairá em desgraça.

Ele dá de ombros.

— Diziam o mesmo da mãe dela. Nós aprovamos uma lei que diz exatamente o mesmo da mãe dela. E, de qualquer maneira, eu não pensei que isso incomodaria você.

Ele está certo. Nada me incomoda. Certamente não a humilhação da menina Rivers.

Palácio de Westminster, Londres, inverno de 1484

A ameaça de Henrique Tudor na Bretanha absorve toda a corte. Ele é apenas um jovem, e qualquer rei menos ciumento do que um York desconsideraria sua distante reivindicação do trono da Inglaterra pela linha de sucessão materna. Mas é um rei York que ocupa o trono, e Ricardo sabe que ele está planejando uma invasão, buscando apoio na Bretanha, no duque que o protege há tanto tempo, e aproximando-se da França, a velha inimiga inveterada da Inglaterra.

Margaret Beaufort, a mãe de Henrique, a mulher que um dia foi minha amiga, recolhe-se amuada em sua propriedade no campo, presa por seu marido, de acordo com as instruções de Ricardo. A noiva de Henrique, Elizabeth de York, é praticamente a primeira dama da corte; ela dança todas as noites no palácio que foi seu lar na infância, seus pulsos reluzem com os braceletes, seu cabelo resplandece sob uma rede dourada. Parece que ela recebe presentes todas as manhãs, quando nos sentamos nos aposentos com vista para o rio invernal e cinzento. A cada manhã há uma batida na porta, e um pajem traz algo para a jovem que agora todos chamam de princesa Elizabeth, como se Ricardo não houvesse outorgado a lei declarando-a bastarda e dando-lhe o sobrenome do primeiro marido de sua mãe. Ela dá uma risadinha quando abre o presente e dirige-me um rápido olhar culpado. Eles nunca vêm acompanhados de um bilhete, mas todos sabemos quem envia esses regalos inestimáveis. Lembro-me do ano passado, quando Ricardo me deu um presente em cada um dos doze dias dos festejos de Natal. Mas me lembro disso com indiferença. Agora não me importo com joias.

O banquete de Natal é o ponto alto da felicidade de Elizabeth. No ano passado ela era o desgraçado objeto de nossa caridade, chamada de bastarda e noiva de um traidor, mas neste ano ela ascendeu como uma rolha barata em águas revoltas. Agora vamos a provas de roupas juntas, como se fôssemos mãe e filha, como se fôssemos irmãs. Ficamos de pé no grande aposento que abriga o guarda-roupa real enquanto nos espetam peles, tecidos de seda e ouro; nós duas vestimos os mesmos modelos de cores vibrantes. Olho para o grande espelho prateado e vejo meu rosto cansado e meu cabelo embranquecido contrastando com a beldade sorridente ao meu lado. Ela é dez anos mais jovem do que eu, e isso se torna ainda mais evidente quando estamos lado a lado, vestidas do mesmo jeito.

Ricardo dá a ela, abertamente, joias que combinam com as minhas, ela usa um adereço que se parece com uma pequena coroa, diamantes nas orelhas e safiras no pescoço. A corte está deslumbrante para o Natal, todos vestidos com seus melhores trajes, e há entretenimentos e jogos todos os dias. Elizabeth circula por todos os lugares, a rainha da festa, a campeã dos jogos, a senhora do banquete. Sento-me em meu grande trono, o baldaquino sobre mim, a coroa pesando em minha cabeça, e ponho um sorriso indulgente no rosto quando meu marido se levanta para dançar com a moça mais bela do palácio, toma a mão dela e a leva para longe de todos para conversar, trazendo-a de volta em seguida, corada e em desalinho. Ela olha para mim como se pedisse desculpas, como se esperasse que eu não me importasse com o fato de que todos na corte — e cada vez mais pessoas na Inglaterra — pensam que eles são amantes e que fui repudiada. Ela tem a elegância de parecer envergonhada, mas noto que o desejo a consome a ponto de ela não conseguir voltar atrás. Não pode dizer não a ele, não pode negar a si mesma. Talvez esteja apaixonada.

Eu também danço. Quando a música é lenta e formal, deixo que Ricardo me conduza, e os outros seguem-nos pelo salão com movimentos suaves. Meu marido mantém meus passos de dança sob controle, não preciso me incomodar com o ritmo da música. Foi apenas no último Natal, quando a corte encontrava-se em toda sua pompa — um novo rei no trono, novas riquezas para gastar, novos tesouros para comprar, novos vestidos para exibir —, que meu filho teve febre e morreu em decorrência disso, e eu não estava à sua cabeceira. Não estava no castelo. Estava celebrando nosso sucesso, caçando nas florestas de Nottingham. Agora não consigo pensar no que havia então para ser festejado.

Guardamos o dia de Natal como um dia santo, e vamos à igreja várias vezes. Elizabeth é bastante devota, usa uma echarpe de seda verde sobre o cabelo claro. Ricardo volta da capela a pé, ao meu lado, segurando minha mão.

— Você está cansada — diz.

Estou cansada da vida.

— Não — retruco. — Aguardo ansiosamente pelos outros dias de Natal.

— Há boatos desagradáveis. Não quero que preste atenção neles, não são nada.

Faço uma pausa, e a corte, atrás de nós, para.

— Deixem-nos — digo para todos por cima do ombro. Eles desaparecem; Elizabeth olha para mim como se devesse desobedecer. Ricardo balança a cabeça para ela, que faz uma pequena reverência em minha direção e sai. — Que boatos? — pergunto.

— Eu disse que não quero que você dê atenção a eles, não são nada.

— Nesse caso, eu deveria ouvi-los diretamente de você; assim não os escuto de mais ninguém.

Ele dá de ombros.

— Há quem diga que eu planejo repudiá-la e me casar com a princesa Elizabeth.

— Então seu falso cortejo deu resultados — comento. — Foi um cortejo? Ou uma farsa?

— Ambos — responde ele com seriedade. — Eu precisava desacreditar o noivado dela com Tudor. É certo que ele invadirá a Inglaterra nesta primavera. Eu precisava desfazer a aliança entre ele e os York.

— Tome cuidado para não desfazer sua aliança com os Neville — observo com sagacidade. — Sou a filha do Fazedor de Reis. Há muitos no norte que o seguem apenas por amor a mim. Mesmo agora, meu nome é mais importante do que tudo lá. Não serão leais a você se souberem que me despreza.

Ele beija minha mão.

— Não esqueço isso. Não esquecerei. E nunca a desprezarei. Você é meu coração. Mesmo que seja um coração partido.

— Isso é o pior que tem a me dizer?

Ele hesita.

— Há rumores sobre veneno.

À menção da arma de Elizabeth Woodville, eu me sinto paralisar.

— Quem está falando de veneno?

— Uma fofoca que vem da cozinha. Um prato caiu, e um cão morreu depois de ter lambido seu conteúdo. Você sabe o quanto se aumentam as coisas na corte.

— A quem o prato era destinado?

— A você.

Não digo nada. Não sinto nada. Nem ao menos surpresa. Por anos Elizabeth Woodville tem sido minha inimiga e, mesmo agora, que está solta e vive tranquilamente em Wiltshire, posso sentir seu olhar sombrio. Ela ainda me vê como a filha do homem que matou seu pai e seu irmão amado. Agora ela também me vê como a mulher que está atrapalhando o caminho de sua filha. Se eu morresse, Ricardo conseguiria uma dispensa papal e se casaria com Elizabeth, sua sobrinha. A Casa de York estaria reunida, Elizabeth Woodville seria rainha viúva novamente e avó do próximo rei da Inglaterra.

— Ela nunca para — digo a mim mesma em voz baixa.

— Quem? — Ricardo parece tomado pela surpresa.

— Elizabeth Woodville. Presumo que seja ela a suspeita de ter tentado me envenenar.

Ricardo ri alto, seu antigo riso súbito que não ouço há anos. Ele toma minha mão e beija meus dedos.

— Não, não se suspeita dela — diz. — Mas isso não importa. Eu a protegerei. Tomarei providências para que você fique em segurança. Mas você precisa descansar, querida. Todos dizem que você parece cansada.

— Estou bem o suficiente — digo com crueldade e prometo a mim mesma: — Estou bem o suficiente para manter a filha dela longe do meu trono.

Palácio de Westminster, Londres, janeiro de 1485

É Noite de Reis, a festa da Epifania, último dia dos longos festejos de Natal, que este ano parecem durar para sempre. Visto-me com especial apuro, usando meu traje vermelho e dourado, as mesmas cores do vestido de Elizabeth, que combina comigo em cada detalhe. Ela me segue até a sala do trono, postando-se de pé ao lado do meu assento, como que para mostrar ao mundo o contraste entre a velha rainha e a jovem amante. Há um baile de máscaras que conta a história do Natal e da Epifania, há música e dança. Ricardo e Elizabeth dançam juntos, tão habituados agora que seus passos casam-se perfeitamente. Ela tem toda a graça de sua mãe; ninguém consegue desviar os olhos. Vejo o entusiasmo de Ricardo por ela e me pergunto novamente: o que é cortejo e o que é fingimento?

A Noite de Reis, de todas as noites do ano, é aquela em que a forma das coisas se altera e as identidades mudam. Um dia eu fui a filha do Fazedor de Reis, que cresceu ciente de que um dia seria uma das grandes damas do reino. Agora eu sou rainha. Isso deveria satisfazer a meu pai e a mim, mas, quando penso no preço que pagamos, concluo que fomos enganados pelo destino. Distribuo sorrisos pela sala, para que todos vejam que estou feliz com meu marido, que dança de mãos dadas com a sobrinha, seus olhos fixos nas faces ruborizadas dela. Devo mostrar a todos que estou bem e que a insidiosa gota do veneno de Elizabeth Woodville em minha comida, em meu vinho, talvez mesmo na fragrância que perfuma minhas luvas, não está me matando.

A dança termina, e Ricardo volta para se sentar ao meu lado. Elizabeth vai tagarelar com as irmãs. Meu marido e eu usamos nossas coroas neste último banquete para mostrar a todos que somos o rei e a rainha da Inglaterra, para reafirmar aos condados mais distantes que nós estamos em nosso esplendor. Uma porta se abre ao nosso lado e um mensageiro entra, entregando a Ricardo uma simples folha de papel. Ele a lê rapidamente e faz um sinal para mim com a cabeça, como se tivesse feito uma aposta vencedora.

— O que é?

— Notícias do Tudor — responde ele em voz muito baixa. — Nenhum anúncio natalino de que as bodas acontecerão este ano. Ele perdeu a princesa York e o apoio dos aliados dos Rivers. — Sorri para mim. — Sabe que não pode reivindicá-la como esposa; todos pensam que ela está sob minha guarda, que é minha prostituta. Roubei Elizabeth e seus seguidores de Henrique Tudor.

Meu olhar atravessa a grande sala até o ponto em que Elizabeth pratica seus passos de dança com as irmãs, esperando impacientemente que a música volte a tocar. Um círculo de jovens rapazes está a sua volta, esperando que ela dance com eles.

— Se agora Elizabeth é conhecida como resto, como prostituta do rei, então você arruinou a vida dela.

Ele dá de ombros.

— Há um preço a pagar quando o trono está em jogo. Ela sabe disso. A mãe dela, acima de todos, sabe disso. No entanto, há mais...

— Mais o quê?

— Tenho uma data para invasão de Tudor. Ele virá este ano.

— E você sabe quando? Quando ele virá? — pergunto.
— No próximo verão.
— Como você sabe? — sussurro.
Ricardo sorri.
— Tenho um espião em sua corte degradada.
— Quem?
— O filho mais velho de Elizabeth Woodville, Thomas Grey. Ele também está sob minha guarda. Ela vem se mostrando uma boa amiga.

Palácio de Westminster, Londres, março de 1485

Ricardo se prepara para a invasão. Eu me preparo para a morte. Elizabeth se prepara para um casamento e uma coroação, embora nada em seus serviços tranquilos e respeitosos deixe transparecer isso para alguém além de mim. Meus sentidos estão aguçados, em alerta. Somente eu vejo o brilho em seu rosto quando ela volta do passeio pelo jardim, o modo como ela ajeita o cabelo, como se alguém a tivesse puxado para si, desalinhando o toucado em sua cabeça, somente eu noto que as fitas de sua veste estão desatadas, como se ela as tivesse aberto para permitir que ele colocasse as mãos em sua cintura cálida e a trouxesse para junto de si.

Uma pessoa é encarregada de experimentar meu vinho, outra, de provar minha comida, mas ainda assim, enquanto os dias se tornam mais claros e o sol mais quente, eu me sinto cada vez mais fraca. Do lado de fora de minha janela, um pássaro preto constrói um ninho na macieira e canta de alegria todas as manhãs. Não consigo dormir, nem de dia nem de noite. Penso em minha adolescência, no instante em que Ricardo me salvou da pobreza e da humilhação; penso em minha infância, quando Isabel e eu éramos pequenas e brincávamos de ser rainhas. É inacreditável que eu tenha apenas 28 anos, que Isabel não exista mais e que eu não deseje mais ser rainha.

Vejo a princesa Elizabeth com uma espécie de fria compaixão. Ela acha que eu estou morrendo — concedo a ela a chance de acreditar que não é sua mão que está espalhando veneno em meu travesseiro —, mas vítima de uma doença devastadora, e, quando eu tiver sido totalmente destruída, então Ricardo a tornará sua rainha por amor. Todos os dias serão dias de festa, e todos os dias ela terá um vestido novo e todos os dias celebrarão seu retorno aos palácios e castelos de sua infância na condição de herdeira de sua mãe: a próxima rainha da Inglaterra.

Ela acha que ele não me ama, provavelmente que nunca me amou. Crê que é a primeira mulher pela qual ele se apaixonou e que agora ele a amará para sempre e ela passará seus dias dançando, sempre adorada, sempre bela, a rainha do coração de todos, assim como sua mãe.

Isso está tão longe do que realmente é ser rainha da Inglaterra que me faz rir até tossir e levar as mãos às laterais doloridas do corpo. Eu conheço Ricardo. Ele pode ser dela agora, pode até mesmo tê-la seduzido, tê-la levado para a cama e gostado do prazer de que ela usufruiu em seus braços; mas ele não é tolo a ponto de arriscar seu reino por ela. Ele a manteve longe de Henrique Tudor — essa era sua ambição, e ele foi bem-sucedido. Não seria tolo a ponto de ofender meus parentes, meus arrendatários, minha gente. Ele não me repudiará para se casar com ela. Não colocará as jovens Rivers no meu lugar. Duvido até que a mãe dela seja capaz de chegar a essa conclusão.

Creio que devo me preparar para minha morte. Eu não a temo. Desde que perdi meu filho tenho me sentido extremamente cansada, e acho que, quando ela finalmente vier, será como dormir sem medo dos sonhos, sem medo de acordar. Estou pronta para dormir. Estou cansada.

Mas primeiro há algo que preciso fazer. Mando vir Sir Robert Brackenbury, o bom amigo de Ricardo, e ele chega a meus aposentos pela manhã, quando a corte saiu para caçar. Minha dama de companhia permite sua entrada e nos deixa assim que eu aceno para que ela se vá.

— Preciso perguntar-lhe algo — digo.

Ele está chocado com minha aparência.

— Qualquer coisa, Vossa Graça — retruca ele. Vejo pela rápida hesitação em seu rosto que ele não me dirá tudo.

— Você me perguntou uma vez sobre os príncipes. — Sinto-me exausta demais para medir as palavras. Quero saber a verdade. — Os meninos Rivers que estavam na Torre. Na época eu achava que eles deveriam ser mortos para assegurar meu marido no trono. Você disse que eu era bondosa demais para ordenar tal coisa.

Ele se ajoelha diante de mim e toma minhas mãos delicadas entre as suas, tão grandes.

— Eu me lembro.

— Estou morrendo, Sir Robert — digo com franqueza. — E gostaria de saber o que confessar quando receber meus últimos sacramentos. Pode me dizer a verdade. Você agiu de acordo com meus desejos? Agiu para salvar Ricardo do perigo, como sei que sempre faz? Considerou minhas palavras como uma ordem?

Há um longo momento de silêncio. Então ele balança sua grande cabeça.

— Eu não conseguiria fazer uma coisa dessas — confessa ele baixinho. — Eu não faria uma coisa dessas.

Solto as mãos dele e me sento novamente em minha cadeira. Ele volta a ficar de pé.

— Eles estão vivos ou mortos? — indago.

Sir Robert dá de ombros. São ombros largos.

— Vossa Graça, eu não sei. Mas, se eu fosse procurá-los, não começaria pela Torre. Eles não estão lá.

— Por onde começaria a procurá-los?

Seus olhos estão voltados para o chão, para o espaço entre seus joelhos.

— Eu começaria a procurá-los em algum lugar de Flandres. Em algum lugar próximo às propriedades da tia deles, Margarida de York. Um lugar para o qual a família de seu marido sempre envia as crianças quando teme por elas. Ricardo e George foram mandados para Flandres quando eram meninos. George, duque de Clarence, estava prestes a mandar o filho para fora do país. É o que os Plantagenetas sempre fazem quando seus filhos estão em perigo.

— Você acha que eles fugiram? — murmuro.

— Eu sei que eles não estão na Torre e que não foram mortos no meu turno.

Coloco a mão no pescoço, no ponto em que posso sentir o martelar de minha pulsação. O veneno engrossa minhas veias, enche meus pulmões; respiro com dificuldade. Se eu conseguisse respirar direito, riria diante do pensamento de que os filhos de Eduardo estão vivos enquanto o meu está morto. De que, quando Ricardo procurar um herdeiro, talvez não o encontre em Elizabeth, mas sim em um dos meninos Rivers.

— Você tem certeza disso?

— Eles não foram enterrados na Torre. Disso tenho certeza. E eu não os mandei para a morte. Não pensei que a senhora tivesse ordenado tal coisa e, de qualquer maneira, eu não lhe teria obedecido.

Dou um suspiro e estremeço.

— Então, minha consciência está limpa?

Ele faz uma reverência.

— E a minha também.

Vou para meu quarto de dormir assim que ouço o retorno do grupo da caçada; não suporto o burburinho da conversa nem seus rostos contentes. Minhas criadas me ajudam a ir até a cama; em seguida a porta se abre e a princesa Elizabeth se esgueira para dentro silenciosamente.

— Vim para saber se deseja alguma coisa.

Balanço a cabeça sobre o travesseiro ricamente bordado.

— Nada — digo. — Nada.

Ela hesita.

— Devo deixá-la? Ou devo sentar-me com a senhora?

— Pode ficar. Há algo que preciso lhe dizer. — Ela espera de pé ao lado da cama, as mãos juntas, o rosto alerta mas paciente. — É sobre os seus irmãos...

De imediato seu rosto se ilumina.

— Sim? — Ela respira fundo.

Sequer por um instante seria possível ver nela a feição da dor. Elizabeth sabe de alguma coisa, eu sei que sim. Sua mãe fez algo, tomou alguma providência; ela os salvou de alguma forma. Pode ter pensado em algum momento que estavam mortos e lançado uma maldição contra quem os matou. Mas esta menina diante de mim espera receber boas notícias de seus irmãos. Não é uma jovem devastada pela perda; ela sabe que eles estão em segurança.

— Talvez eu não saiba muito mais do que você — digo com astúcia. — Contudo, me asseguraram que eles não foram mortos na Torre e que não estão lá.

Ela não ousa fazer mais do que um movimento de cabeça.

— Presumo que você tenha jurado segredo.

De novo, aquele movimento infinitesimal de cabeça.

— Então talvez vocês ainda vejam o seu Eduardo mais uma vez nessa vida. E eu verei o meu no céu.

Ela se ajoelha junto a minha cama.

— Vossa Graça, eu rezo para que a senhora melhore — diz fervorosamente.

— Seja como for, pode dizer a sua mãe que eu não tive qualquer papel na perda dos filhos dela. Pode dizer a ela que nossa rivalidade acabou. Meu pai matou o pai dela, minha irmã está morta, o filho dela e o meu estão enterrados e eu também estou partindo.

— Eu lhe darei seu recado, se a senhora desejar. Mas ela não tem qualquer inimizade pela senhora. Sei que não tem.

— Sua mãe tinha uma caixa esmaltada — digo em voz baixa. — Não havia nela um pedaço de papel? E nesse pedaço de papel dois nomes escritos com sangue?

A jovem me encara.

— Eu não sei — diz com firmeza.

— Esses nomes eram Isabel e Anne? — indago. — Ela tem sido minha inimiga desde então, foi inimiga de Isabel? Eu a temi com razão durante todos esses anos?

— Os nomes eram George e Warwick — responde ela simplesmente. — O papel era da última carta de meu avô. Ele escreveu uma mensagem a minha mãe na noite anterior à sua decapitação. Ela jurou que se vingaria de George e de seu pai, os responsáveis pela morte dele. Eram esses nomes. Nenhum outro. E ela obteve sua vingança.

Inclino-me novamente em meu travesseiro e sorrio. Isabel não morreu em decorrência de qualquer maldição lançada por Elizabeth Woodville. Meu pai morreu no campo de batalha, e ela executou George. Ela não me mantém sob seu controle. Provavelmente sabe há anos que seus filhos estão seguros. Talvez meu filho não tenha sido vítima de sua maldição. Eu não atraí sua praga para ele. Estou livre desse medo também. Talvez eu não esteja morrendo por causa do veneno dela.

— São mistérios... — digo à princesa Elizabeth. — Aprendi a ser rainha com Margarida de Anjou e, por minha vez, talvez eu tenha ensinado você a ser rainha. Essa é a roda da fortuna, na realidade. — Com meu dedo indicador desenho um círculo no ar. — Você pode ascender bem alto e pode sofrer uma grande queda, mas raramente pode girar a roda segundo seus próprios desígnios.

Os aposentos começam a ficar bem escuros. Eu me pergunto quanto tempo terá passado.

— Procure ser uma boa rainha — recomendo a ela, embora as palavras não tenham qualquer significado para mim agora. — Já anoiteceu?

Ela se levanta e vai até a janela.

— Não. Não anoiteceu. Mas algo muito estranho está acontecendo.

— Você não quer me dizer o que está vendo?

— Devo ajudá-la a chegar à janela?

— Não, não, estou cansada demais. Apenas me diga o que você consegue ver.

— O sol está sendo encoberto, como se alguém o estivesse tampando com um prato. — Ela protege os olhos. — Está brilhante como sempre, mas há uma esfera escura se movendo sobre ele. — Ela olha para a cama, piscando como se sua vista estivesse ofuscada. — O que isso significa?

— Um movimento dos planetas? — sugiro.

— O rio ficou muito calmo. Os barcos de pesca, movidos por remos, seguem para a margem, e os homens estão puxando as embarcações como se temessem uma grande cheia. Está tudo muito silencioso. — Ela escuta por um momento. — Todos os pássaros pararam de cantar, nem mesmo as gaivotas estão fazendo barulho. É como se a noite tivesse caído num instante.

Ela olha para baixo, em direção ao jardim.

— Os rapazes saíram dos estábulos e das cozinhas e estão todos olhando para o céu. A senhora acha que é um cometa?

— Como está o céu?

— O sol se parece com um anel de ouro, e um disco negro o esconde todo, com exceção das bordas, que brilham como fogo. Mas tudo o mais está escuro.

Ela se afasta, e eu posso ver que as pequenas vidraças em formato de diamante da janela estão negras como a noite.

— Vou acender as velas — decide Elizabeth precipitadamente. — Está tão escuro. Poderia ser meia-noite.

Ela pega um tição e acende as velas nos candelabros dos dois lados da lareira e na mesa ao lado de minha cama. Seu rosto, à luz das velas, está pálido.

— O que isso pode significar? — indaga. — É um sinal de que Henrique Tudor está chegando? Ou de que o meu senhor alcançará a vitória? Não pode ser o fim dos tempos? Pode?

Eu me pergunto se ela está certa e se este não seria o fim do mundo, se Ricardo será o último rei Plantageneta da Inglaterra e se eu verei meu filho Eduardo nesta mesma noite.

— Não sei — digo.

Ela volta a seu posto junto à janela.

— É uma escuridão como jamais houve. O rio está escuro, e todos os pescadores estão acendendo suas tochas nas margens, todos os barcos estão ancorados. Os rapazes da cozinha voltaram para dentro. É como se todos sentissem medo da escuridão. — Ela faz uma pausa. — Acho que está ficando um pouquinho mais claro. Está clareando. Não é como a alvorada, é uma luz terrível, uma luz fria e amarelada que não se parece com nada que eu já tenha visto antes. Como se amarelo e cinza fossem uma coisa só. Como se o sol estivesse congelando. Está ficando mais brilhante, mais claro; o sol está saindo da escuridão. Consigo ver as árvores e o outro lado do rio agora. — Ela faz outra pausa para escutar. — E os pássaros estão começando a cantar.

Do lado de fora de minha janela o pássaro preto inicia seu canto penetrante e questionador.

— É como se o mundo renascesse — prossegue Elizabeth, maravilhada. — Como isso foi estranho. O disco está saindo da frente do sol, o sol está brilhando no céu novamente. Tudo está quente e ensolarado e parece primavera de novo. — Ela volta para a cama. — Tudo renovado. Como se fosse possível começar de novo.

Eu sorrio diante de seu otimismo, a esperança dos jovens e dos tolos.

— Acho que agora vou dormir — digo.

Eu sonho. Sonho que estou no campo de batalha em Barnet, e meu pai está falando com seus homens. Ele está em cima de seu cavalo negro, o elmo embaixo do braço, de forma que todos possam ver seu rosto valente e corajoso e sua confiança. Diz aos soldados que os conduzirá à vitória, que o verdadeiro príncipe da Inglaterra está esperando para levantar velas e atravessar os mares estreitos, que ele trará consigo Anne, a nova rainha da Inglaterra, e que o novo reinado será um tempo de paz e prosperidade, abençoado por Deus, pois o verdadeiro príncipe e a verdadeira princesa subirão ao trono. Ele pronuncia meu nome com muito amor e orgulho na voz. Diz que sua filha Anne será a rainha da Inglaterra, e que ela será a melhor rainha que o mundo já viu.

Eu o vejo, tão resplandecente quanto a própria vida, rindo confiante e poderoso ao prometer a eles que os bons tempos estão próximos, que precisam apenas resistir e ser leais e que assim vencerão.

Ele passa a perna por cima de seu cavalo e salta para o chão. Acaricia o pescoço do animal, e a grande cabeça negra se vira confiante quando a mão de meu pai puxa suavemente as orelhas negras e inquietas que se inclinam para a frente para escutá-lo.

— Os comandantes pedem a seus homens que fiquem e lutem até a morte — diz a eles. — Sei disso. Já ouvi isso também. Já estive em batalhas em que os comandantes pediram a seus homens que lutassem até a morte, mas depois cavalgaram para longe e os abandonaram.

Há um tremor de concordância entre os soldados. Já tinham passado por batalhas nas quais haviam sido traídos daquela maneira.

— Outros pedem aos homens que fiquem e lutem até a morte, mas, quando a batalha os desfavorece, mandam seus pajens trazerem os cavalos, e os soldados os veem cavalgar para longe. Vocês enfrentam o ataque sozinhos, vocês sucumbem, seus companheiros também, mas eles esporeiam seus cavalos e fogem. Sei disso. Já vi isso acontecer, assim como vocês.

Há outro murmúrio de concordância entre os homens que conseguiram fugir de alguma batalha, que se lembram de companheiros que não puderam escapar a tempo.

— Que esta seja minha garantia para vocês.

Ele toma sua grande espada de batalha na mão e cuidadosamente, tateando as costelas do cavalo, coloca a ponta da lâmina afiada entre duas delas, mirando o coração. Há um lamento baixo de negação entre os homens e, no sonho, eu grito:

— Não, papai! Não!

— Que esta seja minha garantia junto a vocês — repete meu pai com firmeza. — Eu não fugirei com meu cavalo e não os deixarei em perigo, porque eu não terei um cavalo. — Então ele enfia a lâmina profundamente na costela de Meia-noite, que cai sobre as patas dianteiras e, em seguida, sobre as traseiras. Ele se vira e olha para meu pai com seus lindos olhos negros como se o entendesse, como se soubesse que esse é um sacrifício que meu pai precisava fazer. Como se soubesse que ele é uma garantia, que meu pai lutará e morrerá com seus homens.

É claro que meu pai morreu com eles, naquele dia no campo de batalha de Barnet; morreu com eles para me fazer rainha, e eu tive que aprender sozinha que esta se trata de uma coroa vazia. Quando me viro na cama e fecho os olhos uma vez mais, penso que esta noite verei meu amado pai, Warwick, o Fazedor de Reis, meu menininho, o príncipe Eduardo, e, quem sabe, em campos mais verdes do que sou capaz de imaginar, Meia-noite, o cavalo, pastando.

Nota da autora

Este é um romance histórico sobre uma personagem cuja vida o próprio biógrafo previu que seria impossível de ser contada em função da ausência de informações a respeito. Para a sorte de todos nós, o historiador Michael Hicks encontrou um material muito valioso sobre Anne Neville, apesar das dificuldades provocadas pelo habitual silêncio em torno das mulheres na história.

O que se sabe por intermédio de Hicks e de outros historiadores é que Anne tinha ligações com a maior parte dos grandes personagens da Guerra dos Primos (apenas chamada de Guerra das Rosas mais tarde, no século XIX). O que eu sugiro neste romance é que talvez ela seja uma jogadora por seus próprios méritos.

Ela era filha do conde de Warwick, conhecido em seu tempo como "o Fazedor de Reis" em função do extraordinário papel que teve como o homem por trás daqueles que reivindicavam o poder real na Inglaterra. Primeiro ele apoiou Ricardo, duque de York, depois seu filho e herdeiro Eduardo, depois seu segundo filho George, em seguida seu inimigo Henrique VI. Warwick morreu lutando pela Casa de Lancaster, após ter vivido a vida toda como o grande apoiador da Casa de York.

Anne, embora muito jovem, seguiu o pai nessas reviravoltas. Compareceu ao banquete de coroação da nova rainha da Casa de York e testemunhou como o pai foi gradualmente excluído da corte, que passou a ser dominada pela família Rivers e seus partidários. Como o romance descreve, Anne foge para o exílio na França e volta para a Inglaterra como nova candidata a rainha, à frente do exército Lancaster, casada com o príncipe de Gales. Em pouco mais de um ano, ela se casa novamente com o inimigo: os York. É nesse ponto que sugiro que a jovem, depois de perder o pai e o marido e ser abandonada pela mãe, toma as rédeas de sua vida nas mãos. Ninguém sabe a verdadeira história de como Anne escapou do confinamento imposto por sua irmã e seu cunhado. Não temos dados confiáveis — mas algumas versões maravilhosas — de sua corte e casamento com Ricardo. Minha versão dessas histórias coloca Anne no centro dos acontecimentos.

Foi fascinante para mim, como romancista, retratar a corte de York como uma rede de intrigas e fonte de temor para as meninas Warwick. Parte do prazer de escrever esta série baseada em rivalidade e inimizade é virar os acontecimentos de cabeça para baixo (em relação ao que eram) e enxergar um quadro totalmente diverso. Como historiadora, os fatos conhecidos ganharam outra feição quando mudei meu ponto de vista, deixando de lado o da minha favorita, Elizabeth Woodville, para adotar o de minha nova heroína, Anne Neville. A confusa conspiração em torno da morte de Isabel e a execução de George repentinamente se transformaram numa história muito mais sombria, tendo-se Elizabeth como vilã.

Outra reputação com que tenho que lidar nesta história é a de Ricardo III. Como sugiro aqui e no romance *A rainha branca*, eu não confirmo a paródia shakespeariana que manchou sua imagem ao longo dos séculos. Mas também não o inocento por sua usurpação. Ele pode não ter matado os príncipes, mas eles jamais teriam estado na Torre sem a proteção da mãe se não fosse pelos atos dele. O que acho que aconteceu com os dois meninos é o assunto de meu próximo livro, a história da irmã deles e a amante de Ricardo, a princesa Elizabeth de York: *A princesa branca*.

Bibliografia

Listo aqui os livros que me foram úteis na escrita de *A filha do Fazedor de Reis*.

Amt, Emilie. *Women's Lives in Medieval Europe.* Nova York: Routledge, 1993.
Baldwin, David. *Elizabeth Woodville: Mother of the Princes in the Tower.* Stroud: Sutton, 2002.
_____. *The Kingmaker's Sisters: Six Powerful Women in the Wars of the Roses.* Stroud: History Press, 2009.
_____. *The Lost Prince: The Survival of Richard of York.* Stroud: Sutton, 2007.
Barnhouse, Rebecca. *The Book of the Knight of the Tower: Manners for Young Medieval Women.* Basingstoke: Palgrave Macmillan, 2006.
Castor, Helen. *Blood & Roses: The Paston Family and the Wars of the Roses.* Londres: Faber and Faber, 2004.
Cheetham, Anthony. *The Life and Times of Richard III.* Londres: Weidenfeld & Nicolson, 1972.
Chrimes, S. B. *Lancastrians, Yorkists, and Henry VII.* Londres: Macmillan, 1964.
Cooper, Charles Henry. *Memoir of Margaret: Countess of Richmond and Derby.* Cambridge: Cambridge University Press, 1874.
Duggan, Anne J. *Queen and Queenship in Medieval Europe.* Woodbridge: Boydell Press, 1997.
Field, P. J. C. *The Life and Times of Sir Thomas Malory.* Cambridge: D. S. Brewer, 1993.

Fields, Bertram. *Royal Blood: King Richard III and the Mystery of the Princes*. Nova York: Regan Books, 1998.

Gairdner, James. "Did Henry VII Murder the Princes?", *English Historical Review* VI (1891).

Goodman, Anthony. *The Wars of the Roses: Military Activity and English Society, 1452-97*. Londres: Routledge & Kegan Paul, 1981.

_____. *The Wars of the Roses: The Soldier's Experience*. Stroud: Tempus, 2006.

Gregory, Philippa, David Baldwin e Michael Jones. *The Women of the Cousins' War*. Londres: Simon & Schuster, 2011.

Griffits, Ralph A. *The Reign of Henry VI*. Stroud: Sutton, 1998.

Grummit, David. *The Calais Garrison, War and Military Service in England, 1436-1558*. Woodbridge: Boydell & Brewer, 2008.

Hammond, P. W. e Anne F. Sutton. *Richard III: The Road to Bosworth Field*. Londres: Constable, 1985.

Harvey, Nancy. *Elizabeth of York: Tudor Queen*. Londres: Arthur Baker, 1973.

Haswell, Jock. *The Ardent Queen: Margaret of Anjou and the Lancastrian Heritage*. Londres: Peter Davies, 1976.

Hicks, Michael. *Anne Neville: Queen to Richard III*. Stroud: Tempus, 2007.

_____. *False, Fleeting, Perjur'd Clarence: George, Duke of Clarence, 1449-78*. Stroud: Sutton, 1980.

_____. *The Prince in the Tower: The Short Life & Mysterious Disappearance of Edward V*. Stroud: Tempus, 2007.

_____. *Richard III*. Edição revista. Stroud: Tempus, 2003.

_____. *Warwick the Kingmaker*. Londres: Blackwell Publishing, 1998.

Hipshon, David. *Richard III and the Death of Chivalry*. Stroud: History Press, 2009.

Hughes, Jonathan. *Arthurian Myths and Alchemy: The Kingship of Edward IV*. Stroud: Sutton, 2002.

Hutchinson, Robert. *House of Treason: The Rise and Fall of a Tudor Dynasty*. Londres: Weidenfeld & Nicolson, 2009.

Jones, Michael K. *Bosworth 1485: Psychology of a Battle*. Stroud: Sutton, 2002.

Jones, Michael K. e Malcolm G. Underwood. *The King's Mother: Lady Margaret Beaufort, Countess of Richmond and Derby*. Cambridge: Cambridge University Press, 1992.

Karras, Ruth Mazo. *Sexuality in Medieval Europe: Doing unto Others*. Nova York: Routledge, 2005.

Kendall, Paul Murray. *Richard the Third*. Nova York: Norton, 1995.

Laynesmith, J. L. *The Last Medieval Queens: English Queenship, 1445-1503*. Oxford: Oxford University Press, 2004.

Lewis, Katherine J., Noel James Menuge e Kim M. Phillips (org.). *Young Medieval Women*. Basingstoke: Palgrave Macmillan, 1999.

MacGibbon, David. *Elizabeth Woodville (1437-1492): Her Life and Times*. Londres: Arthur Barker, 1938.

Mancinus, Dominicus. *The Usurpation of Richard the Third: Dominicus Mancinus Ad Angelum Catonem De Occupatione Regni Anglie per Riccardum Tercium Libellus*. 2ª ed. Traduzido do latim para o inglês por C. A. J. Armstrong. Oxford: Clarendon Press, 1969.

Markham, Clements R. "Richard III: A Doubtful Verdict Reviewed." *English Historical Review* VI (1891).

Maurer, Helen E. *Margaret of Anjou: Queenship and Power in Late Medieval England*. Woodbridge: Boydell Press, 2003.

Mortimer, Ian. *The Time Traveller's Guide to Medieval England*. Londres: Vintage, 2009.

Neillands, Robin. *The Wars of the Roses*. Londres: Cassell, 1992.

Phillips, Kim. *Medieval Maidens: Young Women and Gender in England, 1270-1540*. Manchester: Manchester University Press, 2003.

Plowden, Alison. *The House of Tudor*. Londres: Weidenfeld & Nicolson, 1976.

Pollard, A. J. *Richard III and the Princes in the Tower*. Stroud: Sutton, 2002.

Prestwitch, Michael. *Plantagenet England 1225-1360*. Oxford: Clarendon Press 2005.

Reed, Conyers. *The Tudors: Personalities & Practical Politics in Sixteenth Century England*. Oxford: Oxford University Press, 1936.

Ross, Charles Derek. *Edward IV*. Londres: Eyre Methuen, 1974.

_____. *Richard III*. Londres: Eyre Methuen, 1981.

Royle, Trevor. *The Road to Bosworth Field: A New History of the Wars of the Roses*. Londres: Little Brown, 2009.

Rubin, Miri. *The Hollow Crown: A History of Britain in the Late Middle Ages*. Londres: Allen Lane, 2005.

Seward, Desmond. *The Last White Rose*. Londres: Constable, 2010.

_____. *Richard III: England's Black Legend*. Londres: Country Life Books, 1983.

Simon, Linda. *Of Virtue Rare: Margaret Beaufort: Matriarch of the House of Tudor*. Boston: Houghton Mifflin, 1982.

St. Aubyn, Giles. *The Year of Three Kings: 1483*. Londres: Collins, 1983.
Storey, R. L. *The End of the House of Lancaster*. Stroud: Sutton, 1999.
Vergil, Polydore. *Three Books of Polydore Vergil's English History: Comprising the Reigns of Henry VI, Edward IV and Richard III*. Editado por Henry Ellis. 1844. Reimpressão. Whitefish, MT: Kessinger Publishing, 1971.
Ward, Jennifer. *Women in Medieval Europe 1200–1500*. Essex: Pearson Education, 2002.
Weinberg, S. Carole. "Caxton, Anthony Woodville and the Prologue the 'Morte d'Arthur,'" *Studies in Philology* 102, nº 1 (2005): 45-65.
Weir, Alison. *Lancaster and York: The Wars of the Roses*. Londres: Cape, 1995
_____. *The Princes in the Tower*. Londres: Bodley Head, 1992.
Willamson, Audrey. *The Mystery of the Princes: An Investigation*. Stroud: Sutton, 1978.
Wilson, Derek. *The Plantagenets: The Kings That Made Britain*. Londres: Quercus, 2011.
Wolffe, Bertram. *Henry VI*. Londres: Eyre Methuen, 1981.

Este livro foi composto na tipologia Minion Pro
Regular, em corpo 11,5/16, e impresso em
papel off-white no Sistema Cameron da
Divisão Gráfica da Distribuidora Record.